제비를 기르다

제비를 기르다

윤대녕
소설집

창비

차
례

연 鳶

1

틀림없이 그날 조롱(鳥籠)을 들고 왔던 여자였다. 세월이 흘렀으나 그녀의 모습은 옛적 그대로였다. 우리는 그녀를 정연이라고 불렀다.

북한산 백운대에서 산성매표소 방향으로 내려오다보면 대남문에서 흘러온 길과 마주치는 계곡 주변에 식당들이 모여 있다. 매주 북한산에 갈 때마다 나는 거기서 두부김치에 막걸리로 배를 채우고 마저 하산한다. 십년을 그러했으니 어쩌면 습관이 돼버린 것이리라.

십일월 하순이었으므로 날씨는 차가웠다. 장작불을 피워놓은 난로 옆에 앉아 막걸리를 마시다, 나는 그녀가 대남문길에서 내려오는 것을 목격했다. 오후 두시경이었다. 등산복을 입긴 했으나 배낭은 메고 있지 않았다. 모자에 운동화 차림이었으므로 마치 공원으로 산책을 나온 사람처럼 보였다. 그녀는 식당에 딸린 구멍가게에서 생수를 사고 풀어진 신발끈을 고쳐맸다. 그대로 내려가리라 짐작했는데, 불현듯 한기를 느꼈음인지 그녀가 난로 옆으로 다가왔다.

누가 먼저 알은체를 할 겨를도 없이 그녀와 나는 눈이 마주쳤다. 고개를 갸웃했으나 그녀는 그다지 놀란 기색은 아니었다. 내 얼굴을 다시 확인하고 나서야 그녀는 눈을 크게 뜨고 멍하니 서 있었다.

"오랜만이네요."

전당포 주인처럼 그녀가 말했다. 아무 느낌이 없는 말투였다.

"여전히 금요일마다 산에 다니나봐요."

나는 손끝에서 타고 있는 담배를 양은 재떨이에 비벼끄며 말했다.

"잠깐 앉아서 얘기라도 할까요?"

망설이는 듯하다가 그녀는 맞은편 의자에 와 앉았다. 식당 아주머니가 이내 잔과 수저를 놓고 갔다. 그녀는 젓가락을 들고 김치를 뒤적거리더니 아주머니를 불러 다시 데워오라고 했다.

"주차장에 차가 있으니, 한잔만 할게요."

내가 따라주는 막걸리를 받으며 그녀가 덧붙였다.

"백운대 건너편 봉우리에 있는 그 커다란 바위는 그대로 있나요? 봉우리 이름이 뭐랬더라."

"만경대입니다. 만경봉이라고도 부르죠."

"육년쯤 됐나요?"

나는 정연과 처음 만난 날을 헤아려보았다. 정확히 육년 육개월 전이었다. 그날도 나는 백운대에 올라갔다 내려와 등산복 차림으로 그녀와 만났다.

데운 김치가 나왔을 때 두부는 식어 있었다. 두부까지 다시 데워오

랄 수가 없어 그대로 먹어야만 했다. 그녀도 시장기를 느낀 모양이었다. 그녀는 대남문으로 올라가다 중간에 돌아내려오는 참이었다. 작정한 길도 아니었고 거기까지 가면 산에 어둠이 깃들리라는 예감에 더이상 올라갈 수도 없었다.

"집이 마포 어디였죠?"

"지금은 신사동에 살아요. 은평구 신사동."

북한산성에서 가까운 곳이었다.

"몇해 전에 결혼을 하고 그 동네에 신접살림을 차렸는데 여태 떠나지 못하고 있어요. 조용해서 좋긴 한데 교통이 불편해요."

차가운 두부를 내려다보며 그녀가 물었다.

"해물파전 하나 더 시킬까요?"

"난 막걸리를 좀더 하겠습니다."

안주가 나오길 기다리는 동안 정연과 나는 침묵의 엄습을 피해 사소하기 짝이 없는 얘기들을 주고받았다. 장작불에 얼굴이 자꾸 화끈거렸다. 정연이 문득 미선의 얘기를 꺼냈다. 결국 그 얘기로 옮겨갈 수밖에 없었을 것이다.

"언니는 여태 감감무소식이에요."

"……"

"그쪽은 해운씨 소식 들었어요?"

전혀 기대하지 않는 표정으로 그녀가 물었다.

"그렇다면 미선씨와도 연락이 닿았겠죠."

"역시 그렇군요."

미선은 정연의 사촌언니로 그날 정연이 조롱을 들고 왔을 때 함께 온 여자였다. 해물파전에 들어간 오징어와 조갯살은 신선도가 퍽이나

10

떨어졌고 밀가루반죽도 군데군데 익지 않은 상태였다. 그냥 먹어두자고 했으나 정연은 그예 참지를 못하고 주인을 불러 버럭 화를 냈다. 말릴 계제가 아니어서 나는 잠자코 있었다. 막걸리 두 통을 마신 터라 뒤통수로 은근히 취기가 몰려왔다. 그때까지만 해도 나는 저녁에 그녀와 진관사에 가게 될 줄은 모르고 있었다.

2

1999년 사월 초순의 일이었다. 아침부터 바람이 심하게 불던 날 백마에서 '와사등'이란 민속주점을 하는 해운이 전화를 걸어와 저녁에 폐업잔치를 할 것이니 와달라고 했다. 핑계삼아 남은 술을 마셔달라는 얘기였으나, 알 만한 사람들을 불러모아 재고정리를 하고 재료값이라도 건지겠다는 뜻이었다. 나와는 오랜 지기인데다 사정이 그렇다니 안 가볼 수가 없었다. 돌아보면 지난겨울부터 예고된 일이었다.

나이가 사십에 가까웠음에도 아직 결혼도 못했을뿐더러 세상 한번 변변히 살아본 적이 없는 친구였다. 운동권 출신으로 1986년 건대사태 때 구속돼 의정부교도소에서 몇개월 복역한 뒤 집행유예로 풀려난 경험이 있고, 이듬해 십이월 대통령선거 당시 구로구청 점거사건으로 다시 구속돼 집시법위반과 공무집행방해죄로 영등포교도소에서 이년을 더 복역했다. 1989년 사회주의 붕괴 직후 석방되고 나서 한동안 영화판을 기웃거리더니, 도대체 이런 양아치 노릇을 할 게 못 된다며 걷어치우고 평촌에서 학원강사 노릇을 몇년 했다. 자존심이 유별난 건 물론이고 삶에 대해 항시 비관적인 자세를 취하던 사람치고는 꽤 오래 버틴 편이었다. 결혼을 할 수 있는 기회도 그때가 적기였다. 주위 사람들이 틈만 나면 부추겼으나 본인은 막상 사정이 그렇지 못하다는 말로 얼버무리며 뒤로 물러나기 일쑤였다. 다른 이유가 있는 것 같았으나 말하길 극구 꺼려했다. 그러다 1994년 가을에 나를 찾아와 강사 노릇을 그만두었노라고 맥빠진 얼굴로 말했다. 들어보니 사정이 그럴 만도 했다. 유학까지 다녀온 석박사 출신의 젊은이들이 취직자리가 없어 학원으로 몰려드는 추세라고 했다. 그러니 전과자가 버틸 재간이 있겠느냐고 자조적으로 반문했다. 그러고 나서 며칠 후 슬그머니 사라졌다가 두달 만에 베트남에서 얼굴이 시커멓게 변해서 돌아왔다. 거긴 왜 갔냐고 묻자, 배우자를 구하러 갔다 실패하고 돌아왔노라고 또 얼렁뚱땅 넘겨버렸다.

그후 몇달 사이로 일을 바꿔가며 번역을 한다, 논술지도를 한다, 전자제품대리점에 취직을 한다고 돌아다니더니 결국 자영업이 낫겠다며 신촌 공씨책방 뒤편에 '체 게바라'라는 술집을 개업했다. 중심가에서 비껴나 목이 안 좋은데다 간판이 그러하니 장사가 될 리 없었다. 여대생 단골손님이 몇명 꾸준히 드나들었으나 그네들이 매상을 책임져줄 정도는 아니었다. 갈 때마다 분위기가 썰렁해 어느날 내가 육칠십년대 가요나 올드팝을 틀어주는 음악까페로 바꿔보자고 제안했다. 술김에 한 소리였다. 그가 반박하는 기미가 없어 나는 쓰고 있던 중고 오디오기기와 이천 장쯤 되는 엘피 판을 차로 실어다주었다. 더불어 까페 이름도 '새우잡이 어선' 정도로 바꾸자고 했으나 그 말만큼은 듣지 않았다. 분위기가 변하자 이번엔 주로 삼사십대 남자 손님들이 드나들기 시작했다. 전에 비해 손님이 다소 늘어나 안심을 했는데 뜻밖에도 그들이 점점 까페의 물을 버려놓았다. 새벽까지 술추렴은 보통이고 멱살잡이에 술병을 깨는 일까지 심심찮게 벌어졌다. 단골로 드나들던 여학생들이 몇차례 그런 장면을 목격하더니, 이제 이 집도 올 데가 못 된다며 난데없이 벽에 붙어 있던 체 게바라의 대형 현수막 사진을 철거해 밖으로 들고 나갔다. 웃지 못할 노릇이었으나 현장에 있던 내가 그 광경을 직접 목격했다.

자주 들르긴 하되 실제로 머릿수를 헤아려보면 몇 되지도 않는 386부대가 밤마다 진을 치고 있자, 곧 여타 손님들은 얼씬거리지 않게 되었다. 나를 포함해 삼사십대는 대개 안주 없이 술을 먹는 데 익숙한 부류였다. 해운은 늘 수면부족에 시달렸고 술만 팔아서는 매상이 오르지 않아 거래처에 빚까지 지게 되었다. 게다가 밤마다 손님들과 어울려 마셔대는 술에 건강마저 나빠졌다. 해가 바뀌고 건물 주인이 보증금을 올려달라고 하자 해운은 홧김에 노래방으로 업종을 변경하려 했고 누군가 나서서 그 일만은 안된다며 한사코 말렸다. 그러다 단란주점까지 가게 된다는 말이었다.

백마로 들어온 것은 수중의 돈이 줄어 어쩔 수 없이 내린 결정이었다. 1996년 여름의 일이었다. 그런데 어렵사리 백마에 자리를 잡고 나자 일명 학골이라 불리는 그 지역에 고급음식점과 라이브까페 들이 밀려들어왔다. 일산에 신도시가 생길 때 땅부터 사두고 때를 노리던 전문 장사꾼들이었다. 비가 오면 출입구에 어김없이 흙탕물이 튀는 허름한 판잣집에 천장이 낮아 어둑할뿐더러 땅바닥에 테이블 몇개만 갖다놓은 시설로는 깔끔한 곳을 선호하는 젊은 손님들을 끌 수 없었다. 게다가 그 집도 엄연히 주인이 있어 적잖은 보증금에 매달 꼬박꼬박 월세를 내야 했다. 그래도 거기서 삼년을 버틴 건 더이상 갈 데가 없기 때문이었다.

사촌 자매는 밖에 어둠이 깃들기 시작하는 일곱시 무렵에 나타났다. 바람에 삐걱이는 나무문을 밀고 두 사람은 허리를 구부린 채 안으로 들어섰다. 종일 거센 바람이 불어가더니 저녁이 되자 하늘까지 잔뜩 흐려 있었다. 두 여자의 머리에 빗방울이 몇개 매달려 형광등 불빛에 구슬처럼 반짝이고 있었다. 나이가 어려 보이는 여자가 손에 들고 온 조롱을 테이블에 올려놓았다. 조롱 안에는 주홍빛 부리를 가진 하얀 새가 한마리 들어 있었다. 문조라고 했다. 폐업잔치에 조롱을 들고 온 것부터가 이상했으려니와, 그것을 넘겨받는 해운의 표정이 섬뜩하게 굳어 거기에 무슨 사연이 있나보다, 라고 짐작했다.

 해운은 곧 주방으로 들어가 돼지볶음에 계란찜을 만들어 내왔다. 이어 무슨 부킹이라도 하듯 남자 둘 여자 둘이 나란히 마주앉아 재고로 쌓여 있던 술을 마시기 시작했다. 간혹 손님들이 문을 밀고 들어왔다가 분위기를 일별하고 돌아나갔다. 주인 혼자 꾸려가는 집이니 어차피 손님을 받을 처지도 아니었다.

 열시 가까이 되어 삼십대 남녀 한쌍이 안으로 고개를 내밀었다 사라진 다음 해운이 복사지에다 매직펜으로 '금일 휴업'이라고 써서 밖에 붙여놓고 돌아왔다. 누가 더 올 줄 알았는데 잔치에 초대된 손님은 그렇게 고작 셋뿐이었다. 신원 파악이 안된 두 여자와 나.

 "산에 갔다 내려온 모양이에요."

 조롱을 들고 온 여자가 뒤늦게 내게 물어왔다. 내가 대답할 겨를도 없이 해운이 끼어들었다.

 "이 친구, 북한산 백운대만 다녀. 백운대 맞은편 봉우리에 고인돌이 하나 있는데 그거 보러 만날 거기만 간대."

 "고인돌요?"

14

까무룩 잠이 들어가는 얼굴로 앉아 있던 미선이 피로한 눈을 뜨고 나를 쏘아보았다.

"고인돌은 무슨, 그냥 커다란 바위예요."

"그 바위를 보러 다니는 무슨 이유라도."

정연이 더듬거리며 묻자 역시 해운이 나를 대신해 설명해주었다.

"누가 번쩍 들어서 갖다놓은 것처럼 보인다나 어쩐다나. 안 그러면 그 큰 바위가 산꼭대기에 왜 있느냐는 거야."

정연이 희미하게 웃었고 미선은 표정의 변화가 없었다. 조롱 속의 새는 움직일 줄을 몰랐다. 잠든 것일까? 그러나 새는 눈을 뜨고 있었다.

"그렇다면 그 커다란 바위를 누가 거기에 갖다놓은 걸까요?"

"글쎄요, 아직까지는 저도 잘 모르겠습니다. 말이 그렇다는 거죠 뭐."

내가 듣기에도 참으로 요령부득인 말이었다.

"천지신명한테 물어봤어?"

그새 혀가 굳어가는 소리로 해운이 이기죽거렸다.

"천지신명이 어디 하나둘인가."

"그럼 삼척동자라도 찾아서 물어보든지. 실성한 사람처럼 만날 그러고 다니지 말고. 그래서 얻는 게 뭐야? 산에 다녀온 날은 꼬박꼬박 술을 마셔대니 몸이 좋아지는 것도 아닐 테고."

정연이 싸움이라도 말리듯 나섰다.

"몸 챙기러 가는 게 아니라잖아요. 뭔가 깨닫고 싶은 거겠죠."

"바위를 보고 깨닫긴 뭘 깨달아. 원래부터 그냥 거기에 있었던 거지, 안 그래? 산은 산, 물은 물."

"그런데 그게 안 그런 것 같다고 하잖아요. 난 그 마음 어렴풋이 알 것도 같은데."

미선이 탁한 불빛 속에서 표정을 감춘 채 도둑처럼 웃었다. 화제를 돌리고자 나는 미선에게 학번과 나이를 물어보았다. 파리하게 눈을 부릅뜨고 있다가 미선은 해운과 동갑이라고 둘러 말했다. 그렇다면 나와도 동갑이었다. 정연은 미선보다 네살 아래라고 했다. 해운과 미선은 고등학교 때 동네 교회에서 만나 알게 되었고 정연은 몇해 전 미선에게서 해운을 소개받았다. 해운이 학원강사 노릇을 할 때였다.

열한시가 가까워지자 미선이 핸드백에서 봉투를 꺼내 해운에게 내밀며 말했다.

"애 때문에 그만 들어가봐야겠어. 엄마한테 맡겨놓고 왔거든."

그녀는 지하철 3호선 독립문역 근처에 살고 있었다. 해운이 테이블을 노려보고 있다가 냅다 소리를 질렀다.

"이 봉투는 뭐야?"

"오늘 술값."

"누가 너더러 술값 내라던? 건방떨지 말고 너나 잘 챙겨."

마음이 상했을 법도 한데 미선은 표정이 조금도 흔들리지 않았다.

"공짜술 얻어먹으려고 내가 애 맡기고 여기까지 일부러 온 줄 알아?"

자칫 분위기가 사나워질 것 같아 나설 자리가 아님에도 내가 끼어들었다.

"받아둬. 원래 그렇게 하는 거야."

한숨을 쉬며 미선이 정연을 돌아보았다.

"넌 더 있다 갈 거니?"

해운이 둘이 함께 가라고 부추겼으나 정연은 못 들은 척 대꾸조차 하지 않았다.

"그럼 나 먼저 갈게."

전철역까지 차로 데려다준다고 해운이 자리에서 비틀거리며 일어났다. 그러자 이번엔 미선이 된소리를 냈다.

"그 상태로 운전을 하겠다고? 정신 좀 똑바로 차리고 살아. 세상인심 사나운 거 아직도 모르겠어?"

미선을 택시에 태워주고 돌아와 해운은 고개를 숙인 채 술잔만 거푸 비워댔다. 정연이 해운에게 바투 앉아 있다가 팔을 잡으며 속삭였다.

"힘내요. 먹고살 방도야 또 찾아보면 되잖아요."

나는 판자지붕에 듣는 빗소리에 귀를 기울이고 있었다. 조롱 속의 새는 둥지에 몸을 웅크린 채 잠들어 있었다. 자정이 지나 정연마저 보내고 나서 해운과 나는 새벽까지 술을 마셨다. 정연은 합정동에 산다고 했다. 낮엔 가깝되 밤엔 먼 거리였다.

3

그로부터 한달쯤 지난 오월 초에 나는 난데없이 정연에게서 걸려온 전화를 받았다. 화요일이었던 걸로 기억한다.

"언제 또 북한산에 가실 거죠?"

숨을 가다듬고 나서 나는 금요일마다 산에 간다고 말했다. 허둥거리는 눈치더니 정연이 시장에서 물건값을 깎는 투로 다시 물어왔다.

"이번주는 좀 당겨서 다녀오면 안될까요?"

왜 그래야 하는지 알고 싶다고, 나는 침착하게 되물었다.

"실은 그냥 만나자고 하기가 미안해서 그래요."

"무슨 일이죠?"

"그건 만나서 얘기하고 싶은데요."

"그렇다면 굳이 북한산이 아니어도 됩니다. 잠이 덜 깬 상태에서 전화를 받아 아마 분실물 보관센터 직원과 통화하는 기분일 겁니다. 지금 몇시죠?"

오후 한시라고 알려주며 그녀는 꽤나 당황한 눈치였다. 오후 한시까지 잠을 자는 사람이 있는 것이다. 그녀가 한사코 북한산을 고집해 산성매표소 앞에서 오후 네시에 만나기로 하고 나는 전화를 끊었다. 그녀는 평상복 차림으로 택시를 타고 오분 일찍 도착했다. 찻집이 보이지 않아 식당으로 들어가려 하자 그녀가 내 뒤를 잡아끌었다.

"이왕 산에 왔으니 조금이라도 올라갔다 내려오죠."

통 그럴 만한 여유가 없어 보였지만 나는 그녀가 하자는 대로 했다. 오월의 산은 시시각각 우거져 계곡에 연둣빛 치마 같은 그늘을 드리우고 있었다. 오늘도 만경대 위의 바위는 거기 그대로 있으려나. 이러한 터무니없는 상념이 이마를 건드리고 지나갔다.

대서문으로 통하는 포장길을 버리고 그녀와 나는 계곡을 찔러들어갔다. 오르막길에 그녀를 앞세울 수 없어 내가 앞장을 섰다. 그녀는 몇걸음 떨어진 채 내 뒤를 붙잡고 따라왔다. 여름이면 피서객들로 북적이는 야외수영장과 굿당 사이의 좁은 길을 지나 두 사람은 계곡을 따라올라갔다. 물가에 자리가 보이면 멈추리라 했는데 어디나 사람들이 차지하고 있어 끼어앉기가 불편했다. 산에서 만나자던 사람이 왜

치마에 구두를 신고 왔을까. 나를 보자고 한 이유는 또 뭘까. 뒤가 허
룩해 돌아보니 그녀는 걸음이 처져 있었다. 그녀가 올라오길 기다렸
다 나는 아무래도 돈을 주고 자리를 사야겠다고 했다.

"조금만 더 가면 식당에서 잡아놓은 자리가 있을 겁니다. 대신 뭘
좀 먹어야겠죠."

"그럼 소풍온 걸로 하고 그렇게 하세요."

십여분 더 올라가 그녀와 나는 돗자리가 깔린 물가에 자리를 잡고
앉았다. 그녀는 여름처럼 땀을 흘리고 있었다. 식당 주인이 쟁반에 물
병을 들고 내려와 백숙과 닭도리탕밖에 없다고 잘라 말했다.

"두부김치나 파전은 없어요?"

내가 그렇게 물었으나 주인은 아예 대꾸도 하지 않았다. 정연이 나
서 주인에게 말했다.

"백숙으로 할게요. 콜라하고요. 코카콜라로 주세요."

"술은요?"

"그건 알아서 적당히 주시고요."

백숙이 나오는 동안 그녀는 계곡물에 얼굴과 발을 씻고 손수건으로
물기를 닦았다. 맥주가 마시고 싶었으나 주인이 소주를 가져왔다. 그
녀는 소주병의 마개를 따고 내게 잔을 내밀었다.

"저도 한잔 주세요."

"난 괜찮으니 콜라 드세요."

"술을 보니까 한잔 마시고 싶어서 그래요."

백숙에 손을 대기도 전에 그녀는 거푸 두 잔을 마시고는 돌연 울음
을 터뜨렸다. 주위에 있던 사람들이 퀭한 눈으로 이쪽을 흘끗거렸다.
왜, 무엇이 잘못된 것일까. 낯선 사람들의 시선이야 상관없지만 당장

그녀가 걱정이었다. 산에서 만나는 게 아니었는데,라는 후회가 몰려왔다. 손수건으로 눈을 닦아내고 나서 그녀가 말했다.

"미안해요. 이러자고 한 게 아닌데. 식기 전에 어서 드세요."

그녀는 닭다리를 뜯어 두루마리 화장지로 아래를 돌돌 감아 내게 내밀었다. 나는 닭다리를 쟁반에 내려놓으며 말했다.

"얘기부터 듣죠. 닭이야 나중에 신경쓰고요."

불쾌한 눈으로 나를 바라보다 그녀가 물었다.

"최근에 해운씨하고 만난 적 있어요?"

"그날 이후로 못 봤는데요. 왜요?"

정연이 개울로 눈길을 피하며 말했다.

"언니가 집을 나갔어요."

갈증이 몰려와 나는 정연에게 잠깐 기다리라고 한 다음 식당으로 올라가 맥주를 가져왔다. 와사등 폐업 후 소식이 궁금해 해운에게 몇 번 전화를 넣어보았으나 그때마다 그는 받지 않았다. 휴대폰에 메씨지를 남겨놓았지만 역시 대꾸가 없었다. 그래서 또 어디 갔나보다,라고 생각하고 있었다.

"정연씨는 지금 두 사람을 동시에 찾고 있군요. 그런가요?"

고개를 주억거리며 그녀는 다시 코를 훌쩍거렸다. 그쯤에서 나는 대충 정황을 눈치챘다.

"다른 사람은 몰라도 우섭씨는 해운씨의 행방을 알고 있을 거라고 생각했어요."

"언니가 집을 나간 게 언제죠?"

미선이 갓 초등학교에 입학한 계집아이를 데리고 사라진 것은 나흘 전이었다. 정연은 엊그제 해운이 세들어 살던 파주 봉일천까지 다녀왔다고 했다.

"짐을 가지고 나간 지 보름이나 됐다고 하더군요."

정연은 두 사람이 함께 사라진 거라고 믿고 있었다. 그럼 어째야 할까? 정연은 내게 하소연을 하고 있었으나 나로서도 어찌할 수 없는 상황이었다. 해운을 찾아내더라도 내가 무슨 말을 하겠는가. 정연은 미선에 대해 심한 배신감을 느끼고 있었다. 자신이 오래전부터 해운에게 마음을 두고 있었다는 사실을 알았노라고 했다. 그리고 마침내 조롱에 얽힌 얘기까지 털어놓았다.

"백마로 들어가던 여름 해운씨가 저한테 맡긴 거예요. 잘 보살피다 자기가 가장 힘들 때 되돌려달라고 말이에요. 우섭씨가 생각하기엔 그게 무슨 뜻이겠어요."

해운이 백마로 들어갈 때라면 삼년 전이었다. 해운이 정연에게 준 새는 그때도 한마리였다. 정연의 생일선물로 준 것이었다. 뜻이야 있었겠지만 지금은 그것조차 무의미해진 듯했다. 물속에서는 볼펜 뚜껑만한 물고기들이 떼지어 몰려다니고 있었다. 산 그림자가 늘어나는 것을 지켜보다 나는 정연에게 그만 내려가자고 했다. 남기고 가기가 아깝다며 정연은 주인에게 백숙을 싸달라고 했다.

자리를 걷고 일어날 즈음 꿈결처럼 목덜미에 빗방울이 후득였다. 그녀가 비누를 빌리러 간 사이 나는 물가에 쭈그리고 앉아 담배를 피우며 산천어 새끼들을 들여다보고 있었다. 여기다 비눗물을 풀면 안될 텐데. 아마 그런 생각이나 하고 있었을 것이다. 국립공원에서 정연이 비누로 손을 씻고 일어설 때 다시금 머리에 빗방울이 떨어졌다. 어서 내려가자고 나는 그녀를 재촉했다.

그녀는 자주 발을 헛디디며 비틀거렸다. 술기운 탓이었다. 시간을

연 21

줄이기 위해 대서문길로 내려가자고 했으나 그녀는 포장도로는 싫다며 아까 올라왔던 계곡을 고집했다. 그녀의 뒤를 살피며 산길을 내려가는 동안 급기야 하늘이 어두워지며 빗방울이 굵어지기 시작했다.

"어떡해요, 오늘 저 때문에 백운대까지 올라가지 못해서."

"어차피 구두를 신고는 올라갈 수 없습니다."

그녀는 산이 무섭다는 걸 아직 모르고 있었다. 그 맑던 오후에 돌연 궂은비가 내리며 날이 어두워지고 있음이었다. 산에 내리는 비는 처연하고 쓸쓸한 마음을 불러일으켰다. 얼마 내려가지 않아 옷이 다 젖어버렸고 몸이 떨려왔다. 아랫녘에 보이는 산장으로 그녀와 나는 일단 비를 피하기로 했다. 그제야 그녀도 겁먹은 표정이 되어 입을 굳게 다물었다.

산장 출입구를 겸한 구멍가게의 문을 열고 들어가자 오십대 중반의 주인 내외가 소주를 마시며 화투를 치고 있었다. 우산을 구할 수 없냐고 물어보았으나 그들은 들은 둥 만 둥이었다. 일껏 손님이 들었는데 덥석 우산을 내줄 리 없었다. 쓰던 거라도 살 수 없느냐고 사정해도 그들 내외는 묵묵부답이었다. 그렇다면 매표소까지 다시 비를 맞고 가는 수밖에 달리 방법이 없었다. 밖을 내다보니 비가 하얗게 퍼붓고 있었다. 뒷전에 서서 내가 주인 내외와 실랑이하는 꼴을 지켜보고 있던 정연이 나섰다.

"어차피 이대로는 버스나 지하철을 탈 수 없으니 옷이라도 말리고 가야겠어요. 아줌마, 방 주세요."

간판은 산장이라고 돼 있으나 여관과 다름없었고 대개 수상쩍은 남녀들이 드나드는 곳이었다. 언제 옷을 말리고 비가 그치길 기다렸다가 이곳을 빠져나간단 말인가. 그렇다고 이 음습한 산장에 그녀를 혼자 두고 갈 수도 없었다. 주인 여자가 방 열쇠를 꺼내주자 정연이 지갑을 꺼내 방값을 지불했다. 나는 그녀에게 먼저 들어가라고, 맥주나 좀 마시다 올라가겠다고 말했다.

"그러지 말고 맥주 사가지고 함께 올라가요. 여기서 왜 혼자 술을 마셔요."

주인 여자가 쪽방으로 들어가더니 티셔츠와 월남치마를 들고 나왔다. 그녀가 내준 옷가지를 받아들고 정연은 방으로 올라갔다. 나는 문 옆에 앉아 밖을 내다보며 맥주를 두 병 마시고 담배를 세 대 피웠다. 쉽게 그칠 비가 아니었다.

밤 여덟시가 되어 정연이 가게로 나왔다.

"추운데 그만 들어가요."

그녀가 맥주와 오징어, 땅콩을 주섬주섬 비닐봉투에 담았다. 건물 옆에 붙은 어둑한 계단을 올라가 그녀와 나는 이층 복도 끝에 있는 방으로 들어갔다. 방 앞은 숲이었다. 숲에 후드득거리는 빗소리가 귀에 가득히 쏟아져들어왔다. 온돌방은 뜨거웠다. 벽걸이엔 그녀의 젖은 옷들이 걸려 있었다. 나는 방바닥에 주저앉아 비닐봉투에서 맥주를 꺼내 라이터로 뚜껑을 땄다. 오징어에서는 묵은내가 났고 땅콩은 눅눅하게 습기가 배어 있었다.

"백숙을 식당에 두고 왔어요. 남긴 거라 누가 먹지도 못할 텐데."

"……"

"미안해요. 하루 사이에 남한테 미안하다는 말을 이렇게 많이 한 적이 없는 것 같아요."

"남이니까 그렇게 말할 수 있는 겁니다. 가까운 사이에서는 그런 말을 잘 쓰지 않죠."

"그럼 뭐라고 하는데요?"

"차라리 고맙다고 하죠."

그녀는 공허한 표정으로 웃었다.

"고맙다는 말 듣고 싶어요?"

"아뇨, 미안하다는 말이 듣기에 편하다는 뜻입니다."

"해운씨하고는 어떻게 친구가 됐어요? 두 분이 많이 다른 것 같은데."

"비슷하면 오히려 친구가 되기 어렵죠. 남녀가 비슷하다면 서로 그토록 가까워지려고 하겠습니까?"

"지나치게 단순한 생각 아닌가요?"

"나야 단순한 사람이니까요."

"복잡한 게 싫은가요?"

"심정이야 늘 복잡하죠."

다시금 공허하게 웃고 나서 그녀는 내게 잔을 부딪쳐왔다. 해운과 미선은 아이를 데리고 어디에 가 있는 걸까? 옷이 마르며 허벅지에서 김이 피어올라왔다. 내게는 갈아입을 옷이 없었다. 맥주를 더 사오겠다고 말하며 나는 자리에서 일어났다. 아까부터 오줌이 마려웠고 담배를 피우고 싶었다. 계단을 내려가 나는 처마밑에서 담배를 피워문 채 오줌을 누었다. 진저리를 치고 나서 바지 지퍼를 올리다 나는 복도에 나와 있는 정연의 그림자를 보았다.

새벽 두시쯤 정연은 이불과 베개가 쌓여 있는 구석에 모로 쓰러져 잠이 들었다. 나는 그녀의 머리에 베개를 받쳐주고 이불을 덮어주었다. 방이 도자기를 굽는 가마 속처럼 뜨거웠다. 그녀는 잠결에 이불을 자꾸 발로 차냈다. 그래, 누군가를 깊이 사랑하다보면 어느날 지쳐 쓰러지기도 하는 거지. 그런데 남들 눈에는 왜 그 모습이 이토록 어여뻐 보이는 것인지.

나는 베개를 들고 문 옆에 가 누웠다. 형광등을 껐으나 좀처럼 잠이 오지 않았다. 술을 꽤 마신 셈인데 웬일인지 취하지도 않았다. 계속 갈증이 남아 몸을 괴롭혔다. 숲에 퍼붓는 빗소리가 폭포처럼 들려왔다. 오월에 웬 비가 이렇듯 질기게 내리는 것일까. 새벽 네시나 되어 겨우 잠이 든 것 같다. 잠속에서 계곡으로 콸콸 물 흘러가는 소리가 들려왔다.

아침에 눈을 뜨니 그녀가 보이지 않았다. 비는 그쳐 있었다. 먼저 간 모양이었다. 머리맡에 메모지가 보였다. 고마워요,라고 쓰여 있었다.

4

해운을 만난 것은 칠월 중순이었다. 그날도 산성매표소 앞에서였다. 그는 매표소 옆, 북한산초등학교로 들어가는 길목에서 담배를 피우며 혼자 얼씬거리고 있었다. 불과 십여 미터 사이를 두고 나는 해운과 맞닥뜨렸다. 나는 해운이 나를 만나기 위해 그곳에 와 있는 줄로 잠시 착각했다.

"여긴 웬일이야?"

내가 다가가 물었다. 그는 허둥거리며 오늘이 금요일이란 걸 몰랐다고, 말 같지도 않은 소리를 늘어놓았다.

"어떻게 된 거지?"

낭패스러운 모습이 딱해 보일 지경이었다.

"언젠가 마주칠 줄은 알았어."

"고작 할말이 그것뿐이야? 못 본 척 그냥 내려갈까?"

"그럴 수야 없지."

점심때가 조금 지났을 뿐인데 아이들이 학교에서 몰려나오고 있었다. 눈여겨보니 저학년 학생들이었다. 짐작가는 바가 있어 나는 넘겨짚었다.

"애를 기다리고 있는 모양이군."

"그건 또 어떻게 알았지?"

해운은 곤혹스러운 빛이 역력했다. 잠시 후 단발머리 계집아이가 멈칫거리며 해운에게 다가와 바짓가랑이를 잡고는 뚱한 표정으로 나를 쳐다보았다. 저 아저씨 누구야? 응, 아빠 친구. 인사드려야지. 아이는 마지못해 내게 안녕하냐고 물었다.

"오늘은 그만 갈 테니까, 대신 곧 연락 좀 줘. 어디 가서 몰매 맞고 죽은 줄 알았잖아."

"우리집에 가서 점심이나 먹고 가. 산에서 내려왔으니 배고플 것 아니야. 지금 집에서 상 차리고 있을 거야."

"미선씨가 부담스러워할 텐데."

"밥만 한그릇 더 올려놓으면 되는데 뭐."

"그럼 미선씨한테 물어보고 나서 얘기해."

해운은 바지에서 휴대폰을 꺼내들고 자리를 비켜 집으로 전화를 걸었다. 통화는 삼분쯤 길게 계속됐다. 미선이 괜찮다면 한번 가보고 싶기도 했다.

주차장에 세워둔 해운의 낡은 프라이드 승용차에 등산배낭을 던져놓고 나는 뒷좌석에 올라탔다. 조수석은 재빨리 아이가 차지했다. 주차장을 빠져나가 구파발 방향으로 달려가는 동안 세 사람은 굳게 입을 다물고 있었다. 구파발과 기자촌으로 갈라지는 지점에 와서야 해운이 입을 열었다.

"진관사에 가본 게 언제지?"

"몇년 된 것 같은데, 거긴 왜?"

"언젠가 자네가 얘기했잖아. 진관사 아래 조용한 시골마을이 있다고 말이야. 사월에 장사를 정리하고 나서 막상 갈 데가 없었는데, 그때 자네가 한 말이 떠오르더군."

나는 짐짓 시치미를 떼고 말했다.

"난 진관사가 비구니절이라는 얘기밖엔 한 기억이 없는데. 그 아래 마을이 있었던 것 같긴 하군."

"나 지금 그 동네에 살아. 살아보니 북한산 아래라 공기도 좋고 정말 조용해."

"나도 좀 그래봤으면 좋겠군."

"옆에서 애가 듣고 있는데 말 좀 챙겨서 해."

"알겠습니다."

기자촌 쪽으로 달려가다 해운은 진관사 표지판 앞에서 좌회전을 했다. 사월 말에 이쪽으로 들어왔다면 삼개월 전이라는 얘기였다. 나는 오월에 정연과 만났던 일을 떠올렸다. 그날 그녀와 함께 묵었던 산장과 진관사는 지척이었다. 마음만 먹으면 걸어서도 오갈 수 있는 거리였다. 그래, 등잔 밑이 어두운 법이지. 더군다나 나는 매주 북한산초등학교 옆을 지나 백운대에 오르지 않는가. 따지고 보면 이들의 은신처(?)도 내가 제공한 셈이었다.

산장에서 헤어지고 나서 정연은 내게 몇번 더 전화를 걸어와 해운의 소식을 염탐했다. 알고 계시면 좀 알려주세요. 꼭 만나야 하거든요. 모릅니다. 알면 알려드리지, 내가 왜 모른다고 하겠습니까. 내 말투가 냉랭했는지 그뒤로는 전화가 없었다. 정연은 아직도 이들의 행방을 수소문하고 있을 터였다. 안타까운 노릇이었다.

세 사람은 다 기울어가는 슬레이트집의 문간방 하나를 얻어 살고 있었는데, 담이 없는 집이다보니 방문을 열면 곧장 길바닥이었다. 그 길로 사람들은 물론이려니와 자전거와 오토바이 심지어는 자동차까지 지나다녔다. 이를테면 문간방이 아니라 길방이었다. 옆으로 함석대문이 있긴 했으나 문간방에 사는 사람은 그쪽으로 드나들 일이 없었다. 부엌이 안마당과 면해 있는 괴이한 구조였다. 그러므로 길에서 신발을 벗어들고 방으로 들어가 부엌에다 내놔야 했다. 애초에 집을 잘못 지은 것인지 나중에 문간방 앞으로 길이 난 것인지 도무지 알 길이 없었다. 방도 고작 세 평 남짓했다. 장롱은 아예 들여놓을 수가 없어 조립식 옷장뿐이었고 앉은뱅이책상과 텔레비전이 가재도구의 전부였다. 나머지는 어디 있을까? 아마도 부엌에 쌓아두었거나 땅에 파묻어둔 모양이었다. 방에 창문조차 없어 부엌문을 열어놓은 채 살고 있었다.

그 감옥 같은 방에서 넷이 꾸부정하게 모여앉아 밥을 먹었다. 갑자기 입이 하나 늘어 밥상은 더욱 비좁았다. 김치에 아욱국, 멸치볶음에 오이무침이 전부였으나 밥맛은 유난히 좋았다. 그저 시장기 때문이려니 했는데 그게 아니었다. 처음 먹어보는 쌀이었다. 보기에도 기름질 뿐더러 밥알이 쫄깃하고 씹을수록 고소한 뒷맛이 남았다. 묵은김치도 깊은 맛이 배어 있었다. 남의 집 밥을 축내는 것이 미안했으나 나는 미선에게 밥을 더 달라고 빈 공기를 내밀었다.

"이 쌀 어디 거야?"

미선이 부엌으로 밥을 푸러 나간 사이 내가 해운에게 물었다.

"지난주에 강화도에 갔다가 한말 얻어온 거야. 유기농 오리쌀이라고 하더군. 농약 안 쓰고 논에 오리를 풀어놓고 기른 쌀 말이야."

"묵은김치도 그럼 강화도에서 가져온 건가?"

"그건 안집에서 얻은 거야. 작년가을에 땅에 묻어놓은 김장이 아직도 남아 꺼내먹고 있어. 김장을 팔아 돈을 좀 사려고 했던 모양인데 팔 데가 마땅찮았나봐. 소나무 밑에 독을 깊이 묻어둬서 그런지 여름인데도 군내가 나지 않아."

"아욱국도 멸치가 잘 우러나 맛있군. 오이무침에서 풍기는 식초냄새도 좋고."

미선의 얼굴이 슬그머니 붉어졌다. 그제야 생각이 난 듯 그녀는 부엌 선반에서 소주와 잔을 꺼내왔다. 안줏거리도 없는데 대낮부터 무슨 술이냐고 투덜대면서 해운이 뚜껑을 땄다.

"소주 안주는 밥이 제일이라고 하더라. 주는 대로 고맙게 받아먹어."

나는 해운이 따라주는 술을 받으며 말했다. 소주 한병을 둘이 나눠 마시고 밥상을 비워 아이 공부하는 책상으로 내준 다음 해운과 나는 밖으로 나왔다. 무더운 날이었으나 북한산 아래 진관외동은 서늘한 느낌을 주었다. 그린벨트 지역으로 묶여 있어 이때껏 시골풍경을 간직하고 있는 곳이었다. 진관사 쪽으로 걸어가며 나는 해운에게 어찌된 거냐고 다시 조심스럽게 물었다.

"보는 대로지, 어찌되긴 뭐가 어찌돼."

"난 미선씨에 대해 모르니까 묻는 거야. 어릴 때 교회에서 만났단 소린 들었지."

"건대사태 때 함께 구속됐다 풀려났어. 구로구청 사건으로 구속돼 내가 감옥에 가 있는 동안 미선이는 결혼을 했고 몇년 전에 이혼했어. 사진하는 놈이었는데 결혼한 지 두달 만에 바람을 피우기 시작해 함께 산 팔년 동안 반은 집밖에서 보낸 작자라고 하더라. 일을 핑계로 말이야. 지금은 돈 많은 과부를 낚아채 잘살고 있다더군. 나름대로 성공한 케이스라고 봐야겠지."

"그건 그렇다 치고, 왜 연락을 끊은 거야?"

"자리잡고 나서 연락하려고 했어. 사는 꼴이 옹색하잖아."

"알고 보면 남들도 다 비슷해."

"그런가?"

오월에 정연과 만난 얘기를 하려다 나는 입을 다물었다. 해운은 왜 그녀와의 약속을 저버린 것일까? 약속이라고 생각하지 않은 걸까? 아까 부엌 문간에 걸려 있던 조롱 속의 새 말이다. 진관사 아래 식당에 들어가 해운과 나는 저녁이 올 때까지 또 술을 마셨다. 산에 다녀온 날은 어김없이 술을 마시게 되는 것이다. 감옥에 가 있는 동안 미선이 결혼한다는 말을 듣고 몹시 절망했노라고 해운은 회한조로 말했다.

"사회주의가 붕괴됐다는 소식도 감옥에서 들었지. 솔직히 밖으로 나갈 엄두가 나지 않더군. 나가봐야 내가 뭘 하겠냐 싶더라고."

"미선씨는 그간의 자네 마음을 모르고 있었나?"

"까맣게 몰랐다고 하더라. 나 원 참, 하늘도 무심하시지."

"하늘이 무심하다는 건 세상 사람들도 다 알아."

"이렇게 될 줄 알았으면 미선이가 감옥으로 찾아와 결혼한다고 했을 때 울고불고 매달렸어야 했는데."

"옹졸한 소리 집어치워. 그런저런 과정을 겪고 나서 다시 만나는 사람들이 있게 마련이야. 자네 때문에 절망에 빠져 있는 사람도 생각해야지."

충혈된 눈을 부릅뜨고 해운이 나를 노려보았다.

"지금 누구 얘기 하는 거야. 혹시, 정연이 만났어?"

"두달 전에 연락이 왔더군."

"만나서 무슨 얘기 했는데?"

"자네 소식을 묻기에 모른다고 했지. 뭐, 사실이잖아."

해운은 고개를 꺾고 한동안 말이 없었다. 나는 더이상 정연의 얘기는 하지 않았다. 그저 알고나 있으라고 한 말이었다. 그래, 정연에게 마음이 기운 순간이 있었을 테지. 누구나 그럴 때가 있으니까. 그러다 초라해진 옛사람과 다시 만나 그보다 더 초라한 자신의 모습을 발견했겠지. 그리고 오히려 이쪽에서 또 매달렸겠지. 그게 삶의 굴레라는 것이다.

저녁 무렵이 되자 미선에게서 전화가 걸려왔다. 해운은 미선에게 아이를 데리고 나오라고 했다. 삼십분쯤 후에 모녀가 왔고 네 사람은 진관사까지 저녁산책을 했다. 점심값으로 내가 경내에 있는 찻집에서 차를 사겠다고 하자 미선이 그러자고 했다. 아이는 식혜를 먹고 어른들은 솔잎차를 마셨다.

어둑한 길을 내려와 집으로 돌아오는 길에 해운이 미선에게 말했다.

"애 데리고 집에 들어가 있어."

"또 술 마시려고?"

"그래도 상관없지만, 계곡에 들어가 목욕이나 하고 가려고."

"수건도 없잖아."

그만 가봐야겠기에 나는 미선을 거들고 나섰다.

"비구니절 아래서 목욕은 무슨."

"씻고 나서 우리집에서 하룻밤 묵고 가."

"집에 가서 밤에 할일 있어."

"그럼 목욕만 하고 가."

미선은 아이의 손을 붙잡고 먼저 밤길을 내려갔다. 계곡의 물은 머리가 시리도록 차가웠다. 저녁까지 마신 술이 금세 깼다. 나뭇가지 사이로 별들이 툭툭 떨어져내리고 있었다. 반딧불이 서너 마리가 눈앞에서 불빛을 끌고 초서체로 떠다니고 있었다. 물소리가 아득히 멀어지고 있을 때 해운의 목소리가 귓전에 날아왔다.

"우리 애 가졌어. 세달째야."

"……하늘이 무심한 것만도 아닌 것 같군."

"낳아서 키워보려고."

"그야 그래야겠지만, 앞으로 뭘 해먹고 살 거지?"

"시내에 조그만 식당을 하나 알아보고 있어. 식당이라기보다는 밥집이라고 해야겠지."

"오리쌀과 묵은김치?"

"그걸로 될까?"

"식당이야 입소문으로 꾸려가는 데니까, 열심히하면 먹고살 만큼은 되지 않을까?"

한참 있다가 해운이 말했다.

"부탁이 있는데, 다시 만나게 되면 정연이한테 미안하다고 전해줘."

"그럴 일이 있을지 모르겠군. 그리고 만나게 되더라도 그 말은 전하고 싶지 않은데."

"하긴 내가 직접 해야겠지."

"그게 아니라, 미안하다는 말은 실수로 남의 발을 밟았을 때나 하는 말이잖아. 듣기에 따라서는 욕이 될 수도 있다는 거지."

음, 하고 해운이 물속에서 몸을 꿈지럭거렸다.

"만나서 자초지종을 얘기하는 건 어때? 그게 그렇게 어려운 일인가?"

"미선이 입장도 있으니까."

"그래, 가까운 사람부터 챙겨. 그게 순서겠지."

집으로 돌아오니 아이는 잠들어 있었고 미선은 책을 읽고 있었다. 길 건너편 깨밭에서 냄새가 몰려들었다. 멀리서 개구리 우는 소리도 들려왔다. 참외를 먹으며 십분쯤 지체하다 나는 자리에서 일어났다.

신발을 챙겨신고 차를 세워둔 곳까지 걸어가며 나는 해운에게 말했다.

"자리잡히는 대로 연락줘. 식당으로 화분 들고 찾아갈게."

구파발역까지 나를 태워다주는 동안 해운은 줄곧 입을 다물고 있었다. 헤어질 때가 되자 해운은 다시 서먹한 표정으로 변해 있었다.

"그만 가봐. 나중에 내가 연락할게."

그와 악수를 나눈 뒤 나는 뒷좌석에 놓아둔 배낭을 들고 차에서 내렸다. 나를 내려놓고 그는 유턴을 하기 위해 도로 안쪽 차선으로 비집고 들어갔다.

5

대서문을 지나 매표소를 빠져나오자 진눈깨비가 사선으로 뿌옇게 흩날리고 있었다. 눈이네요,라며 정연이 걸음을 멈추고 시린 눈으로 하늘을 쳐다보았다.

"눈 아닌가요?"

"밤까지 계속 내리면 눈으로 변할지도 모르겠네요."

네시 무렵이었으나 날이 흐려지면서 사방이 어둑하게 가라앉고 있었다. 큰길까지 내려가 버스를 탈 생각이었으나 정연이 굳이 구파발 역까지 태워주겠노라고 했다. 아직 술기운이 남았다며 정연은 식당 앞에 있는 자판기에서 커피를 두 잔 빼왔다. 그리고 거기, 북한산초등 학교 입구에 서서 그녀와 나는 커피를 마시고 담배를 피웠다.

"일년 중 이때가 가장 쓸쓸한 계절이에요. 어딜 가나 풍경이 삭막 하잖아요."

정연은 가을과 겨울 사이의 환절기를 그렇게 말하고 있었다. 나는 방금 걸어내려온 길을 돌아보았다. 백운대 쪽은 진눈깨비에 가려 보 이지 않았다. 종이컵을 쓰레기통에 던져넣고 주차장으로 내려가 나는 그녀의 흰색 소나타에 올라탔다.

북한산성을 내려와 송추로 이어지는 길과 합해지는 삼거리에서 차 는 좌회전 신호를 받기 위해 멈춰섰다. 그날 진관외동에서 나와 헤어 진 후에도 해운은 두고두고 연락을 해오지 않았다. 그가 원치 않는다 는 생각에 나도 그곳을 찾을 수 없었다. 이듬해 봄에야 무릅쓰고 다시 그 집에 가봤더니 그들 일가는 외출중이었다. 밖에 나와 있는 집주인에게 어딜 갔느냐 물어보았으나 모른다고 했다. 작년가을 월곡동 재래시장에 밥집을 차렸다는 얘기만 겨우 전해들었다. 진관외동에서 월곡동은 먼 곳이었다. 왜 하필 그곳에 밥집을 차린 것일까. 아들을 낳았다고 했다.

그 며칠 뒤 나는 밤을 틈타 만경대에 오르다 실족해 왼쪽 다리가 부러지고 허리를 다치는 중상을 입었다. 그러고 나서 이년 동안 북한산에 오지 못했다. 그때쯤 해서 나는 진관외동은 잊고 지냈다. 아직까지 해운이 거기 살고 있으리라 생각지 않았던 것이다. 오늘 정연과 만나지 않았더라면 굳이 그때 일을 떠올리지도 않았을 것이다.

의정부와 송추에서 나오는 차들이 뒤섞여 구파발로 나가는 도로가 계속 막히고 있었다. 날씨 탓이려니 생각하며 나는 담배를 입에 물고 불을 붙였다. 정연이 차창을 내리며 조용히 한숨을 몰아쉬었다. 담뱃불 끌까요? 아뇨, 피우세요.

"……그 사람들 지금 어디에 살고 있을까요?"

정연이 말했다.

"가끔 궁금할 때가 있어요."

"애써 수소문하면 찾을 수도 있겠죠. 하지만 이젠 그렇게까지 나서서 찾는 사람이 없는 거죠. 나도 마찬가지고요."

정연이 나를 돌아보고는 그런가요?라며 말꼬리를 흐렸다. 가다서다를 지루하게 반복하며 기자촌과 구파발로 갈라지는 마지막 삼거리에 다다랐을 때, 나는 전방에 세워놓은 '공사중' 표지판을 발견했다. 더불어 구파발로 나가는 차는 기자촌 방향으로 직진했다 유턴해서 돌아나가라는 표시가 돼 있었다. 유턴 지점을 찾아올라가며 정연이 물었다.

"기자촌이 뭐 하는 동네죠? 혹시 기자들이 모여사는 동네란 뜻인가요?"

"글쎄요."

나도 늘 의문을 품고 있으면서 아직까지 알아볼 기회가 없었다. 나중에 알아보니 박정희정권 시절 언론인들이 집중적으로 거주하던 아파트단지였다. 완만한 오르막길이 계속되고 있었으나 유턴 지점은 좀처럼 나오지 않았다. 비보호 좌회전 신호등이 나타난 곳에서 나는 정연에게 말했다.

"저기서 그냥 유턴해서 나가죠."

그와 동시에 나는 그곳이 진관사로 들어가는 길임을 깨달았다. 그녀가 신호를 위반하고 유턴을 하려는 참에 나는 다급히 외쳤다.

"우리 진관사에 잠깐 들어갔다 나올까요?"

반사적으로 브레이크 페달을 밟으며 정연이 나를 바라보았다. 왜요? 얼른 대꾸를 못한 채 나는 눈앞을 쓸고 가는 진눈깨비만 바라보았다. 마을에서 트럭이 나오고 있었으므로 정연은 일단 갓길로 차를 비켜 세웠다. 정연은 침착하게 손목시계부터 확인했다.

"진관사 경내에 찻집이 있는데, 거기서 차나 한잔 더 마시고 갈까 싶어서요."

그다지 내키지 않는 투로 정연이 우물쭈물 되받았다.

"차는 안 마셔도 되지만, 잠깐 들르죠."

트럭이 빠져나온 울퉁불퉁한 길로 정연은 차를 몰았다.

"비구니절이라서 그런지 참 정갈한 곳이더군요. 절 옆에 계곡이 있는데 아직 물이 흐르나 모르겠습니다."

"대학 때 친구와 한번 와본 기억이 있어요. 비구니절이라는 건 미처 몰랐네요."

"……북한산에 자주 오나봐요?"

"가끔요. 작년까지는 애가 없어서 시간이 많았는데 올해부터는 꼭 그렇지도 않네요."

그녀는 올봄부터 교회에서 운영하는 유치원의 원장 일을 맡아보고 있었다.

"앞으로 북한산이 삼각산으로 이름이 바뀔 거란 기사를 얼마 전에 신문에서 읽었어요. 북한산은 일제강점기 때 저네들이 제멋대로 붙여놓은 이름이라는 거예요. 근데 전 왠지 북한산이란 이름에 더 정이 가요."

"그렇죠?"

별뜻 없이 나는 그렇게 되받았다.

"오늘도 만경대 꼭대기엔 그 고인돌처럼 생긴 바위가 여전히 그대로 있겠죠?"

"그게 어디 가겠습니까."

은근히 긴장을 하고 있었는지 정연이 내처 물었다.

"그 바위를 보러 다니는 이유가 있긴 있겠죠? 언젠가도 물어본 것 같기는 한데."

"그야, 뭐 늘 거기에 있으니까요."

잠시 사이를 두었다가 이번에는 그녀가 그렇죠?라고 웃으며 대꾸했다.

진관사엔 이미 저녁이 와 있었다. 초로의 등산객 두 명이 물을 마시고 바삐 빠져나간 경내는 이루 말할 수 없이 적막한 빛이 곳곳에 스며 있었다. 스님들도 어디 갔는지 보이지 않았다. 담장에 거꾸로 나란히 세워놓은 대빗자루 위에 낙엽이 쌓여 있었다. 담장 너머 마른가지들 사이로 저녁의 남은 빛이 아슬아슬하게 비치고 있었다. 찻집은 텅 비어 있어 발을 들여놓기가 되레 무색했다. 계곡의 물도 바짝 말라붙어 있었다. 대웅전 뒤편 소나무숲만 차갑고 궂은 날씨 속에서 오직 푸른 빛으로 버티고 있었다.

불과 십분 정도 경내에서 머물다 정연과 나는 일주문 아래 세워둔 차로 돌아가 절을 내려왔다. 절 아래 식당엔 일찌감치 불이 들어와 있었다. 해운과 미선이 살던 집 앞을 지나치다 나는 정연에게 잠깐 차를 세워달라고 했다. 주차할 곳이 마땅찮아 십여 미터를 더 내려가서 정연은 마을회관 공터에 차를 세웠다. 도랑 건너편으로 죽은 깨밭이 검게 누워 있었다. 영문을 모른 채 내 뒤를 따라오며 정연이 말했다.

"여기도 서울이죠?"

"은평구 진관외동이죠. 신사동과도 가깝고요."

해운과 미선이 살던 길방에는 녹슨 자물쇠가 채워져 있었다. 대문을 통해 안으로 들어가보려 했으나 거기에도 주먹만한 자물쇠가 매달려 있었다. 깨금발로 마당을 들여다보니 부서진 장롱과 개집이 처마 밑에 버려져 있었다. 그때 나는 불현듯 밥냄새를 떠올리고 있었던가.

"아는 사람이 살던 집인가요?"

뒷전에서 들려오는 소리에 화들짝 놀라 나는 숨을 사렸다. 나는 지금 누구를 데리고 와 남의 집 마당을 기웃거리는 걸까.

"그렇긴 한데, 벌써 오래전에 이사를 간 모양입니다."

"빈집을 들여다보면 왠지 무서운 생각이 들어요."

목이 막힌 소리로 그녀가 중얼거렸다.

6

대문을 등지고 돌아서자 진눈깨비가 어느덧 눈으로 변해 있었다. 그때 정연이 낮게 외치는 소리가 귓전에 들려왔다.

"저기 밭에 서 있는 할아버지 보여요? 근데 손에 들고 있는 게 뭐죠?"

나는 눈을 껌벅이며 정연이 가리키는 곳을 바라보았다. 길 건너편 밭둑에 털모자를 쓴 노인이 손에 얼레를 든 채 하늘을 올려다보고 있었다. 숨을 토해내는 소리로 그녀가 옆에서 말했다.

"얼레네요."

노인은 저녁나절 밭둑에 나와 혼자 연을 날리고 있었다. 정연과 나는 노인의 시선을 따라 고개를 비틀고 하늘을 더듬었다. 방패연이었다. 연은 북한산성 쪽 하늘에 등불처럼 드높이 떠 있었다. 태극무늬가 아니었더라면 그녀와 나는 연을 찾아내지도 못했을 것이다.

"연 날리는 거 정말 오랜만에 봐요."

정연이 내 팔소매를 거머쥐며 속삭였다. 연줄은 얼레에서 계속 풀려나가고 있었다. 저렇듯 떠가면 어디까지 가게 될까? 북한산초등학교 위를 지나, 그날 밤 정연과 비를 피했던 산장 아니, 그 너머 만경대까지 갈 수 있으려나?

정연과 나는 남의 빈집 앞에서 하늘을 보고 서성이다, 고개를 뒤로 비튼 채 차를 세워놓은 곳으로 어기적어기적 걸어갔다.

제비를
기르다

1

　어머니는 강화도 사람으로 올해 예순아홉이 되었다. 강남 갔던 제
비가 돌아온다는 삼월삼짇날 아침에 태어났다고 한다. 그날 오후 실
제로 제비들이 돌아와 지붕 위를 분분히 맴돌았고 그중 한쌍은 겨우
내 비어 있던 처마밑 둥지로 날아들었다. 작년에 살던 제비가 다시 찾
아온 거라고 식구들은 믿었다. 뜨거운 온돌방에서 몸을 풀고 누워 있
던 외할머니는 밖에서 제비가 지저귀는 소리를 듣고 마루로 나가 처
마를 올려다보며 손을 흔들었다. 당시에 그런 풍습이 있었다고 하는
데, 이를 풍등(豊蹬)이라 불렀다.
　계집아이 때부터 어머니도 들어서 알고 있었다. 자신이 제비가 돌
아온 날에 태어났다는 것을. 그리고 첫서리가 내릴 무렵인 음력 구월

구일 중양절에 다시 강남으로 날아간다는 것을. 신기하게도 그런 일은 해마다 어김없이 되풀이되었다. 생일이 되면 어머니는 미역국에 쌀밥을 말아먹고 아침부터 마루에 나가 종일 제비가 돌아오길 기다렸다. 하지만 꼭 삼짇날에 맞춰 돌아오는 일은 드물었다. 며칠 이르거나 혹은 늦었는데 대개는 조금 늦는 경우가 많았다.

제비가 찾아올 때까지 어머니는 턱을 괴고 앉아 마루를 떠나지 않았다. 그래서 어른들로부터 종종 지청구를 먹거나 걱정을 샀다. 계집아이가 벌써부터 무언가를 그리워한다고 말이다. 그런 계집아이는 나중에 커서 고독해지거나 또 남을 고독하게 할 팔자라고 했다. 아홉살되던 해는 무려 보름이나 늦게 제비가 돌아왔는데, 열흘째 어머니는 기다림에 지쳐 자리에 앓아눕고 말았다. 읍내에서 의원이 자전거를 타고 와서 진맥을 본 뒤 나직이 혀를 차며 말하길, 상사병이라 했다. 외할아버지는 못 들은 척 헛기침을 하며 방에서 나가버렸고 이마에 식은땀을 흘리며 요 위에 누워 있는 어린 딸을 흘겨보며 외할머니는 깊은 한숨을 몰아쉬었다. 의원이 가방을 들고 일어나려는 터에, 어머니가 빨갛게 실눈을 뜨고 물었다.

"의원님, 강남이 어디여요?"

의원은 이내 대꾸하지 못했다. 의원뿐만 아니라 마을 사람 그 누구도 강남이 어디에 있는지 몰랐다. 나 역시 스물네살이 될 때까지 그곳이 어딘지 모른 채 살았다. 강남은 머나먼 태국(泰國)이었다. 강원도 화천에서 군복무를 하던 시절 철책선 경계근무를 함께 서던 전우로부터 들은 얘기였다. 그는 경희대 조류학과에 다니다 입대한 친구였다.

경계근무를 마치고 돌아와 나는 모포 속에서 손전등 불빛에 의지해 어머니에게 편지를 썼다. 폭설이 내리던 새벽이었다. 믿을 만한 소식통에 의하면 강남은 곧 태국이랍니다, 어머니. 이렇게 짧게 써서 나는 아침점호가 끝나고 나서 행정반 전령에게 갖다주고는 속히 부쳐달라고 부탁했다. 그래봐야 별 소용도 없겠지만, 담배 한갑을 주머니에 찔러주며. 열흘 뒤에 어머니로부터 답장이 왔다.

근데 태국이 어디라니? 이 에미도 갈 수 있는 곳이니?

그해 어머니는 마흔여덟이었으므로 아직 태국 정도는 거뜬히 다녀올 수 있는 나이였다. 그러나 어머니는 끝내 태국에 가보지 못했다. 아버지가 극구 보내주지 않았고 어머니 혼자 다녀오기에는 도무지 엄두가 나지 않았으리라. 아버지는 운명처럼 평생 고독을 짊어진 채 살아야만 했던 사람이었다. 그 기나긴 고독 속에는 어머니에 대한 결코 이룰 수 없는 사랑과 미움이 깊게 자리하고 있었다. 그러니 아버지가 어머니의 소원을 들어줄 리 만무했다. 그러므로 어머니에게 있어 강남은 늘 가닿을 수 없는 거리에 존재하는 미지의 나라였다. 가을에 강남으로 갔던 제비가 돌아오는 이듬해 봄까지, 어머니는 그 누구도 아닌 오직 자신만을 그리워하며 살았다.
자라면서 나도 제비를 보면 하늘을 향해 손을 흔들어대곤 했다.

2

아버지만 고독했던 건 아니었다. 나 또한 무서리가 내릴 즈음엔 절로 몸이 스산해지며 마음속에서 잊었던 두려움이 깨어났다. 제비들이 떠나고 나면 어머니는 그날부터 입을 다물었다. 마치 영혼을 도둑맞은 사람처럼 허둥거리며 남편 자식과 눈길조차 마주치려 하지 않았다. 끼니를 챙기는 것도 잊은 채 부엌에 앉아 뜬눈으로 밤을 새우기 일쑤였다. 아버지는 어둑한 방에서 술을 마시다 잠이 들었고 나는 옆집으로 밥을 얻어먹으러 다녔다. 그 정도면 그나마 견딜 수 있었으리라.

첫눈이 내리면 어머니는 옷을 차려입고 몰래 대문을 빠져나가 열흘이나 보름 만에 돌아오곤 했다. 어디에 다녀왔는지는 누구도 알 수 없었다. 어머니는 늘 깊은 밤에 조용히 돌아왔는데 곧바로 아버지 손에 끌려 뒤란 헛간으로 들어가 매질을 당했다. 아무리 매질을 해대도 어머니는 입을 열지 않았다. 그리고 이듬해 겨울이 오면 다시금 그 불가사의한 가출을 단행했다. 아버지는 점점 폐인처럼 변해갔다. 급기야 읍내 술집 작부를 데려와 문간방에 함께 살게 했다. 내가 열살이 되던 해였다. 누가 시킨 것도 아닌데 나는 그녀를 이모라고 불렀다. 그럼에도 어머니는 상관하지 않는 눈치였다. 두달을 채 버티지 못하고 문간방 이모는 제풀에 보따리를 싸서 어느날 말없이 사라졌다. 그녀는 아예 눈길조차 주지 않는 어머니를 두려워하고 있었던 것이다.

그해는 내게도 고독이 엄습한 해였다. 일찌감치 무더위가 찾아와 기승을 부리던 유월 중순경의 일이었다. 처마 서까래에 붙어 있는 둥지에 어미제비가 알을 품어 네 마리의 새끼가 태어났다. 그런데 며칠이 지나지 않아 새끼제비 한마리가 마루 위로 툭 떨어져내렸다. 때마침 집에는 나 혼자뿐이었다. 나는 새끼제비를 조심스럽게 집어들고 둥지를 올려다보았다. 내 손이 닿지 않는 높이였으므로 나는 건넌방에서 재봉틀 의자를 가져와 그 위에 기우뚱 올라서서 둥지 안을 들여다보았다. 먹이를 구하러 나간 어미제비가 돌아온 줄 알고 새끼제비들이 저마다 노란 테가 선명한 주둥이를 마름모꼴로 한껏 벌리고 요란하게 지저귀고 있었다. 나는 손에 쥐고 있던 새끼제비를 둥지 안에 집어넣으려다, 재봉틀 의자에서 내려와 뒤란 헛간으로 갔다. 그리고 빈 사과상자 안에다 새끼제비를 넣은 다음 골판지로 덮어놓았다. 빨랫줄에 걸려 있는 옆집 누나의 속옷을 훔친 것처럼 마구 가슴이 두근거렸다.

헛간에서 나와 마루로 돌아오자 어머니가 재봉틀 의자에 앉아 있었다. 어머니는 읍내 시장에 다녀오는 길이었다. 어머니가 싸늘한 표정으로 나를 내려다보며 말했다.

"너 무슨 짓을 한 거냐?"

"……"

어떤 식으로 말하든 결코 위기를 모면할 수 없으리라는 느낌이 몰려왔다. 한갓 제비새끼 한마리 때문에 이래야만 하는 걸까? 구경삼아 둥지 안을 한번 들여다보았을 뿐이라고 나는 더듬거리며 말했다.

"그런데, 왜 새끼가 한마리 없는 거냐."

"원래 세 마리 아니었나요?"

"네 마리였다. 너도 알겠지만."

나는 고개를 숙인 채 머리를 가로저었다. 그사이에 돌이킬 수 없는 순간들이 지나고 있었다. 어머니가 재봉틀 의자에서 일어나 부엌 옆에 세워져 있던 빗자루에서 싸리나무 가지를 하나 빼내더니 내게로 다가와 느닷없이 등을 후려갈겼다.

"어떻게 했는지 어서 말해!"

이깟 매질이야 어머니에게는 이미 익숙한 일이었다. 나는 뱀처럼 이리저리 몸을 뒤틀며 외쳤다.

"모른다고 했잖아요. 그만 때려요!"

그동안 어머니에게 품고 있던 원망이 그런 식으로 입에서 튀어나왔다. 내 말은 어머니를 자극해 매질을 더욱 험하게 만들었다. 어머니의 얼굴은 점점 차갑게 변해갔다. 그런 와중에 나는 내 귀를 의심하고 있었다.

"얘들은 내가 낳은 새끼들이야. 그러니 어서 데려오지 못해!"

나는 등짝으로 쏟아져내리는 아픔을 참아내며 계속 반항했다.

"변소에 빠뜨려 죽였어요!"

어머니의 겨드랑이 사이로 아버지가 대문을 지나 마당으로 들어서는 게 보였다. 농지조합에서 퇴근하는 길이었다. 아버지는 마당에 서서 잠시 어머니와 나를 지켜보더니 마루로 다가가 구두를 벗고 그대로 안방으로 들어가버렸다. 그래서 나는 알았다. 언제부터인지 아버지가 내게서조차 애정을 거둬가버렸다는 것을. 그리고 그것이 어머니에 대한 미움에서 비롯되었다는 것을.

나는 사과상자 안의 새끼제비에게 어머니 몰래 좁쌀을 갈아 먹이고 풀숲에 나가 벌레를 잡아다 먹이며 온갖 정성을 다해 돌보고 키웠다. 골판지 뚜껑을 열면 새끼제비는 어미가 찾아온 듯 호들갑을 떨며 지저귀는 것이었다. 새끼제비는 하루가 다르게 자라 몸에 털이 솟고 상자 안을 기우뚱거리며 걸어다니고 손바닥에 올려놓으면 서툴게 날갯짓을 했다. 그러다 뚜껑을 덮으면 금세 굴뚝처럼 고요해졌다.

칠월이 가고 팔월이 되자 제비는 자꾸만 날려 했다. 나는 더이상 제비를 상자 안에 가둬두고 키울 수 없음을 깨달았다. 그래서 상자를 들고 헛간 밖으로 나가 뚜껑을 열어놓았다. 제비는 몸을 움츠린 채 떨고 있다가, 푸르르 날아올라 상자 모서리에 걸터앉았다.

"그래, 날아봐. 이제 너 가고 싶은 데로 가라고."

그러나 제비는 더이상 날지 못했다. 몸을 까닥거리다 도로 상자 안으로 뛰어내려 두려운 듯 구석에 몸을 붙이고 앉았다. 나는 상자를 헛간에 들여놓고 방으로 들어와 낮부터 이불을 쓰고 누웠다. 그리고 이런 생각에 잠겨 있었다.

'네가 강남으로 가는 날 나도 집을 떠나고 말리라.'

팔월 중순께 제비는 마침내 상자 안에서 날아올라 뒤란 대추나무 가지에 앉았다. 하지만 좀처럼 담 밖으로 날아가지는 않았다. 그렇게 보름 가까이 그 자리를 지키고 있었다. 가끔 눈에 보이지 않을 때도 있었으나 곧 대추나무로 돌아와 있었다. 그러다 나를 보면 쫏쫏, 지지지지 쭈이, 하며 지저귀곤 했다. 그래, 너는 내가 키운 제비새끼야.

무서리가 내린 날 제비는 대추나무에서 사라졌다. 그래서 나도 방으로 들어가 책가방에 짐을 꾸리고 옷을 두툼하게 갈아입은 다음 집을 나섰다. 버스를 타고 읍내까지 나와 무작정 서울로 가는 버스에 올라탔다. 저녁에 내가 찾아간 곳은 노량진에 있는 막내이모 집이었다. 이모가 놀란 얼굴로 마당으로 달려나와 나를 끌어안고 물었다.

"이게 어떻게 된 거니? 왜 네가 혼자 여기까지 온 거야?"

나는 이모에게 사실대로 털어놓았다.

"집에서 나왔는데 막상 갈 곳이 없어서요. 오늘 하룻밤만 재워주세요. 집에는 제발 알리지 마시고요."

당시 나는 초등학교 사학년이었다. 이모는 나를 안심시킬 요량으로 태연하게 저녁밥을 해먹이고 새로 풀먹인 이불 속에 재웠다. 그날 밤 버석거리는 이불 속에서 나는 오랜만에 깊은 단잠을 잤다. 다음날 점심때 아버지가 왔다. 이모에게서 나를 넘겨받아 집으로 데리고 가며 아버지가 버스 안에서 한탄조로 중얼거렸다.

"이젠 애새끼까지 지 에미를 닮아가는군. 내 팔자하곤."

옆좌석에서는 젊은 여자가 저고리 앞섶을 헤치고 갓난아이에게 탐스러운 젖을 물리고 있었다. 아버지는 그녀의 가슴을 집요하게 훔쳐보며 메마른 한숨을 내쉬었다. 읍내 차부에 내려 아버지는 시장 작부집 골목으로 들어섰다. 한낮임에도 골목은 함석 차양이 양쪽에서 서로 잇대어져 있어 어둑신했다. 더럽고 냄새나는 건 말할 나위도 없었다. 입간판에 커다란 붓글씨로 '문희'라고 쓰여 있는 집 앞에서 아버지는 주먹으로 문을 두드려댔다. 얼마 후에 여기저기 솔기가 터진 잠옷 바람의 여자가 도르래가 달린 문을 열고 밖을 내다보았다. 오후녘에 아직 눈곱도 떼지 않은 얼굴이었다.

"웬일이에요? 대낮부터."

아버지와는 이미 낯이 익은 눈치였다.

"웬일은, 술집에 술 마시러 왔지."

피곤에 전 목소리로 문희가 주절거렸다.

"문 열려면 아직 멀었어요. 이따 저녁에 오세요."

"그때까지 어디 가서 뭘 하며 기다려?"

"아직 세수도 안했단 말이에요."

"분 바르고 옷 갈아입을 때까진 내 기다리지. 어제가 농지조합 월급날이라는 거 몰라?"

문희가 얼굴을 돌려 께름칙한 눈으로 나를 내려다보았다.

"쟤는 뭐예요? 설마 쟤한테도 술 따르라는 건 아니겠죠?"

"이놈은 여기다 세워둘 거야. 그럴 만한 사연이 있거든."

"나 원, 대낮부터 별꼴이 반쪽이야."

아버지는 나를 입간판 옆에 세워둔 채 문희의 뒤를 따라 안으로 들어가더니 거칠게 문을 닫아버렸다. 그리고 날이 어두워질 때까지 코빼기조차 내밀지 않았다. 다리가 아픈 건 물론이려니와 오줌을 두어 번 누고 난 뒤부터는 배까지 고프고 몸이 떨려왔다. 눈치껏 먼저 집으로 갈 수도 있었을 텐데, 나는 무엇 때문에 그곳을 지키고 서 있었던 걸까. 일곱시쯤 한복 차림의 문희가 드르륵 문을 열고 먹다 남은 안주를 접시에 담아 내왔다.

"너 아직 안 갔구나? 배고플 텐데 이거나 먹고 있으렴."

나는 그녀가 건네준 접시를 받아들었다. 송편과 수수전과 돼지고기 산적 따위였다. 안으로 들어가려다 말고, 문희가 몸을 돌려 내게로 춤추듯 다가왔다. 그리고 여로에 지친 얼굴로 내게 말을 건네왔다.

"춥지?"

"괜찮아요."

나는 문희의 몸에서 풍겨나오는 아찔한 분냄새를 맡고 있었다.

"이마에 피도 안 마른 녀석이 벌써부터 무슨 가출이냐? 네 딴에도 괴로운 게 있는 모양이지?"

나는 접시에 담긴 음식을 손으로 집어먹으며 퉁명스럽게 대꾸했다.

"그만 들어가 술이나 마저 따르세요."

문희가 확 얼굴을 붉히더니 내 머리에 꿀밤을 먹였다.

"이 녀석 말버릇 좀 봐. 하긴, 그러니까 그 나이에 가출을 했겠지?"

"이모가 뭘 안다고 그래요."

"이모? 네 눈엔 내가 이모로 보이니?"

"그럼 누나라고 부를까요?"

그러자 문희가 깔깔거리며 웃더니 내 양쪽 귀를 잡고 볼에 뽀뽀를 했다. 분냄새가 다시금 코에 훅 끼쳤다. 문희는 엄마처럼 나를 꼭 껴안아주고 나서 서둘러 안으로 들어가버렸다. 누군가 그녀를 부르고 있었던 것이다. 아버지는 거나하게 취해 아홉시경에나 비틀거리며 밖으로 나왔다. 뒷전에 문희가 어두운 모습으로 서 있었다. 그때껏 골목에 서 있는 나를 보고 아버지는 놀란 듯했다.

"너 집으로 가지 않고 아직까지 왜 여기 서 있는 거냐?"

"아버지가 서 있으라고 했잖아요."

"그래서, 허수아비처럼 줄곧 서 있었단 말이냐?"

희뿌연 어둠속에서 문희가 내게 메마른 미소를 지어 보였다. 몹시 지쳐 보였다. 집으로 가는 막차 안에서 아버지가 또 타령조로 말했다.

"장차 너도 알게 되겠지. 사는 게 얼마나 고독한 행사인가를."

나는 그저 조는 시늉을 하고 있었다.

"그래도 오늘은 좋았다. 참으로 잘 익은 복숭아 같은 여자야."

집에 오니 어머니가 부엌에서 가마솥에 물을 끓이고 있었다. 아버지는 곧장 안방으로 들어가 누웠고 어머니는 내 옷을 샅샅이 벗긴 다음 손수 목욕을 시켜주었다. 살이 델 듯 물이 뜨거웠으나 나는 참고 있었다. 어머니도 말이 없었다.

그날은 어머니가 나를 데리고 잤다. 오래전부터 우리 식구는 각자 방을 따로 쓰고 있었던 것이다. 불꺼진 방에서 나는 눈을 뜨고 캄캄한 천장을 올려다보고 있었다. 그렇게 얼마나 지났을까. 어머니가 몸을 돌려 내 이마에 손을 올려놓으며 말했다.

"고작 하루 만에 돌아올 걸 왜 집은 나간 거니?"

나는 자는 척 굳게 입을 다물고 있었다.

"내 아들이 도대체 어디로 가려고 했던 걸까?"

어머니가 내 볼을 꼬집으며 다시 물어왔다.

"전 그냥 집을 나가야겠다는 생각만 했어요."

"그래, 뭐 그래서 나갔겠지."

"……"

"그렇다면 아주 떠날 작정으로 집을 나갔단 말이냐?"

한참을 궁리한 끝에 나는 이렇게 말하고 있었다.

"봄에 돌아오려고 했어요."

내가 키워서 강남으로 보낸 제비와 함께,라는 말은 그러나 하지 않았다. 귓전에서 어머니가 숨을 몰아쉬는 소리가 들려왔다. 그리고 내 얼굴에 묻어 있던 입술 자국에 대해 물었다.

"그 여자 이쁘더냐?"

나는 안방에서 잠들어 있을 아버지를 생각하고 있었다.

"이쁘더냐고."

"네."

"그래, 그렇구나."

어머니가 내 손을 잡아 가슴으로 가져갔다. 어머니가 고르게 숨을 몰아쉬는 느낌이 내 몸으로 전해져왔다. 그러나 가슴은 조금도 뛰지 않았다.

"여자는 다 이쁜 것이란다."

어머니가 말했다.

"하지만 여자는 영원의 나라를 왕래하는 철새 같은 존재란다. 기억해둬라."

그 밤이 지나고 나서 어머니는 다시 입을 다물어버렸다. 봄이 올 때까지는 두고두고 입을 열지 않을 터였다. 그것은 내게 어머니의 부재를 뜻하는 것이기도 했다. 비록 눈앞에 있지만 그 누구도 가닿을 수 없는 머나먼 나라에서 어머니는 월동을 하는 중이었다. 그해 첫눈이 내리는 날 새벽에도 어머니는 가출을 했고 보름 만에 어디선가 돌아왔다.

3

내가 문희를 만난 것은 1986년의 일이었다. 이월 초에 나는 제대 명령을 받고 백암산 초소를 떠나 화천 읍내에 있는 연대본부에서 제대신고를 하고 위병소를 빠져나오면서 마침내 이십칠개월간의 군복무를 마쳤다. 예비군복 차림으로 내가 먼저 찾아간 곳은 목욕탕이었다. 거기서 묵은 때를 벗겨내고 근처에 있는 식당에서 설렁탕을 먹은 다음 우선 춘천으로 가는 직행버스에 올랐다. 당시엔 화천발 서울행 직행버스가 없었으므로.

차창으로 내다보이는 세상은 낯설고 적막해 보였다. 산에는 겨우내 내린 눈이 이불처럼 두껍게 쌓여 있었다. 어쩐지 앞으로 살아갈 자신이 없었다. 그것은 곧 내 앞에 닥쳐올 운명에 대한 예감 때문이었는지도 모른다. 군에 있는 동안이 오히려 안전했다는 뒤늦은 깨달음이 몰려왔다. 실제로 입대 동기 중의 한명은 제대 일주일을 남겨놓고 행정반에 찾아가 장기사병 복무 신청서에 지문을 찍고 나왔다. 그가 현명한 선택을 했을지도 모른다는 생각이 머리를 스치고 지나갔다.

춘천에서 서울로 오는 직행버스 안에서 나는 대학생으로 보이는 어떤 여자와 말문을 텄다. 어디서 오는 길이냐고, 그녀가 먼저 말을 건네왔다. 화천이라고 하자 자신은 양구에서 오는 길이라고 했다. 그녀는 양구로 남자친구를 면회하러 갔다 실패하고 돌아가는 길이었다. 남자친구는 입대한 지 겨우 삼주밖에 되지 않은 훈련병이었다. 훈련병 시절엔 면회가 안된다는 걸 왜, 몰랐던 걸까. 아무튼 제대할 날이 까마득히 남아 있는데다 그동안 서로에게 무슨 일이 생길지 전혀 예측할 수 없는 관계였다. 그녀는 하루하루 누군가를 그리워하며 사는 일을 벌써부터 절망으로 받아들이고 있었다. 지난 삼주가 삼개월 같았다고 그녀는 말했다. 그런데 앞으로 이십육개월을 더 기다려야 그녀의 남자친구에게 제대 명령이 떨어질 터였다.

마장동 시외버스터미널에서 내려 그녀와 나는 찻집 겸 술집에 들어가 맥주를 마셨다. 처음엔 거절했으나 다시 청하자 마지못한 모습으로 응했다. 그녀는 신촌에 있는 모 대학의 가정학과에 다니고 있었고 봄이 되면 사학년이 될 거라고 했다. 집은 복사골 부천이었다. 주저하다 그녀는 내게 제 이름까지 알려주었다. 그 순간 나는 벼락을 맞은 듯 놀라고 말았다. 오랫동안 까마득히 잊고 있던 이름이 그녀의 입에서 흘러나왔던 것이다. 문희. 그녀의 이름은 서문희였다. 부릅뜬 눈으로 그녀를 바라보며 나는 어릴 적 아버지를 따라 찾아갔던 읍내 작부집 골목의 풍경을 떠올리고 있었다. 그와 함께 한복 차림으로 내게 먹을 것을 내다주던 문희와 그녀의 몸에서 풍겨나오던 분냄새와 내 뺨에 와닿던 입술의 느낌이 바다와 같은 그리움이 되어 가슴으로 뜨겁게 밀려들었다. 나는 금세 눈시울이 붉어졌다. 당황한 눈으로 나를 바라보며 문희가 목에 걸린 소리로 물어왔다.

"왜 그래요? 무섭게."

무엇이 어찌되려고 이러는 걸까. 내 마음속에서는 그때 일생일대의 중대한 사태가 벌어지고 있었다. 앞으로 이 여자를 사랑하게 될지도 모른다는 고통스러운 예감이 저기 문밖에 우산을 쓴 손님처럼 찾아와 있었던 것이다. 그녀는 내가 제대의 감격에 겨워 감정을 자제하지 못하는 줄 알고 있었다. 그리고 예비군복 차림으로 앉아 있는 나를 바라보며 부럽다고 말했다. 낮에 화천에서 버스를 탈 때만 해도 오갈 데 없던 나를 두고 말이다.

마장동에서 부천은 먼 곳이었다. 시간은 그새 아홉시를 지나고 있었다. 술집에서 나와 주위를 두리번거리며 문희가 말했다.

"여기서 어떻게 집에 가죠?"

거리엔 이월의 차디찬 밤비가 내리고 있었다.

"종로 쪽으로 일단 택시를 타고 나가죠."

별 선택의 여지가 없었는지 그녀는 택시에 올라탔다. 택시는 느린 속도로 동대문운동장 앞을 지나쳐 종로3가역 앞에 다다랐다. 도로가 정체되는 기미가 보이자 운전사가 뒤를 돌아보며 물었다.

"종로 어디쯤에 내려드릴까요?"

나는 옆자리에 앉은 문희를 돌아보았다. 그때 무슨 생각을 했음인지 그녀가 여기서 내려 조금만 걷자고 했다. 지하철 입구에서 파란 비닐우산을 사서 쓰고 문희와 나는 탑골공원 쪽으로 걸어갔다.

"오늘 처음 만난 게 분명한데, 오랜만에 다시 만난 느낌이 드는 건 왜죠?"

그녀가 꿈꾸는 듯한 소리로 중얼거렸다.

"이상한 일이에요."

나도 물론 그런 느낌에 사로잡혀 있었다.

"또 만날 수 있을까요? 그럴 수 있다면 좋겠네요."

문희가 우산 속에서 삭막하게 웃었다. 탑골공원 대문 지붕에 비둘기들이 모여앉아 비를 맞고 있었다.

"만날 수 없다는 거 아시잖아요."

"만나게 될 겁니다."

문희가 걸음을 멈추고 나를 돌아보았다. 내처 걸음을 옮기며 그녀가 단호하게 말했다.

"저 그 사람 기다릴 거예요."

"그건 상관하지 않겠습니다."

문희가 침착하게 대꾸했다.

"이 근처에서 한잔만 더 하고 헤어져요. 그리고 우리 다시 만나지 말아요."

우리,라고 문희가 무심결에 말했다. 그래, 우리는 아마 다시 만나게 될 터였다. 그것은 거의 확신에 가까운 예감이었다. 나는 입대 전에 가끔 들렀던 낙원상가 옆의 '탑골'이라는 술집으로 문희를 데리고 갔다. 신문사 기자와 문인으로 보이는 사람 몇명이 진을 치고 앉아 술을 마시고 있었다. 누군가 구석에 놓인 피아노 앞에 어깨를 구부리고 앉아 서툴게 건반을 두드리며 노래를 부르고 있었다. 시집을 읽듯 낮은 목소리로.

나는 문희에게 그동안 내 인생에 일어났던 일들을 양파껍질 벗기듯 하나씩 얘기하고 있었다. 그러자니 사이사이 코가 매워졌다. 일년의 반은 어딘가로 영혼이 떠나 있는 어머니와, 그 때문에 고독에 병든 아버지와 그래서 유전처럼 일찌감치 고독을 짊어지게 된 나란 존재에 대해서. 그리고 한때 문간방에 살았던 작부 이모와 내가 새끼제비를 키워 강남으로 보낸 일과 그날 책가방을 싸서 가출한 일에 대해서도.

그리고 또한 아버지와 함께 찾아간 읍내 작부집과 그 집의 이름이 '문희'였다는 것까지.

문희라는 이름이 내 입에서 튀어나오자 그녀의 두 눈이 크게 벌어졌다 조개처럼 천천히 오므라들었다. 그리고 지친 듯 한동안 눈을 감고 있었다. 괜한 말을 한 걸까. 후회가 몰려왔지만 때가 늦었다. 문희는 깜빡 잠든 것처럼 보였다. 그녀의 파리한 얼굴을 바라보면서 나는 어릴 적 어머니가 이불 속에서 귓전에 대고 들려준 말을 떠올리고 있었다.

'여자는 영원의 나라를 왕래하는 철새 같은 존재란다. 기억해두거라.'

시인으로 보이는 중년의 사내가 피아노에 붙어앉아 지치지도 않고 계속 노래를 부르고 있었다. 그러다 어느결에 귀에 익은 곡이 들려왔다. 군에 있을 때 밤에 경계근무를 서면서 속으로 참 많이도 불렀지. 멕시코 여가수 까뜨리나 발렌떼가 부른 「제비」(La Golondrina). 그것을 조영남이 번안해서 이렇게 불렀지.

정답던 얘기
가슴에 가득하고
푸르른 저 별빛도 외로워라
사랑했기에 멀리 떠난 님은
언제나 모습 꿈속에 있네
먹구름 울고 찬서리 친다 해도
바람 따라 제비 돌아오는 날
고운 눈망울 깊이 간직한 채

당신의 사랑 품으렵니다
아아 그리워라
잊지 못할 내 님이여
나 지금 어디 방황하고 있나
어둠 뚫고 흘러내린 눈물도
기다림 속에 잠들어 있네
바람 따라 제비 돌아오는 날
당신의 마음 품으렵니다

노래가 채 끝나기도 전에 문희가 자리에서 일어나더니 뒤도 돌아보지 않고 문을 열고 밖으로 나갔다. 그래서 나는 그녀가 갔음을 알았다. 이 추운 밤에 어디로 가는 걸까?

4

내가 중학교를 졸업하던 해 우리 가족은 강화를 떠나 서울로 왔다. 서울의 고등학교에 나를 입학시키기 위해서라고 들었지만 이유는 다른 데 있었다. 몇년 전부터 아버지가 농지조합 일에 진저리를 내고 있었고 이대로 가다가는 술독에 빠진 쥐처럼 속히 지쳐 죽으리라는 판단에서 늙은 장수가 녹슨 칼을 빼들듯 장엄조로 내린 결론이었다. 그해 서울에는 제비가 돌아오지 않았고 이듬해에도 또 그 이듬해에도 제비는 돌아오지 않았다. 무려 내가 마흔다섯살이 될 때까지 말이다.
서울로 이사온 뒤 아버지는 어묵공장에 취직했고 어머니는 노량진에서 의상실을 하고 있던 막내이모의 일을 거들며 살림을 꾸려나갔다. 아버지 쪽에서 보면 강화를 떠난 게 일단은 성공적이었다. 우선 어머니가 의상실 일에 재미를 붙여 얼굴에 활기가 돌았고 무릎이 시려오는 가을이 오고 또한 겨울이 와도 더는 벙어리 행세를 하지 않았다. 그럼에도 첫눈이 내리면 어머니는 어김없이 옷을 차려입고 집을 떠났다. 아버지는 더이상 어머니를 다그치거나 매질을 하지 않았다. 벌써 포기한 눈치인데다 그나마 이 정도면 됐다고 생각했음이 틀림없었다. 비록 셋방살이였지만 살림이 조금씩 불어나면서 아버지도 진흙 같은 고독 속에서 서서히 깨어나고 있었다. 그동안 사람 다루는 솜씨를 어디에 숨겨뒀는지 삼년 뒤에 아버지는 어묵공장 공장장이 됐고 그로부터 이년 후에는 공장을 인수해버렸다. 아버지는 새벽마다 직접 트럭을 몰고 나가 노량진 수산시장에서 헐값에 수거한 생선 부속을 짐칸에 가득 싣고 왔다. 공장은 하루 여덟 시간씩 이교대로 돌려도 주문량을 댈 수 없을 정도로 분주했다. 그럼에도 아버지는 절대 공장의 규모를 늘리지 않았다. 아버지의 소원은 더 많은 돈을 버는 게 아니라 하루라도 빨리 자신의 삶에 안주하는 것이었다.

이모와 어머니가 함께 꾸리는 의상실도 나날이 세를 불려나가다 칠십년대 말에 과감히 동대문으로 진출했다. 바야흐로 수제품시대가 가고 기성복시대가 도래해 있었던 것이다. 첫해는 시장 안에서 자리를 잡느라 고생했지만 훗날 이모는 동대문 점포를 몇개나 인수하는 큰손으로 둔갑했다. 88서울올림픽이 열리던 해 어머니는 힘에 부친다며 점포에서 손을 떼고 새로 이사한 목동 아파트에서 지내며 월말에나 수금하러 동대문에 들르는 정도였다. 그즈음 어머니는 아버지 몰래 강화의 옛집을 되사 노년을 보낼 준비를 치밀하게 진행하고 있었다.

내가 문희를 찾아간 것은 인사동 탑골에서 헤어지고 나서 두달 뒤였다. 사월 중순이었으므로 어디론가 제비가 돌아올 때였다. 나 역시 복학해서 사학년이었다. 문희가 다니는 학교 정문을 통과해 나는 여기 묻고 저기 물어 과사무실로 찾아갔다. 그리고 조교한테 강의시간표를 알아내 강의실 앞에서 문희가 나타나기를 기다렸다.

강의가 시작되기 직전 복도 끝에 나 있는 계단을 통해 문희가 올라왔다. 십 미터쯤 사이를 두고 그녀와 나는 눈이 마주쳤다. 문희는 당황한 기색이 역력했다. 발길을 돌려 계단을 내려가려다 그녀는 내가 서 있는 곳으로 빠르게 다가왔다. 그러더니 내 옆을 지나쳐 강의실 안으로 들어가버렸다. 잠시 후 교수가 들어가고 문이 닫혔다. 어쨌거나 나는 기다릴 생각이었다. 두 시간만 기다리면 문희와 다시 만날 수 있을 것이었다.

한시간도 채 지나지 않아 문희가 강의실 문을 열고 복도로 나왔다. 봄이었으므로 이월에 만났을 때보다 한결 밝아 보였다. 머리칼도 어깨 아래로 많이 자라 있었다. 밖으로 나가죠,라고 말하며 문희는 앞서 계단을 내려갔다. 새파란 하늘로 하얀 뭉게구름이 붕붕 떠가고 있었다. 마치 가마솥 뚜껑이 열린 것처럼 하늘이 공허해 보였다. 나란히 정문을 빠져나오며 문희가 수군거렸다.

"뭘 어쩌자고 이러는 건지."

"다시 만나게 될 거라고 말했잖소."

"왜 아니겠어요, 철부지 예비군 아저씨."

"민방위 대원이 찾아온 것보다는 한결 낫겠지."

"그 머리 모양 하며, 쯧쯧. 모자라도 쓰고 올 걸 그랬죠?"

그런 마음을 갖고 찾아온 건 아니었으나, 문희와 강화도에 가고 싶다는 생각이 들었다. 오랜만에 읍내 작부집에 들러 내 사랑하는 문희와 술을 마시고 싶다는 생각이 어느덧 간절하게 몰려왔다. 마침 가까운 신촌시장 뒤편에 강화운수 터미널이 있잖은가 말이다. 그런 듯 아닌 듯 터미널 방향으로 걸어가며 나는 문희에게 말했다.

"지난 두달 동안 그리워서 혼났소."

시답잖다는 얼굴로 그녀가 되받았다.

"그렇다고 감동하지 않아요."

"행여 감동을 바라서 한 말이 아니오. 그저 내 마음이 그랬다는 것뿐이오."

"그 말투 어디서 배웠어요? 늦기 전에 대학로에 찾아가 연극배우나 되시든가."

"예비군도 받아줄까?"

그만 하라며, 문희가 어머니의 안부를 물어왔다.

"요즘 장사하느라 정신없으셔. 지난겨울에도 보름이나 길게 집을 비우셨다고 들었지만."

"대단하시군요."

"뭐가?"

"어머님 말이에요. 정말 대단하세요."

나는 길 건너편 신촌시장 입구를 바라보고 있었다.

"날씨도 화창한데 우리 강화도에나 갔다올까? 여기서 버스 타면 한시간 십분이면 가는데."

어처구니가 없는 눈빛으로 문희가 나를 돌아보더니, 피식 웃었다.

"여기라뇨?"

"저기 신촌시장 뒤편에 강화도로 가는 버스가 있거든."

"거긴 가서 뭐 하게요?"

"막걸리나 한잔 마시고 오지 뭐. 요즘이 밴댕이철이거든."

"어디, 문희네서?"

"이왕이면 그래야겠지?"

그제야 호기심이 동한 듯 문희가 다시 물어왔다.

"그 집이 아직 거기 있겠어요?"

"그야 가보면 알겠지."

"있다 해도 그 여자는 이미 파파할머니가 다 됐을 텐데."

할머니까지는 아니더라도 아마 사십대의 여자가 돼 있으리라. 마침내 문희와 나는 강화운수 터미널까지 와 있었다. 나는 대합실로 들어가 버스표 두 장을 끊고 밖에 서 있는 문희에게 돌아갔다. 그녀는 소매치기를 당한 사람처럼 허둥거리고 있었다. 코앞에 열려 있는 버스 문을 주의깊게 노려보다 문희가 확인조로 물었다.

"안전은 절대 보장하는 거죠? 저 아홉시까지는 집에 들어가야 해요."

강화 읍내에서 인천으로 가는 버스가 있을 것이었다. 거기서 부천까지는 지하철을 이용하면 될 거라고 나는 문희를 안심시켰다. 버스는 신촌을 벗어나 한강을 건너 48번 국도를 타고 김포를 지나 강화대교 앞 검문소에서 잠시 멈춰섰다. 이어 차문이 열리고 총을 멘 군인이 올라와 승객들의 주민등록증을 일일이 확인했다. 강화대교 아래로 하루 두 번씩 비좁게 들고나는 염하가 먼바다에 끌려 거칠게 빠져나가는 중이었다. 뻘물이 빠져나간 가파른 개펄을 문희는 겁먹은 눈으로 내려다보고 있었다. 그녀에게는 강화가 초행이었다. 강화대교를 건너 읍내 터미널에 도착한 것은 오후 네시쯤이었고 버스에서 내린 문희는 길에 버려진 아이처럼 사위를 두리번거렸다.

두 사람은 인삼가게가 모여 있는 곳을 지나쳐 시장으로 들어섰다. 강화를 떠나고 나서 십년 만에 찾아왔으나 시장은 이상하리만큼 변한 게 없었다. 하물며 그릇가게나 국숫집 이름까지도 옛날 그대로였다. 작부집 골목은 시장 뒤편 공터에서 오른쪽으로 돌아나가는 지점에 깊은 우물처럼 숨어 있었다. 지대가 낮은데다 집집마다 지붕까지 낮게 드리워져 대낮에도 습한 기운이 고여 있었다. 담벼락 밑에는 이끼까지 퍼렇게 번져 있었으므로 처음 발을 들여놓는 사람은 절로 숨소리를 낮출 수밖에 없었다. 문들이 죄 닫혀 있었으므로 음습한 기운은 더했다. 강화를 떠나던 해 나는 혼자 이 골목을 찾아왔다. 중학교 졸업식을 며칠 앞두고서였다. 그러나 내 어찌 문을 열고 안으로 들어갈 수 있었겠는가. 추위에 떨며 골목에서 서성이다 나는 밤늦게 집으로 돌아갔다. 서울로 이사온 뒤에야 나는 그날 문희가 그리워 찾아갔음을 깨닫곤 뜨겁게 얼굴을 붉혔다. 그 무렵 나는 여드름투성이의 얼굴로 힘겹게 사춘기를 지나고 있었던 것이다.

어둠속인 듯 문희가 뒷전에서 속삭여왔다.

"저기, 저 집 아니에요?"

그랬다. '문희'는 그 자리에 아직도 남아 있었다. 반가움에 앞서 코끝이 시려왔다. 그와 함께 가슴에 쌓였던 그리움이 세차게 목울대로 차올랐다. 나는 문희의 손목을 거머쥔 채 그곳으로 다가갔다. 그녀의 따뜻한 체온이 사리때의 염하처럼 온몸으로 거칠게 밀려들었다. 그러나 문은 안에서 잠겨 있었다. 나는 문을 두드려보았다. 두 번 그리고 세 번을 두드렸을 때, 문희가 다급히 외치는 소리가 들려왔다.

"두드리지 마요!"

나는 손을 멈추고 뒤를 돌아보았다. 문희는 마치 늙음의 문앞에 선 여자처럼 떨고 있었다. 이윽고 문이 열리고 그 안으로 들어서는 순간 폭삭 늙어버리리라는 두려움에 가득 찬 얼굴로. 이번엔 거꾸로 문희의 손에 이끌려 나는 서둘러 골목을 빠져나왔다. 그리하여 모처럼 문희와 마주앉아 술잔을 주고받을 수 있는 기회를 어쩌면 영영 놓쳐버리고 말았다. 그 퇴락한 골목을 벗어나 우리는 구멍가게에서 사이다를 사서 반씩 나눠마셨다. 약속을 지키지 못한 사람처럼 미안해하며 문희가 두런거렸다.

"읍내에 웬 방석집들이 이렇게 많은 거죠?"

어디서 들었는지 문희는 작부집을 방석집이라고 고쳐 불렀다. 그것은 강화에 와본 사람들만이 알 터였다. 말할 것도 없이 인삼과 화문석 때문이었다. 지금이야 옛날 같지 않겠지만 인삼시장과 화문석시장이 서는 날은 밤새도록 작부집이 상인들로 넘쳐났다. 칠십년대 중반까지만 해도 전국 인삼시장을 손안에 쥐고 있던 곳이 바로 강화도였고 인삼가격 또한 여기서 정해졌던 것이다. 아버지 같은 말단 공무원은 작부집 골목에서 오히려 대접을 받지 못하는 뜨내기 축에 속했다. 돌연 오갈 데 없는 사람들이 되어 두 사람은 시장통에서 국수를 사먹으며 번갈아 손목시계를 들여다보고 있었다. 그릇을 반도 비우지 않은 채 젓가락을 내려놓으며 문희가 넌지시 말했다.

"형우씨는 강화도 어디서 태어났어요?"

양도면 길정리,라고 알려주었지만 그녀가 그곳을 알 리 없었다. 그곳은 또한 아버지의 고향이면서 어머니가 사십여리 떨어진 내가면에서 스물세살에 시집을 온 옛집이 남아 있는 마을이기도 했다. 집앞에 가능포들이 드넓게 펼쳐져 있고 들판 끝에 마니산이 우뚝 솟아 있는 아름다운 마을이었다.

내 얘기를 듣고 나서 문희가 뜻밖의 제안을 해왔다.

"우리 거기나 갔다올까요? 아직 다섯시밖에 안됐잖아요."

글쎄, 가서 뭘 하랴 싶었으나 나는 문희와 함께 있고 싶은 마음에
그러자고 했다. 국숫집에서 나와 우리는 뛰듯이 터미널에 도착했고
십분 후에는 아닌게아니라 내 고향으로 가는 버스 안에 앉아 있었다.

말없이 차창 밖을 내다보던 문희가 아이처럼 물어왔다.

"무슨 함석집들이 이렇게 많아요?"

"강수량이 많아서 그래. 빗물이나 쌓인 눈이 흘러내리기 쉽게 지붕
선이 가파르고 대개들 마당도 좁아. 겨울에 마당에 눈이 쌓이면 다들
처마밑으로 돌아다니지."

"대문이 없는 집들도 많아요."

"한때는 강화가 전국에서 가장 소득이 높은 군(郡)이었으니까 거
지나 도둑이 없었지. 형편이 좀더 나은 사람들은 집 외벽에 기와나 돌
을 써서 꽃담처럼 장식을 했는데 세 칸 장식이면 부잣집이라는 뜻이
었어."

"전 지금껏 강화도라고 하면 신미양요, 병인양요만 생각했어요. 또
강화도령 철종 임금."

"팔만대장경도 여기서 만들어 합천 해인사로 옮겨갔다더군."

"음, 오늘 강화도에 대해 많이 알게 되네요."

버스는 강화도 내륙을 지나 길정리 정류장에 두 사람을 내려놓고
함허동천 방향으로 달려갔다. 역시 십년 만에 찾은 고향은 그러나 변
해 있었다. 우선 마을 진입로의 도로가 포장됐고 저수지 아래에 교회
가 들어섰으며 해마다 무배추를 심었던 곳은 포도밭으로 바뀌어 있었

다. 다행히 고향집 대문 앞에서 바라본 가능포들과 마니산의 풍경은
옛적 그대로였다. 모내기철이 다가와 온 들녘에 물이 들어와 있었다.

고향집에는 서울에서 이사왔다는 삼십대 중반의 인상좋은 부부가
살고 있었다. 마루에 걸터앉아 얘기를 나누다보니 그들 부부는 대학
때부터 구로공단에서 노동운동을 하던 사람들이었다. 남편이 감옥에
가 있는 동안 아내는 편지봉투를 붙이거나 구슬을 꿰는 일을 하며 옥
바라지를 했다. 사년 전 남편이 출소하고 난 뒤 건강을 추스를 겸 이
곳 강화로 들어왔다. 처지가 비슷한 사람들이 주변에 모여살며 일종
의 공동체생활을 하고 있다고 했다. 예나 지금이나 강화도는 또한 유
배의 아픔을 간직한 섬인 모양이었다. 이들 부부에게는 세살 난 아들
이 하나 있었는데 금지옥엽으로 키우고 있음을 한눈에 알 수 있었다.
저녁을 먹고 가라는 그들 부부의 간곡한 청을 거절하지 못하고 문희
와 나는 고봉밥에 무배추김치에 멸치젓에 누룽지 숭늉까지 배불리 얻
어먹고 나서야 마루에서 일어났다. 읍내로 나가는 버스가 이내 지나
가리라 그들 부부가 알려주었다. 그새 들녘에 어스름한 빛이 뿌옇게
내려앉고 있었다.

버스를 기다리며 간이정류장에 서 있는 동안 들녘을 향해 돌아서
있던 문희가 멀리 꿈속에서처럼 소리쳤다. 나는 포도밭 너머 고향집
을 바라보며 옛생각에 잠겨 있었다. 대문 밖에 아이를 안은 부인이 나
와 정류장 쪽을 살피고 있었다. 버스가 제시간에 오는지 확인하려는
듯한 모습이었다.

"제비예요. 저기 좀 봐요."

그저 그런가보다, 하고 나는 아이를 안고 있는 부인에게 손을 흔들
어 보였다. 그러자 부인도 나를 향해 손을 흔들어주었다. 이어 문희가

밝은 소리로 외쳤다.

"이렇게 많은 제비들은 처음 봐요."

나는 들녘을 향해 비스듬히 돌아섰다. 시나브로 일몰의 빛이 들녘을 붉게 물들여놓고 있었다. 바로 그 시각, 수백 아니 수천의 제비떼가 들녘 곳곳에 까맣게 내려와 있음을 나는 목도하고 있었다. 어떤 무리는 허공에 낮게 떠서 찌찌, 쮸쮸거리며 몰려다니고 있었고 또 어떤 무리는 마니산 쪽으로 우우 몰려갔다 정류장 앞으로 몰려오기도 했다. 그토록 많은 제비떼가 몰려 있는 광경을 본 것은 나도 그날이 처음이었다.

해가 넘어가자 버스가 왔다. 버스 안에서 문희는 내 어깨에 얼굴을 기댄 채 눈을 감고 있었다. 그러나 잠든 것은 아닌 듯했다. 읍내가 가까워질 때에야 문희는 입을 열었다.

"어릴 때 형우씨가 키워서 날려보냈다는 그 제비 말이에요, 그 제비가 이듬해 봄에 돌아왔나요?"

"네 마리가 돌아왔는데 글쎄, 내가 기른 제비는 아니었던 것 같지?"

"그걸 어떻게 알아요?"

"뒤꼍 대추나무에 앉는 제비가 없었거든."

"다 돌아오는 건 아닌 모양이군요."

"믿을 만한 소식통에 의하면, 백 마리 중 겨우 다섯 마리만 제집을 찾아 돌아온다더군. 더구나 새끼가 돌아올 확률은 일 퍼센트에 불과하다고 들었어."

"그럼 나머지 제비들은 다 어디로 가는 걸까요?"

"일부는 생을 다해 죽고, 그 나머지 제비들은 또다른 곳으로 가겠지."

문희가 내 말을 따라 읊조렸다.

"일부는 생을 다해 죽고, 나머지 것들은 또다른 곳으로."

"그래."

문희가 얼굴을 숨긴 채 밤처럼 아련히 웃었다.

5

나는 태국에 두 번 갔는데 처음엔 문희와 함께였고 그다음은 혼자였다. 대학을 졸업할 때까지 문희와 나는 다른 연인들처럼 주말에 만나 밥을 먹고 영화를 보거나 약간의 술을 마시고 헤어졌다. 그런 날이면 나는 지하철 1호선과 2호선이 겹치는 신도림역까지 문희를 바래다주고 집으로 돌아가곤 했다. 서울을 벗어나는 일은 없었으나 돌아보면 그래도 그때가 좋았던 시절이었다. 또한 고통스러운 시절이기도 했다. 교사임용고시를 준비하느라 바쁜 와중에도 문희는 가끔 양구로 면회를 다녀오는 눈치였고 물어보면 구태여 숨기지도 않았다. 나는 썩어가는 감자처럼 마음이 차츰 병들어가고 있었다. 그럴수록 나는 문희에 대한 집착을 버릴 수 없었고 방황을 거듭하면서도 체념에 이르지 못했다. 이대로 가다가는 조금씩 미쳐버릴 것 같았다. 아침마다 눈을 뜨고 거울을 바라보면 늘 낯선 자의 모습이 어른거렸다. 그렇듯 남극과 북극 사이를 번갈아 오가며 나는 마지막 학기를 보냈다.

대학을 졸업한 직후 나는 제과회사 홍보실에 취직했다. 문희는 그해 가을에야 서울 안국동에 있는 여중으로 교사 발령을 받았다. 그녀와 태국에 간 건 내가 첫출근을 하기 보름 전이었다. 싸락눈이 내리는 일요일 오후에 문희에게서 전화가 걸려와 우리는 거의 한달 만에 광화문에서 만났다. 세종문화회관 옆 골목에 있는 '광화문'이라는 육십년대풍의 허름한 김치찌개집에서였다. 문을 열고 들어가니 문희가 버너 위에서 부글부글 끓고 있는 찌개를 묵은 잡지처럼 내려다보고 있었다. 의자 손잡이에는 불룩하게 배가 튀어나온 여행용 숄더백이 걸려 있었다. 양구에서 돌아오는 길인 듯했다. 그때 나는 체념해야겠다고 마음먹었다. 핼쑥한 얼굴로 내 앞에 수저를 놓아주며 문희가 먹어요,라고 곧 떠나갈 여자처럼 말했다. 각자 수저를 내려놓을 때까지 문희와 나는 별다른 얘기를 나누지 않았다. 이윽고 문희가 두루마리 화장지를 풀어 입술을 닦아내더니 나를 마주보았다.

"우리 오늘 함께 있을까요? 집에는 오늘 못 들어갈 거라고 미리 전화해놨어요."

고개를 돌리면 자칫 옆자리의 사람과 얼굴이 닿을 듯한 그 비좁은 식당 안에서 그녀는 그렇게 태연하게 말했다. 쟁반에 밥을 나르던 아주머니와 초저녁부터 소주를 마시고 있던 오십대의 사내 둘이 우리를 돌아보았다. 나는 문희의 눈빛을 보고 그녀가 진심으로 나를 원해서 그렇게 말한 게 아님을 깨달았다. 단지 우물에 빠져 외치는 소리에 불과했다. 이제야말로 그녀를 구해주고 싶어 나는 뒤로 물러났다.

"나 며칠 있다 태국에 갈 생각이야."

바람소리를 들은 듯 문희는 출입구를 돌아보았다.

"태국엔 왜요?"

"한번은 꼭 가보고 싶었어. 가서 너를 잊고 돌아와 곧바로 양복을 입고 직장으로 출근할 거야. 말하자면 내게도 죽음과 부활의 시간이 도래한 거지."

동요 없는 얼굴로 문희가 되받았다.

"그건 누구나 하는 일이에요. 누구에게나 주기적으로 찾아오는 현상이고요."

"……"

"이미 늦은 것 같지 않아요? 그렇게 말할 거면 애초에 만나지 말았어야 했어요."

숨돌릴 틈도 없이 그녀는 말을 이었다.

"작년에 춘천발 서울행 버스에 함께 타지 말았어야 했고 그날 저녁에 물론 술도 마시지 말았어야 했고 또 강화도에도 가지 말았어야 했어요. 아직도 모르겠어요?"

"그러니 이제 헤어질 때가 됐다고 생각해."

"천만에요, 그게 마음대로 되겠어요? 그렇다고 집나간 영혼이 돌아오냐고요."

작년봄 강화도에 갔을 때 가능포들에 몰려와 있던 제비떼를 본 순간 영혼을 잃어버렸다고 문희는 눈시울을 글썽이며 말했다. 그날부터 하늘에서 길을 잃은 철새처럼 방황하게 되었다고 말이다. 그동안 두 남자 사이를 오가며 그녀는 완전히 혼자였다고 고백했다. 그럼 이제 어째야 할까.

"태국에 함께 가요. 저한테도 기회를 줘야 하지 않겠어요?"

"……"

식당에서 나와 우리는 세종문화회관 옆에 있는 '대한여행사'의 문을 열고 들어가 금요일 오후에 출발하는 김포발 타이항공 항공권을 두 장 예매했다. 닷새 뒤에 태국, 아니 강남으로 날아가는 비행기였다. 그 닷새 동안 나는 오직 문희와 비행기에 올라타는 순간이 다가오기만을 기다렸다. 그리고 비행기가 활주로를 이륙해야만 비로소 숨통이 트일 것 같았다.

비행기에 올라타자마자 나는 잠에 곯아떨어졌고 푸껫 국제공항에 도착하고서야 눈을 떴다. 비행기에서 내리고 나서도 잠의 곡두에 사로잡힌 것처럼 눈에 보이는 온갖 사물들이 제멋대로 흔들렸다. 히피족들이 모여드는 빠똥 근처의 호텔에 체크인을 하고 방에 들어가 나는 짚단처럼 침대에 쓰러졌다. 별로 이상할 것도 없는 것이, 문희와처음 만난 날부터 지금까지 나는 단 하루도 깊이 잠을 이룬 날이 없었던 것이다.

아침에 나는 더위를 참지 못해 잠에서 깨어났다. 열려 있는 창문으로 혼겁할 듯한 햇살이 쏟아져들어오고 있었다. 눈이 부셔 나는 얼굴을 외틀었다. 문희는 소파에 앉아 태연하게 관광안내 책자를 뒤적이고 있었다. 아침 일찍 일어나 샤워를 하고 바닷가로 산책까지 다녀온 뒤였다. 뷔페식당이 문을 닫을 시간이어서 옷을 입고 방을 나갔다. 식당은 여행객들로 만원이었다. 대개는 신혼여행을 온 사람들이었고 그들 눈에는 우리도 의심할 바 없이 그렇게 보였을 터였다. 어째서 내가이런 곳에 와 있는 걸까. 불쑥 그런 생각이 들었으나 정작 푸껫으로오자고 한 것은 문희였다. 어젯저녁부터 굶었으므로 나는 토스트와계란과 과일을 허겁지겁 입속에 밀어넣고 커피를 두 잔 거푸 마신 다음 담배를 피워물었다. 테이블 건너편에서 문희는 그런 나를 이방인처럼 골똘히 지켜보고 있었다.

열한시쯤 호텔에서 나와 우리는 '뚝뚝'이라는 삼륜 용달차를 개조한 택시를 타고 항구에 도착해 피피섬으로 가는 여객선에 올라탔다.

여객선도 만원이기는 마찬가지였다. 중국, 일본, 유럽에서 온 신혼여행객들이었다. 그중에는 젊은 태국 여자를 동반한 서양인도 섞여 있었으나 눈을 흘겨 쳐다보는 사람은 없었다. 피피섬으로 가는 바다엔 거울에 비친 듯 하얀 뭉게구름이 내려와 있었다. 그런 까닭에 여객선이 하늘과 바다 사이로 빨려들어가고 있다는 느낌을 좀처럼 떨쳐버릴 수 없었다. 문희는 언젠가처럼 내 어깨에 얼굴을 기댄 채 잠들어 있었다. 피피섬의 해변 레스또랑에서 점심을 먹는 동안 문희는 맥주를 두 병 마셨고 항구로 돌아오는 동안에도 계속 잠들어 있었다.

호텔로 돌아와 간단히 저녁을 먹은 다음 우리는 가벼운 옷차림으로 해변을 따라 빠똥까지 걸어갔다. 상점과 까페가 밀집해 있는 밤의 빠똥 거리는 골목마다 은밀한 불빛들을 숨긴 채 홍등가처럼 흥청거리고 있었다. 어디든 까페의 문을 열고 들어가면 화려한 꽃무늬의 미니스커트 차림에, 맨발에, 얼굴을 알아볼 수 없을 정도로 화장을 짙게 한 태국 여자들이 서양 남자들과 뒤섞여 어두운 조명 아래서 술을 마시고 있었다. 신혼여행객들은 막상 찾아보기 힘들었다. 나른한 웃음소리가 간간이 귓전에 와닿을 때마다 우리는 술잔을 든 채 뒷전을 돌아보았다. 시간이 지날수록 문희와 나는 그 몽롱한 분위기에 휩싸여버렸고 어쩌면 이런 상태가 우리들 삶에서 아주 가끔씩만 찾아와주는 달콤한 휴식의 순간이 아닌가라는 착각에 빠져 있었다. 간혹 서양 남자들이 문희에게 웃음을 던져왔고 그들과 눈이 마주칠 때마다 문희도 웃어 보였다. 나는 강화 읍내 작부집 골목의 문희를 생각하고 있었다. 그녀는 이제 늙음의 문 안으로 들어서고 있을 터였다. 흐트러진 모습으로 담배를 피워물며 문희가 내게 속삭여왔다.

"이런 곳에서 밤마다 작부로 살다 늙으면 고향으로 돌아갈 수도 있다고 생각해요. 그것이 또한 인생이라면."

나는 문희의 눈을 깊게 들여다보고 나서 말했다.

"그건 세상 모든 여자들이 꿈꾸는 일이야."

그런가요?라며 문희가 공허하게 웃었다. 마음속에서 고통이 되살아난 듯했다. 나는 맥주를 두 병 더 가져왔다. 자리에 앉자 문희가 망설이지 않고 물었다.

"좀전에 강화도 문희 생각하고 있었죠? 그 정도는 언제나 알 수 있어요."

나는 그렇다고 대꾸하지는 않았다.

"그러니 제가 작부일 수도 있는 거죠?"

내 마음속에서도 잊었던 고통이 되살아났다. 그만 방황을 멈추고 나와 결혼해달라고 나는 문희에게 말했다. 그러나 문희는 진지하게 받아들이지 않았다. 이런 혼탁한 분위기에서 할말이 아니었는지도 모른다.

"강화 도령과 작부 문희의 결혼. 그림은 괜찮네요."

"진심으로 하는 말이야."

"형우씨는 강화도 문희 때문에 저를 사랑하게 된 거고, 정말 웃긴 노릇이지만 저는 언제부턴가 그 여자를 질투하기 시작했어요. 그러니 과연 누가 누구를 사랑하고 있는 거죠?"

그동안 강화도 문희를 그리워하며 산 것은 사실이지만 그것은 성장통의 일종이었고 지금의 내가 사랑하는 자는 문희 오직 너뿐이라고 나는 거듭 말했다. 그러나 문희는 내 말을 곧이듣지 않았다.

지친 상태에서 문희와 나는 뚝뚝을 타고 호텔로 돌아와 거대한 공허함을 메우려는 사람들처럼 서둘러 사랑을 나누기 시작했다. 어두운 숲을 헤매듯, 바다에서 물을 퍼내듯, 등에 짚신을 메고 먼길을 가듯, 새벽빛이 커튼에 어른거릴 때까지 우리는 기나긴 사랑을 나누고 그만큼 기나긴 잠에 빠져들었다. 오후에 일어나 거울 앞에 서자 내가 보이지 않았다. 또다른 낯선 공허함이 풍선처럼 몸과 마음을 가득 채우고 있었다. 그날 우리는 호텔에 머물며 밖으로 나가지 않았다. 창밖엔 종일 가는 비가 내리고 있었다.

사흘째 되던 날 오전에 문희와 나는 왓 찰롱 사원에 들러 향을 피우고 부처님 앞에 나란히 무릎을 꿇고 앉아 마음속으로 각자 소원을 빌었다. 나는 문희와의 결혼을 소원하고 빌었다. 사원을 빠져나오다 나는 온통 금박으로 뒤덮인 지붕 위에 제비떼가 몰려와 있는 것을 보았다. 그날 밤 문희와 나는 푸껫공항에서 서울행 비행기에 올라탔다. 돌아온 서울엔 폭설이 내리고 있었다. 그리고 삼월 초에 다시 한차례 눈이 퍼붓고 나서 갑자기 봄이 왔다. 그러나 그해 봄에도 서울엔 제비가 돌아오지 않았다.

6

그후 불안할 만큼 고요한 날들이 흘러갔다. 입사하고서 얼마 지나지 않아 나는 회사 홍보용 비디오를 제작하는 팀에 배속돼 바쁜 나날을 보내고 있었다. 야근에 출장에 하루하루 정신없이 쫓겨다니면서 나는 내 등에 무겁게 드리워진 고독의 그림자가 서서히 걷히고 있음을 감지했다. 그 느낌을 잃지 않으려고 매순간 무던히 애쓰며 살았다.

문희는 교사 발령을 기다리며 부천 시내에 있는 레스또랑에서 월요일부터 금요일까지 아르바이트를 했다. 주말엔 쉬었으므로 서울로 나를 만나러 왔다. 오월의 마지막 토요일 오후에 나는 지하철 시청역 입구에서 문희를 기다리고 있었다. 약속시간을 십분 남겨놓고 소나기가 내리기 시작했고 어디선가 늘 나타나던 우산장수가 그날은 보이지 않았다. 문희가 도착했을 땐 빗줄기가 더욱 거세져 있었다. 그녀도 우산을 갖고 있지 않았다. 한동안 덕수궁 돌담 위에 비가 내리는 풍경을 지켜보다 문희가 이런 말을 던져왔다.

"우리 동대문으로 어머님 뵈러 갈까요?"

갑작스러운 말이어서 나는 얼른 대꾸를 하지 못했다.

"어떤 분인지 뵙고 싶었거든요."

그와 함께 온갖 생각이 머리를 스치고 지나갔다. 무슨 뜻인지 물어보기도 전에 나는 문희가 마침내 항구로 돌아와 닻을 내리는 중이라고 지레짐작했다. 덕수궁 돌담 위에 앉아 비를 맞고 있는 비둘기를 오랫동안 눈여겨보다 나는 그러자고 문희에게 말했다. 우리는 지하계단을 내려가 동대문으로 가는 전철을 탔다. 어머니에게 미리 전화로 알리려 했으나 문희가 우연히 근처를 지나다 들른 것으로 하자며 가로막았다. 동대문 지하도에서 나오자 감쪽같이 비가 그치고 해가 떠 있었다.

어머니는 그날따라 한복을 곱게 차려입고 점포에 앉아 있었다. 장차 며느리가 될지도 모를 사람이 찾아왔다고 생각했는지 어머니는 오랜만에 해후한 사람처럼 반갑게 문희를 맞았다. 문희도 스스럼없이 어머니를 대했다. 장판을 깐 비좁은 마루에 올라앉아 어머니가 문희의 두 손을 부여잡고 말했다.

"잘 왔어요. 왠지 아침부터 반가운 손님이 찾아올 것 같더라니."

어머니는 다방으로 전화를 걸어 커피를 배달시키고 종업원에게 삶은 계란과 샌드위치를 사오라 했다. 끼어앉을 자리가 없었으되 두 여자가 얘기를 나누는 동안 자리를 피해줄 요량으로 나는 밖으로 나가 상가 이곳저곳을 기웃거리며 시간을 보냈다. 그리고 삼십분쯤 후에 점포로 돌아갔다. 그사이 두 사람이 무슨 얘기를 주고받았는지 까맣게 모른 채. 내가 들어섰을 때 어머니는 문희에게 이런 말을 하고 있었다.

"그래서 아까 네가 점포에 나타났을 때 처녓적 내 모습을 본 것 같아 화들짝 놀랐단다."

나는 직감적으로 불길한 느낌에 사로잡혔다. 오, 어머니.

"그동안 어디 갔다 이제 돌아오는가 싶었더란다. 삼월삼짇날 돌아오는 제비 모양으로 말이다."

나는 반사적으로 문희의 얼굴을 살폈다. 굳은 표정 속에서도 문희는 웃음을 잃지 않고 있었다. 뭔가 잘못돼가는 중이었다. 문희가 커피 잔을 들고 나를 돌아보며 짐짓 새침하게 웃어 보였다.

"아들자식은 커서 제 어미를 닮은 여자를 찾는다더니, 내가 꼭 그렇게 됐구나."

어머니는 그때껏 자식인 나에 대해 눈곱만큼도 모르고 있었다. 몽매에도 나는 어머니와 닮은 여자를 찾아다니거나 그리워한 적이 없었다. 어머니는 성급히 혼인 얘기까지 꺼냈다. 도무지 내가 끼어들 틈이 보이지 않았다.

"교사 발령받고 자리잡으려면 시간이 필요할 테니, 내년 봄쯤으로 혼례 날짜를 잡는 게 어떻겠니?"

문희는 슬며시 뒤로 물러났다.

"형우씨 만나는 거 집에선 아직 모르고 계세요. 말씀하셨다시피 아직 발령도 받지 못했고요. 나중에 기회가 되면 말씀드려볼게요."

"그렇게 하자꾸나."

기다렸다 저녁을 먹고 가라는 어머니의 말을 뿌리치고 문희와 나는 동대문시장을 벗어나 택시를 타고 동숭동으로 갔다. 그리고 마로니에 공원 앞에 내려 어둑한 까페에 들어가 초저녁부터 맥주를 마셨다. 머리 위에 가로로 길게 난 창으로 빛이 스며들어와 출입문 쪽을 비추고 있었다. 뭔가 또 불안한 분위기가 연출되고 있었다.

"아까 당황한 눈치던데."

깊게 가라앉은 목소리로 문희가 대꾸했다.

"네, 뭐 조금."

"어머니 말에 너무 신경쓰지 않았으면 좋겠어."

내가 무슨 말을 하는지는 문희도 알고 있었다.

"저도 비슷한 느낌을 받긴 했어요. 형우씨 어머님과 제가 어딘지 모르게 닮아 있다는 느낌 말이에요."

아니, 그러면 안되는 것이었다. 어머니와 닮은 여자를 만나기 위해 내가 지금껏 몸부림치며 방황하고 산 게 아니었다. 문희가 고개를 들어 직사각형의 창에서 쳐들어오는 빛을 바라보았다. 찰나 지우개로 지운 듯 문희의 얼굴이 보이지 않았다.

"이상해요…… 지붕 위에 제비떼가 몰려와 있는 것 같아요."

문희는 꿈을 꾸고 있었을 것이다. 뜬눈으로 저 강화도 들판에 몰려와 있던 제비의 무리를 보고 있었으리라. 그때 나는 왓 찰롱 사원의 지붕에 앉아 있던 제비떼를 눈앞에 보고 있었다.

"어머님 말씀이, 제비가 지저귀면 고독해지거나 홀로 멀리 떠나게 된다고 하더군요. 그래서 당신도 해마다 집을 비우곤 했다고요."

"떠나도 결국 돌아오게 돼 있는 거야. 우리가 태국에서 죽지 않고 살아 돌아왔듯이."

가끔 그러듯 문희는 내 말을 듣고 있지 않았다.

"제가 언젠가 형우씨 곁을 떠나게 될 거라셨어요. 그리고 다시 돌아올 거라고 하시더군요."

동숭동에서 문희와 이런 얘기를 주고받는 동안 어머니는 동대문 점포에서 나가 이틀 만에 집으로 돌아왔다. 이번엔 어디에 다녀왔는지 아버지에게 이실직고했다. 강화도 옛집에 가서 머물다 왔노라고 했다. 전화국에 수소문해 내가 강화도로 직접 전화를 걸어보니 어머니의 말은 사실이었다. 문희와 내가 찾아갔을 때 밥상을 차려주었던 부인이 이틀 동안 어머니를 모시고 있었노라고 확인해주었다.

그 무렵에야 나는 아버지로부터 내게 누나가 있었다는 사실을 전해 들었다. 두 돌이 채 되기 전에 홍역을 앓다 읍내의원에서 마지막으로 가늘게 울다 한밤에 숨을 거두었다고 했다. 살아 있었다면 나보다 세 살 위였으리라고 아버지는 말했다. 그렇다고 해서 해마다 되풀이되던 어머니의 수수께끼 같은 가출이 다 설명되는 것은 아니었다.

7

어머니의 예언대로 문희는 가을에 나를 떠났다. 계기가 있었다. 군에 가 있던 문희의 남자친구가 부친상을 당해 의가사제대를 해서 돌아왔던 것이다. 평소 고혈압 증세가 있던데다 지병인 협심증을 앓던 그의 부친이 한달 전 호텔 싸우나에서 쓰러져 병원으로 옮기는 도중 앰블런스 안에서 벌거벗은 채 숨이 멎었다고 했다. 일요일 낮에 친구들과 골프를 치고 나서 마신 술이 채 깨기도 전에 싸우나에 들어간 게 화근이었다. 문희의 남자친구는 독자이자 집안의 종손이었다.

제대하는 길로 그는 문희가 근무하는 학교로 찾아가 동료 교사들이 지켜보는 가운데 그 즉시 자신에게 돌아와줄 것을 요청했다. 마치 탈영병처럼 난폭하게 굴었다고 한다. 어찌 알았는지 이튿날 오전엔 내가 근무하는 회사로 들이닥쳐 책상 앞에 무릎을 꿇고 앉아 문희를 돌려달라며 한시간 동안 꼼짝도 하지 않았다. 내가 거듭 아니된다며 입을 다물고 있자 그는 바닥에서 몸을 벌떡 일으키더니 그럼 다시 문희와 만나 사단을 내겠노라고 했다.

집안형편이 어려웠던 문희는 교사직을 잃지 않기 위해 시말서를 써들고 교장실에 찾아가 역시 무릎을 꿇고 빌었다. 그런데 교장이란 사람이 내놓은 수습책이 그야말로 가관이었다. 전날 학교에 찾아와 난동을 부린 자와 속히 결혼식을 올리는 게 그나마 뒷소문을 잠재우고 교육자로 남을 수 있는 유일한 방법이라며 문희를 설득했다. 더불어 딸자식 같은 사람이니 자신이 결혼식 주례를 맡아주겠노라고 자청하고 나섰다.

그날 밤 나는 문희를 광화문으로 불러냈다. 문희의 얘기를 직접 듣고 싶었던 것이다. 내내 고개를 숙이고 있던 문희가 조용히 얼굴을 들고 그 사람에게 돌아가게 해달라고 말했다. 진심이냐고 묻자, 그녀는 말없이 고개를 주억거렸다. 일말의 여지도 없어 보였다. 후회하지 않겠느냐고 나는 다시 물었다. 그렇다고 그녀는 말했다. 그녀는 낮에 잠깐 열어두었던 창문을 닫고 집안으로 들어가는 여자처럼 보였다. 이미 굳어버린 콘크리트 반죽처럼 도대체 아무 표정이 없었다. 그리고 창문에 커튼이 드리워졌다.

훗날 문희의 남편은 모 지방대학의 교수가 되었는데 문희와 사는 동안엔 여기저기 시간강사로 전전했고 가학증에 알코올중독자에 상습적으로 외간여자와 놀아나는 바람둥이로 주위에 소문이 자자했다. 내 귀에까지 그런 풍문이 들려왔다.

오년 만에 문희에게서 전화가 걸려왔을 때 그녀는 몇달 전에 이혼한 상태였다. 전남편은 이혼하자마자 다른 여자와 살림을 차렸다고 한다. 문희는 학교에 휴직계를 내고 무슨 연고가 있는지 강원도 대관령 아래의 성산이라는 조그만 마을에서 혼자 지내고 있었다. 시월의 마지막 토요일 저녁에 나는 성산으로 문희를 찾아갔다. 그녀는 많이 변해 있었다. 살이 찔 대로 쪄 있었고 매무새를 가꾸지 않아 정말이지 한물간 시골 술집의 작부처럼 보였다. 파출소 건너편에 있는 삼거리 다방에 마주앉아 문희와 나는 지나온 날들의 얘기를 주고받았다.

"꼭 휴직계를 내야만 했어? 그럴수록 일을 붙들고 있어야 마음이 덜 고달프지."

"마음 따위 없어진 지 오래됐어요."

먼지로 더러워진 희뿌연 창을 통해 잠깐 밖을 내다보고 나서 문희가 말했다.

"애가 없었으니 그나마 다행이에요. 서로 낳을 생각이 없었거든요."

"그런 얘기를 하자는 게 아니잖아."

"그 사람과 사는 동안 저는 여자로서 완전히 망가졌어요. 그러니 무슨 마음인들 남아 있겠어요. 이런 심산한 얘기 그만 하고 배고플 텐데 나가서 저녁이나 먹어요. 여기가 대구머리찜으로 유명한 동네거든요."

나는 문희를 따라 다방 옆에 있는 식당으로 자리를 옮겼다. 바다 안개가 이쪽까지 몰려와 있었다. 강릉 쪽을 돌아보니 오징어 먹물 같은 어둠속에 형광불빛 몇개만이 혼령처럼 떠 있었다. 식당에 들어가 문희는 대구뽈찜을 주문하고 술부터 갖다달라고 했다.

맥주 한잔에 금세 풀어진 눈으로 문희가 물어왔다.

"결혼은 했나요?"

동네 사람들로 보이는 네댓 명의 남자들이 건너편 자리에서 떠들썩하게 얘기를 주고받고 있었다. 식당에 들어올 때부터 이쪽을 흘끔거리는 눈빛들이 왠지 석연찮게 느껴졌다. 결혼은 안했지만 만나는 사람은 있다고 나는 문희에게 사실대로 얘기했다.

"나보다 네살 아래고 같은 회사에 근무하고 있어. 그녀가 입사할 때부터 마음속으로 줄곧 좋아하고 있었어. 지금도 많이 좋아하고 있고."

"여자는 남자가 만드는 거니까 잘해주세요."

"우리 부모님을 보면 그렇지도 않더군. 결국 집을 짓듯 서로 조금씩 만들며 쌓아가는 거겠지."

거친 손으로 문희가 내 빈잔에 술을 따랐다.

"누굴 좋아한다는 얘기를 들으니까 안심이 되네요. 따지고 보면 사랑한다는 말처럼 이기적이고 무책임한 말도 없잖아요. 그 말은 상대의 모든 걸 원한다는 뜻이니까요. 사실 모든 건 안되죠."

"그래서 우리 아버지가 어머니를 평생 미워했던 걸까?"

"그야 전 모르죠."

"……"

"형우씨도 저를 미워한 적이 있어요?"

"옛날엔 그랬지. 하지만 이젠 그런 말을 할 자격이 없잖아."

"그건 왜죠?"

"언젠가 문희 네가 얘기했던 것처럼, 우리는 춘천발 서울행 버스에 함께 타지 말았어야 했고 학교로 찾아가지도 말았어야 했고 또 강화도에도 가지 말았어야 했어. 거리를 두고 조금씩 알아가면서 상대의 마음을 살폈어야 했는데 처음부터 모든 걸 빼앗겠다고 달려들었지. 무책임하고 이기적으로 말이야."

"그렇게 말하면 저도 마찬가지죠. 태국에 다녀온 뒤로는 스스로 방황을 멈췄어야 했어요."

그때 건너편에서 술을 마시고 있던 사내 중 하나가 내가 들으라는 투로 이렇게 내뱉었다.

"저 여자 또 생사람 잡고 있네. 누가 와서 빨리 데리고 나가든지 해야지 원. 만날 술집에 앉아 저러고 있으니 마을 인심까지 흉흉하잖아."

문희는 그저 못 들은 척했다. 밤길에 서울로 돌아갈 예정이었으나 그녀를 이대로 버려두고는 떠날 수 없을 것 같았다. 나는 문희에게 간곡하게 되풀이했다.

"그만 서울로 돌아와."

"돌아가도 기다리는 사람 없어요."

"다시 사람들이 찾아와 하나둘 손을 내밀어줄 거야. 그 손들을 뿌리치지만 않으면 돼."

그러자 문희가 알아들을 수 없는 말로 되받았다.

"어느날 돌 굴러가는 소리가 멈추면, 그때 돌아가겠어요. 그때까진 저 여기서 못 떠나요."

열시에 식당에서 나와 나는 문희를 따라 그녀가 살고 있는 집에 가보았다. 그녀는 마을에 단 한채뿐인 일본식 적산가옥에 살고 있었다. 마당엔 자갈이 두껍게 깔려 있었고 콜타르가 칠해진 삐걱이는 문을 열고 들어가자 음산한 기운이 몸을 에워쌌다. 불을 켜자 어둠은 물러 갔으나 목조계단을 통해 이층으로 올라가면 또다른 어둠이 도사리고 있었다. 어떻게 이런 집에 들어와 살게 됐느냐고 나는 묻지 않을 수 없었다.

석달 전 강릉으로 혼자 바람을 쏘이러 왔다가 서울로 돌아가는 길이었다고 한다. 갑자기 폭우가 쏟아져 대관령 구간이 통제됐고 버스는 강릉 시내로 회항을 해야만 했다. 그 심산한 마당에 문희는 흐린 차창 밖으로 검은 적산가옥 한채를 발견했다. 문희는 운전사에게 버스를 세우게 하고 그곳에 내려 우선 비를 피하기 위해 음식점으로 뛰어들어갔다. 음식점 주인에게 들은즉, 적산가옥의 주인은 서울에 사는 노인이고 여름 휴가철에나 와서 며칠씩 묵고 간다고 했다. 마침 주인이 내려와 있다는 말을 듣고 문희는 그 집을 찾아갔다. 주인은 칠십대의 노인으로 서울에서 운수업을 하는 사람이었다. 폭우가 쏟아지는 밤에 웬 젊은 여자가 찾아와 하룻밤 묵고 가게 해달라고 사정하자 노인은 일단 문희를 안으로 들여 커피를 끓여주었다. 그리고 찾아온 사연을 물었다. 문희는 노인에게 최근 자신에게 생긴 일들을 털어놓았다. 그냥 털어놓고 싶더라고 했다. 문희의 얘기를 다 듣고 나서 노인은 그러면 며칠 쉬다 올라가라고 선선히 말했다. 아니, 원한다면 몇달이라도 머물다 가라 했다.

그날 밤 엄청난 비가 성산에 퍼부었다. 문희는 밤새 바윗돌이 굴러 내려가는 꿈에 시달리다, 아침에 깨어나 길 건너 개울로 우산을 쓰고 나가보았다. 대관령 계곡을 휩쓸고 내려온 흙탕물이 거칠게 바다에 끌려 떠내려가고 있었다. 그와 함께 급류 속에서 바윗돌들이 우르르 쿵쿵거리며 휩쓸려가는 소리가 들려왔다. 밤새 꿈에서 듣던 바로 그 소리였다. 바윗돌이 물속에서 굴러가는 소리를 들으며 문희는 기어이 통곡하고 말았다. 마치 자신의 영혼이 무너져내리는 소리처럼 들려왔 던 것이다.

문희가 냉장고에서 맥주를 꺼내와 식탁에 올려놓았다. 창틀에 빗물 이 튀는 소리를 들으며 문희와 나는 천천히 맥주를 마셨다. 나는 고작 서울로 올라오라는 말만 문희에게 맹꽁이처럼 되풀이하고 있었다. 그 말밖에는 더이상 해줄 얘기가 없음을 깨닫고 나는 속으로 절망하고 있었다.

자정을 알리는 소리가 벽시계에서 들려왔다.

"붙잡을 생각이었는데 이제는 보내야 될 것 같네요. 그만 돌아가세 요. 저도 이제 잠을 좀 자둬야겠어요. 아까도 말했지만 언젠가 바윗돌 굴러가는 소리가 멈추면 그때 서울로 올라가겠어요. 약속할게요."

1994년 삼월에 문희는 약속대로 서울로 돌아와 학교에 복직했다. 그리고 그해 구월에 나는 회사 동료와 결혼을 했다. 결혼하기 한달 전 에 나는 회사에 휴가를 내고 조용히 혼자 태국에 다녀왔다. 그리고 몇 달 후에 아내에게 아이가 생겼다. 나는 아이의 이름을 '강남'이라고 미리 지어두었다. 아이는 자라면서 놀랍게도 뒤통수 아래에 제비초리 가 생겼다. 실은 어릴 적 내 뒤통수에도 제비초리가 있었던 것이다. 피는 그렇게 유전되는 것이었다.

8

어머니가 강화도로 돌아간 것은 2000년 봄이었다. 그해 어머니의 나이 예순넷이었다. 내가 결혼한 지 육년째 되던 해였고 아내와의 사이에 낳은 아이 역시 우리 나이로 여섯살이 되던 해이기도 했다. 아버지는 서울에 남아 계속 어묵공장을 경영하며 밤마다 빈방을 지키다 재작년에 오십대의 과부를 들여 당신의 말대로라면 만년을 마음 편하게 그리고 살맛나게 보내고 있었다.

강화로 돌아간 어머니는 일찌감치 죽음을 준비하고 있었다. 미리 수의를 마련해놓았음은 당연했고 저녁마다 목욕을 하고 잠자리에 들었다. 또 아침엔 미음과 간장만으로 끼니를 대신하고 저녁엔 된장국만 먹었다. 그리고 하루도 빠짐없이 종일 집안을 쓸고 닦았다. 보름에 한번가량 장을 보러 강화 읍내에 다녀오는 것이 유일한 행사였다. 마을 사람들 얘기로는 가끔 함허동천이나 동막 앞바다에 나갔다 돌아오기도 한다고 했다.

어머니가 죽음을 준비하고 있음을 눈치챈 것은 변소 주위에 꽃을 심기 시작하면서부터였다. 이사한 바로 그해부터 해마다 변소 주위에다 채송화며 백일홍이며 달리아, 접시꽃, 분꽃, 심지어는 코스모스와 들국화까지 심어놓고 화단처럼 가꿨다. 어머니는 추운 겨울에 육신의 옷을 벗는 건 싫다 하였다. 그게 마음대로 되는 게 아님을 알면서도 늘 입버릇처럼 꽃피는 계절에 잠자듯 갔으면 한다는 얘기를 되풀이했다. 늦어도 무서리가 내릴 무렵까지는.

새살림을 차리고 나서 아버지는 한번도 강화에 들르지 않았다. 법적으로는 엄연히 부부로 남아 있었으나 어머니를 이미 세상에 존재하지 않는 사람처럼 여겼다. 기나긴 고독이 아버지를 그렇게 무심하게 만들어놓았는지도 모른다. 나는 추석과 구정 때 아내와 아이를 데리고 어머니를 찾았다. 당신의 생일엔 어머니 자신이 누군가 찾아오는 걸 막았다. 그날만큼은 혼자 있고 싶다는 게 어머니의 군색한 변명이었다. 그래봐야 종일 마루에 나가앉아 제비가 돌아왔는지 어쩐지 처마끝이나 올려다보고 있을 테지만.

작년 추석에 나는 어머니를 찾아가 오랫동안 마음에 품고 있던 의혹을 풀고자 이렇듯 물어보았다.

"매년 첫눈이 내릴 때마다 집을 나가 도대체 어디에 다녀오셨던 거예요?"

그러자 어머니는 야릇한 미소를 짓고 나를 바라보더니 아들에게 이런 고백을 하는 것이었다.

"버스나 기차를 타고 아무 곳으로 가다 밤이 되면 또 아무데나 내려 여기저기 기웃거리다보면 다 먹고 잘 데가 생기게 마련이더구나. 그러다 남의 식당 일도 간혹 거들어주고 술청 같은 데서 며칠 시중도 들게 되고 또 그러다보니 홀아비로 사는 사내를 따라가 밥을 해먹으며 함께 지내기도 하고 뭐 늘 어찌어찌 그랬단다."

"……"

"왜, 에미 말을 못 믿겠냐?"

기가 막힐 노릇이었지만 그때 내 입에서는 아주 뜻밖의 말이 흘러나왔다.

"뭐, 잘하셨어요."

어머니는 한술 더 떠 이렇게 말했다.

"그래도 후회는 안한다. 네 아버지가 좀 힘들었겠지만."

"아버지뿐만이 아니죠. 어머니 때문에 마음이 병든 사람들이 주위에 얼마나 많은지 알기나 하세요?"

뜨악한 눈빛으로 어머니가 반문했다.

"그랬냐?"

남을 고독하게 하거나 병들게 하는 사람은 자신이 그렇다는 사실을 대개 알지 못한다. 어머니와 얘기를 주고받는 동안 아내와 아들은 옆방에 잠들어 있었다. 아니, 어쩌면 이쪽 방에 귀를 기울이고 있는지도 몰랐다. 하지만 나는 아내가 듣더라도 이제는 상관없으리라 생각했다. 이런저런 얘기 끝에 어머니가 잊었던 듯 물어왔다.

"그때 동대문 점포로 찾아왔던 아가씨는 요즘 어떻게 잘산다니?"

"그런 것 같긴 한데, 요즘은 통 연락이 없네요."

문희는 1995년 봄에 자신을 치료해주던 정신과 의사와 재혼을 했다. 그러나 안타깝게도 그 결혼도 오래가지 못했다. 불과 일년 만에 헤어지고 나서 삼년 뒤에 미혼인 마흔살의 수의사를 만나 남산에서 결혼식을 올렸다. 그해 문희의 나이 서른다섯이었다. 신부대기실에서 만나 잠깐 얘기를 나누는 동안 문희는 이번엔 신혼여행을 아무래도 푸껫으로 가야겠죠?라며 농담조로 내게 말했다. 다음날 문희는 푸껫으로 신혼여행을 떠났고 두달 후에 내게 전화를 걸어와 엊그제 산부인과에 들러 임신소식을 들었노라고 전해주었다.

그후 문희는 학교를 그만두고 아이가 일곱살이 될 때까지 내게 연락을 해오지 않았다. 그러다 올해 4월 25일 오후에 내게 전화를 걸어, 작년에 복구공사가 끝난 청계천에 그제야 처음 구경을 나갔다가 제비떼를 보았노라고 했다. 그해 강화도 저녁들판에서 보았던 것만큼이나 많은 제비들이 청계천 하늘에 몰려와 있었다고 했다. 문희의 목소리는 어느덧 흐름의 끝에 다다른 강물처럼 잠잠해져 있었다. 그 강물 속의 돌들도 더이상 울부짖는 기척이 없었다.

문희와 통화를 끝내고 나서 어머니의 얼굴이 눈앞에 떠올랐으나 나는 굳이 전화를 걸어 그런 사실을 전하지는 않았다. 그렇다면 강화도에도 제비가 돌아와 있을 것이기 때문이었다. 창밖을 내다보다 나는 옷을 갈아입고 지하주차장으로 내려갔다. 그리고 차를 몰아 강화도로 향했다. 김포를 지나 강화대교 앞에 이르렀을 때 나는 언제부턴가 검문소가 사라졌음을 알게 되었다. 아니, 검문소 자리는 남아 있었으나 이제는 총을 멘 군인들이 올라와 신분증 제시를 요구하는 일 따위는 없었다.

나는 읍내 시장 입구에 차를 대놓고 무려 서른다섯 해 만에 문희를 만나기 위해 작부집 골목을 찾아갔다. 신촌시장 뒤에서 문희와 직행버스를 타고 이곳에 왔던 것도 그새 이십년 전의 일이었다.

9

어디 가랴 싶게 작부집 골목은 그 자리에 햇빛을 피한 채 숨어 있었다. 불과 몇집밖에 남아 있지 않았으나 그래도 옛모습을 간직하고 있었다. 함석과 슬레이트를 잇대 만든 낡은 지붕과 기운 처마들, 손을 대면 쉽사리 부서져내릴 듯한 간판들…… 갈림길, 기러기, 교동집, 명숙, 나루터, 봄비, 보문집, 서검도, 손돌목, 그리고 문희.

나는 열살의 소년이었을 때 아버지를 기다리며 서 있던 입간판 앞에서 담배를 피우며 오래도록 서성였다. 그 소년은 그새 사십대 중반의 나이가 돼 있었고 젊은날의 기나긴 방황을 마치고 돌아와 그때 그시간 앞에 서 있었다. 그리하여 누군가 이내 문을 열고 먹다 남긴 음식이 담긴 접시를 들고 나와줄 것만 같은 느낌이 들었다. 그러면 그녀는 꾀죄죄한 한복 차림에 여로의 향수에 지친 눈으로 나를 내려다보며 상기도 각시탈처럼 웃고 있는 것이다. 제 몸에서 풍겨나오는 그 분 냄새마저 서러운 표정으로 말이다.

나는 폐허의 문을 두드리고 있었다. 기대와 두려움이 교차하는 가운데 차라리 막막한 순간들이 지나갔다. 얼마 지나지 않아 안에서 슬리퍼 끄는 소리가 들려왔다. 이어 도르래 구르는 소리와 함께 문이 열리고 고추장 빛깔의 원피스를 걸친 서른살 전후로 짐작되는 여자가 빠끔히 얼굴을 내밀었다. 양복 차림의 나를 위아래로 훑어보며 그녀가 경계하는 투로 물었다.

"무슨 일이에요?"

눈자위가 엷게 충혈돼 있었고 입에서 술내가 풍겼다. 주인이 계신가,라고 나는 물어보았다. 말귀를 알아듣지 못한 듯 그녀가 재채기를 하듯 반문했다.

"주인이라뇨?"

"이 집 주인, 그러니까 문희 할머니 말이오."

어쩔 수 없이 가슴이 두근거리기 시작했다. 지겹게도 그녀는 같은 질문을 되풀이했다.

"무슨 일인데요?"

"꼭 만나줘야 할 사람이 찾아왔다고 들어가 전해주시오. 삼십오년 만에 다시 왔다고 말이오."

　심상찮은 낌새를 차렸음인지 그녀는 문을 열어둔 채 안으로 들어갔다. 담배를 피우는 동안 그녀가 다시 얼굴을 내밀더니 내게 안으로 들어와보라고 했다. 짐작했던 것과는 달리 안은 비좁고 옹색하기 짝이 없었다. 탁자가 네 개밖에 되지 않는데다 부엌 옆에 방이 하나 딸려 있을 뿐이었다. 벽에는 주류회사에서 발행한 달력 두어 개와 김기창 화백의 「바보 산수」를 복제한 그림액자가 파리똥으로 뒤범벅이 된 채 못에 걸려 있었다. 열린 문틈으로 초라하게 늙은 노파가 나를 내다보며 고개를 갸우뚱했다. 나는 문앞에 의자를 끌어당기고 앉아 노파에게 말을 건넸다.

　"저 서울에서 할머니와 술 마시고 싶어서 찾아왔어요."

　노파는 긴가민가한 눈빛으로 나를 노려보다 침을 뱉듯 말했다.

　"웬 멀쩡한 놈인가 했더니 바로 미친놈이구먼!"

　문을 열어준 여자가 뒤에서 팔짱을 낀 채 킬킬거리며 웃었다.

　"문희 할머니 맞죠?"

　"맞다, 이놈아!"

　"제 고향이 강화도예요. 양도면 사람이라고요."

　노파가 눈을 흡뜨고 내 얼굴을 찬찬히 살폈다.

　"그게 뭐 어쨌는데?"

　"너무 오래된 일이라 기억이 잘 안 나시겠지만, 열살 때 아버지를 따라 여기 왔었거든요. 박정희 대통령 때요. 아버지가 여기서 술 드시는 동안 저는 밖에서 기다렸는데, 그날 저한테 음식을 내다주셨잖아요. 파란 저고리에 노란 치마를 입고 계셨고요."

　"……그래서?"

"요 문밖에서 저를 껴안고 뽀뽀도 해주시고 그랬잖아요."

"기억 없어. 없으니까 가버려!"

그러나 내쫓는 말투는 아니었다. 노파는 치마 주머니를 뒤져 담배를 꺼내 불을 붙였다.

"정말 기억 안 나세요? 그날 제가 할머니를 이모라고 불렀더니 막 웃으셨잖아요. 그날 저 집에 들어가서 엄마한테 얼마나 혼났는지 아세요? 얼굴에 남아 있는 할머니 입술 자국 때문에 말이에요."

담배를 쥔 노파의 손이 가늘게 떨리고 있었다. 연기 속에서 마른기침을 하며 노파가 몸을 꿈틀거려 문턱으로 다가오더니 바닥에 엎어져 있는 신발을 꿰신었다. 그리고 뒤에 서 있던 여자에게 나직한 소리로 말했다.

"연숙아, 목이 칼칼해서 그러니 막걸리부터 내놓고 부엌에 들어가 병어회와 밴댕이무침 좀 만들어 내오너라."

여자가 부엌으로 들어간 사이 노파는 내 맞은편 자리로 다가와 의자에 옆으로 몸을 걸치고 앉았다. 필터까지 타들어간 담배를 양은 재떨이에 비벼끄고 노파는 다시금 내 얼굴을 살폈다. 쉽게 기억하지는 못할 터였다. 어둠이 내려와 있는 골목에서 입간판 불빛에 의지해 잠시 얘기를 나눴을 뿐이었던 것이다. 그것도 삼십오년 전에 말이다. 그럼에도 나는 노파의 주름진 얼굴 속에서 그날 밤 문희의 모습을 기억해내고 있었다. 도톰한 양볼과 왼쪽으로 약간 틀어진 입술, 귀밑머리 아래 보랏빛으로 박혀 있는 점, 그 시절 여자치고는 드물게 쌍꺼풀진 눈매, 가느다란 눈썹, 박처럼 희고 둥근 이마.

내가 자신을 기억해냈다는 것을 노파도 얼마쯤 눈치채고 있었다. 하지만 노파는 내 얼굴을 끝내 기억하지 못했다.

"안됐지만 모르겠어."

노파는 주전자를 들어 제 사발에 막걸리를 가득 따라 한모금 들이켰다. 그러고 나서 탁자에 사발을 내려놓을 때, 노파가 실눈을 뜨고 재차 나를 노려보았다.

"자네 혹시, 농지조합집 아들내민가?"

그렇다고 미처 말하기도 전에 나는 노파의 손을 덥석 움켜잡았다.

"맞아요, 기억하시는군요."

노파가 입술을 비틀고 클클거리며 웃었다.

"그래, 자네 애비 얼굴은 아직 기억나는구먼. 두어 해 여기를 뻔질나게 드나들더니만 어느날 감쪽같이 발길을 끊었지. 근데, 아직 살아 계시긴 한가?"

"근 삼십년째 노량진에서 어묵공장을 하고 계세요."

나는 강화를 떠나던 해부터 그동안 아버지에게 일어난 일들을 노파에게 들려주었다. 귀를 세워 듣고 있던 그녀가 혀를 차며 두런거렸다.

"그땐 날 데리고 살 것처럼 만날 주절대더니, 결국은 젊은 과부년을 들였군. 그럼 자네 에미는 다 늙어서 소박을 맞은 셈이구먼. 하긴 젊어서 그렇게 바람을 피워댔으니, 쯧쯧."

"……몇해 전에 강화도로 돌아와 혼자 변소 옆에 꽃을 가꾸며 사세요."

"그야 뭐 죽으려는 게지."

"아직 정정하세요."

노파의 얼굴에 술기운이 퍼지며 잿빛 그림자가 어른거렸다. 아마도 자신의 젊은날을 멀리 돌아보고 있었을 것이다.

"근데 날 찾아온 이유가 뭔가? 이제 그 얘기나 들어보세."

나는 오랜 세월 가슴에 담고 있던 얘기를 꺼냈다.

"이런 말 한다고 혼내지 마세요. 실은 그동안 많이 보고 싶었어요. 이십년 전에도 한번 찾아왔었는데 문이 닫혀 있어서 그냥 돌아갔었죠."

주름투성이인 얼굴로 희미하게 웃으며 노파가 지청구조로 말했다.

"애비를 닮아서 말본새는 뻔지르르하구먼."

"정말이라니까요. 그래서 다시 찾아온 거잖아요."

"그럼 그동안은 어디 가서 뭐 하고 있었는데?"

거기서 나는 말문이 막혔다. 노파가 툭 내뱉은 말에 그만 가슴이 미어져왔다.

"이놈아, 늙으면 하늘로 날아가는 새를 보고도 눈이 매워지게 마련이야. 그런데 어디 와서 그런 소릴 함부로 지껄여?"

"아무튼 만날 수 있어서 다행이에요."

"쓸데없는 말 지껄이지 말고 내 술이나 한잔 받어."

그때쯤 노파는 내가 가슴에 사연을 품고 찾아왔음을 짐작한 듯했다.

"그래, 밤새 쫓아내지 않을 테니 맘껏 퍼마시고 실컷 떠들다 가거라. 하지만 이 늙은 년 마음은 이냥 놔둬. 내 평생 술을 팔며 살아왔어도 사내 앞에서 눈물을 비친 적은 없었다."

어디서 어느 틈에 새들어온 빛일까. 노파의 등뒤에 연잎 같은 커다란 보랏빛의 그림자가 어른거리고 있었다. 그 빛은 차츰 사람의 형상으로 변해 노파를 뒤에서 껴안는 듯한 그림자가 되어갔다. 내 눈에는 비로소 영원의 화신이 찾아와 노파의 몸을 부드럽게 감싸안는 것처럼 보였다. 그러한 터에 꿈결인 듯 귓전에 이런 소리가 들려왔다.

'등골이 쑤시고 온 삭신이 쑤셔 이제 좀 쉬어야겠네. 내 일평생 참으로 고단했지. 하지만 이렇게 살아온 것도 한번이니 괜찮지 싶어. 하물며 아직도 어디로 가얄지 모른 채 저녁마다 문밖을 기웃거리며 살고 있으니.'

귀에 사무친 소리를 들으며 나는 화답이라도 하듯 속으로 웅얼거리고 있었다.

'누군가 그럽디다. 영원의 나라가 있다고. 우리 모두가 그곳에서 이세상에 잠시 머물다 가기 위해 찾아온 새들이라고. 나중에 거기 가시거든 생을 거듭하지 말고 부디 오래 머무십시오. 거기 영원의 나라에서.'

취중의 독백에 잠겨 있다, 나는 자라처럼 고개를 치켜들고 혀가 꼬부라진 소리로 노파에게 주정 섞인 질문을 하고 있었다.

"그런데 할머니 이름이 문희 맞아요?"

어느 때든 이 집을 나서기 전에 나는 가슴의 봇물이 터지리라는 것을 예감하고 있었다. 그리고 그 순간은 그리 더디 오지도 않았다.

"정말 문희 맞냐고요."

"이놈아, 그럼 내가 봉희냐?"

"왜 영희도 있고, 선희, 명희도 있잖아요."

"내 오늘 자식 같은 놈한테 별소릴 다 듣겠네. 맞다, 이놈아! 이문희. 이제 됐냐?"

뒤미처 참고 참았던 눈물이 마구 쏟아져내렸다. 급기야 나는 늙은 문희의 품에 쓰러져 소리내 울고 있었다. 희번덕 놀란 눈으로 나를 내려다보던 늙은 문희가 이윽고 가슴에 나를 끌어안고 등을 쓰다듬고 머리를 어루만져주었다. 그러다 함께 통곡이라도 하듯 이렇게 내뱉었다.

"아이고, 내 새끼! 그동안 가슴에 뭔 일이 있었던 게구나. 틀림없이 그렇구나. 불쌍한 내 새끼, 이걸 어떡하나."

늙은 문희가 주절거리는 소리를 들으며 나는 어느결에 지친 아이처럼 스르르 잠이 들어버리고 말았다.

아내에게서 휴대폰으로 전화가 걸려왔을 때, 나는 늙은 문희의 방에 누워 있었다. 그리고 어찌된 일인지 어두운 방안에는 나 혼자뿐이었다.

* 이 작품에 실린 「제비」의 가사 수록에 대해서는 한국음악저작권협회(KOMCA)의 승인을 받았습니다.

탱자

올봄에 통영에서 제주로 오는 배 안에서 마주친 어떤 늙은 중이, 사
람은 가끔 정화(淨化)되지 않으면 나이를 먹을 수 없으리라 내게 말
하였다. 그래서 굳이 갈 곳이 없음에도 바다를 건너게 되었다고 말이
다. 그때 나는 진해에 가서 벚꽃을 보고 돌아오는 길이었다. 정화가
무엇이냐고 묻자, 그는 내 손에 들려 있는 빨갛게 타들어가는 담뱃불
과 옆에 놓인 빈 소주병을 가리켰다. 그러고 나서 덧붙이기를, 죽음에
들기 전에도 아마 다시 이러리라 멋쩍게 웃으면서 말하는 것이었다.

　얼른 기억할지 모르겠구나. 너를 마지막으로 본 게 할아버지 장례
식 때였으니, 헤아리기도 힘든 게 그새 삼십년이 되었구나. 당시 너는
검은 교복 차림의 까까머리 중학생이었다. 다 클 때까지도 너를 무릎
에서 떼어놓지 않던 할아버지가 돌아가셨는데도 너는 눈물조차 보이

지 않더구나. 성난 염소 같은 얼굴로 사랑채 마루에 앉아 국밥 그릇만 계속 비워대고 있었어. 그게 마지막으로 본 너의 모습이다. 그런 너도 이제 마흔을 훌쩍 넘겼으니 세월이란 얼굴에 고약을 덕지덕지 붙인 심술맞은 노인네 같구나.

갑작스러운 연락에 놀랐으리라 짐작한다만 행여 모른 척 말고 끝까지 읽어주기 바란다. 달포 전 할아버지 기일에 맞춰 뿔뿔이 흩어져 살던 자식들이 옛집에 모였다. 십년이고 이십년이고 발을 들여놓지 않다가 불현듯 형제자매들 얼굴이 그리워 나도 버스를 타고 꼬박 하루나 걸려 본가에 들러보았단다. 강릉에 사는 막내삼촌만 빼고는 다 모였더구나. 거기서 네 아버지를 통해 마침 너의 소식을 듣게 되었다.

사정은 그리 된 것이고 줄여 전하마. 너 사는 곳에 한번 다녀가고 싶구나. 염려끼칠까 이래저래 망설이다 다잡고 이렇게 쓴다. 이참에 부탁 한가지만 하마. 얼굴은 오갈 때 한번씩만 서로 보면 될 터이니 시간을 내어 방을 하나 얻어주었으면 한다. 보름이나 달포쯤 머물까 싶지만 그래도 요즘 유행하는 여관이란 덴 아녀자 혼자 들기엔 무색하니 허름하고 불편해도 민가면 더없이 좋을 듯하구나.

내주 수요일에 통영에서 배를 타고 건너갈까 한다. 그전에 경주에 들러 혼자 소풍도 좀 하고 생전 듣기만 하던 불국사도 구경할 작정이다. 배를 타는 것도 제주도에 가는 것도 다 처음이거니와 늙은 마음에 이 또한 마지막이 되리라 주책없이 속단한다.

이 편지 받고 여간 귀찮지 않을 줄 안다. 그렇더라도 자리를 비워 피하지는 않았으면 한다. 엊그제만 해도 충무로 알았는데 전화로 알아보니 언제 또 이름이 통영으로 변했더구나. 거기서 배 탈 무렵 재차 연락하마. 너의 내자도 공연히 신경쓰지 않도록 미리 단속해두어라.

그리고 이 고모가 다녀갈 거란 얘기는 집안사람들에게는 하지 말았으면 싶구나. 늙어서까지 괜히 타박하는 소리 듣고 싶지 않아서 그런다.

서울에서 큰고모 더디 쓰고 속히 부친다.

조부가 내려준 큰고모의 이름은 경자(京子)이다. 해방되기 몇해 전에 태어났으므로 다만 일본식으로 아무 뜻도 없이 갖다붙인 이름일 것이다. 한글로 궁색하게 풀면 '서울 여자'인데 여기에 도대체 무슨 뜻이 있겠는가. 그럼에도 사람은 저마다 이름 따라 가는 게 있으니 그래서 서울에 사나 싶은 생각이 드는 정도다. 하지만 편지를 받기 전까지만 해도 나는 고모가 서울에 산다는 사실조차 모르고 있었다. 지난 삼십년간 부모를 포함해 누구도 내게 고모에 관해 얘기해준 사람이 없었던 것이다.

조부가 세상을 뜬 것은 1975년 여름의 일이었다. 당시 나는 중학교 이학년이었고 고모는 서른다섯살로 오래전에 출가한 몸이었다. 충남 보령의 진죽이란 곳에 산다고만 얼핏 들었다. 새우젓으로 유명한 광천과 가깝고 해수욕장이 있는 대천과도 그리 멀지 않았다. 장항선 기차가 지나가는 작은 시골마을이었다. 고모부 되는 사람은 간이역의 말단 역부(驛夫)라고 했다. 그날 고모는 아들을 하나 데려왔는데 이제 일곱살이었다. 웬일인지 고모부는 오지 않았다. 그렇지만 아무도 사정을 묻는 이가 없었다. 부엌에 들어가 내가 대신 묻자 고모는 쓸쓸히 웃으며 젖은 손으로 내 머리를 서툴게 쓰다듬었다.

깨알처럼 작은 얼굴에 타고난 박색에다 마르고 키까지 작아 고모는 어려서부터 사람대접을 제대로 받지 못했다. 그런데다 학교에 들어가기 전부터 문밖 출입을 즐겨 밤늦게까지 식구들이 불을 켜들고 찾아다니는 일이 잦았다. 그것은 한편 관심을 끌기 위한 반항의 몸짓이었으나 그럼으로 해서 더욱 골칫거리로 낙인찍혔고 아래로 형제자매가 줄줄이 태어날 무렵에는 아예 부모의 눈에서도 밀려났다. 조부가 시골 면장이었으므로 다소 조신할 필요가 있었을 텐데 고모는 점점 상관하지 않았다. 사내애들과 어울려 참외서리에 사과서리에 남의 집 닭까지 훔쳐 잡아먹었다. 속내를 알지도 못하면서 다들 애초에 태어나지 말았어야 할 계집이라고 혀를 찼다. 그래도 가르치기는 해야겠기에 중학교에 보냈으나 졸업도 하기 전에 절름발이 담임선생과 눈이 맞아 야반도주하고 말았다. 그로부터 몇달 후에 누더기 차림으로 돌아와서는 스물여덟에 출가할 때까지 무려 십이년의 세월을 제집에서 하녀와 다름없는 삶을 살았다. 비록 쫓아내지는 않았으나 부모형제, 그 누구도 고모를 자주 살펴보거나 돌아보지 않았다. 또한 집안에 사소한 불행이 생겨 누군가 대신 비난할 사람이 필요한 때면 다들 고모부터 찾았다.

　스물여덟에 출가를 시킬 때도 고작해야 집안의 해묵은 골칫거리를 치우는 분위기였다. 십년 이상을 집안에 가둬두고 묵힌 것도 단지 절름발이 선생과의 소문을 지우기 위함이었다. 모두 쉬쉬하며 고향에서 되도록 멀리 떨어진, 뒤늦게 소문을 듣더라도 이쪽에 문제를 삼지 않을 집안을 골라 새벽녘에 소리없이 출가시켰다. 이후 집안 대소사가 생겨도 돌아오지 말 것을 엄히 당부했다. 내가 여덟살 때였고 그때까지 나는 고모를 옆에서 지켜보며 자랐다. 고모라는 것은 물론 알고 있었으나 그녀는 늘 얼굴에 검댕이 묻어 있는 부엌데기에 지나지 않았다. 시집을 갔다는 것도 며칠 뒤에나 어른들이 마루에서 주고받는 말을 듣고 알게 되었다. 그렇게 다시 보지 못하다가 조부의 장례식 때

마주친 것이었다. 그후에도 나는 고모의 소식을 들을 기회가 전혀 없었다. 나이가 든 다음부터는 나 역시 집안에 발을 들여놓는 일이 점점 줄어든 탓이기도 했다.

편지는 검은 줄이 칸칸이 쳐진 종이에 책받침을 하고 연필로 쓴 것이었다. 대뜸 반가운 생각은 들지 않았다. 끼니마다 밥을 함께 먹는 식구라면 모를까, 가족도 각자 가지를 뻗어 남이 되어가는 과정이 결국 사람살이의 이치요 본질이다. 일단 집을 떠나면 명절때를 제외하고는 서로 만나기 힘든 까닭도 여기에 있다. 따지고 보면 가족만큼 부담스러운 관계도 없으리라. 부모자식간도 역시 자주 부딪치다보면 갈등이 생기게 마련이다. 하물며 대면한 지 무려 삼십년이나 된 고모가 느닷없이 편지를 보내와 이 먼 곳까지 찾아오겠다는데 부담이 되지 않을 리 없었다. 쉽게 보름이나 한달이라고 했지만 맞는 쪽에서 보면 매우 긴 시간이었다. 평소 가까이 지내던 이가 찾아와도 처음 하루이틀이지 사흘만 지나면 곧 지치곤 한다. 그렇긴 해도 살다보면 역시 피할 수 없는 일이라는 게 있다. 사람관계도 마찬가지다. 이렇게 생각을 정리하고 나니 노인네 혼자 왜 배를 타고 건너오나 싶어 한편 염려가 되기도 했다. 올봄에도 경험한 일이지만 바다에 너울이 조금만 심해도 네 시간 가까운 뱃길은 여간 고역스러운 게 아니다.

일단 아내한테 고모 얘기를 전하고 나는 집에서 가까운 펜션부터 알아보았다. 그러나 숙박료가 턱없이 비쌌다. 성수기인 까닭에 어느 곳이나 하루 십만원 이상을 받는데 형편을 떠나 노인 혼자 감당하기에는 벅찬 금액이었다. 더군다나 겉모양과 시설만 조금 다르지 여관과 다를 것도 없었다. 분양이 안된 빌라 형태의 연립주택을 찾아보았으나 보름, 한달은 세를 놓지 않았다. 민가도 사정은 마찬가지였다.

노인네 혼자라는 말에 다들 꺼리는 눈치이기도 했다. 하는 수 없이 바닷가 민박을 하나 보아두긴 했는데 허구한 날 바다만 내려다보고 있을 고모의 모습을 상상하니 그것도 마음에 걸렸다. 아내는 그냥 집에 묵도록 하시는 게 좋지 않겠느냐고 조심스럽게 얘기했다. 부모가 알면 무슨 소리를 듣겠느냐는 것이었다.

고모가 도착한 것은 칠월 이십일일 수요일로 아침부터 밤늦게까지 몹시도 무덥던 날이었다. 통영에서 오는 배는 성산포로 입항하므로 애월에서 한시간 넘게 차를 몰고 부두에 도착해 냉면을 먹고 기다렸다. 오후 두시가 되자 하얀 여객선이 북쪽 먼바다에 나타났고 약 삼십분 후에 관광객을 가득 태운 만다린 호가 부두로 들어왔다. 입항이 완료되고 이어 관광객들이 철제 계단을 통해 차례차례 쏟아져 내려왔는데 아무리 살펴봐도 고모의 모습은 눈에 띄지 않았다. 아침에 출발전화까지 받은 터여서 그럴 리가 없다고 생각하면서도 슬쩍 불안한 생각이 들었다. 관광객들이 대합실을 통해 모두 빠져나간 뒤 승객 명단을 확인할 요량으로 선착장 사무실로 발걸음을 옮기려는데, 때마침 조그만 할머니를 양쪽에서 부축한 승무원 두 명이 계단 모서리에 나타났다. 흰 무명 저고리에 검은 통치마 차림이어서 금방 눈에 띄었다. 나는 서둘러 배에 걸쳐진 계단 아래로 다가가 고모를 맞았다. 얼굴이 식은땀으로 푹 젖어 있었다. 멀미가 심해 약을 드셨으나 그것까지 토하고 나서 탈진한 상태라고 승무원이 어서 병원으로 모셔가라고 했다. 인사를 할 겨를도 없이 나는 고모를 등에 업고 선착장을 빠져나와 성산 읍내에 있는 의원부터 찾았다.

손등에 링거바늘을 두 개나 꽂고 고모는 세 시간 동안 깊은 잠을 잤다. 나는 아내에게 전화를 걸어 사정을 알리고 삼십분 간격으로 입원실에 들어가 고모의 잠든 얼굴을 내려다보았다. 당연한 일이겠으나 내가 마지막으로 본 서른다섯살 고모의 모습은 어디서도 찾아볼 수 없었다. 희미한 얼굴 윤곽만으로 간신히 고모라는 걸 확인할 수 있을 따름이었다. 기다리다 지쳐 나는 잠시 의원을 나와 버스정류장 앞에 놓인 플라스틱 의자에 앉아 자판기 커피를 빼먹고 담배를 서너 대 피웠다. 그리고 다시 아내에게 전화를 걸어 먼저 저녁을 먹으라고 했다. 바다에 멀리 그늘이 드리우는 것을 보고 나는 걸음을 재촉해 의원으로 돌아갔다.

고모는 말끔히 씻고 환자 대기실 소파에 앉아 간호사와 두런두런 얘기를 나누고 있었다. 내가 들어서자 고모는 민망한 표정으로 손부터 움켜잡았다.

"만나서부터 면목이 없구나."

"경주에 들렀다 오시는 길이라면 가까운 포항에 공항이 있는데 왜 어렵게 배를 타셨어요."

"어쨌든 도착은 했으니 된 것 아니냐. 그보다 아침에 먹은 걸 죄 토했더니 속이 되게 허하구나. 어디 가서 밥부터 먹자."

밖까지 가방을 들고 따라나온 간호사에게 고모는 만원짜리 한장을 꺼내주었다. 간호사가 됐다고 한사코 거절했으나 고모는 억지로 손에 쥐여주었다. 저녁 어둠이 금세 짙어지며 바다의 오징어, 갈치 잡이 배들이 일제히 불을 켰다. 일출봉 아래 식당으로 들어가 된장이 들어간 해물뚝배기를 시켰으나 고모는 비린내가 난다며 이맛살을 찌푸렸다. 만경봉호를 타고 온 할머닌 줄 알고 밥을 먹던 사람들이 자꾸만 이쪽을 흘끗거렸다. 옷차림 때문이었다. 식당 유리창에 일출봉의 거대한 그림자가 벽처럼 검게 드리워졌으나 고모는 눈치조차 채지 못하고 있었다. 수저를 내려놓으며 고모는 통영에서 배를 탈 때만 해도 멀쩡했다고 뒤늦게 푸념이었다.

"그놈의 배가 얼마나 널을 뛰는지 아주 여러번 기절초풍했다."

나도 겪어보았지만 뱃멀미처럼 암담한 것도 없다. 버스나 택시처럼 중간에 세울 수도 또 내릴 수도 없지 않은가. 나는 말을 돌려 고모가 집을 떠나온 뒤의 소식부터 물었다.

"경주는 어땠어요?"

금세 안색을 바꿔 고모가 되받았다.

"좋더구나. 일주문까지 걸어올라가긴 힘들었지만 불국사에 들어가니 나 같은 무지렁이도 저절로 마음이 거룩해지더라."

"불국사에 그렇게 가보고 싶었어요?"

"왜 아니겠냐. 열다섯살 때부터였으니 오십년 만에 원을 푼 셈이지. 게다가 맨날 동전에서만 보던 다보탑에다 석가탑까지 보았으니 이제 됐다 싶더라."

이 좁은 땅에서 어떤 사람에게는 경주가 그다지도 먼 곳인 모양이었다. 그런데 어쩌다 제주까지 올 생각을 했을까. 묻지는 못했으나 편지를 받고 나서 마음을 스치고 지나갔던 의혹이 새삼 되살아났다. 다만 내가 여기 있어 관광삼아 온 것일까.

식당에서 나올 무렵 나는 숙소를 따로 구하지 않았으니 그냥 집에서 편히 머무시다 가시라고 말했다. 못 들은 양 고모는 대꾸가 없더니 집으로 돌아가는 차 안에서야 입을 열었다. 가까이, 멀리 수많은 배들이 파시처럼 떠서 밤바다를 환히 밝혀놓고 있었다. 얼마간 바다에 눈을 주고 있던 고모가 밤을 일깨우듯 말했다.

"그런데 말이다."

비록 조심스러웠으나 그것은 분명 나를 탓하는 소리였다.

"바쁜 건 안다만 집을 알아보는 일이 그리 번거로웠냐?"

나는 잠자코 있었다.

"안다. 서로 도리라는 게 있지. 하지만 평생 집안사람 눈치만 보며 살아왔는데 여기까지 와서 하필 조카며느리 눈치를 보며 지내긴 싫구나."

"그런 사람 아니에요."

"누군들 처음부터 그런 사람이겠냐. 그러나 하루 지나고 이틀 지나면 금방 불편해지는 게 사람관계다. 게다가 지금은 모르겠다만 이 고모가 기억하기엔 너도 꽤나 까다로운 사람이야. 그게 다 피 때문이겠지. 너도 알다시피 우리 집안사람들이 다들 조용하긴 하지만 속으론 얼마나 냉정하냐. 어쩌다 모여앉긴 해도 떠날 땐 소리없이 하나둘 사라지는 게 꼭 절집 사람들 같지."

그래서인지 몰라도 어느날부터 나도 옛집에 발을 끊었다. 피가 아닌 뼈만 남은 관계들처럼 보였기 때문이다. 그런데도 명절이나 집안 행사 때 그 뼈들이 총총히 모여드는 모습을 보면 어쩐지 신비롭기까지 하다. 게다가 집안에 내려온 절차나 관례를 한번이라도 깨뜨린 자들은 함부로 끼어앉지도 못한다. 그렇다고 별로 대수로울 것도 없는 집안인데 말이다.

"오늘은 어쩔 수 없이 네 집에 하루 머물겠다만, 내일 날이 밝는 대로 집을 나가 여관부터 잡거라."

나는 함덕에서 차를 세우고 바닷가로 내려가 어둠속에서 오줌을 누고 구멍가게 앞에 있는 자판기에서 커피를 두 잔 빼왔다. 고모의 뜻대로 하면 아내가 어떻게 받아들일지 그것부터 벌써 머리가 지끈거렸다. 물론 보름이나 한달씩 고모가 집에 머문다면 아내도 힘들어할 게 뻔했다. 그래도 어디까지나 사람관계에 있어서 도리와 상식을 우선시하는 사람이다.

차 안에 나란히 앉아 커피를 마시며 나는 고모에게 말했다.

"고모님 뜻대로 할게요."

그게 나으리라는 생각이 들었다.

"그래, 미안하게 됐다만 그래야 내 마음이 편하겠구나. 그런데 이커피, 왜 이리 독하냐. 그만 남겨도 되겠지?"

제주시를 지나 애월에 가까워졌을 때 집 근처에 사는 완도 사람의 얼굴이 떠올랐다. 그 사람이라면 고모가 묵을 집을 알아봐줄 수 있을 듯했다. 오십대 중반의 사내로 제주에 들어와 산 지 이십년이 된 사람이었다. 몇해 전까지는 산림청 소속의 산림 벌목원이었는데 어느날 삼나무에 어깨를 맞아 팔개월 동안 병원생활을 한 다음 재해보상을 받고 퇴직했다. 부인은 애월 읍내에서 식당을 하고 있었다. 몸은 회복됐으나 그때 얼마나 놀랐는지 부인은 남편에게 더이상 아무 일도 못하게 했다. 나와는 방파제에서 낚시를 하다 만나 술까지 마시게 되어 가까워졌다. 사는 집도 서로 가까이 있어 가끔 식구끼리 어울려 밥도 먹고 반찬까지 몇번 얻어먹었다.

완도 사람에게 전화를 걸어 사정 얘기를 했더니 의외로 간단하게 대안을 내놓았다. 애월 산기슭에 바다가 보이기도 하고 안 보이기도 하는 한적한 집이 있다는 것이었다. 봄에 민박으로 지어놓았는데 아직 영업허가가 나지 않아 방들이 비어 있다고 했다. 사십대 후반의 주인 내외가 위층에 살긴 하지만 서로 신경쓸 것은 없을 터이며 또한 일반주택처럼 지어놔 영업집 냄새도 안 날 거라고 덧붙였다.

이튿날 아침밥을 먹기도 전에 나는 그가 알려준 집부터 찾아가보았다. 마침 집주인 내외가 마당에 나와 풀을 뽑고 있었다. 완도식당 얘기를 하자 주인은 이미 전화를 받았다면서 나더러 어디 사냐고 물었다. 노인 혼자라니 역시 신경이 쓰이는 모양이었다. 근처에 산다고 말했더니 그렇다면 점심때쯤 모셔오라고 했다. 더불어 청하지도 않았는데 방값을 반으로 깎아주었다. 당분간은 손님을 받을 수 없는 상태니 부담스러워 말라고 했다.

다행스럽게도 고모는 그 집을 마음에 들어했다. 계단을 올라다니기 힘들 거라고 주인은 고모에게 일층을 내주었다. 이층집인데 옥상에 올라가야 바다가 보였다. 그러나 집앞이 밭으로 툭 트여 있어 답답한 느낌은 들지 않았다. 고모가 짐을 풀러 방으로 들어간 사이 완도 사람에게서 전화가 걸려왔고 십분쯤 지나서 그가 오토바이를 타고 왔다. 낚시를 가는 길이라고 했다.

"날도 더운데 바람 쐴 겸 조카도 함께 가세."

이 사람도 나를 조카라고 부른다.

"얼굴 탄다고 낮 낚시는 집에서 좋아하지 않아요."

사나흘 낚시를 거듭하면 동남아인처럼 얼굴색이 변하고 몸이 마른다. 현상수배범 같다고 아내가 질색을 한다.

"근데 고모님은 어디 계신가?"

밖이 소란스러웠는지 고모가 창문으로 빠끔히 이쪽을 내다보았다. 집을 소개시켜준 사람이라고 하자 고모는 부랴부랴 밖으로 나와 머리까지 조아려 인사를 했다. 식당에 한번 놀러 오시라는 말을 남기고 완도 사람은 오토바이를 타고 감자밭 사이로 휭하니 사라졌다. 그가 가고 나자 대번에 고모가 한마디 했다.

"근데 저 사람 얼굴이 왜 저리 검으냐. 내 눈엔 어째 소도둑처럼 보인다."

나는 농담조로 받아넘겼다.

"맞아요, 전엔 산적이었다고 들었어요. 요즘도 짐승이든 물고기든 산 것은 닥치는 대로 잡아먹어요."

"그럴 테지, 쯧쯧. 방을 얻어준 건 고맙다만 다시 보고 싶지는 않구나."

방도 잡아놨으니 나가서 바람이나 쏘이고 오자고 했더니 고모는 고개를 가로저었다.

"어제도 하루 공쳤을 텐데, 오늘은 들어가 공부하거라. 궁금하면 모레참에나 한번 들르든지. 아직도 어질어질한 게 하루이틀 좀 쉬어야겠다."

그러면서 뒤늦게 확인을 해왔다.

"나 여기 온 거 아버지도 알고 있냐?"

편지에 고모가 한 말도 있고 해서 굳이 전화까지 걸어 얘기하지는 않았다. 아버지는 고모의 둘째오빠로 다섯살 터울이다.

"그래, 잘했다. 나중에라도 혹여 다녀갔다는 말은 안했으면 한다. 애초에 소리소문없이 다녀갈 요량이었으니까."

하루걸러 시간을 내 민박집으로 가봤더니 고모는 머리에 수건을 쓰고 마당에서 잡초를 뽑고 있었다. 주인 내외는 오일장에 갔다고 했다. 왜 함께 가시지 그랬느냐고 묻자 청하지를 않더라는 것이었다. 우리도 오일장에 가볼까요? 했더니 남의 뒤를 따라가기는 싫다고 했다.

고모와 함께 애월 해안도로를 따라 서쪽으로 느리게 차를 몰았다.

날은 여전히 무더웠으나 태풍이 지나간 뒤처럼 하늘이 투명했다. 협제에 내려 사이다를 마시고 고모의 사진을 몇장 찍었는데 웬일인지 싫다거나 꺼려하지 않았다. 파인더에 비친 고모의 모습에서 나는 문득 피[血]라는 걸 느끼곤 은근히 놀랐다. 혈족이라는 것은 너무 낯이 익어 오히려 외면하다가 이렇듯 숨어서 볼 때 비로소 가깝게 느껴진다는 걸 그때야 비로소 알았다.

"물 빛깔이 정말 옥처럼 맑구나."

성산포 근처의 세화리 바다와 함께 협제 바다는 제주에서 빛깔이 가장 고운 곳으로 알려져 있다. 휴가철이었으므로 바다엔 해수욕을 하는 사람들로 북적거리고 있었다. 흰 무명 저고리에 검은 통치마 차림의 키작은 노인네가 손가방을 들고 나타나자 못 본 체하면서 누구나 돌아서 킬킬거렸다. 그것도 모른 채 고모는 숨을 길게 몰아쉬며 혼잣말로 중얼거렸다.

"너무 맑아서 되레 남세스러워 보이는구나. 어째 우리나라 땅 같지가 않아."

겉으로 보기엔 그럴지 몰라도 사람살이는 어디나 비슷해서 여기 주민들도 고통을 겪고 있기는 마찬가지다. 물가는 비싼데 해마다 어획량이 떨어지고 귤 먹는 사람조차 갈수록 줄어들어 밭을 갈아엎고 심지어는 자살하는 사람도 있다. 날씨만 해도 언제나 맑은 것은 아니다. 겨울엔 맑은 날이 공휴일처럼 드물다. 하루가 멀다 하고 주의보가 발령돼 밖에 나가 돌아다니기조차 힘들다. 육지에서 온 사람들은 특히 겨울철에 자주 우울증에 걸린다. 여름도 크게 다르지 않아 걸핏하면 태풍이 몰려와 비만 맞고 돌아가는 신혼여행객들이 흔하다. 오죽하면 섬의 동서남북 날씨가 제각각 다르다고 하겠는가. 앞바다에 떠 있는 비양도를 바라보며 고모는 오래오래 말이 없었다.

고산에 와서 고모와 나는 해녀의 집에 들어가 늦은 점심을 먹었다. 그새 고모는 눈자위가 충혈돼 있었다. 바닷바람을 쏘인 탓인지 기침이 잦아지며 연신 가래 덩어리를 냅킨에 뱉어냈다. 햇빛을 봐서 어지러울 뿐이라고, 돌아갈 때는 산길로 가자고 고모는 말했다. 고등어구이와 갈칫국이 나왔으나 고모는 입에 맞지 않는다며 금세 또 수저를 내려놓았다.

"어디 된장 구할 데 없냐? 슈퍼에서 파는 들척지근한 것 말고 집에서 담근 조선된장 말이다. 그걸 먹어야 가래도 삭고 속이 편한데, 여기 온 뒤로는 계속 더부룩하고 토할 것처럼 속이 울렁거리는구나."

노인들은 어딜 가나 먼저 물과 음식을 가지고 얘기를 한다. 사람이 늙으면 자기가 태어나고 자란 고장의 음식을 찾게 된다고 한다. 그러니 여기 음식이 입에 맞을 리 없다. 거꾸로 여기 사람들은 외지에 나갔다가도 나이가 들면 자리회와 한치가 먹고 싶어 돌아온다고 한다. 입맛은 결국 기억이고 추억인 것이다.

"완도 사람이 읍내에서 식당을 하고 있으니 가는 길에 들러보죠. 그 집 된장을 얻어먹어봤는데 입에 잘 맞더라고요."

완도 사람 얘기를 꺼내자 고모는 마뜩잖은 표정으로 대꾸조차 하지 않았다. 모슬포에 들러 시장을 구경하고 서부관광도로를 통해 애월로 넘어오니 그새 저녁이었다. 곧장 완도식당으로 가 된장찌개부터 만들어달라고 했다. 아침녘에 관탈로 돌돔 낚시를 나간 완도 사람은 아직 바다에서 돌아오지 않고 있었다. 애호박과 풋고추를 숭숭 썰어넣은 된장찌개를 몇숟가락 떠서 맛을 본 고모는 대뜸 주방에 있는 아주머니를 찾았다. 나와는 물론 잘 알고 지내는 사이였다. 뭐가 또 마땅찮은가 싶었는데 고모는 자리에서 일어나더니 아주머니의 손부터 덥석 잡고 이러는 것이었다.

"고향이 어디요? 혹시 충청도 아니오?"

고모의 갑작스러운 말에 당황한 눈치더니 아주머니는 슬그머니 표정을 풀고 멋쩍게 웃었다. 맞다고, 충청도 당진이라고 그녀는 말했다.

"아이고, 여기까지 와서 고향 사람을 다 만나네. 내 된장 맛보고 금방 알아냈소."

고모와 나는 당진 사람이 아니었다. 그래도 같은 충청도라고 적이 반가운 모양이었다. 슬쩍 눈시울까지 붉히며 고모와 아주머니는 한참이나 이런저런 얘기를 주고받았다. 그리고 된장까지 한사발 수북이 얻어가지고 민박집으로 돌아왔다. 식당에서 나올 때 고모는 손가방에서 새파란 열매 두 개를 꺼내 아주머니의 손에 쥐여주었다.

"비록 먹을 건 아니지만 그래도 충청도에서 따온 거니 두고 가오. 고향 그리울 때 가끔 냄새 맡으며 마음 달래요."

잊었던 듯 내게도 몇개 꺼내주었다. 그것은 탱자였다. 그 유난히 가시가 사나운 탱자나무 열매 말이다.

"이건 뭐 하러 따오셨어요."

지청구라도 들은 듯 소리가 없더니 고모가 입엣말로 우물거렸다.

"글쎄다."

"글쎄라뇨."

"글쎄…… 귤이 어디를 건너면 탱자가 된다는 옛말이 있다면서? 마침 그 말이 생각나 몇개 따왔다."

아까 가방 안을 훔쳐보니 스무 개 남짓이나 돼 보였다. 아무려나 고모의 말을 듣고 나는 언뜻 놀랐다. 귤화위지(橘化爲枳). 곧 귤이 회

수(淮水)를 건너면 탱자가 된다는 고사에 나오는 얘기를 하고 있음이 었다.

"내 부질없는 마음엔 탱자를 갖고 물을 건너면 혹시 귤이 되지 않을까 싶어 들고 왔더니라."

고모에게서 받은 탱자를 나는 무심코 자동차 콘솔박스 안에 넣어두었다. 민박집에 도착하자 때맞춰 비바람이 드세게 몰아치기 시작했다. 기상청 자동안내씨스템에 전화를 걸어 일기를 확인해보니 태풍이 몰려오고 있었다. 태풍의 위력을 알고 있기에 오늘은 집으로 가시자 했더니 고모는 숙박료가 아깝다며 들은 척도 하지 않았다.

태풍은 밤새 온 섬을 짚단처럼 헤집어놓고 아침녘에도 물러갈 기미가 없었다.

월요일부터 금요일까지 외국어학원으로 출근하는 아내와 함께 아침 일찍 민박집에 가봤더니 고모는 그때껏 자리에 누워 있었다. 밤사이에 낯빛이 장아찌처럼 변해 있었으나 고모는 잠을 못 자 그렇다며 걱정하지 말라고 했다. 아내의 채근에도 불구하고 고모는 민박집에 그냥 있겠다고 고집을 부렸다. 여덟시 삼십분쯤 아내와 차를 함께 돌려보내고 내가 부엌에 들어가 아침밥을 준비하려 하자 고모는 그것도 한사코 말렸다. 그제야 보니 머리맡에는 사기그릇 두 개가 놓여 있었다. 그릇 하나에는 비닐에 싼 된장이 담겨 있었고 다른 하나에는 탱자가 수북이 채워져 있었다. 탱자는 톱밥상자에 보관해온 것처럼 아직까지도 푸릇한 윤기가 남아 있었다. 주인집에 부탁해 끓인 된장찌개 하나로 고모와 겸상을 해서 아침밥을 먹었다. 아내가 챙겨온 반찬통이 여러개 있었으나 나중에 먹자며 뚜껑을 열어보지도 않았다.

밥을 먹다 말고 고모는 갑자기 눈시울을 붉혔다. 순식간의 일이어서 나는 왜냐고 물을 엄두조차 나지 않았다. 서먹하니 입을 다물고 있다가 나는 방을 빠져나와 옥상으로 올라갔다. 사납게 뒤채는 바다를 먼빛으로 내려다보며 담배를 거푸 피운 다음 나는 삼십분 뒤에나 방으로 들어가보았다. 그사이 고모는 상을 치우고 옷을 챙겨입고 있었다. 이런 날에 차도 없이 어딜 가시려느냐 묻자 고모는 택시를 대절해 고산에 다시 가자고 했다. 어제는 별말이 없더니 고산 앞바다의 차귀도가 자꾸 눈에 어른거린다며 거기 가서 내게 회를 한접시 사주고 싶다며 재촉했다. 걱정스러운 마음에 태풍이 지나가면 그때 가자고 말려도 고모는 또 막무가내였다. 내게 긴히 할 얘기가 있다는 것이었다. 그 말에 어쩔 수 없이 읍내에 있는 택시회사에 전화를 걸어 요금을 정하고 민박집으로 와달라고 했다. 언제 태풍이 물러갈지 모르는 상황에서 종일 방에 갇혀 지내느니 그게 나으리라 싶기도 했다.

중산간도로로 빠져나와 중간에 길을 바꿔 곧바로 고산으로 내려갔다. 그야말로 대야로 퍼붓듯 비가 차창에 쏟아져내렸다. 와이퍼로는 시정거리를 확보할 수 없을 지경이었다. 시속 이십 킬로미터로 폭우를 뚫고 고산에 도착한 것은 열한시가 다 돼서였다. 아무리 관광철이라지만 기상악화로 횟집은 대부분 문을 닫은 상태였다. 바로 어제 점심을 먹은 해녀의 집으로 갔더니 종업원은 문간방에 누워 이른 낮잠에 빠져 있었다. 이런 날 웬 손님인가 싶어 그녀도 놀라는 기색이었다. 어제 왔던 손님이라는 것을 기억하고 나서야 종업원은 서둘러 자리를 치우고 차귀도가 내다보이는 창가에 상을 차려주었다. 그러나 배로 십분 거리에 있는 차귀도조차 비바람에 윤곽이 흐릿했다.

참돔 한마리를 회로 떠서 상에 올려놓고 머리와 뼈는 자리가 끝날 때까지 곰국처럼 오래 끓여 내오라고 일러두었다. 한라산 소주를 시켜 한 순배가 돌고 이어 급히 두 순배가 돌자 고모는 가방에서 담배까지 꺼내 불을 붙였다.

밑도끝도없이 고모의 얘기는 그렇게 시작됐다.

"내가 살아온 얘기는 여태껏 아무도 듣지 못했다. 그러니 너도 처음 듣는 얘기겠지. 한평생 가슴에 잘 묻어뒀는데, 어째 여기 오니 사진첩 넘기듯 옛날 일이 선명하게 되살아나는지 모르겠구나."

입이 말라 다시 소주를 들이켜고 나도 담배에 불을 붙였다.

"할아버지가 돌아가시고 나서 꼭 한해 뒤였단다. 양력 팔월 중순께였을 거다. 어느날 애아버지 손에 창(瘡)이 생기더구나. 처음엔 몸에 열이 좀 심하고 가렵다고 하더니 이내 손톱마다 진물이 흘러내려 고약한 냄새를 풍겼지. 피부병인 줄 알고 광천 읍내에서 약을 사와 열흘을 먹었지만 소용이 없더구나. 병원에 가자고 하니 겁이 많은 사람이라 한사코 싫다더라. 그래서 어디서 좋다는 얘기를 듣고 찔레꽃 뿌리를 삶아 그 물에 담가보기도 하고 그것도 듣지 않아 양잿물을 써보기도 했단다. 그땐 손이 문제가 아니고 사타구니와 눈썹 주위에 커다란 하얀 반점들이 번지고 있었어. 누가 도장병이라고 해서 이번엔 마늘을 갈아 문대고 수은을 태운 가루를 고약에 개서 발라보기도 했다. 그래도 점점 살이 썩어들어가더라. 붕대로 친친 감은 손에선 검붉은 고름이 배어나와 자다 일어나서도 몇번씩 갈아댔지. 그래도 문을 닫고 쉬쉬 숨기며 병원에 가지 않겠다고 버티는데 속이 새까맣게 타들어가고 급기야는 나까지 몸에 얼룩무늬 반점이 생기더구나. 그제야 부랴부랴 담요를 쓰고 홍성에 있는 병원에 찾아갔는데 의사가 기겁을 하고 돌아앉더라."

듣고 있는 나마저 여기저기 몸이 가렵고 소름이 끼쳤다. 그쯤만 들어도 무슨 병인지 짐작이 갔다. 요즘은 그걸 한센병이라고 하고 옛날엔 나병, 곧 문둥병이라고 불렀다. 근래 와서는 의학이 발달해 피부병 이상으로 보지 않고 초기에 발견하면 완치도 가능하다고 들었다. 하지만 당시만 해도 그것은 말 그대로 천형(天刑)이었다.

"당장 격리를 시켜 충북 음성에 있는 나환자촌으로 보내라고 하더라. 그게 당연한 조치였지만 애아버지는 극구 의사의 말을 듣지 않았어. 아직도 그 징그러운 약 이름들을 다 외고 있다. 프로민, 시바, 다이아존, 디디에스, 리 팜피신, 람프렌…… 알고 보니 고작해야 살균제인데 그걸 끼니마다 한주먹씩 먹는 꼴을 보고 있자니 내가 다 죽고 싶더구나. 약을 먹고 나면 매번 속이 쓰리다고 밥에 미원을 비벼 그걸 또 콜라에 말아 먹는데 어찌나 비위가 상하는지 그때마다 부엌에 들어가 내가 대신 다 토해냈다. 행인지 불행인지 나는 약을 먹고 곧 그만그만해졌는데 병원에 늦게 찾아간 탓에 애아버지는 별 차도가 없었다. 오른손 하나는 다 쓴 수세미처럼 뭉개져 손가락 하나도 남아 있지 않았고 눈썹도 죄 빠져나가 방에서도 털모자를 쓰고 종일 이불 속에 숨어 지냈다. 그래도 그 지독한 약들이 더디게 효험이 있었던지 초겨울이 되자 용케 병세가 멎더구나. 하지만 그런 꼴로는 누가 봐도 더이상 사람 노릇을 할 수 없었지."

빗속에 차귀도가 잠시 나타났다 다시 지워졌다.

"아무튼 먹고는 살아야겠기에 낮에는 새우젓공장에 또 밤에는 통조림공장에 번갈아 다니며 내가 벌어 먹여살렸다. 너도 아는가 모르겠다만 여자가 밖에 나가 돈을 벌어오면 못난 사내들이 곧잘 하는 짓이 있지. 괜한 트집을 잡아 마누라 두들겨패는 일 말이다. 새벽에 파김치가 되어 들어오면 이틀이 멀다 하고 그 수세미 같은 손으로 패대는데 왜 그리 아프더냐. 그때마다 건넌방에서 아이는 울어대고 맞아서 아픈 것보다 그 소리에 더 가슴이 찢어지더구나."

나는 고모의 빈잔에 술을 따랐다. 회는 아까 내온 그대로였다. 머리와 뼈는 부엌 솥에서 쉼없이 끓고 있을 터였다.

"하지만 그런 날이 오래갔던 건 아니다. 이듬해 산에 진달래 필 무렵 애아버지는 기차에 뛰어들어 목숨을 끊었다. 조용한 밤이었다. 왜 그리 세상이 조용한지 마치 내가 다음세상에 와 있는 것 같더구나. 그런 날이 숨막히게 며칠이나 계속됐다. 이틀 뒤 산에 갖다 묻는데 진달래꽃들이 모두 검게 보이더구나. 무섭게도 눈물 한방울 나오지 않더라. 세상이 온통 적막해 울어도 소리가 들리지 않았겠지."

빈 소주병을 새것으로 바꿨다.

"애아버지를 가마니에 둘둘 말아 산에 묻고 며칠 뒤 아이를 등에 업고 새벽에 진죽을 떠나왔다. 챙겨나온 거라곤 겨우 사글세방 한칸 얻을 돈이었고 무작정 서울로 올라와 다 쓰러져가는 신당동 함석집에 월세를 얻어 생선장사를 시작했더니라. 그게 1977년 사월의 일이다. 애는 아홉살이었는데 그애가 내 부처였더니라. 어찌나 신통한지 학교에서 돌아오면 꼭 시장 좌판에 들러 에미 일을 거들더구나. 공부도 잘했지. 나중에 공대를 나와 유명한 회사에 취직했단다. 취직한 그해 결혼을 해서 아들딸 고루 하나씩 낳고 지금은 미국에 가 있는데 몇해 전에 영주권을 받았다고 연락이 왔더구나."

그 친구를 한번 본 적이 있다. 나와는 물론 고종사촌간이고 일곱살 아래인데 1983년인가 예산 수덕사 밑에 있는 수덕여관에서 해마다 열리는 가족모임에서 만났다. 이박삼일 동안의 모임에서 그러나 그 친구는 벙어리손님처럼 굳게 입을 다물고 있었다. 당시 중학생이던 걸로 기억하는데 얼굴이 하얀 모범생 타입으로 아버지를 닮았는지 키도 컸다. 모임이 끝나고 서울로 올라오는 기차 안에서 마침 나란히 앉게 되어 이런저런 말을 건네보았으나 좀처럼 대꾸를 하지 않았다. 가까이에서 사흘을 지켜보는 동안 나는 그 아이가 외가 사람들에 대한 적의로 가득 차 있다는 것을 느꼈다. 기차가 영등포역에 도착해 가방을 들고 내릴 때서야 이 아이가 비수를 던지듯 내게 한마디했다.

"어머니가 하도 떠밀며 보채서 소풍가는 줄 알고 오긴 했지만요, 나야 성(姓)부터 다르니 형네 집안사람이라고 할 수 없죠. 그런데 내게 족보까지 내밀며 무턱대고 외우라고 하는 건 너무 가소롭지 않아요? 그동안 어머니를 사람 취급도 안했으면서 말이에요."

그런데 왜 왔느냐고 되묻자, 이 당돌한 아이가 이렇게 말하는 것이었다.

"혹시 아시는지 모르겠지만 수덕여관은 한때 이응노 화백께서 머무시던 곳이죠. 여관 뒤뜰에 있는 세 개의 납작한 바위 봤어요? 실은 거기에 새겨진 그분의 문자추상 작품을 보러 온 거예요. 사흘이나 봤으니 앞으로 수덕여관에 올 일은 다시 없겠죠. 그럼 살펴가세요."

화가가 꿈이었던 그 아이는 그러나 훗날 공대에 진학했다. 그리고 그 아이의 염원대로 그후 다시는 서로 만나거나 볼 기회가 없었다.

생선장사로 시작해 아들이 중학교에 들어갈 무렵 고모는 신당동 시장 어귀에 분식집을 차렸다. 그즈음 옆집에서 청과상을 하던 사십대 중반의 홀아비를 만나 정분을 맺게 되었다고 고모는 담담하게 털어놓았다. 여고에 다니는 딸을 하나 둔 사내였다. 남들 눈이 무서워 따로 식은 올리지 않고 살림을 합치려 했는데 딸이 충격을 받아 가출을 하는 바람에 막상 그렇게는 되지 않았다. 그래도 질기게 연을 이어 이년 정도는 그리 외롭지 않게 생을 버텼노라고 했다. 그러나 그 댓가가 컸다. 당시 시장 사람들끼리 매달 한차례씩 모여 계(契)라는 것을 했다. 계원이 십여명에 곗돈을 합하면 액수가 막대했다. 계주는 관례대로 순번을 정해 돌아가며 했는데 이 내연의 사내라는 자가 계주가 되자 기다렸다는 듯 통장과 도장을 들고 시장에서 사라졌다. 문제는 거기서 간단하게 끝나지 않았다. 두 사람의 관계를 익히 알고 있던 계원들이 고모 집으로 몰려와 가재도구를 부수고 몽둥이까지 휘두르며 돈을 내놓으라고 다그쳤다. 견디다 못해 고모는 의정부로 잠시 위장 전입을 한 다음 사태가 진정되는 기미를 보이자 영등포로 옮겨갔다. 그리고 업종을 바꿔 구멍가게만한 포목점을 열었다.

아들은 대학을 졸업할 때까지 온갖 아르바이트를 하며 틈만 나면 어머니의 일을 도왔다. 아버지를 일찍 여의고 홀어머니를 봉양해야 할 처지여서 군복무는 면제를 받았다. 졸업과 함께 그는 대기업체에 입사해 인천 공장으로 발령을 받아 사실상 독립을 하게 되었다. 인천이면 영등포에서 그리 멀다고 할 수 없는데, 출퇴근이 힘들 거라며 고모는 아파트 전세금을 빼내 아들에게 집을 얻어주었다. 공교롭게도 그때부터 고모는 아들의 얼굴을 자주 볼 수 없었다. 취직을 하고 얼마 지나지 않아 아들은 부천의 한의사집 딸과 결혼을 했고 이듬해 첫아들을 낳은 후에 곧 미국으로 발령을 받았다. 그로부터 겨우 이년에 한번꼴로 한국에 다녀갈 뿐이었다. 그나마 영주권을 받은 다음에는 명절때 전화나 걸어오는 정도였다.

고모는 오랜 세월 포목점을 하다 얼마 전에야 정리하고 분당 신도시에 사십평짜리 아파트를 사두었다. 아들 내외가 들어오면 함께 살 집을 마련해둔 거라고 했다. 가게를 그만두고 나서 고모는 조부의 기일에 맞춰 조용히 고향에 다녀왔고 서울로 올라오는 길에 스물여덟에 출가해 살았던 진죽에도 가보았다.

평생 일만 해오다 막상 분당 아파트에 혼자 있게 되자 고모는 하루하루 사는 게 더 힘들게 느껴졌다고 했다. 그래서 듣기만 하고 가보지 못했던 곳들을 둘러보리라 작정하고 가방을 꾸려 먼저 강릉과 속초로 갔다. 그리고 설악산 밑에 있는 동해관광호텔에서 이틀을 묵으며 케이블카도 타고 양양에 있는 낙산사에도 가보았다. 설악산에서 떠나오던 날은 아침 일찍 온천에서 목욕을 한 다음 속초에서 버스를 타고 포항을 거쳐 경주로 내려왔다.

고모가 내게 편지를 쓴 것은 분당에서 떠나오기 하루 전의 일이었다. 경주가 유독 마음에 끌리더라고, 봄에 꽃 필 때 한번 살아봤으면 좋겠노라고 고모는 되풀이해서 말했다. 또 제주도에서 올라갈 때는 완도로 건너가 해남에서 밥을 먹고 남원 춘향골에서 하루 묵으리라 했다. 그때면 비로소 지칠 터이니 남원에서 고속버스를 타고 서울로 올라가겠다는 얘기였다.

고산에 다녀온 뒤로 고모는 잠시 마음이 가라앉은 듯했다. 애월로 돌아온 밤에 고모는 이제 됐다고, 당분간 찾아오지 말라고 내게 당부를 했다.

태풍이 몰려가고 나서 완도 사람에게서 오후녘에 전화가 걸려왔다. 고산에 다녀온 닷새 뒤였다. 그사이에 나는 또 서울에서 손님이 내려와 사흘 동안 가이드 겸 술상대가 되어 따라다녔다. 환경운동을 하는 사진작가인데 한라산 기슭의 영실 소나무숲과 구좌읍의 비자림을 촬영하러 내려온 길이었다. 평소 어렵게 알고 지내는 산림학자의 소개로 온 사람이었고 물론 초면이었다. 간혹 있는 일이어서 거기까지는 그래도 괜찮은데 환경운동을 한다는 사람이 술을 몹시 좋아해 사흘 내리 이리저리 끌려다니며 새벽까지 함께 마셔야 했다. 그러니 몸은 몸대로 피곤하고 일은 또 일대로 되지 않았다.

완도 사람이 전화를 걸어온 이유는 아침에 흑돼지를 한마리 잡았으니 저녁에 방파제에서 구워먹자는 것이었다. 두어 달 전에도 다리 밑에서 개를 잡아 연락을 해온 적이 있었다. 그때 사양한 것이 마음에 걸렸으나 오늘은 고모에게 가봐야겠기에 이번에도 응하겠다는 말을 할 수 없었다.

"걱정 말게. 자네 고모님도 마침 여기에 와 계시니."

나는 슬며시 놀라 물었다.

"거기가 어딘데요?"

"어디긴, 식당이지. 그러니 집사람 데리고 서둘러 오게."

지난번에 개 잡은 얘기를 했더니 아내는 질색을 하고 다시는 완도 사람을 보려 하지 않는다. 짐승을 사적으로 도축하는 것은 법으로 금지되어 있다. 더군다나 그게 개라고 하자 아내는 토하는 시늉까지 하며 화장실로 들어가 양치질부터 했다. 그때 괜한 얘기를 해서 완도 사람과 어울릴 때마다 눈치가 보인다. 그런데 고모가 지금 거기에 있다는 말이었다.

가서 사정을 알아보니 된장으로 맺어진 인연 때문이었다. 민박집에서 아침밥을 해먹고 나면 막상 할일이 없어져 고모는 종일 집 주변을 돌아다니는 것이 일이었는데, 엊그제는 걸어서 애월 읍내까지 내려오게 되었다고 한다. 그때 마침 갈 데가 생각났다. 동향 사람이어서 별로 망설이지도 않고 식당문을 열고 들어가니 아주머니도 자매처럼 맞아주었다. 어제는 주방 설거지를 도우며 저녁까지 지체하다 밥을 얻어먹고 완도 사람의 오토바이를 얻어타고 밤늦게 민박집으로 돌아갔다.

돼지는 완도 사람이 오일장에서 사와 뒤꼍에서 직접 수습을 했다. 그 장면을 나도 한번 목격한 적이 있는데 속이 메슥거려 아주 혼이 났다. 우선 돼지의 멱을 따서 사발에 선지를 받아 막걸리처럼 들이켠 다음 배를 갈라 간까지 내먹고 나서 한자루나 되는 내장을 꺼내 순대가 될 것만 따로 구분하고 나머지는 삽으로 땅을 파서 묻었다. 솜씨가 유별나 거기까지 채 한시간도 걸리지 않았다. 하지만 그 과정을 다 보고 나서는 차마 고기가 입에 들어가지 않았다. 잡은 돼지는 세로로 반을 갈라 냉장고에 넣어두었다가 식당에서 쓰고 일부는 가마솥에서 종일 삶아내 진득한 국물과 함께 며칠간 끼니마다 먹어치웠다. 또 미리 떼어 남긴 갖가지 부위는 아는 이들을 불러 당일 방파제에서 솥뚜껑에 구워먹었다. 말하자면 오늘이 그 행사날이었다. 준비한 고기를 검은 비닐에 둘둘 말아 봉고차에 실은 뒤 완도 사람은 해지기 전에 방파제에 도착해야 한다며 주위를 재촉했다. 나는 식탁 의자에 앉아 마늘을 다듬고 있는 고모의 얼굴부터 살폈다.

"어쩔까요?"

고모가 치마에 손을 닦으며 자리에서 일어났다.

"구경삼아 한번 가볼까? 어제 오토바이를 얻어탔더니 거절하기가 어렵구나."

일행은 넷이었는데 방파제에 도착하자마자 완도 사람의 여동생 부부라는 사람들이 승용차에 소주와 맥주 박스를 싣고 달려왔다. 방파제 너머로 해가 기울며 바다가 온통 핏빛으로 들끓고 있었다. 그래서 불에 덴 듯 모두 얼굴이 벌겠다. 누구랄 것도 없이 다투어 고기를 구워내 접시에 담고 된장과 파와 마늘을 상추에 싸서 소주와 함께 뱃속에 채워넣었다. 술이 몇순배 돌자 완도 사람이 그제야 생각난 듯 여동생 부부를 고모에게 소개시키며 아무렇지도 않게 이런 말까지 털어놓았다.

"애가 내 막내 여동생인데 팔자가 좀 세요. 스물둘에 순천으로 출가해 살았는데 오년 만에 건축일을 하던 남편이 음주운전 사고로 죽었어. 십년 동안 애 둘 데리고 고생이 이만저만 아니었지. 보다못해 재작년에 내가 제주도로 짐 싸서 내려오라고 했어. 옆에 있는 지금 남편도 칠년 전에 상처를 하고 혼자 애 키우며 수절 과부처럼 살아왔으니 처지가 비슷했지."

나중에 들으니 그는 경찰공무원, 강력계 형사였다.

"이 친구하고도 낚시하다 만났는데 거기가 어디냐면 바로 여기 애월 방파제야. 방파제는 육지로 치면 마을 공회당 같은 곳이거든. 아무튼 술을 먹다보니 사람이 제법 괜찮더라고. 그래서 세번짼가 함께 술을 먹던 날 여동생을 불러내 대면부터 시켰지. 그다음부터 술 먹을 일이 생기면 눈치껏 불러냈어. 저도 싫으면 안 나왔겠지. 작년가을에 마을회관에서 조촐히 식을 올려주고 임대아파트에서 나와 집도 새로 얻었어. 지금 아주 잘살아. 애들끼리도 얼마나 사이가 좋은지 몰라."

그들 부부는 얼굴을 돌린 채 그저 피식거리며 웃기만 했다. 두 시간쯤 지나 그들 부부는 시아버지 제사가 있다며 먼저 돌아갔다. 밤이 깊어가고 있었으나 가까이 떠 있는 오징어잡이 배들이 켜놓은 불빛으로 주위가 보름처럼 훤했다. 고모도 고기를 몇점 먹고 간간이 소주도 반잔씩 따라마셨다. 마침내 술에 취한 완도 사람이 젓가락으로 솥뚜껑을 두드리며 「선창」이란 노래를 부른 다음 아내한테 「칠갑산」을 시켰고 이윽고 고모 차례가 되어 잠시 실랑이가 벌어졌다.

"이왕 놀러 오셨으니 실컷 놀다 가십시다."

고모는 고개를 절레절레 내저으며 완강히 거절했다.

"내 평생 노래라는 건 불러본 적이 없으니, 고만 하시고 차라리 술이나 한잔 더 주시오."

고모 잔에 술을 가득 따르고 나서도 완도 사람은 그만두지 않았다.

"그러니 이참에 딱 한곡만 불러주오. 조카 얼굴 봐서라도 말이오."

"못하오."

부인이 끼어들어 말려도 완도 사람은 막무가내였다.

"우리집 된장까지 얻어다 먹는다는 소문이 돌던데 그렇다면 된장 값이라도 해야 되질 않소. 우리 마누라가 가을부터 봄까지 된장 만들어내느라 얼마나 고생인 줄 아시오? 그거 아무한테나 퍼주는 거 아니오."

조마조마한 마음에 슬쩍 고모의 얼굴을 살폈으나 다행히 마음까지 상한 눈치는 아니었다. 그만 돌아가고 싶은지 고모는 주섬주섬 치마를 털고 일어나 방파제 너머에 무수히 떠 있는 오징어잡이 배들을 시린 눈빛으로 돌아보았다. 고모의 작은 모습이 불빛에 날아갈 듯 찰나 기우뚱했다.

이어 고모는 노래를 부르기 시작했다. 파도소리 때문에 고모의 목소리는 제대로 들려오지 않았다. 가만히 귀를 기울여 듣다보니 그것은 「물새 우는 강 언덕」이란 노래였다. 고모의 음성은 실파처럼 가늘고 푸르게 때로는 실고추처럼 가늘고 붉게 이어지다 마침내 바람 속으로 흔적없이 사라져버렸다.

돌아오니 자정이었다. 무리를 한 탓인지 고모는 방에 들자마자 요 위에 힘없이 주저앉았다. 내가 금방 돌아가지 못하고 머물러 있자 고모가 말했다.

"어서 가거라. 집에서 기다릴라. 좀 피곤하긴 하다만 기분은 괜찮다."

"술은 언제부터 하셨어요?"

"왜, 나는 마시면 안되냐? 벌써 이십년이나 됐으니 이제 와서 누가 걱정한다 해도 다 쓸데없는 일이다. 술마저 없었다면 그 기나긴 밤들을 어쨌을꼬."

"담배는요?"

"그건 한 십년 됐다. 몇달 전에 다 끊었는데 오늘처럼 사람과 어울리다 술이 들어가면 담배도 가끔 생각이 나더구나. 너 듣는데 할 소린 아니다만, 이 고모는 술담배가 참 좋더라. 시름이 깊어질 땐 오히려 사람보다 더 좋더구나."

"……"

"안다, 그래도 사람이 부처지."

"그만 갈게요. 푹 주무시고 내일은 식당에 가지 말고 방에서 쉬세요."

자리에서 일어나자 고모도 요에서 몸을 일으켰다.

"이번에도 한 사흘 뒤에나 들러다오."

연꽃이 보고 싶다고 고모는 간절한 표정으로 말했다. 경주에 가서 석굴암을 보고 난 뒤부터 줄곧 연꽃 생각이 떠나질 않는다는 것이었다.

사흘 후 마침 아내가 쉬는 날이어서 연꽃을 보러 셋이 함께 수목원에 갔다. 새벽에 부처가 내려와 점지해놓고 간 듯 연꽃은 말간 분홍빛으로, 물 위에 지천으로 떠 있었다. 연못가의 벤치에 나란히 앉아 세 사람은 꼬박 두 시간 동안 연꽃을 바라보고 있었다. 푸른 줄기들 아래로 빨간 잉어와 금붕어 들이 틈틈이 숨어다니고 있는 게 보였다. 중국인 관광객들이 왁자지껄 몰려왔다 사라진 후에 고모가 입을 열었다.

"누가 만드신 것인지 세상은 참 어여쁜 것이더구나. 눈에 보이는 것들이 이제는 모두 마지막이라는 생각이 들 때가 있다. 참으로 눈물겹도록 아름답구나."

"왜 벌써 그런 말씀을 하세요. 통영에서 제주까지 배를 타고 혼자 소풍오는 할머니는 흔치 않아요."

고모는 덧없이 웃었다.

"그야 찾아갈 데가 없으니 온 게지. 며칠 있다보니 여기다 아예 조그만 집을 지어놓고 한때나마 조용히 살고 싶은 생각이 드는구나."

그때만 해도 나는 고모가 괜한 소리를 하는 줄 알았다. 그런데 듣다보니 그게 아니었다.

"한 오십평쯤 땅을 사서 지붕이나 덮고 방 한칸 들이면 못 살 것도 없지 않겠냐? 그쯤은 여분의 모아둔 돈이 있다. 나중에 너한테 물려주기로 하고 말이다. 그러니 부동산에 좀 알아봐다오."

아내는 못 들은 척했고 나도 물론 대꾸할 말이 떠오르지 않았다.

"싫은 게로구나."

"분당 집은 어떻게 하고요."

"거기야 죽을 때까지 들여다보는 사람 하나 없을 테니 미련둘 것도 없지 싶다. 게다가 자식놈은 언제 들어올지도 모르는데 귀신처럼 혼자 집을 지키고 있을라치면 때없이 한숨만 나와."

아내가 매점으로 음료수를 사러 간 사이 고모는 또 푸념어린 소리를 늘어놓았다.

"사람이든 짐승이든 새끼를 여럿 두게 되면 그중 하나는 꼭 반푼이나 팔푼이가 있게 마련이지. 우리 집안에서는 내가 그런 사람이었다. 다들 부모 말을 잘 들어 빗나가지 않고 똑똑들 했지. 그러니 형제들은 모두 대학교수나 공무원이 됐고 자매들만 해도 장학사 마누라에 하다 못해 중학교 선생 마누라가 돼서 번듯하게 살고 있는 거 아니겠냐. 그런데 어째 나만 타고나길 이것저것 모자란 게 많았단다. 공부도 형제자매들 중에 가장 빠졌고 계집애가 며칠씩 씻지도 않고 사내애들처럼 놀기만 즐겨 일찍부터 부모 눈밖에 났지. 열여섯에 절름발이 선생과 눈이 맞아 집을 나갔다 돌아온 뒤부터는 형제자매들까지 외면하더구나. 그래도 원망 따위는 하지 않았다. 숯덩이처럼 부엌에 숨어살며 십 년을 견딘 건 그 절름발이 선생과의 약속 때문이었단다."

고모의 목소리는 그새 묵은 배추김치처럼 쉬어 있었다.

"모시로 유명한 한산 사람이었단다. 야반도주한 그날로 그 양반은 나를 버스에 태워 공주에 있는 갑사로 갔더니라. 그 아래 있는 여관방에서 며칠 보내고 나니 갈 데가 없질 않겠냐. 하는 수 없이 한산으로 내려갔단다. 가보니 노모 한분이 살고 있더구나. 초가집도 그런 누추한 초가집은 내 처음 봤다. 하지만 시집온 걸로 생각하고 부엌에 들어가 밥부터 짓는데 그 노모라는 양반이 겉보기와 달리 보통이 아니더구나. 부엌에서 나를 불러내 길에서 데려온 여자는 며느리로 받아들일 수 없다며 당장 나가라는 게야. 아들이 학교까지 그만두고 내려온 사실을 알고는 그 자리에서 아예 몸져눕더구나. 그래서 병수발을 드는데 내가 끓인 음식은 입에 대지도 않아. 그래도 또 팔자려니 하고 백일을 채워 버텼더니라. 남편은 심성이 여린 사람이라 중간에서 이러지도 저러지도 못하며 하루가 다르게 수숫대처럼 말라가더라. 그러던 어느날 문밖으로 나를 조용히 불러내더니 집으로 돌아갔다가 나중에 때가 되면 다시 합치자고 하더구나. 그동안 학교에 다시 자리를 잡고 양가 부모의 허락을 받아 정식으로 혼례를 올리자고 말이다. 울고불고 매달렸지만 그 마음 약한 양반도 그때는 어찌나 냉혹하게 구는지 결국 쫓겨나다시피 보따리를 싸서 집으로 돌아왔다. 이슥한 저녁에 죽을 각오로 대문을 들어섰는데 아무도 뭐란 말을 하지 않더구나. 저녁밥을 먹다 다들 수저를 든 채 마루로 몰려나와 마당 한가운데 서 있는 나를 내려다보더라. 그렇게 한참을 아무 말도 없이 쳐다들 보는데 저절로 발걸음이 부엌으로 향하더구나. 한산에서 사람이 오길 기다리며 부엌에서 밥만 해대며 삼년을 기다리는데 암만해도 소식이 없었다. 오년을 기다렸다 찾아가봤더니 노모는 이미 세상을 뜨고 그 양반은 읍내 초등학교의 선생이 돼 있더구나. 다른 처자와 결혼까지 해서 말이다. 어찌 이리 됐냐고 묻자, 그저 그렇게 됐다고 물에 술 탄 소리만 되풀이하더구나. 노모가 한 십여년 전에 옆동네 백정집에서 보리 몇말을 뀌다 먹은 일이 있는데, 그걸 내내 갚지 못하고 있다가 죽기 전에 망령이 들어 그 집 딸을 들이고 싶다고 목을 매더란다. 죽기 전에 꼭 며느리를 보고 싶다고 하면서 말이다. 아무튼 그 여편네까지 쫓아나와 내 발을 붙잡고 우는데 너 같으면 거기다 대고 무슨 소리를 하겠냐. 참 나도 못났지만 그렇게 도토리 껍질처럼 생긴 여자는 처음 봤다. 백정집 딸이라니 오죽하겠냐만. 아무튼 마누라를 달래 돌려보내고 나서 그 양반은 학교 울타리에서 퍼런 탱자를 몇개 따주더니 이것이 노랗게 익을 때 한번 찾아가마 하더라. 그 말을 믿고 한산을 떠나오는데 내 팔자가 정말 기가 막히더구나."

"찾아오긴 했나요?"

"오긴 왔다만 그게 무슨 소용일까. 사람들 눈에 띌까 차부 의자에 쪼그려앉아 한시간쯤이나 말없이 한숨만 내쉬고 있다 타고 온 버스를 도로 타고 돌아갔을 뿐이다. 곧 둘째아이가 태어날 거라고, 가슴에 못이 박히는 소리를 내뱉고 말이다. 그게 다고 그게 끝이었다."

"그후 다시는 보지 못했나요?"

"진죽으로 시집을 가기 전에 어디서 소문을 듣고 한번 더 왔더라. 시집가서 부디 잘살라고, 겨우 그 한마디를 하려고 말이다."

"......"

"자꾸 할 얘긴 아니다만, 이번에 여기로 내려오기 전에 한산에 다시 가보았단다. 면사무소에 들러 수소문하니 그 양반은 이미 오래전에 정년퇴직을 하고 읍내 아파트에 혼자 살고 있더구나. 퇴직하던 해마누라는 암에 걸려 죽고 자식들은 모두 도회지로 나가 일년에 두어번씩 찾아온다더구나. 그러면서 또 부엌칼로 등을 찌르는 소리를 늘어놓더구나. 한산으로 내려와 다시 합쳐 살자고 말이다. 발밑에 구르는 돌멩이를 주워 냅다 집어던지고 돌아서 홧김에 차부까지 걸어갔다."

"그 말이 그렇게 듣기 싫던가요? 다시 합쳐 살자는 얘기 말이에요."

"그 말을 듣는 내가 싫더라. 차부까지 걸어서 갔는데 뒤를 쫓아오지도 않더구나. 조금 기다려보다 차 시간이 남아 택시를 타고 그 양반이 다니던 학교에 가봤더니라. 아직도 탱자나무 울타리가 그대로 있나 싶어서 말이다."

"······있었군요."

"있더구나."

"그럼 그게 그거군요."

"그래, 그게 그거다. 괜히 옛생각이 나서 한보따리나 따서 서울로 올라왔다. 그리고 다음날 바로 설악산으로 떠난 거지."

사이를 두었다가 나는 되풀이해서 말했다.

"다시 한산에 가보시는 게 어때요?"

앞자락이 타는 듯한 한숨을 내쉰 다음 고모가 되받았다.

"그렇다고 탱자가 새삼 귤이 되겠냐?"

나는 좀 억지스럽게 거들고 나섰다.

"여기서 올라가실 때 귤을 한보따리 싸가시면 되잖아요."

"말은 아주 쉽구나. 그러나 그게 그렇게 쉬운 게 아니란다."

날이 슬슬 어두워지고 있었으므로 고모와 나는 벤치에서 일어났다. 아내를 집에 내려주고 중산간도로로 빠져 산길을 타고 애월로 내려오는 길에, 고모가 갑자기 차를 세워달라고 했다.

차를 세운 곳은 야트막한 산자락에 있는 드넓은 배추밭이었다. 배추밭 앞에 내려 고모는 가방에서 담배부터 꺼내 입에 물었다. 내가 불을 붙여주었다. 라이터 불에 고모의 조그맣고 주름진 얼굴이 깊게 드러났다 금세 사라졌다. 땅거미가 지는 수천평의 배추밭 아래로 마을과 바다가 잇대어 누워 있었다. 내가 한눈을 판 사이 고모는 배추밭에 들어가 있었다. 이윽고 어둠속에 고모의 모습이 지워질 즈음 배추밭 속에서 마치 곡을 하는 듯한 울음소리가 들려왔다. 바다를 보고도 울지 않던 고모였다. 그런데 배추밭에 와서 급기야 고모는 오랜 세월 울혈졌던 마음을 힘겹게 풀어내고 있었다. 울음소리는 점점 희미한 통곡으로 변해 한동안 그칠 줄 모르고 이어졌다.

방에 들어 고모가 말했다.

"못 볼 꼴을 보여 민망하고 미안하구나."

"주무시고 나면 아침엔 나아질 거예요."

내 말엔 상관하지 않고 고모가 말을 이었다. 나는 아까 어둠에 두고
온 배추밭을 떠올리고 있었다.

"그 양반이 가정방문을 왔다 돌아가는 길이었더니라. 배웅을 하러
따라나섰는데, 어두워지는 저녁에 앞에서 절룩거리며 걸어가는 모습
을 보니 이상하게 그만 가슴이 미어지더라. 그때만 해도 이 고모는 여
간 당돌한 계집애가 아니었다. 뒤쫓듯 걸음을 서둘러 나는 그 양반의
옷소매를 끌어당기며 말했다. 이렇게 병신처럼 계속 절룩거리며 걷지
말고 차라리 내 등에 업혀 함께 어디든 가자고 말이다. 거기가 배추밭
이었다. 내 말에 놀라 냉큼 걸음을 멈추고 그 양반은 배추밭 둑에 주
저앉더니 내가 보는 앞에서 흐느끼더구나. 나는 집나온 고양이처럼
그 양반의 들썩이는 어깨만 노려보고 있었다. 얼마가 지나서야 그 양
반이 얼굴을 들더니 그리 해도 후회하지 않겠느냐 묻더라. 이미 작정
한 뒤여서 나는 죽기살기로 뒤는 돌아보지 않겠다고 말했다. 그래서
그길로 함께 떠난 것이었더니라."

말을 끝내고 고모는 자리에 누워 눈을 감았다. 나는 방바닥만 내려
다보며 무르춤하게 앉아 있었다. 그사이 나는 고모가 잠들었음을 깨
달았다.

다음날 오후에 낚시터에 갔다가 나는 완도 사람을 만나 뜻밖의 얘
기를 들었다. 고모가 땅을 알아보고 있다는 것이었다. 아침에 식당에

들러 완도 사람에게도 부탁을 하더라고 했다. 그래서 오전에 부동산에 찾아가 이것저것 알아보고 온 참이었다. 스틸하우스라는 게 있다고 했다. 값도 싸고 땅만 구해지면 집을 짓는 건 서둘러 며칠이면 된다는 것이었다. 집짓는 기술이 좋아져 방풍이나 난방에도 전혀 걱정이 없다고 했다. 그런데 땅이 문제였다. 오십평 단위로는 땅을 매매하지 않았다. 이백평을 기준으로 매입이 허가된다는 얘기였다.

낚싯대를 거두고 민박집으로 가봤더니 고모는 한여름에 이불을 쓰고 누워 있었다. 낯빛이 여간 위태로워 보이지 않았다. 얼굴에 땀을 철철 흘리며 연신 밭은기침에다 가래까지 뱉어냈다. 방파제에서 돼지고기를 먹던 날 쏘인 밤바람이 결국 병으로 도진 모양이었다. 병원으로 모시고 가려 했으나 이미 다녀왔다면서 머리맡의 약봉지를 가리켰다. 그걸 우두커니 내려다보고 있다 나는 안되겠다 싶어 나도 모르게 매정한 소리를 했다.

"여기다 집을 지을 게 아니라, 그만 서울로 올라가시는 게 좋겠어요."

왜냐고 묻지 않고 고모는 눈을 감았다.

"이러다 큰일나요. 아무리 여름이라도 육지에서 온 노인들은 바닷바람 한번 잘못 맞으면 금방 고장나요. 그거 병원에 가도 못 고쳐요. 지금 이러고 계신 걸 나중에라도 집안어른들이 알면 뭐라 하겠어요. 그거 저 감당할 자신 없어요."

"알고 있으니 너무 다그치지 마라."

"아내도 요 며칠 잠을 제대로 못 자요. 밖에 모시는 것부터 도리가 아닌데 몸까지 편찮으신 거 같다고 걱정이 이만저만 아니에요. 속히 집으로 모셔오라고 성화란 말이에요."

"늙으면 누구나 다 아픈 법이다. 또 올라갈 생각을 안하는 것도 아니다. 조카를 찾아와 이러고 있는 게 어른의 도리가 아닌 것 같다고 아침에 완도 사람도 내게 얘기하더구나. 맞는 소리다."

"편히 모시지 못해서 죄송해요."

"그런 말 마라. 배를 타고 건너올 때만 해도 이렇게 소란을 떨 생각은 아니었다."

"부디 몸부터 살피세요. 건강이 회복되면 한산에 다시 내려가보시고요."

"한산…… 그래, 한산이구나. 포목점을 할 때도 모시는 한산 것만 썼더니라. 가보고 싶지 않은 게 아니다. 여기 와서도 죽 그 생각만 했더니라."

"그런데 왜 망설이시는 거죠? 이제 와서 새삼스럽게 눈치볼 사람도 없잖아요."

"더이상 사내 밥 끓여댈 힘이 남아 있지 않아서 그런다. 혼자면 된장국 하나만 올려놔도 되지만 하루 세끼 사내 밥상 차리려면 허리가 끊어질 거다."

"밥걱정 때문에 못 가신다면 나중에 두고두고 후회하실 거예요."

고모는 힘없이 웃어 보였다.

"그럼 네 말대로 한번만 더 가볼까?"

"그분도 기다리고 있을 거예요."

"과연 그럴까?"

창문으로 한줄기 시원한 바람이 쏟아져들어왔다.

"그리고 말이다, 이 고모가 너를 찾아온 건, 내가 부엌데기 노릇을 할 때 그래도 너만은 나를 차별없이 대해주었기 때문이란다. 어린 마음에도 내가 안돼 보였는지 저녁참이면 늘 부엌을 기웃거리며 몇마디 말을 건네고 방으로 들어가더구나. 그게 이 고모한테는 큰 위안이었어. 그러니 먼데서 불쑥 찾아와 마음쓰게 했다고 너무 탓하지는 마라."

그날 밤 다시 태풍이 몰려와 섬 전체를 사흘 내리 흔들어놓고 일본 큐우슈우 방향으로 빠져나갔다. 가방을 꾸려놓고 이틀을 지체하다 고모는 제주도에 내려온 지 보름째 되던 날 제주항에서 목포로 가는 배에 올라탔다.

가는 길에 고모는 완도식당에 들러 먹다 남은 된장을 돌려주고 아주머니와 작별인사를 나눴다. 그새 정이 들어버렸노라고, 고모보다 아주머니가 먼저 손끝으로 눈가를 찍어내며 보자기에 싼 상자를 내밀었다. 서귀포에서 엊그제 가져온 하우스 감귤인데 이거밖에는 줄 게 없다며 오히려 무안한 기색이었다.

고모는 예정대로 배를 타고 완도로 가겠노라고 했다. 나는 그 먼 길이 또 걱정되어 비행기를 타고 곧장 서울로 올라가시라고 부추겼으나 고모는 억지로 떠밀어 보내면서 그것까지는 막지 말라고 했다. 옆에서 가만히 듣고 있던 완도 사람이 그럼 목포로 가서 고속버스를 타고 내처 남원까지 가는 게 어떠냐고 절충안을 내놓았다. 그게 길이 훨씬 덜 고되리라는 것이었다. 식당 문을 나서 고모는 완도 사람을 돌아보며 그 전날 방파제에서 먹은 돼지고기와 소주가 참 맛있었다고 뒤늦은 인사치레까지 잊지 않았다.

목포로 가는 배는 아침 아홉시 삼십분에 있었다. 아침 일찍 민박집에서 나왔으므로 시간이 남아 나는 고모에게 수목원에 들러 연꽃을 다시 보고 가겠느냐 물었다. 잠시 생각하는 눈치더니 고모는 고개를 가로저으며 다른 말을 꺼냈다.

"그보다 노지 귤을 몇개 구해주면 안되겠냐?"

노지 귤이란 비닐하우스가 아닌 자연상태로 밭에서 재배하는 귤을 말하는 것이었다. 사과나 배처럼 봄에 흰 꽃이 피어 열매를 맺고 시월 말부터나 수확하므로 익으려면 아직 한참을 기다려야 했다. 남의 밭에 들어가 서리를 하지 않는 한 나로서도 구할 방법이 없었다.

"그걸 도대체 어디에 쓰려고요."

"탱자를 가져왔으니 귤로 바꿔가려는 게지."

"완도식당 아주머니가 한상자나 싸줬잖아요."

"이젠 너마저 말귀를 못 알아듣는구나. 누가 먹으려고 가져가겠다던?"

무슨 뜻인지 알 듯도 하여 나는 먼저 수목원 옆에 있는 귤밭으로 갔다. 아무도 새파란 여름귤을 따가는 사람이 없으려니와 지키는 사람도 없어 마음만 먹으면 귤 몇개 따는 것은 큰일도 아니었다. 나는 알이 굵은 놈을 골라 다섯 개를 따서 고모의 가방에 넣어주고 제주항으로 차를 몰아 내려갔다.

고모가 탄 배가 보이지 않을 때까지 나는 여객선 터미널 창을 통해 바다를 내다보았다. 주차장으로 돌아와 콘솔박스를 열어보니 보름새 탱자는 쭈글쭈글 누런빛을 띠면서 곰팡이가 피어 있었다. 그새 썩어가는지 고약한 냄새마저 풍기고 있었다. 그러나 버리지 않고 콘솔박스 안에 그대로 넣어두었다.

떠밀어 보낸다는 말이 가시처럼 마음에 걸려 나는 집으로 돌아오는 길에 수목원 연못에 들러보았다. 연꽃은 그날도 물위에 흐드러지게 떠 있었다. 금붕어와 잉어도 푸른 대궁들 아래에서 옛일인 양 한가로

이 노닐고 있었다. 거기서 십여분 머물다 수목원을 빠져나오는 길에 나는 커다란 버즘나무들 사이에 한그루 외롭게 서 있는 탱자나무를 발견했다. 작업실로 쓰는 사무실이 바로 근처여서 아침마다 운동삼아 수목원에 와보았으나 여태껏 눈여겨보지 못했던 것이다. 가시가 무성히 돋은 가지마다 파란 열매가 알알이 열려 있었다.

그날 아침 배를 타고 목포로 떠난 고모에게서는 두고두고 연락이 없었다. 정녕 섭섭했던 것일까?

그러다 탱자와 귤이 노랗게 익어가는 시월 말에, 나는 서울에 있는 아버지와 안부통화를 하다 남의 집 얘기 듣듯 고모의 부음을 들었다. 그냥 알고나 있으라고 하면서, 시월 둘쨋주 화요일에 고모가 폐암으로 숨져 분당에 있는 남서울공원묘지에 묻었다고 아버지는 말했다. 폐암 진단을 받은 것은 오개월 전이었다. 미국에 있는 아들은 간신히 발인에 맞춰 서울에 들어왔다 장례를 마치고 곧 돌아갔다고 했다. 나는 왜, 그런 소식을 이제야 전하는 거냐고 조용히 따지듯 물었다. 문득 당황했는지 대꾸가 없다가 아버지는 그대로 수화기를 내려놓았다. 그래서 나도 칠월에 고모가 제주도에 다녀갔다는 말을 끝내 전하지 못했다.

편백나무숲
쪽으로

오년 만에 다시 찾은 옛집은 큰 무덤의 내부처럼 어둡고 고요했다. 안채 처마에 걸려 있는 외등이 오히려 밤의 적막감을 더해주었다. 찬영은 곧장 마당으로 들어서지 못한 채 대문 앞을 얼씬거리며 담배부터 피워물었다. 결혼과 함께 발길을 끊은 셈이니 따지고 보면 십년 가까이 찾지 않은 집이었다. 오년 전에도 딱히 마음먹고 들른 게 아니었다. 회사일로 고향 근처에 왔다 읍내 식당에서 우연히 동네 사람과 마주쳐 어거지로 술까지 받아마신 뒤, 소문이 전해질까 두려워 백부에게 얼굴만 비치고 서울로 올라간 터였다.

　이번에도 굳이 밤을 택해 내려온 것은 동네 사람들 눈에 띄고 싶지 않았기 때문이었다. 아홉시 무렵인데도 밤공기는 후텁분했고 그 속에 풀 썩는 냄새가 스며 있었다. 익숙한 냄새임에도 찬영은 두어 번 밭은 기침을 해댔다. 발밑이 질퍽거려 살펴보니 대문 밑으로 추깃물 같은 검은 물이 배어나오고 있었다. 그제야 찬영은 마당에 있는 연못이 여름마다 넘쳐 집안이 습해지곤 하던 기억을 떠올렸다. 찬영이 태어나기 훨씬 전의 일이겠으나, 연못을 팔 때 누군가 수맥을 잘못 건드린 모양이었다. 여름만 되면 연못은 돌화에 고인 물처럼 늘 졸졸거리며 흘러내렸다. 마당엔 하루가 무섭게 잡풀이 도져 모기와 풀벌레가 들끓었고 개구리 두꺼비는 물론이고 심지어는 뱀까지 심심찮게 나다녔다. 담 밑에 돌아가며 백반가루를 뿌려대도 별 소용이 없었다. 백부는 연못을 메워버리리라 늘 입버릇처럼 말했으나 해마다 때를 놓치곤 했다.

여름이 지나면 신기하게도 넘치던 물줄기가 멈췄다.

대문은 고양이가 겨우 드나들 만큼 갸웃이 열려 있었다. 찬영이 슬그머니 손바닥으로 밀자 돌쩌귀의 축축한 마찰음이 들려왔다. 안채 대청마루 앞까지 띄엄띄엄 박아놓은 화강암 디딤돌에 개구리들이 앉아 있다 풀숲으로 튀어 달아났다. 연못 옆에 있는 석등(石燈)의 불은 꺼져 있었다. 아마 오래전부터 꺼져 있었으리라. 집 뒤란 대나무숲에서 내려온 바람이 찬영의 목덜미를 서늘하게 훑고 담 밖으로 빠져나갔다. 부엌에서 흘러나오는 빛을 보고 찬영은 그쪽으로 먼저 발을 옮겼다. 십년 전만 해도 행랑채에 귀머거리 부부가 아이 없이 살며 집안일을 거들었는데, 오년 전에 내려왔을 땐 어디로 갔는지 보이지 않았다. 어느덧 일흔이 넘은 백부 내외가 지키고 살기엔 집이 너무 낡고 컸다.

백모가 부뚜막에 앉아 힘없이 졸고 있다 인기척에 눈을 떴다. 여느 날 같으면 이미 잠자리에 들었을 시각이었다. 도깨비처럼 눈을 부릅뜬 채 그녀는 부엌문 밖 어둠속을 노려보았다.

"찬영이냐?"

가마솥에서 새나온 구수한 뭇국 냄새가 찬영의 얼굴에 훅 끼쳤다. 까무룩 다시 눈을 감았다 뜨고서 백모는 허리를 펴며 부뚜막에서 일어났다.

"네, 늦었어요."

"아이고, 이 무심한 사람 같으니라고."

문간으로 허청거리며 다가와 백모는 메마른 손으로 찬영의 손을 더듬어잡았다.

"제집에 오면서 왜 도둑처럼 밤에 다니누."

"회사일 끝내고 오느라고요."

찬영이 그렇게 둘러대는 사이 백모는 어깨 너머로 어둑한 마당을 기웃거렸다.

"혼자 온 게지?"

"……"

"나중에 얘기하고, 우선 큰아버지한테 인사부터 드려라."

백모가 마루로 다가가 안방에 대고 찬영이 도착했음을 알렸다. 잠이 들었을 리 없을 텐데, 안방에서는 헛기침 소리조차 들리지 않았다.

"구두 벗고 올라가거라."

찬영은 방문 앞으로 다가가 말했다.

"큰아버님, 저 내려왔습니다."

또 한참이나 인기척이 없다가, 칼칼한 백부의 목소리가 안에서 흘러나왔다.

"서둘러 다니지 않고. 사랑채로 건너가 저녁부터 들고 오너라."

"나중에 하겠습니다."

내려오는 길에 찬영은 고속도로 휴게소에서 국수로 허기를 때운 터라 그다지 밥생각이 없었다.

"그럼 들어오너라. 자넨 술상 좀 봐서 들이고."

백부는 병풍 앞에 구부정하게 앉아 케케묵은 책을 뒤적거리고 있었다. 대숲이 열기를 빨아들이는지 방은 바깥보다 서늘했다. 찬영이 엎드려 절을 하고 바닥에 꿇어앉을 때까지 백부는 고개를 들지 않았다.

"오랜만에 들렀구나."

백부가 부르지 않았더라면 구태여 내려올 생각을 하지 않았을 것이다. 찬영이 입을 다물고 있는 사이 백부는 책을 덮어 옆으로 밀어놓고 누구에게 하는 소린지 또 이런 말을 늘어놓았다.

"어쩌다 들렀다고 생각하겠지만 결국 돌아오게 돼 있는 것이다. 처자식은 그예 서울에 두고 온 게지?"

늙으면 귀가 밝아진다더니 밖에서 하는 얘기를 다 들은 모양이었다. 급히 내려오느라 신경쓸 틈이 없었다고 찬영은 역시 핑계삼아 둘러댔다.

"그래도 지 아비 때문에 내려왔으니 늦게라도 철이 드는 모양이구나."

"부르셔서 내려온 것뿐입니다."

백부가 주름진 얼굴을 들고 찬영의 눈을 마주보았다.

"이왕 내려왔으니 그렇게 말할 것 없다. 그건 그렇고, 아비가 병원에서 나간 게 언제라고 했지?"

"엊그제 밤이라고 들었습니다."

"자세히 말해보아라."

그날 오후 네시쯤에 찬영은 병원에서 걸려온 전화를 받았다. 아버지를 중환자실로 옮겼으니 급히 와보라고 했다. 장기에 복수(腹水)가 차 주기적으로 주사기로 빼내고 있는 상황에서, 갑자기 샘이 솟듯 복부가 부풀어올라 호흡장애가 찾아왔다는 얘기였다. 아버지의 몸은 간경변에서 이미 간암으로 진행되고 있는 상태였다.

다섯시에 병원에 도착해 산소마스크를 쓰고 누워 있는 아버지의 거무스레한 얼굴을 지켜보다 찬영은 간병인을 불러놓고 저녁참에 집으로 돌아왔다. 병원 주차장에서 차를 빼내다 접촉사고까지 일어나 찬영은 이래저래 신경이 곤두서 있었다. 서로 시큰둥한 표정으로 식탁에 앉아 아내와 몇마디 얘기를 나눈 뒤, 찬영은 제 방에서 컴퓨터게임에 빠져 있는 아들의 등을 지켜보다 일찌감치 잠자리에 들었다. 술생각이 났으나 어쩐지 마시면 안될 것 같은 예감이 들었다. 그리고 겨우 잠이 들려는 터에 거실에서 전화벨이 울렸다. 이어 아내가 문을 열고 들어와 병원이라며 찬영에게 수화기를 건네주었다. 스탠드에 놓인 자명종시계를 보니 정확히 열한시 이십분이었다. 전화를 걸어온 것은 야간당직 간호사였다.

아버지는 상태가 호전돼 저녁 여덟시에 중환자실에서 일반병실로 돌아왔다고 했다. 그리고 면회객이 통제되는 열시 전후, 간병인이 잠깐 자리를 비운 사이 침대에 환자복을 벗어놓고 사라졌다고 했다. 입원한 지 오일째 되는 날이었다. 그게 무슨 얘기냐고, 찬영은 마치 윽박지르듯 간호사에게 물었다. 죄송합니다, 저는 댁으로 가신 줄 알았어요. 근데 왜 이제야 전화를 하는 거냐고 다그치려는 터에 찬영은 아내의 시선을 의식하고 입을 다물었다. 어쨌든 병원으로 다시 가봐야 할 것 같았다.

자정이 넘은 시각에 찬영은 백부에게 전화를 걸어 사실대로 알렸다. 사전에 연락조차 없이 아버지를 무작정 서울로 데려와 병원에 입원부터 시킨 뒤 찬영에게 떠맡기고 간 당사자가 바로 백부였다.

아무래도 대꾸가 없어 찬영은 제풀에 물었다.

"집으로 가신 게 아닐까요?"

"집이라면, 주문진 말이냐?"

"거기가 아니면 어디로 가셨겠어요."

조금도 당황한 기색 없이 백부는 단호하게 말했다.

"거긴 아니다. 그쪽으로 다시 갈 요량이었다면 왜 고향으로 왔겠느냐."

칠월칠석이었다고 하니 꼭 열흘 전의 일이었다. 병든 몸을 끌고 아버지는 무려 삼십오년 만에 고향집으로 돌아왔다. 주문진에 식구가 있었으나 돌아올 때는 홀몸이었다고 한다. 사랑채에서 며칠을 앓고 누워 있다 아버지는 백부의 끈질긴 설득으로 찬영이 살고 있는 서울로 옮겨왔다. 다섯살 때 아버지가 집을 나갔으니 찬영으로서도 역시 삼십여년 만의 해후였다. 왜 주문진에서 임종을 맞지 않고 고향으로 돌아왔으며 더군다나 버리고 떠났던 자식을 찾아 서울까지 왔는지 찬영은 아무래도 그 속내를 헤아리기 힘들었다. 다만 성인이 될 때까지 부모를 대신해 키워준 백부를 생각해 퇴근 후에 병원 출입이나 하는 정도였다. 아내조차도 덩달아 마뜩찮아하며 찬영이 병원에 드나들든 말든 상관하지 않았다. 자신은 그렇다 치고 아내의 태도에 은근히 놀라면서도 찬영은 그런 내색을 할 수 없었다.

"이쪽 전화번호를 어찌 알아냈는지, 오늘 아침녘에 아비의 처라는 사람한테서 연락이 왔다. 그쪽도 찾고 있는 눈치더구나. 아비가 주문진을 떠나오면서 쪽지에다, 이제 고향으로 돌아갈 것이니 기다리지 말라고 적어놨다더구나."

찬영이 듣기에도 민망하고 답답한 노릇이었다. 죽음을 눈앞에 둔 사람이 투정이라도 부리듯 왜 이쪽저쪽을 다 헤집어놓고 다니는지 알 수 없었다. 그다지 궁금할 것도 없었으나 이왕 들은 말이어서 찬영은 물어보았다.

"밥먹는 식구야 있었겠지만, 또 누가 있답니까?"

당황한 표정을 감추며 백부가 남의 소문을 전하듯 말했다.

"배다른 자식이 두엇 있다더구나. 어디 쓸데가 있을까만."

백모가 술상을 들여놓고 나가는 동안 잠시 말이 끊겼다. 찬영이 따르는 술을 받으며 백부가 말을 이었다.

"그쪽은 더이상 생각할 게 없지 싶다. 주문진 말이다."

그렇다면 그 몸을 끌고 아버지는 또 어디로 간 것일까? 찬영은 머리가 지끈거려 관자놀이를 누르며 건넌방의 문이 여닫히는 소리에 잠시 귀를 던져두고 있었다. 하루를 꼬박 기다리고 나서 어젯밤 다시 연결된 통화에서 백부는 의논할 일이 있으니 찬영에게 고향으로 내려오라고 말했다. 거긴 왜요?라고 물었으나 백부는 들은 척도 않고, 이참에 처자식을 데려오라는 말을 남긴 채 수화기를 내려놓았다. 그럴 만한 정황이 아니었으나 찬영은 아내에게 백부의 말을 전하는 시늉은 했다. 아내는 모로 시선을 피한 채 반문했다. 약국은 어떡하고요? 혼자 내려갔다 오세요. 그리고 소파에 앉아 비디오를 보고 있던 아이의 손을 끌고 방으로 들어갔다. 이번이 아니라도 아내는 찬영의 고향집에 발을 들여놓는 것을 본능적으로 꺼려했다. 괜히 생각없이 발을 들여놓다 그곳이 곧 시댁이 될까 염려하고 있었던 것이다.

찬영에게는 세살 위의 사촌형과 두살 아래의 사촌동생이 있었다.

한데 사촌형인 찬형에게는 아들이 없었다. 대학을 졸업하고 미국으로 유학을 다녀와 결혼과 동시에 모교에 전임자리까지 얻었으나 막상 대를 이을 자식을 갖지 못했다. 딸을 둘 낳고 나서 사촌형과 형수 사이에 남들 듣기엔 고리타분하기 짝이 없는 후사 문제를 놓고 갈등이 생겼다. 기업체 연구원으로 있는 형수는 더이상 아이를 가질 수 없다는 단호한 입장이었고 시댁에서는 한번만 더 기회를 갖자고 끈질기게 종용했다. 그 와중에 부부관계가 점점 악화됐고 종손이라는 현실적 중압감과 형수와의 불화로 인해 사촌형은 자신을 비웃기라도 하듯 서서히 몸을 망치고 말았다. 게다가 여자 문제까지 끼어들었다. 어느날 대학 후배라는 이혼녀와 호텔 커피숍에 앉아 있다 엉뚱하게도 형수의 여고동창이라는 여자에게 발각되고 말았다. 본인들은 관계를 부인했지만 형수는 들어주지 않았다. 그후 사촌형은 별거를 한다고 집을 나가더니 두달 만에 심장발작을 일으켜 수술을 받고 요양원 신세까지 졌다. 사촌동생인 찬수는 대학을 졸업한 뒤 곧바로 머리를 깎고 출가해 지금은 어느 절에 있는지조차 알 수 없었다.

굳이 대를 찾아 잇자면 이제 겨우 열살 난 찬영의 아들뿐이었다. 자식을 둔 어미로서 아내가 그런저런 사정을 모를 리 없었다. 결혼을 앞두고 찬영의 고향집에 들러 잠깐 인사나 했을 뿐 아내는 백부와 대면하는 것조차 극구 피했다. 호적을 내주는 것도 아니고 다만 봉제사나 모시는 것이라 백부가 사정하듯 타일러도 면전에서 돌아앉으며 바늘구멍만한 틈도 내보이지 않았다. 찬영으로서도 자식에게 그런 부담을 지우고 싶은 마음은 추호도 없었다. 결국 다 무너져가는 집안일이나 챙기는 고루한 인생을 살아갈 게 뻔했다. 그것도 본인이 성인이 되고 나서 받아들여야만 하는 일이었다. 결혼 후 명절때 두어 번 다녀간 뒤 찬영은 아예 옛집에 발길을 끊었다. 서울에 함께 살긴 해도 어차피 사촌형과도 왕래가 없는 터였다.

청주 서너 잔에 금세 얼굴이 불콰해진 백부가 담배를 찾아물고 불을 붙였다. 마루 쪽이 어두워져 돌아보니 백모가 불을 끄고 자리에 누운 모양이었다.

백부가 촛불을 켜고 형광등을 껐다.

"니 아비가 어디로 간 것 같으냐?"

잠시 생각하는 척하다 찬영이 대답했다.

"주문진으로 돌아가시겠죠. 그래도 거기가 한결 나을 테니까요."

"거긴 아니래두!"

무슨 생각을 하는지 백부가 갑자기 언성을 높였다. 소나기처럼 대숲을 쓸고 가는 바람소리가 찬영의 귀에 들려왔다.

"자식을 버려두고 집을 나간 양반의 속내를 이제 와 제가 어찌 알겠습니까?"

혀를 차며 백부는 깊게 눈을 감았다. 담배연기가 뿌옇게 방안을 흐려놓고 있었다. 찬영은 몸을 돌려 방문을 한뼘쯤 비껴놓았다.

"니 아비가 왜 집을 나갔는지는 아느냐?"

"외가에 갔던 어미가 돌아오지 않자 찾아나갔는데, 그후 소식이 두절되었다고 들었습니다. 누가 바람이 났다던가요? 자세한 건 모릅니다."

끙, 하고 돌아앉으며 백부가 다시 혀를 찼다. 그래봤자 찬영이 사춘기 때 백모를 조르고 졸라 겨우 얻어들은 이야기였다. 본인들에게는 생사가 걸린 일이었을지 모르나 찬영으로서는 실감나지도 않는 신파 따위의 얘기에 지나지 않았다.

"그다음 일은 여태 나도 모르고 있었다. 그래, 집나간 니 어미를 찾아 나갔더니라. 속히 며칠 다녀오마 하더니만 끝내 돌아오지 않더구나. 그저 찰나를 못 버텨 미망에 사로잡히는 것이 또한 사람의 일이지 싶다. 비렁뱅이꼴로 떠돌다 이년 후에나 속초 근처에서 겨우 찾아냈는데, 짐작대로 남의 여자가 되어 병든 채 살고 있다고 하더니라."

"듣고 싶지 않습니다."

"이참에 들어두어라. 니 어미가 곧 죽자 그 남이라는 자마저 떠나고 배꼽만 겨우 떨어진 아이만 하나 덩그러니 남았다고 하더니라."

어머니는 서른한살에 골수암으로 죽었다고 한다.

"그 남은 대체 어떤 자랍니까?"

"낸들 자세히 알겠냐만, 니 어미가 여기로 시집오기 전에 눈이 맞았던 자라더구나. 과수원집 아들이라나? 속초에선 뭘 해먹고 살았는지 알 바 없지. 아비가 나타나자 대뜸 방으로 끌어들여 무릎을 꿇고 빌더란다. 그리고 니 어미가 병원에서 죽던 날 밤, 애를 놔두고 감쪽같이 사라졌다고 하더니라. 어디 가서 아마 벼락이라도 맞아 죽었겠지."

"……"

"그 핏덩이를 거둬 니 아비가 키웠더니라. 차마 집으로 돌아올 수가 없어 주문진으로 내려가 식당 여자에게 맡겨 키우다 거기서 그냥 살림을 차렸다고 하더구나. 입에 담을 얘기는 아니다만, 그후 딸까지 하나 더 두어 함께 키웠다지?"

술기운 탓인지 백부는 말을 놓지 않았다.

"니 어미가 낳은 사내자식은 올해로 서른넷이 되었다고 하더구나. 사람구실을 제대로 못하고 남의 배나 얻어타며 근근이 입에 풀칠이나 하며 산다더라. 그 나이에 처자식도 거느리지 못하고 말이다. 딸내미는 출가하여 원주 어딘가에 산다고 들었다."

"그게 다 누구 얘깁니까?"

"며칠 전에 니 아비한테 들은 얘기도 있고, 대개는 오늘아침에 주문진과 통화하다 알았다. 귀가 뜨거워서 아주 혼났다."

찬영도 얼굴이 달아올라 마땅히 눈둘 데를 찾지 못하고 있었다. 그동안 까맣게 모르고 있던 얘기들을 하룻저녁에 일일이 귀로 주워담기조차 힘들었다. 재를 토해내듯 백부가 한숨을 몰아쉬었다.

"명이 다하면 사람은 태어난 곳으로 돌아오게 마련이다. 하지만 집을 버리고 떠났던 자들은 돌아와도 짐승처럼 혼자 숨어서 죽느니라. 개는 흔히 마루 밑에 들어가 죽고 고양이는 봄날 짚단 속으로 들어가 죽느니라. 또한 새는 나뭇구멍 속으로 들어가고 산짐승은 깊은 굴을 찾아들어가 마침내 제 숨을 다하느니라."

백부의 말에 귀를 귀울이다 찬영은 슬며시 되물었다.

"혹시 아비가 이 근처로 다시 돌아왔다는 말씀인가요?"

백부가 대꾸를 해오기까지는 시간이 조금 걸렸다. 이미 빈 듯한 사기 주전자에서는 술이 계속 흘러나왔다. 찬영도 벌써 세 잔째를 받아 마시고 있었다.

"찾아보지 않았으니 모르지. 다만 그렇게 짐작할 뿐이다."

"그게 저를 부르신 이유군요."

대꾸 없이 백부는 술잔을 들어 입으로 가져갔다. 시간이 갈수록 방안이 환해지고 밖은 또 점점 어두워지는 느낌이 들었다. 대나무숲이 다시금 쏴아, 하는 소리를 내며 뒤란에서 흔들렸다.

"니 아비가 돌아온 밤이었다. 사랑채 마루에 앉아 나와 이야기를 나누다, 곧 대정(大靜)에 들고 싶다 하더니라."

"······대정이 무엇입니까?"

"절집 사람들은 대정(大定)이라고도 하더구나. 이윽고, 큰 고요함에 든다는 뜻이겠지."

큰 고요함,이라고 찬영은 속으로 천천히 되뇌어보았다.

"너도 알겠지만, 뒷산을 넘어가면 거기서부터 삼백만평의 편백나무숲이 굽이굽이 펼쳐져 있느니라. 나도 오래전부터 그저 듣기만 하고 보지는 못했더니라. 거기 깊은 숲속 어딘가에 토굴이 하나 있는데, 그 안에 수백년 된 뱀이 한마리 산다고 들었다. 집채만한 아주 큰 뱀 말이다."

백부의 말을 들으며 찬영은 어렴풋한 유년의 기억을 떠올리고 있었다. 새벽에 종종 알 수 없는 기척에 깨어나 찬영은 문을 열고 밖을 내다보곤 했다. 그때마다 문밖엔 어느덧 겨울이 와 있었고 마당과 연못엔 하얗게 눈이 쌓이고 있었다. 문을 닫고 누우면 오히려 기척은 사라지고 없었다. 그런 새벽마다 찬영은 동면에 들었다 깨어난 뱀처럼 내내 몸을 뒤척거리며 잠을 이루지 못했다. 이불 속에선 늘 먹물 같은 눈물냄새가 났다.

"그 뱀은 대정에 들어 가까이 다가가보아도 죽은 듯 움직임이 없고 또한 소리도 없다고 들었다. 철이 바뀔 때마다 숨을 한번 크게 몰아쉬는 정도가 고작이라고 하더구나. 네 조부님한테서 들은 얘기다. 니 아비와 나는 한동안 그 뱀이 있다는 토굴을 찾아다닌 적이 있었다. 하지만 끝내 찾지도 보지도 못하였다. 한데 니 아비가 그날 사랑채 마루에서 그 얘기를 꺼내더구나. 이제 편백나무숲으로 가서 대정에 들리라고 말이다."

"······"

"그리고 그전에 너를 꼭 한번 보았으면 하고 말하더니라."

백부가 방바닥을 짚고 기우뚱 몸을 일으키더니 잠시 바람을 쏘이고 오겠다며 밖으로 나갔다. 찬영은 그대로 방에 앉아 마당으로 내려서는 백부의 발소리를 듣고 있었다.

어려서 찬영은 백부를 아비로 여기며 자랐다. 하지만 성인이 되어 집을 떠난 후로는 그마저도 애써 부인하며 살아온 터였다. 백부에게 서운한 감정이 있던 건 아니었다. 집과의 인연을 끊음으로써 그동안 가슴에 독처럼 품고 살았던 아비에 대한 미련과 원망을 잊고 살고 싶었던 것이다.

찬영이 마음을 잃고 빗나갈까 백부는 늘 노심초사하며 저녁이면 방으로 불러들여 벼루에 먹을 가는 일이라도 시켰다. 그 덕분에 찬영은 일찌감치 글을 깨쳤고 중학교를 졸업할 무렵까지는 사촌형인 찬형보다 공부도 앞서갔다. 힘겨웠던 사춘기도 그럭저럭 잘 견뎌낸 편이었다. 그러나 고등학교에 들어간 다음부터 찬영은 곧잘 백부의 마음을 어지럽혔다. 술담배는 다반사고 동네 청년들과 어울려 여기저기 주먹질을 일삼고 다녔다. 그것도 모자라 우체국에 근무하는 두살 연상의 면서기집 딸과 일찌감치 연애에 빠져 혼인을 시켜달라고 한동안 법석을 떨었다. 당시 농업학교 학장이던 백부가 면서기집에 찾아가 혼인은 서로 나중 일로 하자고 간곡히 사정을 할 정도로 인근에 소문이 자자했던 일이었다. 그 일이 잠잠해지고 나서 찬영은 자주 낚싯대를 챙겨들고 저수지로 나가 밤이 이슥해서 돌아오곤 했다. 하지만 그것도 결국은 심술에 지나지 않았다. 집안 대대로 입에 대기를 금기시하는 잉어까지 잡아와 가마솥에 넣고 삶아 옆집 개에게 갖다주었다. 그때마다 백부가 대문 밖으로 쫓아냈으나 찬영은 담을 넘어 돌아와 사랑채로 들어갔다. 그런 밤이면 백모가 몰래 밥상을 챙겨다주었다. 그후 백부는 어둠이 내려도 대문을 잠그지 않았다.

대학에 입학하기 위해 서울로 올라오면서 찬영은 백부에게 양자로 입적돼 있는 호적을 파가겠다며 또 한번 백부의 속을 뒤집어놓았다. 그동안 나이를 먹는 게 하루하루 전쟁을 치르듯 괴로웠다고, 이제 다시는 돌아올 일이 없으리라 무릎꿇고 말하며 과연 읍소까지 하며 하소연했다. 백부는 그것도 묵묵히 받아들였다. 그럼에도 학기마다 꼬박꼬박 학비를 챙겨 보내주었다.

대학을 졸업한 뒤 모 재벌그룹의 계열사인 전자회사에 취직하고 나서 찬영은 우체국 여자를 찾아갔으나 그녀는 이미 애를 셋이나 둔 어엿한 주부로 변해 있었다. 우체국 앞 중국집에서 만나 자장면을 먹고 지하 제비다방으로 옮겨 커피를 마시며, 그녀는 그래도 잊지 않고 찾아와줘서 고맙다며 눈시울을 붉혔다. 고맙긴, 바쁠 텐데 나와줘서 내가 고맙지. 혹시 서울에 올라갈 일이 있으면 그때 전화할게. 하지만 그녀가 서울에 올 일은 아마 없을 터였다. 다방을 나와 슈퍼마켓에서 그녀에게 종합과자선물쎄트를 사주고 헤어진 뒤 찬영은 쓸쓸히 터미널로 가는 택시에 올라탔다.

서른살의 봄에 찬영은 부산으로 출장을 가던 중 비행기 옆좌석에 앉은 여자와 우연히 말문이 트여, 그해 가을 그녀와 결혼했다. 한살 터울의 그녀는 종합병원에서 약사로 근무하고 있었다. 그것도 무슨 인연인지 그녀 역시 초등학교 삼학년 때 교통사고로 아버지를 여읜 사람이었다. 건설회사에 다니는 오빠가 하나 있었는데 찬영보다 세살 위였다. 장모 되는 사람은 마장동에서 국밥집을 해서 남매를 키웠고 지금은 잠실 석촌호수 근처에서 갈비집을 하고 있었다. 신혼여행에서 돌아오자마자 아내는 친정엄마에게 돈을 빌려 아파트단지에 약국부터 차렸다.

가정을 꾸리고 나서 찬영은 뜻밖에 찾아온 구속의 안도감과 평화를 느꼈다. 아내는 냉정하지만 웬만큼 교양을 갖춘 여자였고 아버지 없이 커온 탓인지 가족이 전부인 사람이었다. 이듬해 아들을 얻고 나서 찬영은 자신이 그토록 염원하던 익명의 중산층 소시민으로 변해 있음을 깨닫고 가끔 화장실 거울 앞에서 쓸쓸히 웃곤 했다. 옛집을 한사코 멀리한 것도 어쩌면 그러한 안도감을 잃지 않기 위해서였을 것이다. 물론 장모와 아내의 감시어린 단속도 한몫했다. 혼자 자식을 키우며 억척스럽게 살아온 여자들이 대개 그렇듯 장모는 며느리까지 부리고 사는 처지에 일주일이 멀다 하고 사위 집에 드나들며 혹시 화병에 금이라도 가지 않았나까지 일일이 살피고 돌아갔다. 마침내 아내도 짜증을 냈지만 장모의 기세에 눌려 번번이 뒤로 물러나곤 했다. 찬영의 성장과정을 대충 들어서 알고 있는 장모는 벌써부터 외손자까지 챙기고 들었다. 엄연히 장손이 따로 있는데 누가 감히 봉제사 따위를 운운하느냐는 것이었다. 듣기엔 거북스러웠으나 찬영의 생각도 장모와 크게 다르지 않아 그때마다 별다른 대꾸를 하지 않았다.

벽에 걸려 있는 낡은 괘종시계가 느리게 열한점을 쳤다. 백부는 아직 돌아오지 않고 있었다. 병풍 속의 풍죽(風竹)이 찬영의 눈앞에서 그림자처럼 어른거렸다. 그때마다 귀에 바람소리가 일었다. 백부와 나누었던 말들이 흐릿한 방안에서 반딧불이처럼 떠다니고 있었다. 그중 어떤 말들은 벼린 칼끝이 되어 찬영의 가슴을 쿡쿡 찔러댔다. 어미가 낳은 자식은 이제 서른넷이라고 했다. 왜 아비가 그 아이를 거둬 키워야만 했으며 다시 주문진으로 옮겨가 외간여자와 살림을 차린 것일까. 정녕 돌아올 수 없었던 걸까. 출가해 원주에 산다는 아비의 딸은 그럼 나와는 어떤 관계일까. 이런저런 생각에 지쳐 찬영은 눈을 감았다.

마루에서 백부의 음성이 들려왔다.

"한 삼십년 전인가, 너를 데려가리라 아비한테 편지가 왔었더니라."

순간 찬영은 뜨거운 물을 뒤집어쓴 듯 가슴이 두근거렸다. 삼십년 전이라면 열살 무렵일 터였다. 찬영의 눈가에 슬쩍 눈물이 고였다 사라졌다. 왜 이제 와서야 그 얘기를 털어놓는 걸까.

"하지만 그렇게는 안된다고 내가 써보냈다."

감정을 들키고 싶지 않아 찬영은 사이를 두었다가 물었다.

"왜 그러셨습니까? 결국 그때가 처음이고 마지막이었을 텐데."

길게 침묵이 이어진 뒤 백부가 말했다.

"편지가 도착했을 때 너는 고작 아홉살이었느니라."

"……"

"그때는 내가 너의 아비였다. 그래서 보내지 않았다."

찬영은 퀭한 눈으로 백부가 앉아 있던 자리를 노려보았다.

"그래도 부자간 일인데 잘못하신 것 같습니다."

문밖에서는 더이상 소리가 없었다.

"잠깐 얼굴만 보고 돌아와도 될 일 아니었습니까. 거기서 뒤섞여 살기는 저도 싫었을 테지만, 그때 보았더라면 그후로도 가끔 보며 살았을 게 아닙니까."

그렇게 묻는 자신을 두고 찬영은 내심 가소로운 생각이 들었다. 과연 만나며 살았을까. 아니었으리라. 되레 더 탓하고 부인하며 멀리했을 것이다. 무자식이 상팔자란 말이 있듯이 부모 없음을 차라리 다행으로 여기며 사는 사람들이 세상엔 의외로 많은 것이다. 이때껏 자신도 그렇게 살아왔음을 부인할 수 없었다.

"그럼 이제라도 한번 만나볼 테냐?"

병풍 앞의 촛불이 후루룩 흔들렸다. 찬영은 눈을 부릅뜨고 촛불을 바라보았다. 그래, 어릴 때도 가끔 이러했지. 무릎을 꿇고 숨죽여 오석(烏石)에 먹을 갈고 있는 사이 병풍에서 새나온 바람에 이렇듯 촛불이 무심히 흔들리곤 했어. 그때마다 횟배라도 앓듯 웬 속이 그렇게 맵고 쓰리던지. 먹물이라도 마시면 속이 가라앉을 것 같았지. 입을 앙다문 채, 비바람 속을 헤매고 있을 아비를 생각하고 있었어. 그때 백부는 병풍 속에 앉아 태연히 닭에게 모이나 주고 있고.

"편백나무숲에 산막(山幕)이 하나 있느니라. 선산에서도 그리 멀지 않으니 너도 찾을 수 있을 것이다. 가겠다면 길을 알려주마."

"아비가 지금 거기 있습니까?"

찬영은 촛불에서 눈을 떼지 않은 채 물었다.

"아까도 말했지만, 그저 짐작일 뿐이다."

그러나 짐작만 가지고 백부가 그렇게 말할 리는 없을 터였다.

"내가 스무살 무렵이니 그새 오십년 전이구나. 니 아비와 나는 토굴에 숨어 있는 뱀을 찾겠다고 그 산막에서 일년을 함께 보냈더니라. 그래, 꼬박 일년을 말이다."

"......"

"하지만 찾지 못하고 겨울이 되어 돌아왔다. 그후로도 니 아비와 나는 번갈아 그 뱀을 찾아다녔더니라. 서로를 숨기면서 말이다. 사나

154

운 짐승들이 한곳에 모여 꿈을 꾸듯 장려한 날들이었다."

"그 산막이 아직도 거기 있습니까?"

"나야 가본 지 오래됐다만, 작년 봄인가 선화(禪畵)를 한다는 웬 늙은이가 찾아와 거길 빌려달라기에 쓰라고 내줬다. 올봄에 사람을 보내 살펴보라고 했더니 이미 산막을 비웠다고 하더구나. 얼마 전까지 사람이 들었던 곳이니 아직 그대로 있을 것이다. 토굴 입구에 지붕을 덮어 지은 집이라 겨울에도 그리 춥지 않았느니라. 하지만 반나절 가까이 발품을 팔아야만 갈 수 있는 먼길이니라."

"아비가 이미 대정에 들었다면 가까이 갈 수나 있겠습니까?"

"그렇다면 이처럼 문을 사이에 두고 소리로써 나눌 수 있을 것이다."

문득 간사한 늙은이처럼 웃고 나서 백부가 벌컥 방문을 열고 들어섰다. 찬영은 엉겁결에 방바닥에서 몸을 일으켰다.

"산이 깊어 가더라도 날이 밝아야 할 것이니 그만 건너가서 쉬어라. 큰어미가 사랑채에 자리를 봐뒀을 것이다."

찬영은 절룩거리며 마루로 나와 방문을 닫았다. 밤이 퍼렜다.

"사람에겐 무릇 거처가 있어야 하느니라. 거처 없는 자들은 결국 니 아비처럼 되느니라. 백년이 넘은 집인데, 과연 터가 잘못된 걸까? 여름마다 연못이 넘쳐 마당에 물이 고이고 그때마다 왜 다들 물고기처럼 떠나려고 드는지 모르겠구나."

긴 한숨을 몰아쉬고 나서 백부가 덧붙였다.

"일흔 넘게 살아온 인생이 결국 쓸쓸함만 못하구나. 처마의 등이나 끄고 가거라."

구두를 신고 내려와 찬영은 연못가에 쭈그리고 앉아 참았던 담배를 피워물었다. 연꽃들은 죄 얼굴을 감춘 채 수면에 잠들어 있었다. 옥잠화와 창포 사이에 붉은 잉어 한마리가 등을 보이고 떠 있는 게 찬영의 눈에 들어왔다. 비스듬히 아래로 기운 마당을 타고 물줄기는 상기도 대문 쪽으로 흘러내리고 있었다. 찬영은 물골을 따라내려가 대문을 열고 밖으로 나갔다. 질퍽거리는 땅에 발을 딛고 서서 찬영은 짐짓 사방을 두리번거리며 중얼거렸다. 여기서 편백나무숲으로 가는 길이 어디였더라?

정자로 올라가는 길에 가로등이 희미한 빛으로 떠 있었다. 얼굴로 사납게 달려든 모기떼를 손으로 쫓으며 찬영은 월하정(月下亭)까지 올라갔다. 흙 묻은 구둣발로 정자 마루에 올라 찬영은 잠든 마을을 내려다보았다. 길가에 웬 두꺼비들이 몰려나와 있는가 싶었는데 대숲 뒤편에 보름달이 크게 떠 있었다. 오늘밤은 편백나무숲도 환하겠다. 찬영은 백부와 사촌들의 뒤를 따라 편백나무숲에 가곤 했었다. 꼭이 한식이나 성묘 때가 아니더라도 백부는 자식들을 끌고 가끔 그 숲으로 갔다. 그리고 선산 부근에 자식들을 부려놓고 슬그머니 사라진 뒤 몇시간 뒤에나 나타나곤 했다.

선산 자락엔 군데군데 파헤쳐진 무덤들이 있었다. 이장(移葬)을 하면서 제대로 흙을 끌어다 덮지 않아 생긴 구덩이들이었다. 나이가 그중 위이기도 했지만 워낙 담력이 강하고 장난기가 심했던 사촌형 찬형은 그 구덩이에 들어가 누워 노래를 부르거나 심지어는 코를 고는 시늉을 하다 정말 잠이 들기도 했다. 동생 찬수는 그 습기찬 공동(空洞)을 우물처럼 들여다보며 돌처럼 두고두고 움직일 줄을 몰랐다. 그게 아마도 훗날 찾아온 출가의 징조였는지도 모른다. 삼나무처럼 굵고 길게 솟아오른 편백나무들이 남김없이 하늘을 가리고 있어 낮에도 숲은 어둑했다. 빛을 받지 못해 그 아래서 다른 나무들은 자라지 못했다. 약초꾼들이 아니면 숲에서 길을 잃기 십상이었다. 삼백만평의 편백나무숲은 어디를 가도 풍경이 똑같았다. 그 숲의 서늘한 기운과 생강 같은 냄새를 찬영은 아직도 몸으로 뚜렷이 기억하고 있었다.

정자에서 내려와 사랑채로 들어가는 길에 찬영은 휴대폰으로 걸려온 아내의 전화를 받았다. 손목시계를 보니 그새 날이 바뀌어 있었다. 아이는 이미 잠든 뒤였고 아내는 찬영의 전화가 걸려오길 기다리며 거실 소파에 앉아 맥주를 마시고 있었다.

"그래, 뭐래요?"

아내가 대뜸 그렇게 물어왔다. 알코올이 묻은 탈지면처럼 피곤에 전 목소리였다. 찬영이 회사일로 집을 비우거나 늦게 돌아오는 밤이면 아내는 잠을 이루지 못하고 술을 마시는 버릇이 있었다. 어려서부터 내습으로 굳어진 불안함 때문이었다. 아침에 일어나면 얼굴이 붓고 체중이 는다고 투덜거리면서도 아내는 그 습관을 버리지 못했다. 한편 이해를 하면서도 찬영은 그것조차 단속으로 느껴질 때가 있었다.

"아버님 행방은 알아냈어요?"

아직, 알 수 없다고 찬영은 에둘러서 말했다.

"근데 왜 거기까지 사람을 불러내렸대요?"

"뭔가 하실 말씀이 있었던 게지."

아내가 사이를 두지 않고 물었다.

"아버님은 왜 이제야 나타나서 주위를 어수선하게 만드는 거죠?"

잠자코 있다 찬영은 생각지도 않았던 말을 내뱉었다.

"내가 그렇게 생각하더라도 당신은 그렇게 말하면 안되는 거잖아. 안 그래?"

수화기 속에 일순 차가운 침묵이 고였다.

"섭섭하게 들으라고 한 말은 아니니까, 염두에 두지 마."

"내일 올라오나요?"

내일이라면 이미 오늘이었다. 그럴 예정이었지만 찬영은 대꾸를 할 수 없었다. 어찌해야 할까?

"어쩌면 하루이틀 더 머물다 올라갈지도 모르겠어."

"그럼 회사는 어쩌고요? 내일 오후에 당장 광고집행 회의가 있다고 했잖아요."

아내는 찬영이 잊고 있던 일까지 챙기고 나섰다.

"아침에 전화해서 사정을 얘기해야지."

"그게 그래도 되는 일인가요?"

"아버지 일인데 이해해주겠지."

아내는 약간 술에 취한 상태였다.

"호적에 없는 사람인데 그렇게 말하면 회사에서 믿어주겠어요?"

"하지만 사실이 그런 걸 어쩌겠어."

자신이 아내에게 무슨 말을 하고 있는지조차 찬영은 알 수 없었다. 아내가 마치 비아냥거리듯 속삭였다.

"그렇게 따지면 어머니도 있겠군요."

찬영은 돌부리에 걸린 듯 말문이 막혔다. 하지만 이대로 입을 다물고 있으면 안되겠다는 생각이 뇌리를 스치고 지나갔다.

"아닌게아니라 조만간 주문진에도 한번 가봐야 되지 않을까 싶어. 그쪽도 이쪽 사정을 알아야 하잖아. 물론 아버지부터 찾아내는 게 순서겠지."

"……"

"이봐, 당신도 알다시피 내겐 아내와 자식이 있어. 실은 그 사람들 때문에 내가 살고 있지. 그리고, 그동안 서로 잊고 지낸 게 사실이지만 내겐 분명 아버지도 있어. 아마 오래 사시지 못할 거야. 돌아가시기 전에 얼굴이라도 다시 봤으면 싶은 게 지금의 내 심정이야. 이렇게 말하면 이해하겠지. 당신도 아버지가 그리워 방황한 날들이 있었을 테니까."

한동안 대꾸가 없는가 싶더니 전화가 끊겼다. 얼마 후에 찬영은 다시 아내에게서 걸려온 전화를 받았다.

"지금 혼자 있는 거예요?"

울고 난 목소리로 아내가 물어왔다.

"당신과 얘기하고 있잖아. 몰랐어?"

통화를 끝내고 나서 찬영은 사랑채로 들어가 옷도 벗지 않은 채 요 위에 누웠다. 잊었던 피로가 엄습해왔다. 한데 눈을 감기도 전에 벽에 걸려 있는 조부모의 초상이 눈에 들어왔다. 이미 오래전에 세상을 떠난 사람들이었다. 낯익은 얼굴임에도 찬영은 왠지 섬뜩한 기분이 들었다. 요에서는 아버지 냄새가 났다.

서울에서 입원해 있는 동안 아버지는 줄곧 혼수상태에 빠져 있었다. 백부가 내려간 뒤 찬영은 담당의사와 만나 수술 여부에 관해 물어보았으나 의사는 부정적인 반응을 보였다. 신장의 기능까지 떨어진데다 마취를 하게 되면 허파에 물이 차 폐렴이 될 가능성이 농후했다. 또한 수술중에 호흡곤란이 올 수도 있었다. 이대로 지켜보면서 상태가 호전되길 바랄 수밖에 없었다. 하지만 그것도 그다지 기대할 수 없는 상황이었다. 의사의 말에 따르면 아버지는 고의적으로 무의식상태를 유지하고 있는 것 같다고 했다. 그게 무슨 뜻이냐고 묻자, 심리적인 이유야 각기 다르겠지만 개중에 그런 환자들이 있다는 것이었다. 코에 산소호흡기를 달고 손등에 링거를 두 개씩 꽂고 누워 있는 아버지를 내려다보면서 그때까지만 해도 찬영은 속으로 코웃음을 쳤다. 그래, 이제 와서 무슨 낯으로 자식의 얼굴을 마주보겠는가. 실제로 아버지가 병원에서 사라질 때까지 눈길조차 제대로 주고받지 못했다.

요 위에서 뒤척거리다 찬영은 수건을 들고 뒤란으로 나갔다. 우물 옆에 은목서가 한그루씩 서 있었는데 언제 베어버렸는지 보이지 않았다. 대신 집을 떠나던 해 찬영이 심은 후박나무가 어느덧 아름드리나무가 되어 우물가에 그림자를 드리우고 있었다. 찬영은 옷을 벗어 나뭇가지에 걸쳐놓고 우물 속으로 두레박을 내렸다. 이윽고 철푹, 하고 두레박이 수면에 닿는 소리가 귀에 들려왔다. 물은 옛맛 그대로 달고 찼다.

찬영이 몸을 씻는 동안 달이 옮겨와 우물 속으로 들어갔다.

방으로 돌아오니 휴대폰에 문자메씨지가 떠 있었다. 아내가 보낸 것이었다.

'아까는 제가 잘못 말했어요. 아버님 꼭 찾아서 모시고 올라오세요. 아무래도 그쪽으로 다시 내려가신 것 같죠?'

'고맙소. 그간 당신이 있어서 한결 덜 외로웠소. 오늘밤은 아이 옆에서 곤히 잠들기를 바라오.'

모기향 냄새가 끊임없이 찬영의 코끝으로 몰려들고 있었다. 그 냄새에 취한 듯 찬영은 요 위에 누워 꿈을 꾸고 있었다. 토굴 속에 웅크리고 있는 큰 뱀의 꿈을. 편백나무숲. 이 밤에 거기까지 갈 수 있으려

나. 아버지는 과연 그곳에 있는 것일까. 여기서 속초는 어디쯤이고 또 주문진은 어디인가. 주문진에서 반평생을 살며 아버지는 부두 하역장 일을 하였다고 했다. 집을 떠나기 전까지 읍내 고등학교 교사였던 아버지에게 그것은 생의 회한과 허무를 이겨내기 위한 노동이었을 것이다. 어머니의 유해는 화장을 하여 낙산사가 있는 양양 앞바다에 뿌렸다고 했다. 또한 작은어머니는 평생 어부들을 상대로 하는 코딱지만 한 술집을 꾸려가며 아버지와의 사이에 낳은 딸과 어머니가 낳은 남의 자식을 함께 키워냈다고 한다. 찬영은 줄곧 식은땀을 흘리며 잠꼬대처럼 중얼거리고 있었다. 그들은 모두 남이던가? 이제는 남이 아니던가.

새벽 다섯시에 사랑채에서 나와 찬영은 안채 대청마루 앞에서 백부에게 말했다.

"지금 가렵니다."

안방은 어둠에 깊이 가라앉아 있었다. 잠시 후 방안에서 백부의 목소리가 나직이 흘러나왔다.

"어디로 가려느냐?"

"우선 산막으로 갑니다."

"어디에 있는지도 모를 텐데."

"찾을 수 있을 겁니다. 오래전의 일이긴 하지만, 언젠가 큰아버지의 뒤를 밟아 산막 근처까지 가본 적이 있으니까요."

"……그럼 가거라."

"만약 아비를 못 찾으면 다시 이쪽으로 돌아와야 할까요?"

"그대로 서울로 올라가거라. 거기에도 없다면 쉽게 찾을 수 없을 것이다."

"……그래도 그 숲 어딘가에 계시겠죠?"

"아마 그러리라. 차후엔 그 숲이 네 아비의 무덤이라고 생각하거라."

날이 흐려지고 있었으나 시나브로 마루에 새벽빛이 다가와 어른거리고 있었다. 연못에 새가 날아든 소리를 듣고 찬영은 뒤를 돌아보았다. 상기 연꽃 봉오리들도 조금씩 부풀어오르는 참이었다. 마저 인사를 고하고 나서 찬영은 마당으로 내려섰다.

"비온다더라."

찬영은 고개를 돌려 안방 쪽에 귀를 기울였다.

"아침녘부터 비가 온다더구나. 거기 편백나무숲에 말이다."

찬영은 연못가를 한바퀴 돌아 대문 밖으로 나갔다. 혹시 저녁참에 돌아올지 몰라 대문을 조금 비껴놓았다.

문을 나서자 이쪽에도 그새 목덜미에 한두 방울씩 비가 듣고 있었다.

고래등

그가 셈을 하는 방식은 남달랐다. 사람들은 대개 엄지부터 손가락을 안으로 하나씩 접어들여 셈을 하는데, 그는 거꾸로였다. 주먹을 쥐고 손가락을 하나씩 펴나가는 식으로 간단한 산술계산과 음력 등을 헤아렸다. 심지어는 신수풀이를 할 때도 그렇게 했다. 손가락이 부족하면 양손을 다 썼다. 엄지 끝으로 손가락 안에 파인 주름 마디마디를 짚어가며 헤아리는 고등산술은 아예 익히지도 못한 것 같았다.

손가락을 안으로 접어들여 셈을 하는 동작은 소유의 기원(祈願)에서 비롯된 것이라고 한다. 굳이 비유를 하자면 대문 안으로 물건을 들여놓는 식이라 하겠다. 그는 그 반대의 동작을 취함으로써 뜻하지 않게 무소유의 삶을 실천하는 사람이 되고자 했다. 그렇다고 크게 인심을 얻은 것도 아니고 주변에 사람이 꼬인 적도 없었다. 눈에 거슬리게 마련인 셈동작 말고도 그는 밥상머리에 앉아 무릎을 떤다든가 집안에서조차 주위를 두리번거린다든가 또 남과 대면할 때는 방금 익모초즙을 마시고 나온 듯한 얼굴을 하고 있어 옛사람들이 흔히 말하길, 복이 없는 사람으로 일찌감치 전락하고 말았다.

그에게서 나도 셈을 하는 법을 익혔다. 말을 다 배우기도 전에, 그 여린 손가락들을 하나씩 힘겹게 펴가며. 그때의 기억이 내 몸에 아직도 각인처럼 남아 있다. 그 유전의 증거로 여전히 나는 남에게 욕을 하듯 손가락을 벌려가면서 셈을 한다. 그러니 나 역시 재물운을 포함해 두루 복이 아쉬운 사람이 돼버린 건 어쩌면 당연한 이치라 하겠다. 가끔 그런 생각이 들 때가 있다는 것이다.

1935년 음력 이월 십팔일생. 돼지띠로 태어난 사람들은 흔히 욕심이 많고 부지런해 잘산다고, 얘기 많이 들었다. 이 속설에 한해서도 그는 여지없이 예외에 속해 칠순이 되도록 사는 일을 변변히 즐겨보지 못했다. 가족과도 여행이란 걸 한번도 다녀보지 않았다. 주위에는 노년을 벗하는 이조차 없고 좀처럼 왕래하는 친인척도 없다. 거느리는 식솔이라고 해봐야 단출하게 조강지처와 자식 하나뿐인데 그들과도 다분다분 표정을 바꿔가며 얘기를 나누는 모습을 아무도 보지 못했다. 그는 누구한테나 남이었고 어쩌면 자신에게조차 평생 남으로 살아왔는지도 모른다.

칠순이 되어 그가 가지고 있는 것은 고작해야 집 한채뿐이다. 그것도 옹색한 크기의 방 세 칸짜리에 지어진 지 삼십년이 훨씬 넘은 낡을 대로 낡은 슬래브집이다. 그 집은 이제 폐허나 다름없이 변해 여름엔 축축하고 음습한데다 겨울엔 외투를 껴입고 자야 할 만큼 방마다 한기가 몰아치곤 한다. 하나 있는 자식마저 스무살에 집을 떠난 뒤로는 좀처럼 찾아오지 않는다. 부엌과 가까운 안방은 늙은 아내에게 내주고 그는 차디찬 문간방에 매양 이끼낀 돌처럼 누워 있다. 여전히 일은 하고 있지만 집에서는 대부분의 시간을 그렇게 누워서 보낸다.

환갑날 아침밥을 먹다 말고 그는 나를 일으켜세우더니 밖으로 데리고 나가 대문 앞에서 사진을 찍으라고 했다. 한복에 마고자까지 차려입고서. 언제 큰일을 당할지 모르니 이제부터 그에 대비하라는 말이었다. 그래서 나는 내가 찍고 있는 사진이 그의 장례식 때 영정으로 쓸 것임을 알았다. 그렇게 하지. 올 구정(舊正)에 들렀을 때, 그는 또 나를 문간방으로 부르더니 이번엔 죽으면 화장을 해달라고 말했다. 왜요, 고향 선산에 있는 가묘는 어쩌고요? 땅에 파묻는다고 장차 누가 찾아오기나 하겠느냐. 어쩌다 온다 해도 나무뿌리와 잡초에 눌려 무덤을 찾기조차 어려울 텐데, 그저 깔끔하게 태워 옛집 대문 앞에다 뿌려주기나 해. 옛집이란 지금은 숙부가 살고 있는 고향집을 말하는 것이었다. 그렇다고 어찌 사람이 살고 있는 집 앞에다 유골을 뿌린단 말인가. 그 집은 고향을 떠나오지 않았더라면 장남인 그가 부모 봉양의 댓가로 전답과 함께 유산으로 물려받았을 터였다. 비록 고가이긴 하나 마당에 정원까지 갖춘 방 아홉 칸짜리에 이름난 도편수를 써서 단단하게 지은 집이라 지금까지도 허물지 않고 그대로 쓰고 있다. 그 모든 것을 내팽개치고 그가 왜 도회지로 떠나왔는지 속내를 아는 사람은 없다. 당시 그는 중학교 영어교사를 하고 있었다.

사범학교를 졸업한 뒤 그는 발령을 받자마자 부모의 성화에 못이겨 결혼부터 했고 아내의 뱃속에 아이를 만들어놓은 다음에야 뒤늦게 군대에 갔다. 아내는 친정에서 아이를 낳고 시댁으로 돌아와 그가 제대할 날만을 손꼽아 기다리며 시집살이를 견뎌냈다. 시어머니가 좀 유난스럽게 며느리를 들볶았다고 어머니에게서 직접 들었다. 제대하고 돌아온 그는 학교에 복직하는 한편 오래된 집을 수리하는 일에 잠시 몰두했는데 그때까지만 해도 고향을 떠날 생각은 없었지 않나 싶다.

어느날 학교에서 돌아온 그는 아내에게 간단히 짐을 꾸리게 한 다음 세살 난 아이를 등에 업고 마치 나들이가듯 훌쩍 고향을 떠났다. 그게 이사라는 걸 깨달은 아내는 하도 기가 막혀 감히 이유조차 묻지 못했다고 한다. 나중에 그가 궁색하게 갖다댄 바로는 시골에 처박혀 사는 게 갑갑해서 떠나왔을 뿐이라고 했다는데, 그게 사실인지 아닌지는 아직까지도 알 길이 없다. 어쨌거나 그 일은 자신이나 가족에게 있어서 바야흐로 고난에 찬 삶을 예고하는 것이었다.

고향을 떠나 그가 식솔과 함께 처음 살았던 집은 O시(市)에서 버스로 사십분쯤 떨어진 도로변에 있는 조그만 양철집이었다. 봄가을 과수원에서 일하는 인부들을 먹이고 재우기 위해 헐겁게 지어놓은 집을 무턱대고 과수원 주인을 찾아가 오만원인가 십만원에 빌렸다고 훗날 어머니에게서 들었다. 나들이 봇짐을 들고 버스에 실려 O시로 나가던 중 그가 별안간 운전사에게 차를 세우게 하더니, 여기가 좋겠다고 하면서 식솔들을 끌어내렸다. 배고픈 저녁 무렵이었다. 그는 양철집 마당으로 올라가 주위를 빙 둘러본 다음 고개를 끄덕이더니 빈집에 들어가 청소를 하고 어머니에게 밥을 짓게 한 다음에야 집주인을 찾아갔다. 주인은 선선히 집을 내주기는 했으나 과수원과 그 옆에 딸린 방앗간 일까지 그에게 떠맡겼다.

홑겹의 양철지붕이었으므로 여름이면 더워서 밤에도 잠이 깼다. 비가 오면 소란스러워 역시 잠을 설쳐야 했다. 집앞 신작로로 차가 지나가면 먼지가 뿌옇게 날려 방안으로 들어왔다. 고향을 떠날 때 챙겨나온 게 없었으므로 그는 과수원과 방앗간 일을 해주며 근근이 생계를 이어갔다. 그리고 겨울이 되면 날마다 아침밥을 먹기가 무섭게 총을 들고 새사냥을 나갔다. 꿩이나 참새를 잡아오면 방앗간 화덕에서 식구 셋이 나란히 앉아 구워먹었다. 어머니도 그가 따라주는 술을 받아 마시며 곧잘 웃었다. 그런 밤이면 방앗간 처마 틈으로 별들이 하나둘씩 포물선을 그으며 느리게 흘러갔다.

내가 다섯살이 되던 해 어머니는 양철집 옆에 헛간 비슷한 것을 들여 구멍가게를 열었다. 구멍가게는 한달도 채 지나지 않아 막걸릿집을 겸하게 됐고 술손님은 늘 그 얼굴이 그 얼굴이었다. 술에 취해도 행패를 부리는 자들은 없었던 걸로 기억한다. 웬일인지 다들 양철집 주인인 그를 두려워하는 눈치였다. 워낙 표정이 인색하고 입이 무거운데다 총을 가지고 있었기 때문일까.

가끔 미군 트럭이 지나가다 사이다나 콜라를 사먹기 위해 차를 세울 때가 있었다. 그는 미군들과 얘기하는 걸 조금도 꺼려하거나 거북해하지 않았고 웬일인지 반갑게 맞이할 때도 있었다. 미군들은 레이션박스와 위스키를 들고 일부러 다시 찾아오기도 했다. 나중에 안 사실인데 그는 미군부대 출신이었던 것이다. 미군들은 그에게 위스키를 갖다주는 대신 막걸리와 두부 두루치기를 얻어먹었다. 두부 두루치기는 내 입맛에도 아주 매웠는데 그것을 먹다가 미군들은 맥주로 입가심을 하는 것이었다. 미군들이 찾아오는 것은 그와 말이 통한다는 중요한 이유가 있었으나 또하나는 투계(鬪鷄)를 구경하기 위해서였다. 그는 양철집 뒤란에 커다란 우리를 만들어놓고 어디서 구해왔는지 멕시코산 투계를 열 마리나 키웠는데 심심하면 싸리비로 마당을 쓸고 거기서 싸움을 붙였다. 가끔 동네 토종닭들이 도전을 해왔으나 가차없이 목이 끊어져 달아나곤 했다. 애초에 싸움을 위해 태어난 멕시코

산 닭들은 그 자체가 병기(兵器)였다. 미군들은 번갈아 사진을 찍고 요란을 떤 뒤 위스키뿐만 아니라 초콜릿과 분필처럼 생긴 고체우유가 가득 들어찬 박스를 내려놓고 갔다. 그걸 어머니는 목판에 진열해놓고 팔았다. 그는 여간해서 술을 마시지 않았고 미군들이 놓고 간 책을 읽거나 가구를 만들거나 집 고치는 일, 즉 혼자서 하는 일에만 묘한 집중력을 가지고 몰두했다. 가족에게는 그다지 관심을 두지 않았다. 밥먹을 때도 말이 없었다. 나는 무릎을 꿇고 밥상 앞에 앉아 있는 것이 고역스러워 자주 끼니를 걸렀다. 그래도 그는 나를 찾거나 부르는 법이 없었다. 그리하여 나는 어머니가 부엌에서 설거지를 하는 동안 바닥에 따로 차려놓은 밥상을 받을 때가 많았다.

하나 추억으로 남은 게 있다면, 그가 어느날 저녁 무렵에 나를 앉혀놓고 노래를 불렀던 일이다. 지금도 뚜렷이 기억하거니와 그때 그가 불렀던 노래는 「클레멘타인」과 「매기의 추억」이었다. 아, 다른 추억이 하나 더 있다. 바로 그와 목욕탕에 갔던 일이다. 온천으로 잘 알려진 O시의 목욕탕에 가기 위해 그와 나는 오전에 한대만 지나가는 버스를 탔고 목욕을 하고 나와 생전 처음 자장면을 먹었고 집으로 돌아올 때 그는 어머니 몫으로 이미자 노래테이프와 영양크림을 한통 샀다. 알고 보니 그날이 어머니의 생일이었다. 그러나 그런 자상한 일면도 그후로는 전혀 찾아볼 수 없었다.

돌이켜보니 나는 그 양철집을 좋아했던 것 같다. 아직까지도 주소를 기억하고 있으니 말이다. 작년에 무슨 일로 근처를 지나다 생각이 나서 부러 들러보았는데 그 집은 당연한 일인 듯 사라지고 없었다. 대신 그 자리에 거대한 휴게소가 들어서 있었다. 세월이 흐르면 사람이든 무엇이든 흔적없이 사라지게 마련인 모양이다. 나는 휴게소에 들어가 앉아 커피를 마시며 천장을 올려다보았다. 어릴 적 그 어둑한 방에 누워 우박처럼 듣는 빗소리를 듣고 있을 때처럼. 그때 나는 부모가 전용으로 쓰는 커다란 침대 밑에 조그만 이불을 덮고 누워 있었다. 손재주만큼은 남달리 뛰어났던 그는 어느날 목재를 구해와 거의 킹싸이즈에 해당하는 침대를 며칠 만에 뚝딱거리며 만들어 안방에 들여놓았다. 그리하여 나는 방이 하나밖에 없는 그 집에서 밤마다 침대 밑에 누워 잠을 잤다. 침대를 들여놓은 그 여름엔 유난히 비가 많아 양철지붕을 두드리는 소리가 보다 그윽하고 깊게 방바닥으로 퍼져내렸다. 침대 위는 언제나 물속처럼 고요했다. 어쩌다 숨소리가 들려오면 그것은 어머니가 간헐적으로 몰아쉬는 한숨이었다. 그는 자리에 누우면 이내 죽음처럼 잠들어버렸고 신새벽에 일어나 도둑처럼 방을 빠져나갔다. 그러나 잠귀만은 밝았던 모양이다. 어느 비내리던 날 밤 가게에 청하지 않은 손님이 들었다. 도둑이라는 걸 직감적으로 다들 알고 있었다. 두려움에 사로잡힌 어머니가 그래도 속수무책으로 누워 있기가 억울했는지 살그머니 침대에서 몸을 일으켰다. 뒤미처 어둠속에서 그가 나직한 소리로 내뱉었다. 그냥 놓아두시오. 오죽 배가 고팠으면 이 궂은 밤에 신발까지 신고 들어왔겠소.

다음날 그는 창고에서 침대를 만들 때 쓰고 남은 목재를 꺼내와 외등(外燈)을 만들었다. 그 일은 아침부터 저녁 먹을 때까지 계속됐는데 마침내 어둠이 내렸을 때 가게 앞 처마밑에는 고래 모양의 외등이 황홀한 빛으로 떠 있는 것이었다. 푸른 고래 뱃속에서 터져나온 희미한 불빛 속으로 다시금 비가 뿌리고 있었다. 나는 그것을 고래등이라 불렀는데 어머니도 매우 마음에 들어하는 눈치였다. 저녁 무렵에 외등이 켜지면 양철집 앞을 지나가던 사람들이 다들 바다처럼 그것을 올려다보곤 했다. 가다가 다시 돌아와 물끄러미 쳐다보는 사람들도 있었다. 대략 1966년 여름의 일이었다.

그해 가을 나는 과수원에서 설익은 사과를 따먹고서 농약에 중독돼 두달간 바깥출입을 못한 채 자리에 누워 있었다. 그는 침대 밑에 젖은 빨래처럼 너부러져 있는 나를 며칠 동안 내려다보기만 하더니 과수원 두엄을 뒤져 지렁이를 잡아 뚝배기에 가득 끓인 다음 그 쓰디쓰고 구역질나는 액체를 끼니마다 어머니를 시켜 내게 숟가락으로 떠먹였다. 요즘엔 그걸 토룡탕이라고 한다는데 정력제로 각광받는다고 얘기 많이 들었다. 어쨌든 나는 그걸 먹고 자리에서 일어나긴 했는데 그후로도 오랫동안 중독기가 가시지 않아 늘 어지럼증에 시달리곤 했다. 아침에 눈을 뜨면 처마밑의 고래등이 두 개로 보였고 바람이라도 불어가는 날엔 세 개, 네 개로 겹쳐 보였다. 가을인데도 날이 저물면 길 건너편 둠벙에서 날아온 풍뎅이와 방게가 외등 속에서 들끓었다. 나는 그것들을 잡아서 갖고 놀다 잠자리에 들 무렵 어둠속으로 날려보냈다. 그때마다 꿈에서 깨어난 것처럼 마음 한켠이 차갑고 허전했다. 밤에 침대 아래 누워 있으면 과수원에서 사과냄새가 지독히 몰려내려와 헛기침이 나왔다. 그 농익은 과육 향기에 기관지를 자주 다쳤다. 어머니가 걱정을 하면 그것도 농약 탓이라고 그는 건성으로 말할 따름이었다.

1968년 겨울이 닥쳐와 투계들이 동상에 걸려 제대로 땅바닥을 딛고 서 있지를 못하자 그는 개장수에게 닭들을 팔아넘기고 다시금 이사준비를 했다. 또 어디로 가냐고 어머니가 마루 끝에 서서 불안한 기색으로 물었다. 밥상머리에 앉아서야 그가 무릎을 떨며 말했다. 막상 가봐야지, 지금은 나도 모르오. 그러더니 정녕 어머니가 듣는 걸 염두에 두고 한 말인지 이런 객쩍은 소리를 늘어놓는 것이었다. 아침에 빵과 커피를 먹을 수 있는 곳 가까이로 가야겠소. 요즘 그 냄새가 부쩍 그립소. 어머니는 그를 미군 보듯 흘겨보았다. 훗날 고등학생이 되어 나는 그때의 일을 기억하며 잔뜩 치기를 부려 교지(校誌)에 이렇게 쓴 바 있다. 향기로운 아침 빵 내음과 그 냄새를 닮은 여인의 한없이 상냥한 육체와 고독의 수호신인 고래등 밑의 희미한 커피냄새.

우리 식구가 추위에 떨며 그다음에 옮겨간 집은 O시에 인접한 셋방이었다. 이듬해 봄 나는 초등학교에 입학했는데, 가정환경조사서의 부모 직업란에 쓸 게 마땅찮아 오랜 고심 끝에 각각 '고래등 목수'와 그냥 '어머니'라고 연필에 침을 발라가며 눌러적었다. 하교시간이 되어 집으로 돌아갈 때 플라스틱 소쿠리에 든 빵을 아이들에게 하나씩 집어주던 담임 여선생이 나를 불러 석연찮은 표정을 짓고 물었다. 얘야, 고래등이 뭘 말하는 거지? 아직 은유법에 익숙하지 않았으므로 나는 간단한 문장으로 대꾸했다. 비내리는 밤 양철집 처마밑에 걸어두는 작은 등불이라오. 싱싱한 빵냄새를 풍기는 여선생은 병아리처럼 잠시 고개를 갸웃거리더니 돌연 봉숭앗빛으로 눈시울을 붉히는 것이었다. 다른 애들도 보는 앞에서 왜 이러시는 거지? 여자들이란 항상 울 준비가 되어 있나보다.

그날 학교 운동장에서 늦게까지 혼자 놀다 집으로 돌아와보니 셋방 처마밑에 예의 고래등이 걸려 있었다. 양철집을 떠나올 때 어머니가 일부러 수습해서 가져온 모양이었다. 집 마당에는 은행나무 한주가 서 있었고 안집에는 내 또래의 남자아이가 하나 있었다. 성질이 못돼 틈만 나면 내게 주인으로서의 위세를 떨고 또한 행패까지 부렸다. 등굣길에 책가방을 들어주는 것은 그래도 두어 번 참을 만했는데 걸핏하면 다른 아이들 앞에서 내 뒤통수를 툭툭 치거나 심지어는 발길질까지 해대며 두목 행세를 하는 것이었다. 봄 노을이 유난히 붉던 어느 저녁나절, 나는 벽장에서 총을 들고 나와 마루에서 빵을 먹고 있던 녀석의 이마에 겨누고 조용히 말했다. 마저 먹어. 다 먹을 때까지 기다릴 테니까. 그 총엔 꿩을 잡는 데 쓰는 연발 산탄이 장전돼 있었다. 그걸 모른 채 나는 방아쇠에 손가락을 걸고 곧 당길 자세를 취했다. 그는 처음엔 웃다가 서서히 표정을 거두었고 이어 파랗게 낯빛이 변하더니 마루에 오줌을 지렸다. 뒤늦게 울음보가 터진 건 대문을 열고 집주인인 제 아비가 들어섰을 때였다. 그 밤에 나는 저녁조차 못 얻어먹고 집주인 일가족이 나란히 마루에 서서 지켜보는 가운데 고래등 아래서 총의 임자한테 북어처럼 두들겨맞았다. 그러나 울지는 않았다. 빨리 울었더라면 덜 얻어맞았을 텐데. 그때 어머니가 대신 부엌에서 울어주고 있었으나 점점 강도를 더해가는 그의 매질을 멈추는 데는 별 보탬이 되질 않았다.

　나를 폭행한 것이 마음에 걸렸는지 다음날 그는 소풍을 가자며 가까운 신정호수로 어머니와 나를 데리고 갔다. 계집아이들이나 좋아하는 시시한 놀이기구를 몇 개 타고 잔디밭에 앉아 차디찬 김밥과 칠성사이다를 먹고 봄날 저녁의 추위에 떨며 호수를 벗어나 집으로 돌아오던 중이었다. 그러다 어디였던가, 그가 바위에 걸린 듯 우뚝 발을 멈췄다. 이어 옆구리에 칼이 찔린 것처럼 아, 하고 그의 입에서 낮게 신음이 터져나왔다. 아…… 정말 대궐 같은 집이로군. 나는 눈을 들어 그가 바라보는 곳을 더듬었다. 호수 건너편으로 붉은 기와를 얹은 하얀 돌집이 성채처럼 버티고 서 있었다. 그림책이나 달력에서밖에는 구경하지 못했던 근사한 서양식 집이었다. 옆에서 어머니가 떨리는 소리로 중얼거렸다. 근데 집에 불이 꺼져 있네요. 사람이 없는 모양이에요. 그렇군, 누군가의 주말 별장인 모양이야. 세 사람은 누가 먼저랄 것도 없이 앞서거니 뒤서거니 하며 땅거미를 헤치고 그쪽으로 발걸음을 옮겼다. 속히 닿지 않으면 그 집이 어둠속으로 사라지기라도 할 것처럼.

　육중한 철대문 앞에 일가족은 남루한 그림자를 이끌고 수숫대처럼 서 있었다. 대문에는 주먹만한 자물쇠가 굳게 채워져 있었는데 그 때문인지 내 눈에는 어째 그 집이 도깨비들의 소굴처럼 보였다. 그새 목이 잠긴 소리로 어머니가 말했다. 추운데 그만 가요. 왠지 으스스하네요. 대꾸할 생각을 않고 그는 쇠창살 사이로 안을 노려보고 있더니 이렇게 웅얼거리는 것이었다. 내 잠깐 들어갔다 나오리다. 말을 마치기가 무섭게 그는 담을 타넘어 마당 안으로 내려섰다. 아이고, 저 양반이 왜 저러는 거야. 누가 보면 어쩌려고. 어머니가 내 손을 더듬어 쥐면서 주위를 두리번거렸다. 잔디가 깔린 마당을 밟고 서서 그는 처자식을 잠시 돌아보고는 이윽고 현관으로 다가가 안을 살펴보았다. 그리고 현관 손잡이를 지그시 당겨보았다. 문이 열리지 않자 그는 계단을 내려와 집 둘레를 천천히 한바퀴 돌아 어머니와 내가 서 있는 철대문 앞으로 다가왔다. 쇠창살 사이를 두고 그는 어머니와 나를 마주보며 말했다. 집이 깔고 앉은 자리만 해도 백평은 족히 넘겠어. 참으로 공들여 지어놓은 집이군. 어서 나와요, 그러다 들키면 무슨 망신을 당하려고요. 담을 넘어와서도 그는 뒷전을 돌아보며 악몽을 꾸는 듯한 표정을 짓고 있었다. 각자 숨을 죽이고 집으로 돌아온 밤에 그는 자정이 넘도록 고래등 밑에서 연신 담배를 죽이고 있었다.

　O시로 이사오고 나서 한달쯤 지났을 때 그는 집 근처 철물점 옆에

174

싸전을 차렸다. 쌀집은 망할 리 없다는 데서 나온 그의 소박한 발상이었다. 쌀은 시골에서 농사를 짓고 있는 외삼촌이 용달차에 직접 싣고와 콩, 팥, 고추까지 곁들여 외상으로 빌려주었다. 게다가 돌 고르는 기계까지 들여놓고 돌아갔다. 그러나 싸전을 열고 채 보름이 지나기도 전에 쌀 속에서 벌레가 들끓기 시작했다. 쌀에 통마늘을 섞어넣거나 밖에 내다 말려도 별 소용이 없었다. 가게문이 북동쪽을 바라보고있어 아침에 잠시 햇빛이 들었다 종일 응달 신세를 지고 있었던 것이다. 불과 석달 만에 싸전을 걷어치우며 그가 변명조로 내뱉은 말은 그야말로 옹색하기 짝이 없었다. 영업집도 방향을 타는구먼. 하긴 돌절구도 뒤란으로 옮겨놓으면 이끼가 끼더라만.

　호구지책으로 그는 내가 다니는 초등학교 앞에 문방구점을 개업했는데 그것도 별 수지가 맞는 눈치는 아니었다. 주변에 이미 문방구점이 두 개나 있었고 타지에서 온 사람이라고 은근히 따돌림을 받았던 것이다. 그래서 생각해낸 것이 서점을 겸한다는 것이었는데 참고서외에는 팔리는 게 없었고 그나마 어느날 세무서에서 단속을 나와 그알량한 장부를 뒤지며 돈까지 뜯어갔다. 그때 그는 이미 적잖은 빚을지고 있었다. 결국 문방구까지 닫고 나서 그는 어머니에게 며칠 어디를 다녀온다며 집을 나가더니 한달이 넘어서야 수염이 텁수룩한 모습으로 돌아왔다. 그리고 그때는 나마저도 예감했듯 다시 이사를 가자고 종용했다. 그리하여 은행나무집에서 불과 일년도 살지 못한 채 일가족은 수백리나 떨어진 P시로 세번째 이사를 갔다.

　P시에는 미군부대에서 같이 근무했던 이모부가 살고 있었다. 나중에 어머니한테 들은 바로는 군에서 만난 전우를 처제에게 소개시킨장본인이 바로 그였다(언제 그런 일까지 했을까). 당시 이모부는 미

군 피엑스에서 근무하고 있었는데 거기서 나온 물건들을 그가 대신 처리해주고 이익을 나눠가졌다. 단칸방에는 각종 가전제품과 양주와 심지어는 워커와 전투복까지 창고처럼 쌓여 있었다. 그게 부적절한 방법으로 빼돌린 물건들인지 아닌지는 내가 알 길이 없었다. 하지만 어머니는 그 일을 탐탁잖게 여기는 기색이 역력했다.

P시에서도 우리는 셋집에 살았는데 인심이 얼마나 고약한지 한밤중에도 주인이 건네주는 열쇠를 받아야만 변소에 갈 수 있었다. 거기서도 우리 일가족은 그리 오래 버티지 못했다. 이번에는 어머니가 또 이사를 가자고 날마다 성화였다. 그것은 한편 나 때문이기도 했다. 우리가 살던 셋집은 미군부대에서 그리 멀지 않았다. 골목이 거미줄처럼 얽히고설켜 어쩌다 잘못 발을 들여놓으면 눅눅한 빵냄새를 풍기는 큰누나뻘 되는 여인들이 각자 노란 가발을 쓰고 나와 야릇한 포즈를 취한 채 서성이고 있는 것이었다. 옷매무새가 형편없었음은 두말할 나위조차 없었다. 그 슬픈 도깨비 같은 누나들은 나를 보고도 손가락을 까닥거리며 묘하게 웃어댔다.

당장 갈 데가 없어 일가족은 짐을 일부 맡겨놓았던 O시의 은행나무집으로 돌아가 두달을 더 얹혀산 다음 도청소재지가 있는 D시로 이사를 했다. 그러나 시내에서 한참을 벗어난 변두리지역이었고 이삿짐을 싣고 들어가다 본 마을 입구의 늙은 느티나무가 유일한 위안으로 다가왔다. 그렇게 일가족이 고향을 떠나 다섯번째로 이사한 집은 구조가 다소 복잡한 게 지붕의 반은 기와이고 반은 슬레이트였다. 짐을 들여놓다보니 이상할 것도 없었다. 주인이 세를 놓아먹으려고 기와지붕 옆에다 슬레이트를 덧대어 방을 두 칸 들여놓은 것이었다. 집으로 드나드는 문도 따로 떨어져 있었다. 슬레이트 지붕 밑에는 야매로 이빨을 치료해주는 기공사 출신의 불법 치과의 가족이 먼저 들어와 살고 있었는데, 어머니도 무더운 여름날 숯불화로 앞에서 그에게 보철치료를 받았다. 그러나 이삼일이 멀다 하고 잇몸이 부어오르며 치골이 흔들려 어머니는 밥을 먹지 못할 때가 많았다. 그렇게 모진 고생을 무려 십년이나 하고 나서 어머니는 정식 면허를 가진 의사를 찾아가 결국 발치를 해야만 했다. 어머니의 이빨을 망쳐놓은 몇달 뒤 전직 기공사는 누군가의 밀고에 의해 경찰에 끌려갔다. 그리고 우리가 그 집을 떠날 때까지 다시는 대면할 기회가 없었다.

D시로 이사온 직후 그는 아직도 삶에 대한 허영기를 다 버리지 못했는지 시내 천변에 꽃집부터 차렸고 운영이 시원찮자 곧 잡화점으로 전환했고 그것도 신통치 않자 그다음에는 요릿집으로 업종을 전환했다. 말이 좋아 요릿집이지 두부 두루치기 하나만 전문으로 만들어 안주로 내놓는, 이름하여 술집이었다. 그 일에 대해서는 나조차도 왠지 마뜩잖았는데, 그런데, 그 두부 두루치기집으로 언젠가부터 사람들이 꾸역꾸역 몰려들기 시작했다. 두부요리는 어머니의 솜씨였다. 조리법에 무슨 비결이라도 있는 모양이었다. 어머니의 말에 따르면 육이오 때 좌익활동을 하다 수복과 함께 총살당한 외조부가 살아생전에 즐겨 드시던 술안주라는 것이었다. 그것은 저 양철집에 살 때 미군들이 찾아와 맥주로 입가심을 하며 허겁지겁 먹어대던 바로 그 두루치기이기도 했다. 그 시뻘겋고 맵기만 한 두부가 왜 그리 사람들 입맛을 끌어당겼는지 나는 모른다. 다만 두부를 크게크게 썰어 보기에 푸짐하고 대파와 고춧가루 또한 아끼지 않아 먹음직스럽게 느껴졌을 법은 하다. 나중에는 대학생이라고 하는 젊은 아이들까지 와서 그 매운 두부를 먹고 떠들썩하게 웃고 노래하고 토하고 울며 요란을 떨다 저마다

신발을 바꿔신고 돌아가곤 했다.

　그러나 정작 두루치기집이 잘된 이유는 따로 있었던 듯하다. 그것은 다름아닌 진로소주 덕분이었다. 당시 진로소주는 연고권이 서울에 있어 지방에서는 좀처럼 구하기가 쉽지 않았다. 경상도는 금복주, 강원도는 경월(지금은 두산에서 인수해 '그린'을 거쳐 '山'으로 변신했다), 전라도는 보배와 보해, 또 충청도는 선양소주를 주로 마셨다. 아무리 영업집이라도 도매상에서는 연고권 소주 한박스에 진로소주 한병을 끼워주는 방식으로 철저히 공급원칙을 지켰다. 지방상권을 보호하기 위함이었다. 지역감정 때문에라도 그 원칙은 잘 지켜지는 편이었다. 그런데 우리가 운영하는 두부 두루치기집에서는 오직 진로소주만 사용했다. 그가 무슨 수완으로 진로소주만을 구해다 썼는지는 알길이 없다. 다만 P시에 살 때 미군 피엑스 장물을 취급했던 경력이 수완으로 작용했을 것이라는 짐작만 할 따름이다. 가게는 개업한 지일년도 안돼 주방에 사람을 넷이나 쓸 정도로 연일 문전성시를 이루었다.

　그즈음 그는 틈만 나면 집을 보러 다녔다. 술집을 차려 돈을 좀 벌었다고 해도 어림도 없는 수준의 집만 골라서 보고 다녔다. 가게가 쉬는 날 어머니와 함께 셋이서 집을 보러 간 적도 있었다. 방이 다섯 칸에다 마당에 온갖 정원수와 기암괴석이 제멋대로 박혀 있는 주인이 놀부를 꼭 빼닮은 졸부의 집이었다. 어머니는 다분히 염려가 뒤섞인 불안한 음성으로 그의 팔소매를 잡아끌며 말했다. 여보, 그만 가요, 누가 이런 집에서 살겠어요? 그저 셋방이나 면하고 방 두 칸 되는 집이면 족하잖아요. 그 말에 물론 그는 대꾸하지 않았다. 금세 돈을 좀 모았다고 해서 자발없이 가게터를 옮긴다거나 여자를 들이고 차를 바꾼다거나 집부터 짓는 일은 아직도 상인들 사이에서는 금기로 여겨지고 있다. 다시금 미구에 닥쳐올지 모를 고난에 찬 삶이 두려워 어머니는 몸을 떨었다.

아무리 소문난 음식점이라도 제때제때 사람들의 변덕스러운 입맛을 보충해주지 못하면 곧 발길이 뜸해지게 마련이다. 두부 두루치기는 김치나 햄버거와는 다르다. 아니 김치, 햄버거만 해도 그 질긴 생명력을 연장하기 위해 계속 다양한 변신을 꾀하고 있음을 그걸 즐겨 먹는 사람들은 잘 알고 있다. 더군다나 유독 한집에만 손님이 꼬이다 보니 주위 동종업계에서 시기와 질투를 하는 건 어쩌면 당연지사였을 것이다. 문방구에서 참고서를 팔다 세무조사를 당해 문을 닫았던 때와 형국이 같았다. 우선 진로소주가 문제가 되어 적잖은 액수의 벌금인지 추징금을 물어야만 했고 진로가 선양으로 바뀐 다음에는 손님이 절반으로 또 그 절반의 절반으로 급격히 줄어들기 시작했다. 그렇다고 쉽사리 문을 닫기에는 저녁마다 부산스레 문턱을 드나들던 술꾼들의 환영이 눈앞에 어른거려 조속한 폐업신고가 이루어지지 않았다. 벌어놓은 돈을 다 까먹기 전에 조그만 집이라도 한채 지어놓자고 말한 건 어머니였다. 그리하여 가게가 문을 닫아가는 와중에 짓기 시작한 것이 오늘날까지 그가 살고 있는 단층 슬래브집이었다. 셋집에서 그리 멀지 않은 곳에 부지를 사서 그해 초가을 착공해 한겨울에야 서둘러 공사를 마무리했다.

공사가 시작되던 날 아침 그가 나를 데리고 외출을 했다. 토요일이었던 걸로 기억한다. 학교도 빼먹은 채 그가 나를 데리고 간 곳은 얼마 전에 어머니와 셋이서 구경을 왔던 그 집의 바로 건너편 집이었다. 정원은 온통 국화로 뒤덮여 이루 말할 수 없이 맑은 향내를 밖으로 퍼뜨려 내보내고 있었다. 마침 외출했다 돌아온 주인이 웬 행색이 초라한 부자가 대문 앞에서 머뭇거리는 것을 목격하고 다가와 물었다. 무슨 일이오? 내 손을 잡고 있던 그는 흠칫 놀라 뒤를 돌아보고 나서 잠깐 궁리를 하는 눈치더니 이렇게 말했다. 아, 어르신네 집앞을 지나다 국화향내가 흘러나와 저도 모르게 잠깐 서서 맡고 있었습니다. 함부로 냄새를 훔쳤다고 탓은 하지 마십시오. 머리가 하얀 집주인 노인네가 어쩐지 얄궂은 표정으로 우리 부자를 눈여겨보더니 입을 열었다. 허, 그래요? 그럼 들어와 차나 한잔 하면서 맘껏 흠향코 가시구려. 아, 아닙니다. 아이를 데리고 빵가게에 들러야 하거든요. 그만 보내줘도 됐을 텐데, 노인은 이상하게 집요한 데가 있었다. 아, 마침 빵도 있소이다. 아침마다 내가 커피와 빵으로 끼니를 대신하거든. 이젠 우리나라도 식문화를 바꿔야 해요. 아침부터 된장찌개나 김치찌개를 먹으면 속이 더부룩하고 어째 몸도 개운치 않거든. 커피를 먹어버릇하니까 장청소가 되는지 똥도 쑥쑥 잘 빠지고 혈액순환도 좋아집디다. 어여들 들어와요.

노인은 혼자 사는지 그 큰 집에 개 한마리 보이지 않았다. 노인은 소파 테이블에 커피와 빵을 내놓고 마주앉아 내가 듣기에도 민망하고 낯뜨거운 얘기를 상대가 대꾸할 기회조차 주지 않고 느릿한 톤으로 장황하게 늘어놓았다. 얘기의 주된 골자는 자수성가에 대한 것이었다. 이곳은 그저 가끔 쉬러 오는 집이고 살림집은 시내에 따로 있다는 얘기까지 곁들여 한시간 이상을 붙잡고 좀처럼 놓아주지 않았다. 마침내 그가 내 손을 붙잡고 자리에서 일어나려 하자 순간 노인의 입에서 이런 말이 나직이 흘러나왔다. 요즘 내 집에 아침저녁으로 담을 넘어 들어왔다 나가는 사람이 있다던데 혹시 누군지 아시오? 언뜻 당황한 표정이더니 그가 엉겁결에 고개를 가로저었다. 저런, 모르는군요. 봤다는 사람이 있어서 그냥 한번 물어봤소. 하지만 염려는 마시오. 도둑 같지는 않더라니까. 그냥 국화냄새나 맡으러 들어왔다 나갔겠지.

그 집에서 나와 발길을 재촉하며 내가 들으란 투로 그가 내뱉었다. 아직도 그의 목덜미엔 벌건 기운이 남아 있었다. 그 영감 그거 사람이 되게 잔인하구먼. 먹다 남은 질긴 바게뜨에 인스턴트커피를 내놓고 그 긴 자서전을 쓰고 있다니. 상놈의 영감 같으니라고. 출신으로 따지면야 내가 양반이지. 나는 아무 대꾸도 하지 않았다. 거기다 대고 무슨 말을 하겠는가.

셋방을 전전하다 마침내 제집을 짓게 되었건만 그는 공사현장에 나가보지도 않았다. 어머니는 가게와 공사장을 하루에 세 번, 네 번씩 왕래하며 인부들의 뒷바라지를 도맡아했다. 그즈음 가게는 하루에 고작 열 남짓한 손님이 드나들 뿐으로 인건비조차 나오지 않아 주방에서 일하는 아주머니 하나만 남겨놓고 모두 내보내야 했다. 겨울이 닥쳐오고 있었으므로 마음의 적막감은 더했다. 게다가 아녀자라고 만만하게 봤는지 공사장 인부들은 조금만 날이 궂어도 연장을 내려놓고 교대로 사라지기가 일쑤였다. 그래서 상량(上樑)도 첫눈이 내리던 날 저녁에야 시루떡과 막걸리 몇말을 받아놓고 동네 사람 몇몇을 불러 조촐하게 치러냈다.

그날 상량이 끝날 무렵 목발을 짚은 웬 상이군인이 찾아와 술을 먹다 느닷없이 행패를 부렸다. 왜 잔칫집에 고기가 없느냐는 것이었는데, 어머니가 부랴부랴 육간으로 달려간 사이 상이군인은 애써 쌓아놓은 벽돌을 목발로 무너뜨리기 시작했다. 방이 세 칸이나 되는 집을 들이면서 돼지머리도 안 갖다놓고 상량을 해? 인부들이 뜯어말렸으나 상이군인은 막무가내였다. 뒷전에 잠자코 서 있던 그가 마침내 가로막고 나섰다. 벽돌이야 다시 쌓으면 되는 거니까 돼지머리 올 때까지 그냥 놔주시오. 그 말이 또 상이군인을 자극한 모양이었다. 사내가 목발을 들어 그의 가슴에 총처럼 겨누며 외쳤다. 아, 이 새끼가 사람을 업신여기네. 그래, 나 집도 없고 여편네도 없다 이 새끼야. 조국을 위해 싸우다 이렇게 됐단 말이다. 너 이 새끼 미군부대 출신이라며? 거기서 뭐 했어. 양놈들 똥 닦아줬냐? 나 이래봬도 엄연한 민족주의자야. 사내의 말을 듣고 그가 슬쩍 웃었던가? 암만해도 조짐이 좋지 않았다. 낸들 가고 싶어서 미군부대에 갔겠소? 부모 등쌀에 대학물 먹은 게 화근이었지. 그토록 옹졸한 말이 그의 입에서 튀어나오는 것을 보고 나는 저절로 얼굴이 붉어졌다. 곧 돼지머리가 올 테니 많이 자시고 집에 가서 푹 주무시오. 제대한 뒤부터 돼지머리는 입에 대지 않아서 그만 깜박했던 것이오. 아시겠지만 양놈들이 어디 짐승들 머리나 기타 부속물을 먹습디까? 이 새끼가 사람을 완전히 비렁뱅이 취급하네. 나 이 동네 토박이니까 똑바로 봐둬. 여기서 얼마나 버티고 사는지 두고보자고. 사내는 안방자리에다 가래침을 칵 뱉더니 목발을 휘두르며 마당 밖으로 사라졌다.

그런 일이 있어서 그런지 그는 새집에 도무지 정을 붙이지 못했다. 부실공사로 수도가 터지고 서까래 일부가 내려앉고 지붕에서 비가 새도 손볼 생각조차 하지 않았다. 살림을 들이고 얼마 지나지 않아 가게는 문을 닫았다. 수중에 남은 건 몇푼 되지 않는 권리금뿐이었다. 이 사온 날 저녁 어머니는 의자에 올라가 처마에다 고래등을 꺼내 달았다. 그때껏 어머니가 그걸 보관하고 있었다는 사실에 나는 내심 놀랐다. 가끔 혹은 자주 목발의 사내는 술에 취하면 집앞에 와서 괜한 욕지거리를 퍼붓고 지나갔으나 그는 아무런 반응을 보이지 않았다. 어머니는 수치심에 몸을 떨며 그때마다 부엌으로 들어가 문을 닫고 나오지 않았다.

안방 텔레비전 장식장 옆에 먼지가 덮인 책들이 십여권 쌓여 있었다. 양철집에서부터 이사를 할 때마다 그가 손수 챙겨들고 다니던 것들이었다. 주로 영문판 시집과 소설책이었던 걸로 기억한다. 어느날 저녁 목발의 사내가 집앞을 지나다 다시금 상스러운 소리를 내뱉자 그는 어머니에게 술과 고기를 준비시키고 끌다시피 하여 사내를 마당 평상으로 불러들였다. 술상이 준비되자 그는 책들을 보자기에 싸들고 나와 사내 앞에 갖다놓으며 말했다. 이거 제대할 때 미군부대에서 가지고 나온 건데 가져가서 대신 태우고 앞으로 가급적 욕은 삼가시오. 제발 부탁이오. 마누라와 애 창피해서 도무지 살 수가 없질 않소. 끼니야 가끔 나눠먹을 수도 있지만 나도 속내를 살펴보면 형편이 그리 좋은 건 아니오이다.

그로부터 며칠 후 그는 텔레비전 옆에 금고를 하나 들여놓았다. 힘센 사내 몇이 들어야 옮길 수 있을 정도의 대형금고였다. 안방에 금고를 들여놓는 것과 함께 그는 사람이 달라지기 시작했다. 그렇지 않아도 말수가 적고 표정이 인색한 사람이 아예 돌궤짝처럼 변해갔다. 마음까지 금고에 저당잡혔는지 처자식한테조차도 일체의 감정표현을 하지 않았다. 가게를 정리하고 남은 돈으로 그는 시내에 다시 잡화점을 열고 나서 매일 새벽 다섯시에 나가 자정에 들어왔다. 집으로 돌아오면 그는 어머니가 차려준 밥상을 받고 반주로 소주 한병을 비운 다음 새벽 한시에 잠자리에 들었다. 그리고 또 새벽 네시에 일어나 아침밥을 먹고 가게로 나갔다. 그런 생활을 하루도 쉬는 날 없이 빈틈없이 반복했다. 그가 일년에 소비하는 소주는 정확히 삼백육십오병이었고 안주는 늘 달걀부침 하나였다. 끼니도 하루 두 끼만 먹었다. 어머니에게는 그야말로 최저생계비만 월말에 지급했다. 나머지 번 돈은 어머니도 보지 못하는 사이 종신형에 처해져 그 육중한 금고 속으로 들어갔다. 어머니는 막연히 짐작하기를 그가 훗날을 도모하기 위해 그런다고 믿었다. 그리하여 최저생계비로 계속 이어지는 고단한 삶 속에서도 어머니는 함부로 불평불만을 하지 않았다. 그런데 그 삶이 삼십여년이 지난 오늘날까지 지속될 줄 어찌 알았겠는가. 집안 대소사가 있을 때도 금고는 열린 적이 없었다. 명절때도 주머니에서 인색하게 몇푼 꺼내줄 뿐이었다. 어디에 쓰려고 그는 가족한테까지 인심을 잃어가면서 돈을 모으고 있는 것일까. 벌 때 벌고 모을 때 모으더라도 모름지기 돈이란 적절할 때 풀어써야 제 빛을 발하게 마련이다.

잡화점은 감지하기 힘든 속도로 조금씩 규모가 불어나 십년쯤 뒤에는 식료품점을 겸한 이십평대로 늘어났고 또 그로부터 십년쯤 뒤에는 매장에 직원 셋을 부리는 슈퍼마켓으로 탈바꿈했다. 하지만 생활수준은 전혀 변함이 없었다. 월말에 어머니가 받는 생계비는 연초마다 정부에서 발표하는 공무원 봉급 인상률을 그대로 적용해 계산해주었다. 그에게서 생활비를 받을 때마다 어머니는 은근히 모욕을 느끼는 듯했다. 가계부는 내가 중학교에 들어가던 해 쓰기를 멈추었다. 그 가계부는 단지 수입 지출에 관한 것 말고도 그날그날 가족의 동정을 꼼꼼히 기록하는 말하자면 일종의 실록(實錄)이었다. 그 일을 그만두고부터 어머니도 무뚝뚝하고 거친 모습으로 차츰 변해갔다. 어머니의 그런 모습을 보는 것이 나는 몹시도 서글프고 때로는 참혹한 기분마저 들었다. 이건 부부가 아니라 매장직원이나 종하고 하등 다를 바가 없어.

처자식이 아파도 병원에 데려가길 하나, 어려울 때는 쌀까지 꿔다 먹더니 오남매를 키우며 반평생을 수절하고 살아온 장모 생일에 맏사위라고 들여다보기는커녕 봉투 한번 내밀기를 하나, 명절이라고 고기한근을 들고 들어오나, 저놈의 금고만 쳐다보면 속이 끓어올라 화병이 날 지경이라고. 죽을 때도 수의를 입고 저 금고 안으로 들어갈 게 틀림없어. 쯧쯧.

부부 사이가 남남과 같았기에 나 역시 일찌감치 본능적으로 자립심을 키우며 살지 않으면 안되었다. 어차피 자립할 때가 다가와 있었다. 대학에 다니기 위해 집을 떠날 때 그가 나를 불러앉히더니 방바닥에 봉투를 내밀며 말했다. 입학금이다. 졸업할 때까지 나머지는 네가 해결하여라. 내 장래에 대한 나의 염원과 그의 뜻이 어긋났기 때문이었을까? 아무튼 나는 별 감정의 동요 없이 그러겠다고 선선히 대꾸했다. 마치 그러리라는 것을 예감하고 있었던 듯. 그리고 삼년 반 동안의 등록금은 일부 장학금을 받거나 내가 벌어서 해결했다. 학기중에는 나이트클럽에서 새벽까지 맥주박스를 나르고 방학이 되면 먼 친척이 운영하는 뜨거운 유리공장에서 소금물을 마시며 일했다. 그럼에도 불구하고 나는 그를 원망해본 적이 없다. 집을 떠남과 동시에 그와 남남이 되었다고 믿었던 것이다. 몸과 마음이 지칠 대로 지쳐 나는 대학 이년을 마치고 군대에 갔다. 휴가를 나와도 잠깐 집에 들러 어머니가 차려주는 밥만 먹고 곧 대문을 돌아나왔다. 거기에 무슨 억하심정이 작용했던 것은 아니다. 나로서도 그냥 그렇게 할 수밖에는 없었던 것이다. 집에서 나와 나는 슈퍼마켓에서 일하는 그를 멀리서 바라보다 발길을 돌려 남은 휴가기간 동안 버스나 기차를 타고 여기저기 돌아다니다 돈이 떨어지면 예정보다 일찍 귀대했다. 군에서는 학비나 생활비를 걱정하지 않아도 된다는 사실이 나로서는 실제로 커다란 위안이었다. 또 그에 대한 원망이나 기대를 하지 않음으로 해서 남들보다 조금 일찍 스스로 자유롭게 설 수 있었던 것도 사실이었다.

우리가 세상을 살면서 갖는 기대와 희망의 대부분은 알고 보면 타인에게 애써 요구하고 있는 것들이기 십상이다. 그렇다면 아무리 가까운 관계라도 상대를 객관적인 타인으로 바라볼 수 있는 여유와 냉정함을 잃지 말아야 한다. 우리가 흔히 부모라고 하는 사람들이 또다른 타인인 자식들을 위해 출가를 시킨 뒤에도 다 늙어서까지 한자리를 지키고 있음을 보면 그 자체만으로도 대단한 업적이라는 생각이 들 때가 있다. 적어도 이미 윤리적 사명은 완수한 것이라는 생각이 든다. 그런데 그것을 일방적으로 의무로 평가하고 때로 가혹하게 폄하하고 더한 요구를 하게 될 때 그들 몫의 설자리는 그만큼 옹색하고 누추해지게 마련이다. 이것이 내가 그를 통해 스스로 깨우친 삶의 단순한 진실 중 하나다.

내가 군에서 제대한 직후 그는 담석 개복수술을 받았고 정확히 팔년 뒤에 다시 똑같은 수술을 받았다. 피에 젖은 채 자판기 종이컵에 담겨나온 담석은 사리처럼 단단하고 유난히 반짝거렸다. 두 번의 수술 외에도 그는 고질적인 중이염에 시달리다 예순넷에 한쪽 귀를 잃었고 돋보기가 아니면 이미 장부를 들여다볼 수 없게 돼버렸고 또 심한 협심증에 위경련까지 겹쳐 감옥살이 같은 노년을 보내고 있다. 또 사십년이 넘는 세월 동안 그가 조강지처인 어머니에게 해준 것은 늑막염 수술을 받았을 때와 몇해 전 뇌졸중 증세가 찾아와 입원해 있을 때 하루에 반나절씩 옆을 지켜주고 병원비를 지불한 것밖에는 없었다. 참으로 그게 다였다. 어머니가 크게 감격하지 않았음은 물론이었다. 그토록 오랜 세월에 걸쳐 서서히 닳아없어진 마음은 다시 돋아나는 데 또한 그만큼의 세월이 필요한지도 모른다. 그렇잖아도 세월이 지나다보면 돌이킬 수 없는 일들이 자꾸만 생겨나게 마련이다. 도대체 그는 왜 금고 밖으로 나오려 하지 않는 것일까. 혹시 열쇠를 잃어버렸거나 눈금번호를 잊어버린 게 아닐까. 왜 있지 않은가. 가령 좌로 세 번 돌려서 거기에 맞춘 다음 다시 우로 두 번 돌려 여기에 맞추고 손잡이를 슬며시 당기면 문이 열리는 금고의 눈금번호판 말이다.

아주 오래된 일이겠다. 어머니가 맞선을 보던 날 그는 양복을 말쑥하게 차려입은 청년 장교처럼 보였다고 한다. 그즈음에 촬영한 그의 흑백사진을 보면 어머니의 말에 개연성이 전혀 없다고 하기도 곤란하다. 그는 대학 때부터 키츠와 롱펠로우와 하이꾸를 즐겨 읽던 핸섬한 문학청년이자 커피와 슈베르트를 늘 곁에 두고 있던 낭만주의자요 또한 어느 정도는 스타일을 갖춘 모더니스트였다. 물론 민족주의자는 아니었다. 또 비록 표현은 드물고 서툴렀지만 아내를 사랑할 줄도 아는 남자였다고 한다. 어머니가 증언한 사실이니 인정해야 하리라.

삶은 뜻하지 않은 각도로 사람을 바꿔놓는다. 남들이 보기에는 대수롭지 않아 보이는 일이 어떤 사람에게는 치명적인 계기로 작용해 생의 전모를 바꿔놓는 수가 종종 있다. 그리고 이것은 사실 대부분의 사람들에게 적용되는 삶의 원리이자 저마다 이면에 감춰진 속박이자 굴레이기도 하다. 관계의 밀접함을 떠나 나는 아직도 그를 그다지 사모하지 않는다. 그렇다고 함부로 분노하거나 비난하지도 않는다. 비록 나 자신은 원하지 않았건만 어느덧 낯선 타인보다 관계의 가능성이 더욱 희박한 남이 되어버린 것도 사실이다. 그렇다고 그가 타인이 되기를 부러 획책하거나 또한 선택한 것 같지도 않다. 다만 뭔가 돌이

키려 했을 때는 이미 늦어 있었을지도 모른다. 그런 일은 한세대 건너 나에게서도 자주 나타나는 현상이다. 그렇다고 억지스럽게 서로를 이해할 필요도 없으리라. 생에는 화해할 수 없는 관계라는 것도 엄연히 존재하게 마련이다. 그런 사실을 인정하고 나면 그토록 악마처럼 굴던 삶이 오히려 나에게 관대한 점이 있었음을 깨닫게 된다. 삶을 완수하는 방식이 저마다 다르다는 건 얼마나 갸륵하고도 오묘한 사실인가. 어쩌면 이렇게 각자 다르기 때문에 갈등이 유지되면서 피돌기가 그만큼 원활해지고 종국엔 하나로 속속들이 귀속되는지도 모른다. 사람의 몸만 해도 각기 쓰임새가 다른 삼천개의 뼈로 이뤄져 있다고 한다. 그러나 발을 한번 내디딜 때가 되면 그 많은 뼈들은 각자 균형을 이뤄 놀랍도록 통일된 움직임을 보인다. 또한 마침내 죽음에 이르러서도 그들은 하나의 점을 향해 맹렬한 속도로 몰려든다.

환갑날 그는 나를 불러내 대문 앞에서 영정용 사진을 찍게 했다. 파인더 안으로 들여다본 그는 금고 속 같은 무겁고 어두운 고독 속에서 이미 죽음을 의식하고 있었다. 눈에는 그 어떤 따스한 빛도 존재하지 않았다. 그후 그는 십년을 더 버티며 살고 있다. 아직도 생업에 종사하면서. 밤마다 금고 문을 열고 그날치 번 돈을 차곡차곡 쌓아가면서. 새벽 네시에 일어나 다섯시에 출근하는 습관도 여전하다. 그러나 몇년 전부터는 오후 다섯시면 집으로 돌아와 일찌감치 저녁을 먹고 자리에 누워 긴긴 잠을 잔다. 칠순의 노인네가 그리 잠이 많을 리는 없을 터이고 이제는 아무도 거들떠보지 않는 혼자만의 고독에 잠겨 지나온 삶을 반추하기도 하고 혹은 무의미로 다가오는 차생(次生)의 휴식을 성급히 갈구하고 있는지도 모른다.

최근에 그와 대면한 건 그의 칠순잔치 때였다. 잔치라고 하기에는 어울리지 않는 고적한 분위기였으나 그래도 숙부 내외가 와서 조촐하게나마 자리를 빛내주었다. 점심밥을 먹고 대문 밖에서 그가 나를 따로 불러냈다. 또 무슨 얘기를 하시려고 그러나. 오랜 세월 몸에 밴 서먹함 때문에라도 그와 단독으로 대면하는 것을 나는 여전히 부담스럽게 받아들이고 있었다. 그렇더라도 나가보지 않을 수는 없었다. 그는 집앞을 조그맣게 흐르고 있는 개울을 건너 내가 졸업한 초등학교로 갔다. 뒷짐을 진 채 운동장 트랙을 둥그렇게 돌며 그가 다시 화장 얘기를 꺼냈다. 지난번에 다니러 왔을 때 그가 다짐을 받고자 했으나 내가 대답하지 않았던 것이 마음에 걸린 모양이었다. 하지만 이번에도 내 입에서는 그러겠다는 말이 나오지 않았다. 생전에 아무리 관계가 소원했더라도 선뜻 아비의 시신을 태우겠다고 나서는 자식은 없는 것이다. 나는 돌려 말했다. 굳이 화장을 고집할 이유는 없잖아요. 그가 슬그머니 옆을 돌아보고 나서 혼잣말처럼 중얼거렸다. 그럼 봉분이 있으면 가끔 와보기는 할래? 결국 그렇게 되겠지만 나는 또 쉽사리 그러겠다는 말을 하지 못했다. 어쩌면 그게 화의를 요청하는 말이었을지 몰라도 나로서는 미처 준비가 돼 있지 않았던 것이다. 아무래도 대답이 없자 그가 말했다. 그냥 태우거라. 그게 아무래도 깨끗하겠지. 등소평 같은 인물도 화장을 했고 고건 총리도 화장 서약서에 서명을 했다는데 내가 뭐라고 굳이 유택을 고집하겠느냐. 그냥 남아 있는 사람들 몫으로 맡겨두시면 안되겠어요? 지금 숙부님도 와 계시지만 집안어른들 의견도 들어봐야 하고요. 그러자 그가 목울대에 걸린 소리로 되받았다. 그래도 죽으면 자식놈이 나를 묻을 건지 태울 건지는 알아둬야 할 게 아니냐. 굳이 원하신다면 그렇게 하겠지만 납득할 만한 이유가 분명치 않잖아요. 물론 시류를 따지자면 이 좁은 땅덩이에서 무덤 수를 한개라도 줄이는 게 바람직하겠죠. 하지만 저번에도 말씀 드렸다시피 선산 가묘는 어쩌고요. 제가 알기론 그거 합장묘인데 그렇다면 어머니도 돌아가시면 화장을 시키라는 말씀인가요? 아니면 어머니만 거기다 쓸쓸하게 혼자 모셔요? 내 말에 그는 벙어리가 되어 두고두고 말이 없었다.

그사이 학교 운동장을 빠져나와 그는 전에 학교 실과실습장이던 배밭으로 올라갔다. 그러나 언제 땅을 처분했는지 배밭은 없어진 지 오래였고 주택과 호화 가든 들이 드문드문 들어서 있었다. 할말이 남아 있으려니 싶어 나는 잠자코 그의 옆이거나 뒤를 따라갔다. 내가 스무 살에 집을 떠난 이래 그와 나 사이에는 별다른 대화가 없었다. 돌아보니 그와 함께 이렇게 오랜 시간을 들여 걸어본 것도 그새 삼십여년 전의 일이었다.

그가 발을 멈춘 곳은 야트막한 산밑에 지어진 어느 양옥집이었다. 양옥임이 분명했으나 지붕엔 청기와가 올려져 있었다. 대개 그런 집들이 그러하듯 마당엔 돌에 둘러싸인 정원과 잔디가 자라고 있었고 그 위에 파라솔과 하얀 의자가 놓여 있었다. 드높은 쇠창살 대문 안으로 그새 봄기운이 찾아온 정원이 엿보였다. 나는 언젠가 그의 손에 붙들려 집구경을 갔던 날을 떠올리고 있었다. 아직도 이런 집을 기웃거리고 다니나 싶어 나는 절로 한숨이 나왔다.

그때 그가 옆에서 중얼거렸다. 이런 집을 지어놓고 한달에 그저 두어 번 와서 들여다볼 뿐이더구나. 주인 말씀인가요? 그래, 십년 전에 지어놓았는데 그때 바로 이사를 못하고 말았는지 가끔 와서 구경만 하고 가는 눈치더구나. 집 지어놓은 본새를 보니 지독한 수전노에 인생을 제대로 살 줄 모르는 고지식한 노인네가 틀림없어. 너 생각 안

나냐? 옛날에 이 애비랑 함께 구경갔던 집 말이다. 왜 마당에 국화가 피어 있었지 않느냐. 커피가 어떻고 똥이 어떻고 주절거리던 그 지독한 노인네 기억나지? 이 집 주인도 그런 노인넬 거야. 누가 알면 설마 빼앗기기라도 할까봐 쉬쉬하며 틈나면 몰래 혼자 와서 커피만 끓여먹고 돌아가는 그런 불쌍한 영감네 말이다. 뭐, 처음부터 그럴 생각은 아니었겠지만 식구들한테도 차마 알리지 못하고 말이다. 그건 왜요? 그야 이 집 하나 갖겠다고 평생 처자식을 걸레처럼 쥐어짰으니 막상 염치가 없었던 게지. 그때 그 영감도 그런 눈치 아니더냐? 뭐…… 그런 사람도 있는 거죠. 세상에 별의별 사람이 다 있으니까요. 근데 그 영감 과연 그 집에서 죽기는 했을까? 글쎄…… 누가 알기라도 할까봐 그러기나 했겠어요? 그렇지? 그저 죽기 전에 휑뎅그렁한 안방에 혼자 앉아 마지막으로 커피 끓여먹고 똥이나 누고 와서 거미줄 쳐진 방에서 꼴까닥했겠지? 그것 참, 안됐네요. 그가 조금 전에 나와 함께 걸어온 길을 시린 눈으로 돌아보며 목에서 가래가 끓는 소리로 다시금 반문해왔다. 그렇지? 참으로 안됐지?

처마에 걸려 있는 고래등을 아니 본 척 쓸쓸히 올려다보며 나는 이렇게 대꾸하고 있었다. 그렇죠 뭐.

낙타 주머니

1

낙타 주머니는 낙타 그림이 있는 검은 주머니이다. 다시, 낙타 주머니는 낙타를 끌고 가는 소년의 모습이 수놓인 둥그런 주머니 혹은 가방이다. 두툼한 천으로 만든 것으로 양쪽에 끈이 달려 있어 어깨나 목에 걸고 다닐 수 있다. 빨간 고깔모자를 쓴 소년은 무릎까지 내려오는 보라색 긴 털옷에 파란 바지를 입었고 펠트화로 보이는 회색 신발을 신었으며 왼손엔 긴 지팡이를 들고 있다. 오른손은 고삐를 쥐고 있다.

이 주머니를 더욱 아름답게 하는 것은 낙타 머리 위에 달처럼 비스듬히 떠 있는 '신평(新平)'이라는 붉은 낙관이다. 그런데 왠지 만든 사람의 아호나 이름 같지가 않다. 지명(地名)이 아닐까라고 추측도 해보지만 지도를 펴놓고 찾아봐도 그런 곳은 보이지 않는다. 지금 와서 붙잡고 물어볼 사람도 없다.

낙타 주머니가 내 손에 들어온 것은 1995년 이월 십사일이었다. 낡은 여행수첩에 그렇게 적혀 있다. 중국, 투루판 근처 화염산 남록에 있는 고창고성 입구에서였다. 투루판은 천산북로와 천산남로의 분기점에 위치한 사막도시로 조상이 터키계 유목인으로 알려진 위구르인들이 주로 모여사는 곳이었다. 또한 칠세기 무렵 인도로 가던 현장법사가 여독을 풀며 잠시 머물다 간 곳이 바로 고창고성이었다.

그는 당나귀를 타고 왔다. 기울어가는 해를 등진 채 상체를 기우뚱거리며. 오후 다섯시경이 아니었나 싶다. 날씨는 무척 추웠고 모래를 핥고 싶을 만큼 배가 고팠다. 고성으로 들어가려는 참에 우리는 멀리서 그가 오는 것을 발견했고, 그를 기다려야만 하는 것처럼 그 자리에 우두커니 서 있었다. 우리란 함께 여행중이던 동갑내기 화가와 나였다. 그때 우리는 서른네살의 젊은 나이였다.

그 노인은 마치 양동이를 뒤집어쓴 것 같은 커다란 검은 모자에 낡아빠진 검은 옷을 입고 있었다. 귀에 하얀 테가 있었으나 당나귀 역시 검은색이었다. 노인이 쓰고 있는 모자엔 붉은색과 푸른색이 뒤섞인 화려한 꽃문양이 여섯 개나 박혀 있었는데 앞자락으로 길게 뻗어내린 흰 수염과 완벽한 조화를 이루고 있었다. 우리는 그가 사막에서 만난 현자일지 모른다고 짐작했으나, 알고 보니 주머니를 팔고 다니는 위구르족 노인네였다. 당나귀 목에 주머니가 스무 개 남짓 걸려 있었다. 바탕 색깔과 무늬만 약간씩 다를 뿐 모양은 다 비슷했다. 눈썰미가 조금이라도 있는 사람은 한눈에 알아볼 만큼 정성을 들여 만든 물건이었다. 그런데 이걸 사서 뭐에 쓰지? 나는 동갑내기 화가를 돌아보며 투덜거렸다. 노인이 현자가 아니라서 실망하고 있었던 것이다.

"이건 말하자면 가방이라는 거요. 몰랐소?"

당나귀 목에 걸린 주머니들을 들춰보며 그가 말했다.

"이게 무슨 가방이오. 주머니지."

"주머니든 가방이든 끈이 달려 있으니 목에 걸고 다니면 되질 않소."

"서울 한복판에서 그러고 다니면 사람들이 뒤에서 따라올 텐데. 눈에 띈다 그 말이오."

아주 이상하다는 표정으로 동갑내기 화가가 나를 돌아보았다.

"김형은 그럼 서울에서도 이걸 몸에 걸치고 다닐 생각이오?"

만난 지 며칠밖에 되지 않았으나 동갑내기라는 이유로 그와 나는 어느덧 가까운 사이가 돼 있었다. 노인은 대들보에 짓눌려 있는 돌쩌귀처럼 아무 표정이 없었다. 당나귀만 이래저래 힘들어 보였다.

"길에서 산 물건은 흔히 짐이 될뿐더러 갖고 가면 집까지 좁아지게 마련이지."

내가 계속 비아냥거렸으나 그는 들은 척도 않고 자줏빛 바탕의 주머니 하나를 골라냈다. 푸른 낙타가 수놓아진 주머니였다. 그가 내 몫까지 값을 치르고 나서 말했다.

"당나귀를 봐서라도 김형도 하나 고르시오. 내가 보기엔 흔해빠진 물건은 아닌 듯싶소."

정세를 염탐하고 있던 노인이 당나귀 목에서 검은 주머니를 빼내더니 내 목에 걸어주었다. 값은 주머니 하나에 담배 두 갑 정도였다. 나는 하얀 낙타였다.

"아름답기 짝이 없는 가방이오. 노인이 당나귀를 타고 오는 걸 보고 나는 알았소. 그가 곧 무언가 가져오리라는 것을."

노인이 돌아간 뒤 동갑내기 화가가 무척이나 만족스러운 미소를 지으며 중얼거렸다. 아마도 화가이기 때문에 그렇게 느꼈으리라. 비단길에서 돌아올 때까지 동갑내기 화가와 나는 그 주머니를 당나귀처럼 계속 목에 걸고 다녔다. 방독면을 착용하듯 오른쪽 목에 걸면 주머니는 왼쪽 허리춤에 와닿았다. 나는 거기에 돈과 여권과 여행수첩과 관광안내서 따위를 넣고 다녔다. 지퍼가 달려 있어 사용하기 편리할뿐더러 여행중에는 꽤나 유용한 물건이었다.

주머니를 산 다음날 동갑내기 화가와 나는 화염산 북록에 있는 천불동 위에서 서쪽으로 강물처럼 뻗은 저물녘의 천산남로를 내려다보며 함께 두 팔을 벌리고 사진을 찍었다. 각자 허리춤에 주머니를 찬 우스꽝스런 모습으로. 나중에 인화한 사진을 보니 두 남자는 마치 독일제 쌍둥이칼에 새겨진 검은 심벌처럼 보였다.

2

서울로 돌아온 뒤 나는 낙타 주머니를 현관 옆에 걸어놓고 공과금 고지서나 편지가 오면 우선 거기다 집어넣었다. 술 먹고 돌아온 다음날 바지를 뒤져 명함이나 신용카드 영수증 따위를 집어넣기도 했다. 그 용도 외에는 한국에서 더이상 쓸모가 없었다.

삼월 말에 광화문의 한 생맥줏집에서 비단길에 함께 갔던 사람들의 모임이 있었다. 서로 시간들이 맞지 않아 몇차례나 미루다 성사된 모임이었다. 당시 동행했던 이들은 모두 여덟 명이었는데 그나마 두 명은 빠졌다. 일행은 각자 사진을 교환하고 생맥주를 천 씨씨가량씩 마시고 훗날 또 만나자는 지킬 수 없는 약속을 남긴 채 뿔뿔이 흩어졌다.

"고작 이건가? 그 추운 사막의 먼짓구뎅이에서 보름을 함께 지냈건만 그래, 두 시간도 채 버티지 못하고 다들 허둥지둥 내뺀단 말인가?"

담배꽁초가 가득 들어찬 재떨이를 내려다보며 동갑내기 화가가 푸념조로 늘어놓았다.

"자네가 술을 통 안 마시니까 그렇지. 담배라도 좀 피우든지. 그리고 왜 중처럼 머리는 박박 밀고 나온 거요? 그러니 무슨 낙으로 앉아들 있겠소."

그가 눈을 천천히 감았다 뜨고서 나를 마주보았다. 갑자기 그는 사마귀처럼 외로워 보였다.

"담배는 가난한 사람들이 피우는 거예요. 그러니 김형도 속히 끊어요. 보아하니 기관지도 안 좋은 것 같은데."

안된다고 나는 말했다. 담배를 끊는다고 금방 부자가 되는 것도 아니었다.

"나한테 담배는 정부예산과 같은 것이어서 형편에 따라 어느정도 삭감은 가능하지만 아예 끊을 수는 없소이다. 실제로 정부예산 중에 담배 수입이 차지하는 비중이 어느 정돈지는 당신도 잘 알 거요. 나라부터 살리고 봐야지."

"말이 잘못됐소. 자신부터 살리고 봐야 하는 거요."

"그럼 술은?"

"술도 육신을 갉아먹긴 마찬가지요. 잠 안 올 때 조금씩 마시는 건 어쩔 수 없겠지."

"예술가가 그런 발언을 하는 게 적절타고 생각하오? 남들이 들을까

무섭소."

"예술도 몸에 힘이 있어야 하는 거요. 술담배에 곯아서 하는 얘기를 요즘 세상에 누가 귀기울여 듣겠소."

소금에 절인 배추처럼 무력한 표정으로 그가 중얼거렸다. 실제로 여행에서 돌아온 뒤 그는 계속 무력감에 빠져 있다고 고백했다. 길에서 돌아온 자들이 무력감을 호소하는 것은 매우 흔한 증상이다. 나는 부지런히 생맥주잔을 비우며 안주삼아 담배를 피워대고 있었다. 담배연기가 날아갈 때마다 그는 코너에 몰린 복서처럼 얼굴을 이리저리 피하며 눈살을 찌푸렸다. 밖엔 바야흐로 봄비가 내리고 있었고 우리는 우산을 갖고 있지 않았다. 화장실에 다녀온 그가 슬그머니 내 옆자리에 와 앉더니, 아주 소중한 것을 없애버리듯 천천히 공을 들여 말했다.

"모두가 갖고 있지만 내겐 없는 게 있소. 그걸 무유(無有)라고 하오. 또한 있어도 희미하게 아주 조금밖에 없지."

나는 머리를 쥐어짜며 대꾸했다.

"그렇다면 유무(有無)가 아니고?"

그가 당나귀처럼 고개를 흔들며 웃었다.

"둘은 백지의 앞뒷면 같은 거겠지. 무무(無無)에 이르러야 그게 진짜라고 하더이다."

그만두자고, 나는 숨을 헐떡이며 말했다.

"그래, 오늘은 여기까지. 비를 맞더라도 나는 이만 가봐야겠소."

그제야 나는 옆을 돌아보며 말했다.

"왜, 빗소리가 들리는 단칸방에서 초저녁부터 아녀자가 기다리고 있나?"

그는 내 뒤통수를 툭 치더니 의자에서 일어나 계산서를 들고 카운터로 걸어갔다. 이어 출입문 앞에 잠시 서서 비행기에 탑승하는 사람처럼 내게 손을 흔들어 보였다.

그와 다시 만난 것은 1996년 시월 중순의 일이었다. 혼자 북한산을 등반하고 구기동 쪽으로 내려와 속이 출출해 '할매두부집'으로 가던 길이었다. 오후 여섯시경이었고 '르 샤(고양이)'라는 찻집 겸 맥줏집 앞에서였다. 어디서 나타났는지 그가 홀연한 모습으로 거기에 서 있었다. 하늘색 체크무늬가 있는 갈색 남방에 감색 면바지 차림이었고 엊그제 산 듯한 랜드로바를 신고 있었다. 그동안 머리가 제법 자랐으나 저녁 무렵이라 그는 추워 보였다. 손에는 아무것도 들고 있지 않았다. 눈이 마주치자 그는 두어 걸음 앞으로 다가오는 시늉을 하다 발을 멈췄다. 나머지는 내가 걸어서 갔다. 아침에 헤어졌다 만난 사람처럼 그는 아무 감정의 내색 없이 나를 보고 말했다.

"혼자 어슬렁거리며 산에 다니는 걸 보니 김형도 슬슬 나이를 먹는 모양이군."

골아픈 얘기는 하고 싶지 않아 나는 안에 일행이 있냐고 르 샤를 가리키며 물었다. 그는 고개를 가로저으며 인색하게 웃어 보였다.

"그런데 왜 여기 멀뚱하게 혼자 서 있는 거요?"

"글쎄, 김형을 만나러 온 모양이지. 실은 낮잠에서 깨어나 산에나 갈까 하고 나왔는데, 마침 날이 저물어 오도가도 못하고 서 있던 참입니다."

"그럼 할매집으로 두부나 먹으러 갑시다. 두부로 성이 차지 않을 것 같으면 그 아래 '싸릿골'에서 개고기를 먹든지."

들은 척도 않고 그는 할매두부집으로 앞장서 걸어갔다. 우리는 막걸리 두 주전자에 두부를 각자 한모씩 먹었다. 그가 술을 먹으니 보기에 좋았다. 이상기온처럼 금연 열풍이 불 때라 담배까지 권하지는 않았다. 고작해야 막걸리 두어 잔에 취한 그가 혀가 말린 소리로 입을 열었다.

"막걸리 다 먹고 나면 뭐 할 거요?"

"뭐 하다니? 요 아래 길 건너 오피스텔 지하에 있는 목욕탕에 들어가 땀 씻고 속옷부터 갈아입어야지."

"그다음엔?"

"인사동으로 택시 타고 나가 자네하고 한잔 더 해야겠지. 하나를 생략하라면 내 목욕은 양보하리다. 오늘은 저번처럼 쉽게 안 보내줄 거요."

핏발선 눈동자를 굴리며 그는 엉뚱한 말을 늘어놓았다.

"김형도 늘 목욕재계하고 다리미로 옷 다려입고 다니는 그런 사람이오? 언제 죽을지 몰라서 말이오."

"그건 칼잡이들이나 하는 짓이고 동침을 할 수 없으니 목욕이나 함께하자는 거요."

인사동에서 기다리는 사람이 있었으나 나는 괘념치 않았다. 나한테도 전화번호나 주소를 알려주지 않아 오늘 헤어지고 나면 또 언제 만날지 알 수 없는 사람이었다. 우리는 온탕에 들어가 계단처럼 생긴 턱에 나란히 걸치고 앉아 벽에 타일로 모자이크한 물고기들을 바라보고 있었다. 배꼽까지 차오른 물은 저수지처럼 느리게 그리고 뜨겁게 흔들렸다. 아무래도 소리가 없어 옆을 돌아보니 그는 지친 노인처럼 눈을 감고 있었다. 그때 왜 이 말이 무심코 뇌리에 떠올랐는지 모른다. 무위(無爲). 즉, 형상은 있어도 작용하지 않는다. 출생해 나온 그 무

(無)로 돌아가 마침내 형상이 없는 상태에 있다.

옷을 입고 인사동으로 나와 우리는 홍어찜에 또 막걸리를 마셨다. 두 사발을 채 마시지 못하고 그는 방바닥에 길게 드러누웠다. 왜 벌써부터 눕느냐고 내가 투덜거리자, 그가 눈을 감은 채 중얼거렸다.

"누워 있는 게 아니라 잠시 벽에 등을 대고 서 있을 뿐이오. 자네가 원숭이처럼 벽에 붙어앉아 술을 마시고 있는 거지."

"잠들지 마시오. 업고 갈 사람 없으니까."

"알고 있소이다."

그의 잠을 깨워가며 나는 물었다.

"전시회는 안하시오? 벽에 그림 걸면 내 꼭 가보리다."

그가 대답을 하기까지는 한참이 걸렸다.

"한번은 할 수 있겠지."

나는 그가 듣지 못하도록 숨을 몰아쉬었다.

"대체 무얼 그리오?"

그러자 그가 눈을 반짝 뜨고 천장을 향해 공허한 목소리로 말했다. 나비.

"나비는 하나의 물상(物像)이라기보다는 한갓 그림자 같은 거겠지. 영혼의 상형(象形) 말이오."

정말이지 지독하게 공허한 목소리였다.

"시간 내서 다음주에 붕어낚시나 함께 갔다올까요?"

화제를 돌려 내가 물었다. 이번에도 그는 대답이 늦었다.

"멀지 않은 곳에 깨끗한 저수지를 한군데 알고 있소. 안된 얘기지만, 사람들이 북적대는 곳은 어디든 더럽게 마련이지."

어린아이처럼 그가 물어왔다.

"붕어가 있나?"

"비오는 날을 골라서 가면 하늘에서도 간혹 떨어지더이다."

눈을 감은 채로 그는 웃었다. 그의 눈가에 잠시 별이 나타났다 사라졌다.

1996년 시월 하순에 우리는 강화도에 있는 국화지로 붕어낚시를 갔다. 비는 내리지 않았으나 비만큼 많은 별들이 내렸다. 물가에 텐트를 치고 우리는 낚싯대를 드리운 채 저수지 위에 내려와 있는 별들을 바라보며 잔뜩 숨을 죽이고 있었다. 자정이 지날 무렵 그의 낚싯대에 첫 어신이 왔다. 황금빛의 붕어였다. 그로부터 새벽 세시까지 그는 무려 다섯 마리의 씨알 좋은 떡붕어를 잡아올렸다. 잡고 나서 도로 놓아주었으므로 아마 그놈이 그놈이었는지도 모른다. 네시에 그는 라면을 끓여먹고 텐트로 들어가 잠이 들었다. 여섯시 무렵에야 나는 간신히 첫 입질을 받았는데 붕어가 아닌 시커먼 민물장어였다. 이어 향어가 올라왔고 해뜰 무렵에야 겨우 손바닥만한 붕어가 한마리 올라왔다. 언제 일어났는지 그는 텐트 앞에 앉아 내 등을 바라보고 있었다. 향어는 놓아주더라도 아침끼니로 장어는 구워먹자고 하자 그는 웃으면서 저수지로 다시 돌려보내라고 말했다.

3

그와 가장 최근에 대면한 것은 1998년 구월의 첫번째 수요일이었다. 붕어낚시 이후 이년 만의 만남이었다. 며칠 전 그가 우편으로 팸플릿을 보내와 나는 인사동에서 전시회가 열린다는 사실을 알았다.

통화는 따로 없었으나 그는 이년 전에 한 약속을 지킨 셈이었다. 화랑이 문을 연 날 나는 저녁참에 인사동으로 나갔다. 그릇가게부터 들러 질항아리를 하나 고른 다음 미리 사들고 간 들국화로 가득 채웠다. 파장 무렵이었으므로 관람객은 두어 명에 불과했다. 그는 화랑에서 마련한 옹색한 철제 캐비닛 책상 의자에 앉아 자판기 커피를 마시며 담배라는 걸 피우고 있었다.

그날도 그는 별 안색의 변화 없이 나를 맞았다.

"드디어 가난해진 모양이지? 담배를 피우는 걸 보니."

내가 들고 간 질항아리를 슬쩍 눈여겨보며 그가 말했다.

"자네를 기다리다 지쳐 관람객한테 한대 빌려서 피우는 중이야. 이제 끊어야겠군. 역시 안 좋아."

그는 출입구 밖을 주의깊게 노려보더니 서랍에서 안경을 꺼내 썼다. 머리는 알맞게 길었고 옆가르마를 타서 단정하게 뒤로 넘긴 모습이 오히려 보기에 좋았다. 화랑 직원들은 퇴근을 서두르고 있었다. 그가 걸려온 전화를 받는 사이 나는 자리에서 일어나 가, 나 구역으로 나뉘어 있는 전시회장을 둘러보았다. 나비였다. 나비들이 화랑을 가득 채우며 날아다니고 있었다. 그러나 나비들이 날아다니는 들판엔 꽃 한송이, 풀 한포기조차 보이지 않았다. 배경이 되는 것은 검은빛에 가까운 황량한 들판이었고 조금 밝다고 해봐야 보랏빛이거나 검붉은 빛이었다. 혼잡한 적막감 속에서 나는 눈을 감고 오래전 그와 천불동 위에서 두 팔을 벌리고 서 있던 순간을 떠올리고 있었다. 거기서도 그는 나비를 보고 있었는지 모른다. 그 어디에도 내려앉을 곳이 없는 나비의 무리를. 그것을 그는 시간의 벽에다 고정시키려고 한 것 같았다. 삭막한 심정으로 데스크로 돌아왔을 때 그는 잠시 자리를 비운 상태였다. 나는 의자에 앉아 그가 남긴 커피를 마시고 주머니를 뒤져 담배를 피워물었다.

그때 여름의 캘린더 안에서나 등장할 법한 여자가 유리문을 밀고 화랑으로 들어섰다. 직원들은 모두 퇴근한 뒤였으므로 전시장에는 나 혼자뿐이었다. 그녀는 약간 마른 듯한 호리호리한 몸매에 팔소매가 없는 붉은 면티와 하얀 반바지 차림이었고 오른쪽 어깨엔 하늘색 비치백을 걸치고 있었으며 두 발에는 굽이 가는 파란색 샌들을 신고 있었다. 더 말해 무엇 하랴만, 그녀는 자판기 종이컵을 딱 반으로 잘라낸 크기의 배스킨라빈스 아이스크림컵을 손에 들고 분홍색 스푼으로 조금씩 떠먹는 중이었고 눈이 보이지 않는 짙은 농도의 썬글라스를 착용하고 있었다. 모자는 바람에 날려간 모양이었다. 어깨까지 치렁치렁 늘어뜨린 머리칼이 전시장의 조명으로 인해 밝은 갈색으로 빛나고 있었다. 그녀는 길을 잃은 게 분명했다. 그렇지 않고서야 이 누추한 화랑에 혼자 나타날 리 없었다.

전시장 안으로 들어선 그녀는 내가 앉아 있는 허름한 데스크를 돌아보더니 이내 시선을 거두고 나비가 날고 있는 벽을 따라 발소리를 죽이며 걷기 시작했다. 목이 말랐던 나는 페트병에 들어 있는 미지근한 물을 따라 마시고 종이컵을 구겨 책상 밑에 있던 쓰레기통 페달을 밟고 그 안에 던져넣었다. 그녀는 그림엔 그다지 관심이 없어 보였고 가, 나 구역을 다 돌아서 내게로 다가오는 데 고작 사분밖에 걸리지 않았다. 그녀가 뭔가 물어오리라 짐작하고 나는 호흡을 조절했다. 이윽고 그녀가 아이스크림컵을 책상에 올려놓으며 저어, 하고 허리를 굽혔다. 빈 컵 안에는 분홍색 플라스틱 숟가락만이 사다리처럼 외롭게 대각선으로 놓여 있었다. 긴장한 나머지 나는 그녀가 미처 말을 잇기도 전에 이렇게 말하고 있었다.

"풀장은 엊그제 문을 다 닫은 것 같은데요. 지금은 구월이거든요."

그 말을 하는 것도 모자라 나는 데스크 옆에 걸려 있는 달력을 가리켰다. 구월치 달력에는 암스테르담의 사진이 찍혀 있었다. 그녀는 달력을 뚫어지게 바라보고 나서 심드렁한 목소리로 중얼거렸다.

"운하네요."

"하이네켄 공장이 있는 암스테르담이죠. 구월에 가본 적이 있습니다. 그날 저녁에 운하 옆에서 많이 취했고요."

그녀는 썬글라스를 벗고 머리를 가볍게 흔든 다음 손가락을 이용해 이마로 내려온 머리칼을 뒤로 빗어넘겼다. 얇게 쌍꺼풀진 커다란 눈은 지나치게 맑아서 오히려 밤처럼 어둡고 공허해 보였다.

"여기 직원인가요?"

아니요,라고 말했지만 그녀는 내 대답엔 조금도 관심이 없어 보였다. 그녀는 군청색 바탕에 은빛 시곗바늘이 돌아가고 있는 손목시계를 내려다보더니 불안한 표정으로 주위를 둘러보았다. 그때 화장실에 갔던 그가 손수건으로 얼굴을 문지르며 나타났다.

세 사람은 화랑 근처에 있는 '볼가'라는 술집으로 자리를 옮겼다. 배가 고팠으나 밥을 먹자고 우길 만한 분위기가 아니었다. 화가와 나는 안주로 속을 채웠고 그녀는 맥주를 딱 한병만 마셨다. 그런 여자가 있다. 데리고 살 수 없을뿐더러 또 그럴 만한 엄두도 나지 않지만 평생 연인으로 곁에 두고 싶은 여자 말이다. 누가 보더라도 그녀는 매혹적인 여자였고 자신도 그런 사실을 알고 있었다. 또한 자신이 갖고 있는 아름다움을 애써 드러내지 않으면서 구태여 감추려 하지도 않았다. 그렇게 젊다는 것 말고도 그녀는 남들이 소유하기 힘든 미덕을 갖춘 여자였다. 상대를 편안하게 하는 온화하고 투명한 빛이 이마에 잔물결처럼 어른거리고 있었다. 두 사람은 오래된 연인처럼 보였다. 자리에 앉아 있는 동안 그녀는 줄곧 화가의 팔을 붙잡고 있었다. 그러기에 두 사람은 모든 걸 한손으로 해결해야만 했는데 그럼에도 조금도 불편한 기색이 없었다.

술기운을 빌려 나는 은근히 트집을 잡기 시작했다. 어쩌면 질투를 하고 있었는지도 모른다.

"이제 썬글라스 좀 벗으면 안될까요? 날도 저물었는데."

그녀의 남자가 나를 빤히 바라보더니 입안에서 천천히 말을 굴려 밖으로 내보냈다.

"그냥 놔둬. 다 제멋대로 사는 거야. 이쁘잖아."

그녀는 벽처럼 아무 반응이 없었다.

"그래도 벗는 게 낫지 않을까? 여긴 지금 팔월의 해변이 아니라고."

테이블 위에 몇초간 안개 같은 침묵이 떠돌았다.

"자네 이거 모르는군. 얘는 지금 벗고 있기 때문에 썬글라스가 필요한 거야. 봐, 이분의 일은 벗고 있잖아. 썬글라스까지 벗으면 사실상 다 벗는 거란 말이지."

잡고 있던 그의 손을 슬그머니 놓으며 그녀가 희미하게 웃었다. 듣고 있었던 것이다. 나는 계속 헛소리를 늘어놓았다.

"그러니 나라면 당장 데리고 나가 옷부터 사입히겠다. 저 봐, 냉장고 속에 앉아 있는 아이처럼 떨고 있잖아."

그가 나른한 미소를 짓더니 그녀를 돌아보며 문득 명령조로 말했다.

"너 나가서 옷부터 사입고 와야겠다."

"농담이죠?"

그녀는 여전히 입술에 웃음을 머금은 채 반문했다.

"갈아입고 와. 아무래도 네가 쇼걸처럼 보이나봐. 그렇게 보이는 건 나도 싫거든."

그는 주머니에서 지갑을 꺼내 마치 벼루를 밀듯 테이블에 올려놓았다. 뭔가 어긋나는 중이라고 나는 생각했다.

"지금 어디 가서 옷을 사입어요. 백화점은 이미 문을 닫았을 테고 인사동에 옷가게가 있는 줄 아세요? 그렇다고 한복으로 갈아입을 수도 없잖아요."

그는 침착하고 냉정한 목소리로 되풀이했다.

"한복까지는 바라지도 않아. 그러니 택시 타고 동대문에라도 갔다와. 귀찮겠지만 한번은 그럴 수도 있는 거야."

좀더 대항할 듯하더니 그녀는 테이블에 놓인 지갑을 집어들고 얌전하게 자리에서 일어났다. 그리고 내가 보는 앞에서 그의 뒤통수에다 대고 혀를 내밀더니 밖으로 빠져나갔다.

"지나친 감이 없지 않은데."

그의 눈치를 살피며 나는 조심스럽게 입을 열었다.

"한번은 그럴 수 있는 거야. 딱 한번이겠지만."

"이거 원 살벌해서 앉아 있을 수가 있나."

"알아, 자네가 저애를 좋아하기 시작했다는 걸. 좋은 일이지. 하지만 알아둬야 할 게 있어. 저앤 산천어(山川魚) 같은 존재야. 더운 손으로 만지면 금방 화상을 입지. 잡더라도 곧바로 놓아줄 줄 알아야 한단 말이야."

"산천어가 자네의 전재산이란 뜻이군."

그가 고개를 모로 비틀고 픽 웃으며 대꾸했다.

"그렇다면 장롱 속에 깊숙이 넣어뒀겠지. 조심 또 조심해서 다가가란 뜻이야. 안 그러면 금세 돌 밑으로 숨어버릴 테니."

"그치만 난 플라이낚시는 안해봤는걸."

정확히 한시간 십분 후에 그녀는 쇼핑백을 들고 나타났다. 나는 무척 놀랐다. 그녀가 돌아오리라고는 기대하지 않았던 것이다. 그녀는 다리에 착 달라붙는 검은색 면바지를 입고 있었다. 그래, 바지만 갈아입어도 이렇게 정숙해 보이지 않는가 말이다.

근사한 밤이었다. 그녀는 시간을 함께할수록 상대를 더욱 편안하게 만드는 여자였다. 헤어질 때까지도 나는 줄곧 마음이 설렜다. 그녀는 대학을 나와 통신회사에 근무하고 있는 평범한 직장여성이었다. 아까는 헬스클럽에 갔다가 약속시간에 늦어 곧바로 택시를 타고 화랑으로 온 길이었다. 그날 밤 세 사람은 노래방에도 갔고 청진동 해장국집에 들러 허전한 배를 채웠고 해장국을 먹는 동안 그는 피곤하다며 방바닥에 드러누웠다.

해장국집에 누워 그가 말했다.

"베토벤의 「코리올란 서곡」이 듣고 싶은 밤이군. 게반트하우스와 쿠르트 마주어가 1975년에 동독에서 연주한 걸로 말이야. 나는 그게 가장 좋아."

그가 잠들어 있는 동안 나는 채란에게 그와 함께 붕어낚시 갔던 얘기를 하고 있었다.

4

　그의 사망소식을 들은 것은 이듬해 삼월이었다. 정확히 1999년 삼월 이십사일 오전 열시에 나는 채란이 걸어온 전화를 통해 그 소식을 전해들었다. 십구일 오후 일곱시쯤 그는 구기동 화실에서 가족에 의해 사체로 발견됐다. 의자에 앉은 채 숨이 끊겨 있었다고 한다. 유서는 발견되지 않았다. 의사가 사체를 해부하려 했으나 가족이 극구 반대하는 바람에 사인조차 제대로 규명할 수 없었다. 결국 과로사로 처리됐고 유해는 화장을 해서 평소에 그가 자주 가던 북한산 대남문 아래 뿌렸다.

　채란이 전화를 걸어온 것은 북한산에 유골을 뿌리고 나서 사흘 뒤였다. 그녀가 인사동에서 봤으면 한다고 해서 나는 전에 세 사람이 만났던 볼가로 나갔다. 힘들다고 그녀는 말했다. 오죽하겠는가. 쓰디쓴 커피를 마시고 채란과 나는 인사동 사거리에서 마치 죽어가는 사람들처럼 헤어졌다. 돌아서다 말고 그녀가 나를 향해 절규하듯 말했다.

　"우리 오늘 술 마실까요? 마셔요!"

　나는 다음에 하자고 그녀를 달랬다. 갈 데가 있었던 것이다. 긴가민가한 표정으로 내 눈을 살피더니 그녀가 휘청거리며 다가왔다. 다가와 덥석 내 품에 쓰러지더니 이렇게 울부짖었다.

　"저 지금 미쳐버릴 것 같아요. 오빠를 너무나 사랑했거든요. 고작 서른여덟살밖에 안된 남자였어요. 결혼도 못해봤다고요."

　알고 있다고, 나는 그녀의 등을 쓰다듬으며 속삭였다. 얼마나 힘들겠는가.

"내일 다시 전화해도 되죠? 오빠가 보고 싶을 때마다 저 당신한테 전화할래요."

나는 대답할 수 없었다. 그녀를 만날 때마다 그가 생각날 것이 두려웠기 때문이었다. 그만 가봐야겠다고 하자, 그녀가 내 어깨를 바투 끌어안더니 다시 흐느껴 울기 시작했다. 나는 그녀를 택시에 태워 상도동 집까지 데려다주었다. 택시에서 내리기 전, 그녀가 내 손에 축축한 손수건을 쥐여주며 말했다.

"알고 계신 줄 알았어요."

"무엇을 말이오?"

망연히 나를 돌아보다가 그녀는 아녜요,라며 제풀에 말꼬리를 흐렸다.

그녀를 아파트단지 앞에 내려주고 나는 택시운전사에게 차를 돌려 구기동으로 가자고 했다. 그리고 눈을 감았다. 사람은 누구나 죽게 돼 있다. 그러나 때로 용납 못할 죽음이라는 게 있다. 요절, 자살, 또한 요절이면서 자살 같은 죽음. 그런 경우 우리는 심지어 죽은 사람을 탓하기도 한다. 하지만 나는 그를 탓하거나 욕할 수가 없었다.

구기동 북한산 입구에 내린 나는 밤길을 타고 대남문으로 올라갔다. 그리고 아침이 올 때까지 이슬을 맞으며 대남문 마루에 혼자 앉아 있었다. 가라, 이제는 더이상 힘들게 벽에 기대 서 있지 말고 제대로 편히 누워라.

5

삶에는 여자의 내부처럼 함부로 열어보지 말아야 할 것들이 있다. 하지만 결국은 누구나 열어보게 돼 있다. 이유야 어떻든. 한데 열지 말 것을 열게 되면 대개 뜻하지 않았던 장면들이 그 안에서 튀어나온다. 자기, 이제부터 담배 좀 줄여라는 정도면 그래도 괜찮은 편이다. 그거야 줄이는 시늉만 하면 되니까. 그러나 삶이라는 건 내 형편에 맞게 선택할 수 있는 수준의 문제만을 제공하는 게 아니다.

아침에 북한산에서 내려와 나는 오후 여섯시까지 잠을 잤다. 꿈 없는 완벽한 잠이었다. 침대에서 깨어나 나는 여느날처럼 커튼을 걷고 냉장고에서 물을 꺼내 마신 다음 담배를 피워물고 베란다로 나갔다. 그리고 나는 보았다.

흰 나비 한마리가 막 꽃이 피기 시작한 재스민 화분 위에서 춤을 추듯 맴돌고 있었다.

낙타 주머니로 눈길이 간 것은 어쩌면 당연한 일이었다. 그 검은 주머니는 거실 벽시계 밑에 걸려 있었다. 그렇다고 항상 거기에 걸려 있었던 건 아니었다. 비단길에서 돌아온 후 나는 두 번의 이사를 했고 그때마다 낙타 주머니는 잡다한 물건들과 함께 박스에 담겨 책상 아래 방치되거나 심지어는 이년씩이나 지하창고에서 곰팡이에 뜯어먹히며 지낸 적도 있었다.

1998년 가을에 나는 어렵사리 전세의 삶에서 벗어나 이십사평형

주공아파트를 마련해 신도시로 이사를 했다. 인사동에서 그와 마지막으로 만나고 나서 한달쯤 뒤였다. 아무튼 내 집이 생긴 터여서 짐을 꼼꼼히 정리하다보니 누런 종이상자 안에서 퍼렇게 곰팡이가 슬어 있는 낙타 주머니가 나왔다. 지퍼를 열어보니 이제는 얼굴조차 기억나지 않는 사람들의 명함과 심지어는 술집 여자의 명함과 각종 공과금 영수증과 신용카드 청구서 따위가 습기가 밴 채 가득 들어 있었다. 나는 그것들을 잘게 찢어 쓰레기통에 버린 다음 낙타 주머니를 깨끗이 세탁해 사흘 동안 베란다 건조대에 걸어 말렸다. 그리고 이따금씩 추억이나 떠올릴 요량으로 거실 벽시계 밑에 못을 박아 걸어두었다. 하지만 시간이 지남에 따라 어쩔 수 없이 전과 같은 용도로 사용하게 되었다.

그로부터 오개월 만에 나는 낙타 주머니를 다시 열어보았다. 북한산에서 밤을 새우고 내려온 그날 저녁에. 주머니 안에서는 역시 그렇고 그런 잡다한 것들이 쏟아져나왔다. 그새 얼굴이 기억나지 않는 사람들의 명함과 누군가 먼데서 보내온 관광엽서와 피우다 남긴 담뱃갑과 각종 영수증 따위들. 그리고 보낸 사람의 주소와 이름이 쓰여 있지 않은 편지가 한통 나왔다. 그런데 왜 뜯어보지 않았을까? 아마도 식당이나 세탁소 개업 안내문이거나 과외모집 안내문쯤으로 여겼을 것이다. 그게 아니더라도 우편함을 들춰보면 수시로 쌓이는 게 그런 익명의 우편물이었다. 인터넷과 휴대폰이 만연한 세상에 누구라도 번거롭게 사신을 보낼 리 없다고 생각했음이 분명했다. 밖에 나가면 우체통 찾기도 어려운 세상이 아닌가 말이다.

놀랍게도 그것은 그가 사망하기 불과 보름 전에 내게 부쳐온 편지였다. 이진호. 동갑내기 화가. 돌연 숨이 차올라 나는 편지를 읽기도 전에 베란다로 나가 바깥문부터 열었다. 그 순간에도 나비는 재스민 화분가를 너울거리며 날아다니고 있었다.

　자네 주소를 알아내느라 꼬박 이틀이 걸렸네. 전화번호는 알고 있었지만 막상 걸고 싶지 않았네. 말과 글의 차이를 자네도 알고 있겠지. 하여 나는 글로써 적네.

　그때 비단길에서 시작된 만남이 마침내 이 지경에 이르렀군. 몇번 되지도 않은 만남이었지만 모두가 멋진 시간들이었네. 강화도에서 붕어낚시 하던 밤과 인사동에서 여동생과 셋이 데이트하던 밤을 영원히 잊지 못할 걸세. 그애는 내 친여동생이라네. 그날 자네가 불러준 하남석의 「바람에 실려」 잘 들었고 해장국 맛있었네.

　1995년 이월, 그날의 일을 자네도 기억하겠지. 비단길. 그 추운 폐허의 고성 앞에서 함께 서 있을 때 우린 보았지. 멀리서 당나귀를 탄 노인이 다가오는 것을. 이제 와 고백하건대 그때 나는 알았네. 내 삶이 얼마 남지 않았다는 것을. 그 노인은 내 숨을 거두러 왔던 거야. 낙타 주머니를 들고 말일세. 하지만 오해는 말게. 나는 이미 지병을 앓는 몸이었고 겁에 질려 방황하고 있었지. 그 때문에 낯선 사람들 사이에 섞여 비단길에 갔는지도 몰라.

　노인이 검은 당나귀를 타고 왔을 때 비로소 나는 편안하게 체념할 수 있었네. 그후 오히려 긍휼한 나날들이 무려 사년이나 흘러갔지. 이렇게 오래 살리라고는 생각지 못했네. 마지막 사년 동안 친구는 자네 하나뿐이었네. 기억하고 가리. 또한 자네가 아니었다면 전시회 따위는 열지도 않았을 걸세. 혹시 알고 있었나?

　남은 시간이 별로 없음을 느끼네. 며칠 전부터 나는 아침에 일어나면 정성껏 목욕을 하고 옷부터 다려입네. 요즘 꿈속에 당나귀를 탄 노인이 자주 나타나는 걸 보면 이제 다된 거야.

내가 끝까지 운이 좋은 사람이라면 자네는 이 편지를 읽게 될 테지만 아마 못 읽을 수도 있겠지. 하지만 어느 쪽이든 상관없네. 혹시 읽게 되면 자네와 붕어낚시나 한번 더 해보고 싶군. 가기 전에 말일세. 그만 접어 보내네.

한데 봄에도 붕어가 잡히나?

편지를 세 번 되풀이 읽고 나서 나는 베란다로 다시 나가보았다. 나비는 어디로 갔는지 보이지 않았다. 그리고 베란다에서 거실 턱을 넘어오려는 터에 갑자기 읍, 하고 숨이 막혔다. 마치 누군가 등에 못을 대고 망치로 친 것 같았다. 이어 읍읍, 하고 목에서 쉭쉭 뱀 기어다니는 소리가 나더니 급기야 기도가 막혀버렸다. 허리를 구부린 채 소파 쪽으로 다가가다 나는 거실 바닥에 비스듬히 쓰러졌다. 더이상 숨을 쉴 수가 없었다. 병원에 실려가는 동안에도 목에서는 계속 쇳소리가 났고 간헐적으로 뻐꾸기 우는 소리가 새나오기도 했다.

나는 종합병원 응급실에 산소마스크를 쓰고 누워 있었다. 철제 침대 옆에는 LPG가스통과 조금도 다르게 생기지 않은 낡은 산소통이 세워져 있었고 머리 위에서 직선으로 쏟아대는 형광등 불빛 때문에 눈조차 함부로 뜰 수 없었다. 저녁을 먹으러 간 견습의사는 그로부터 한시간 뒤에나 나타났다. 나는 산소마스크를 떼고 의사에게 이게 어찌된 거냐고 물었다. 왜, 모르고 있었냐는 투로 의사는 어택이 심한 편이라고 말했다. 어택이라면, 공격을 뜻하는 군사용어 말이오? 쉽게 좀 얘기하라고 하자, 의사는 내게 천식이 온 것 같다고 말했다. 왜, 어째서? 그야 나도 모르죠. 더이상 나는 묻지 않았다. 의사한테는 불필요한 질문일뿐더러 암만해도 속시원한 대답을 해줄 것 같지 않았다. 차라리 내가 원인을 알아내고 말지.

마음에 어떤 일이 생기면 그것이 곧 몸으로 나타나게 마련이다. 몸과 마음은 자웅동체로 결국 하나이기 때문이다. 지루하게 응급실에서 밤을 보내고 다음날 오전 열시에 나는 호흡기내과로 불려가 흉부 엑스레이를 촬영한 다음 폐기능 검사, 폐기종 검사와 더불어 각종 알레르기 검사를 받고 녹초가 돼서야 집으로 돌아왔다. 기관지 천식이라는 선고를 받고.

그로부터 일년간 나는 통원치료를 받으며 하루 세끼 한번에 일곱 알의 알약을 복용하며 수시로 응급처치용 구강흡입제를 사용해야 했다. 그래야만 숨을 얻어 쉴 수 있었다. 자다가 깨어나 응급처치를 해야만 하는 경우도 자주 발생했다. 주머니에 늘 벤토린과 쎄레타이드를 넣고 다녔음은 물론이었다. 그래도 운전을 할 때는 항상 불안에 떨어야만 했다. 먼데 여행이라도 갈 때면 두세 군데의 병원을 돌며 약을 사모았다. 이년째부터 나는 흡입제만으로도 버틸 수 있게 상태가 호전되었다. 병원에도 한달에 한번만 가면 됐다. 낙타 주머니를 열어보았을 때처럼 극심한 어택은 더이상 반복되지 않았다. 그리하여 나는 도둑질하듯 다시 담배를 슬슬 입에 대기 시작했다.

그후 나는 여러 명의 의사와 만났고 그들은 개성이 각기 달랐다. 한가지 그들이 공통적으로 하는 말은 담배를 끊으라는 것이었다. B라는 의사는 십자가에 못박혀 있는 예수상을 자신의 뒤통수 위에 걸어놓고 내게 이렇게 외치곤 했다.

"당장 끊어! 왜 못 끊어! 개중엔 피워도 별문제가 없는 사람들이 있지만 당신은 피우면 죽어! 죽고 싶어?"

말투를 보아하니 광신도인 모양이었다. 병원에 갈 때마다 사탄이 된 기분이 들어 나는 C라는 의사한테 옮겨갔다. C는 비록 호흡기 전공은 아니었으나 환자에게 말 한마디를 하는 데도 세심한 주의와 배려를 기울이는 의사였다. 절망에 빠진 남자를 달래듯 그녀는 늘 부드럽게 미소를 짓고 말했다.

"담배 끊기 힘든 건 의사들도 마찬가지예요. 저도 비오는 주말엔 한개비씩 피우곤 하니까요. 그러나 선생님의 경우는 끊으셔야 해요. 보조기구를 사용하더라도요."

"보조기구라뇨?"

내가 정색하고 물으면 C는 얼굴을 붉힌 채 시선을 피하곤 했다. 나는 삼년이나 그 병원을 단골로 드나들었다. 한번은 그녀가 아예 작정을 한 모양으로 화를 내면서까지 간곡히 얘기해서 나는 석달 정도 또 담배를 끊었다. 그렇다고 딱히 상태가 호전되는 기미는 보이지 않았다. 목에 가래도 여전해서 나는 의사의 처방대로 하루 두 차례 구강흡입제를 계속 사용했다. 그리고 어느날 술자리에서 386임을 자처하는 기회주의자와 주먹다툼을 하고 나서 나는 홧김에 편의점으로 달려가 담배부터 샀다. 마음이 가난했으므로 피워야만 했다.

나는 오년을 응급처치용 흡입제로 연명하며 살았다. 그리고 해마다 봄, 가을에 채란을 만나 봄에는 북한산 대남문에 올라가고 가을에는 인사동에서 함께 술을 마시고 헤어졌다.

E라는 의사와 대면한 건 작년 가을이었다. 이사와 함께 병원을 다시 옮길 수밖에 없었던 것이다. 그는 호흡기내과 전공이었고 개업한지 몇달 되지 않은 새파란 젊은이였다. 천식 때문에 왔다고 하자 그는

전문의답게 우선 가슴 사진부터 찍고 폐기능, 폐기종 검사를 마친 다음 진료실로 나를 불러들였다.

E가 하는 말은 지나칠 정도로 단순하고 간결했다.

"기관지가 많이 안 좋네요. 담배 끊고 약 드시고 사흘 뒤에 다시 오세요."

"흡입제가 필요해서 왔는데요. 벤토린과 쎄레타이드 디스커스 250."

"그건 천식에 쓰는 약이에요."

안경 너머로 나를 살펴보며 그가 건조하게 말했다.

"아까 그렇다고 분명히 밝혔을 텐데. 검사가 잘못된 거 아닌가요?"

E는 나더러 돌아앉아 옷을 올려보라고 했다. 아까도 한 짓이었는데 형식적으로 배려를 하는 눈치였다. 등에 청진기를 서너 번 대보더니 그가 말했다. 됐습니다, 옷 내리고 돌아앉으세요. 나는 능숙하게 회전의자를 돌려 혈색이 유난히 좋은 E의 얼굴을 마주보았다.

"잘 들으세요. 천식, 아니에요. 전에는 어땠는지 몰라도 지금은 아닙니다. 기관지가 안 좋은 것뿐이에요. 담배만 끊으면 별문제 없다는 겁니다. 이제 아셨죠?"

나는 그의 금테안경을 멍하니 바라보았다. 뜻밖의 소식이었지만, 그래도 나는 혹시 모르니 약국에서 흡입제를 구입할 수 있는 처방전을 써달라고 했다. 안된다고 E는 단호하게 말했다. 나는 거의 애원하다시피 했다. 무의미하게 의사와 말씨름을 하는 동안 나는 오년 전에 죽은 그에 대한 마음이 아직도 완전히 정리되지 않았음을 깨달았다. 나 자신조차 미처 모르고 있던 사실이었다. 그럼에도 불구하고 E는 끝내 처방전을 끊어주지 않았다. 진료실에서 나와 뒤를 돌아보며 나

는 씨부렁거렸다. 젊은놈이 이렇게 융통성이 없어서야 원. 내 너한테
다시는 오나봐라.

병원을 빠져나오는데 병신처럼 와락 눈물이 나왔다. 대낮이었으므
로 거리엔 사람들이 분주히 오가고 있었다. 낯모르는 그들에게 내 꼬
락서니를 보이고 싶지 않아 나는 공중전화부스로 몸을 피했다. 그리
고 불현듯 채란이 생각나 그녀에게 전화를 걸었다. 휴대폰을 갖고 있
었으나 나는 주머니에서 동전을 찾아 공중전화에 집어넣고 다이얼 버
튼을 하나씩 꾹꾹 눌렀다.

채란은 회사에서 근무중이었고 그녀의 목소리를 듣는 순간, 어찌된
일인지 나는 밤에 잠자리에 들어 혼자서 간혹 읊조리던 말들을 나도
모르게 내뱉고 있었다. 그녀는 묵묵히 끝까지 듣고 있었다.

이봐, 잘 있는 건가? 별들이 무수히 깔려 있는 하늘 어딘가에 오늘
도 잘 계신가? 거기도 때 되면 기러기떼 날고 눈 내리나? 우리 곧 또
만남세. 먹고 싶은 거 있으면 지금 얘기해. 그때 가져가리. 저번에 들
러 물어보니 청진동 해장국 포장도 해준다더라. 우리 뜨거운 해장국
나눠먹으며 맑은 하늘가에 나란히 붙어앉아 그때 못한 낚시 한판 하
세. 거기도 붕어 있지? 그럼, 오늘은 이만 끊으이. 아 참, 낙타 주머
니는 여태 잘 가지고 있으니 염려 말게. 거 왜 있잖아, 낙타 가방 말
이야.

못구멍

1

그날 기훈이 명해에게 전화를 걸게 된 것은 순전히 꿈 때문이었다. 명해가 난데없이 꿈에 나타난 것이다. 대학을 졸업한 후에는 만난 적이 없을뿐더러 평소에도 기훈은 그녀를 떠올려본 일이 없었다. 잠에서 깨어난 뒤에도 기훈은 침대에 우두커니 앉아 벽에 어른거리는 꿈의 잔영을 목도하며 고개를 갸웃거리고 있었다.

명해를 만난 장소가 하필이면 왜 교통사고 현장이었을까. 시공간에 대한 기억은 어렴풋했다. 다만 늦은밤이었고 주위에 다른 사람의 모습은 보이지 않았다. 기훈은 흰색 아반테 승용차가 가드레일을 받고 도로 밖으로 반쯤 튀어나간 현장에 서 있었다. 피하고 싶은 느낌이 없지 않았으나, 그대로 지나칠 수가 없어 기훈은 운전석 도어를 열고 안을 들여다보았다. 목에 버버리 스카프를 두른 여자가 피투성이가 된 이마를 핸들에 떨군 채 실신해 있었다. 확인해보니 아직은 숨이 붙어 있는 상태였다. 이어, 기훈은 소스라치게 놀라 두어 걸음 뒤로 물러났다. 명해라는 이름을 떠올리기까지는 몇초의 시간이 더 걸렸다.

기훈은 명해를 밖으로 끌어내 등에 추슬러 업었다. 그리고 가까운 병원을 찾아 뛰기 시작했다. 경찰서 교통사고처리반이나 119에 신고부터 하는 게 순서일 텐데 기훈은 무턱대고 뛰고 있었다. 병원은 좀처럼 나타나지 않았다. 시간이 지남에 따라 등이 쇠처럼 무거워졌고 숨이 턱까지 차올랐다. 그래도 기훈은 멈추지 않았다. 얼마를 뛰었을까. 어느덧 이마 위로 희붐한 빛이 번져오고 있었다. 그제야 기훈은 사방을 둘러보았다. 경부고속도로 하행선 방향이었다. 게다가 위험천만하게도 역주행을 하는 중이었다. 날이 밝는 것을 신호로 차들이 경보음을 울리며 전방에서 맹렬한 속도로 달려왔다. 기훈이 몸부림을 치며 눈을 뜬 것은 그때였다.

2

화요일 아침 여섯시 삼십분. 마침 학원강의가 없는 날이었다. 사위는 아직 어둑했다. 기훈은 형광등 스위치를 올리고 베란다로 나가 날씨부터 살펴보았다. 예보상으로는 흐리고 약간의 비가 온다더니, 보풀 같은 눈이 꿈결처럼 땅으로 내려앉고 있었다. 이번 겨울 마지막 눈이 될지도 모르겠다고 생각하며 기훈은 현관에 떨어져 있는 신문을 집어들고 거실 소파에 앉아 텔레비전을 켰다. 신문을 뒤적이는 동안 아침뉴스 시간이 되었고 별다른 사고소식은 전해지지 않았다.

끼니부터 챙겨먹으려다 기훈은 책장에서 대학 졸업앨범을 꺼내 명해의 사진을 찾아보았다. 앨범에 들어갈 사진을 촬영한 것은 아마 늦가을이었을 것이다. 단체로 찍은 사진의 배경에 노랗게 잎이 물든 은행나무가 보였다. 명해는 감색 리본이 달린 하얀 블라우스에 역시 감색 정장을 입고 있었다. 안경을 썼던 것 같은데 사진에는 맨얼굴로 나와 있었다. 고향이 충북 청주라고 했던가. 도시 진입로의 버즘나무 가로수가 무척 아름다운 도시라고 했지.

명해의 사진을 들여다보며 기훈은 복잡한 상념에 사로잡혀 있었다. 다른 일이라면 그냥 지나칠 수도 있겠으나 어쨌든 교통사고와 관련된 꿈이었다. 이런 경우 사람들은 어떻게 할까? 그럴 리야 없겠지만, 만에 하나 사고가 날 징조라면 본인에게 미리 알려줘야 하지 않을까. 그러자면 명해의 전화번호부터 알아봐야 했다. 벽시계를 보니 여덟시 정각이었다. 직장인들이 출근을 서두를 시간이었다. 기훈은 평소 가깝게 지내는 동료 강사에게 전화를 걸어 자문을 구했다.

"전화나 한통 걸어주든지. 사람 일이라는 게 알 수 없는 거잖아."

아홉시가 막 지난 시각에 기훈은 동창회 사무실에 연락해 명해의 거주지부터 알아보았다. 그녀는 마포에 살고 있었고 서울은행 공덕동 지점에 근무하고 있었다. 결혼은 했나요? 기훈이 무심코 내뱉은 말에 사무실 여직원은 키득거리며 웃었다.

"결혼 여부는 제가 모르고요, 직장 전화번호는 명부에 나와 있네요."

여직원이 불러준 전화번호를 받아적으며 기훈은 뒤통수를 긁적거렸다. 먼데서 봄이 몰려오고 있는 이월 하순의 흐린 아침이었다.

"안녕하세요, 서울은행 공덕동 지점 이명햅니다."

자동응답씨스템에 녹음된 듯한 건조한 목소리로 그녀가 대꾸해왔
다. 기훈은 잠시 숨을 고르고 있었다. 아침부터 전화를 걸어 대뜸 꿈
얘기를 늘어놓자니 막상 입이 떨어지지 않았다. 아무튼 무사히 출근
은 한 모양이었다.

"여보세요? 말씀하세요."

"나, 기훈인데 혹시 기억하니?"

대학을 졸업한 지 육년이 지났으므로 기훈은 그렇게 물을 수밖에
없었다.

"오기훈? 아니, 기훈이 오빠?"

명해의 반응속도가 빨라 기훈은 되레 당황했다.

기훈이 명해를 만난 것은 군에서 제대하고 복학한 뒤였다. 그러므
로 기훈이 명해보다 세살 위였고 대학에 함께 다닌 것은 이년에 불과
했다. 분망한 목소리로 그녀가 말을 이었다.

"과 동창회에는 얼굴도 한번 내밀지 않더니 갑자기 웬일이에요?"

"바쁜 모양이지?"

"이제 막 출근해서 정신이 없어요. 급한 일 아니면 이따 내가 전화
해도 되죠?"

"그동안 어디 나갈 일은 없겠지?"

"네?"

"아냐, 이따 전화해줘. 잊어버리지 말고."

정오가 지나서 두 사람은 다시 통화가 이어졌다. 명해는 밖으로 점
심을 먹으러 나가는 길이었다. 기훈이 또 머뭇거리는 사이 명해가 차
분한 음성으로 물어왔다. 화장실에 들어가 있는 걸까? 그녀의 목소리

가 타일 벽에 반사되어 울리고 있었다.

"요즘 뭐 하고 살아요?"

"학원에서 애들 가르쳐. 주로 재수생들."

명해가 슬쩍 반문했다.

"고시공부 한다고 들었는데, 포기한 모양이죠?"

송곳에 옆구리를 찔린 듯 기훈은 얼굴이 후끈 달아올랐다. 더이상 틈을 주지 않고 기훈은 용건을 꺼냈다.

"명해 너, 흰색 아반테 끌고 다니니?"

"그걸, 어떻게 알았어요?"

사리는 음성으로 명해가 대꾸했다. 극적인 효과라도 기대하듯 기훈은 숨을 몰아쉬고 나서 명해에게 다시 물었다.

"오늘내일 청주에 갈 일 있니?"

"청주는 또 뭐예요?"

"고향이 청주 아니었어?"

그녀는 약 십초간 입을 다물고 있었다. 기훈은 명해가 짜증을 내고 있다는 것을 어렴풋이 눈치챘다. 이제야말로 본론을 얘기할 때였다. 기훈은 꿈에서 일어난 일을 명해에게 차근차근 들려주었다. 잠자코 있던 그녀가 확인하는 투로 말했다.

"그러니 지금 저더러 운전 조심하란 얘긴가요?"

"그런 셈이지. 요 며칠만이라도."

나른하게 웃고 나서 명해가 속삭였다.

"염려해줘서 고마워요. 하지만 당분간 청주에 갈 일은 없을 거예요. 그러니까 경부고속도로를 탈 일도 없겠죠? 그래도 한가지는 맞혔네요. 흰색 아반테. 실은 그 대목에서 약간 놀랐어요."

"그야 흔한 차니까 그럴 수도 있지. 나도 한동안 그거 타고 다녔어."

"지금은?"

명해는 기습적인 질문에 능한 여자로 변해 있었다.

"……중고 코란도. 이 학원 저 학원 돌아다니려면 연료비가 싸게 먹히는 디젤 차량을 써야 하거든."

기훈은 어느덧 변명조로 말하고 있었다. 누가 시킨 것도 아닌데, 굳이 전화를 걸어 이런 추궁을 당하고 있는 걸까. 타인의 시선을 통해 자신을 객관적으로 바라보는 것도 실로 오랜만의 일이었다.

"학원강의 하면 돈은 많이 벌겠네요."

"아직 전세 살아. 뭐, 혼자니까."

3

오월 중순께 기훈은 명해에게서 걸려온 전화를 받았다. 전날 동료 강사들과 어울려 술을 마시고 새벽에 돌아와 그때껏 침대에 너부러져 있을 때였다. 집요하게 울려대는 벨소리에 기훈은 머리맡에 놓여 있던 휴대폰을 더듬어 귀로 가져갔다.

"저 명핸데, 기억하겠어요?"

꿈속에서 들려오는 소리가 아닌가 싶어 기훈은 억지로 눈을 비벼 떴다.

"그 질문에 내가 대답을 해야 하나?"

들은 척도 않고 그녀는 동문서답을 했다.

"일요일인데 뭐 하고 지내나 해서요."

기훈은 누에처럼 꾸물거리며 일어나 앉았다. 머릿속에 안개가 가득 들어차 있는 것 같았고 갈증이 심해 숨쉬기조차 불편했다. 이차로 간 단란주점에서 폭탄주를 돌려먹은 탓이었다.

"웬일이야? 일요일 아침엔 아무도 나를 깨우는 사람이 없는데."

여전히 잠에서 덜 깬 소리를 늘어놓으며 기훈은 시계를 들여다보았다. 오전 열시, 다들 옷을 차려입고 밖으로 나갔을 시각이었다.

"저 오늘 거기로 놀러 가도 되죠?"

대꾸를 하기 전에 기훈은 커튼부터 열었다. 봄날 아침의 말간 햇살이 창으로 쏟아져들어와 침대보의 주름을 낱낱이 드러냈다. 바지와 양말이 구겨진 채 침대에 나뒹굴고 있었다. 공기중에 고여 있던 묵은 술내가 코로 확 스몄다.

"약속 있나요?"

탐색하듯 명해가 되물어왔다.

"아니, 그럼 오래간만에 만나 점심이나 먹을까?"

"오래간만이 아니고 처음일 텐데?"

가볍게 코웃음을 치고 나서 명해는 전화를 끊었다.

두 사람은 정오 무렵 호수공원 제2주차장 입구에서 만났다. 휴일의 공원은 복잡하기 이를 데 없었다. 평일에도 기훈은 공원에 자주 오는 편이 아니었다. 기훈은 해장국 생각이 간절했으나 명해가 도시락을 싸온 바람에 두 사람은 호수가 내려다보이는 나무 그늘 아래 앉아 김밥과 사이다를 먹었다.

"차를 몰고 들어오다보니 신도시라 그런지 깨끗하더군요."

언젠가 한번 와보고 싶었다고 명해가 입엣말로 덧붙였다. 엊그제

신문을 보다 호수공원에서 마침 '꽃전시회'가 열리고 있다는 걸 알았다고 했다. 기훈이 꽃전시장 입구를 돌아보니 사람들이 길게 줄을 서 있었다. 족히 한시간은 기다려야 입장할 수 있을 것 같았다. 명해도 일찌감치 포기한 얼굴이었다. 공원 건너편의 아파트단지를 바라보다 명해가 말했다.

"저쪽 아파트는 전망이 꽤 좋겠네요. 한강까지 훤히 보이겠어요."

"서향이라 여름엔 늦게까지 해가 들어 고역스럽다던데. 그리고 노을병에 걸리는 주부들이 꽤 많다고 들었어. 일종의 만성우울증이지."

"그런가요?"

도시락 뚜껑을 닫고 명해가 자리에서 일어나 호숫가로 내려갔다. 이끌리듯 기훈도 명해의 뒤를 따라내려갔다. 두 사람이 나란히 물가에 서 있는 동안 피라미라고 짐작되는 물고기가 섬광처럼 물속을 헤집고 어딘가로 사라져갔다. 순식간의 일이어서 기훈은 잘못 본 게 아닐까,라고 생각했지만 피라미의 옆구리에 나타나 있는 무지갯빛을 분명히 본 것 같았다. 너도 봤냐고, 기훈은 명해에게 조용히 물었다. 수면을 내려다보고 있던 그녀가 네,라고 짧게 대꾸했다. 햇살에 투과된 명해의 귓불이 봉숭앗빛으로 밝게 물들어 있었다. 한줄기 싱그러운 바람이 불어와 그녀의 귀밑머리를 건드리고 지나갔다.

"저, 그날 사고났었어요. 기훈씨한테 전화받은 바로 그날 저녁에 말이에요."

"……"

기훈은 무릎 아래로 밀려오는 잔물결을 내려다보며 미동없이 서 있었다. 명해는 몇걸음 뒤로 물러나 오른손으로 치마 끝을 말아쥐고 잔디 위에 앉았다. 기훈은 바지 뒷주머니에서 손수건을 꺼내 그녀에게 건네주었다. 손수건을 펴서 엉덩이 밑에 깔고 앉으며 명해가 얼굴을 감추고 웃었다. 퇴근 후 차를 몰고 집으로 돌아가는 길이었다고 한다.

"공덕동 로터리가 좀 복잡해요? 회사 주차장에서 나와 염리동으로 가려고 차선을 변경하려는데 좀처럼 틈이 보이지 않더라고요. 다소 무리를 해서—늘 그랬던 것처럼 말이에요—좌회전 차선으로 접어 드는 순간 뒤에서 봉고차가 범퍼를 쿵, 하고 들이받더군요."

기훈이 꺼끌한 소리로 물었다.

"다친 덴 없어?"

"쌍방과실이라고 생각했는데, 마포경찰서 교통계에서는 일방적으로 나한테 떠넘기더군요. 상대편 차량과 관계없이 이쪽에서 먼저 무리하게 차선 변경을 했다는 거죠. 따져봤지만 별 소용이 없다는 건 아시죠? 목을 다쳐서 보름쯤 깁스를 하고 출근했어요. 차는 공업사에 들어가 일주일 만에 나왔고요. 모두 보험으로 처리했고 이젠 목도 다 나았어요."

"왜 이제야 그 얘기를 하는 거지?"

"글쎄요, 그때 얘기할 수도 있었겠지만, 그렇다면 기훈씨한테 따지는 게 되지 않겠어요?"

"내가 괜한 방정을 떨었군."

"생각하기 나름이겠죠. 더 큰 사고가 날 수도 있었는데 그런 식으로 액땜을 하고 지나갔는지도 모르니까요."

비록 명해는 그렇게 얘기했지만 기훈은 마음이 편치 않았다. 자신이 사고원인을 제공했다는 자의식을 쉽게 떨쳐버릴 수 없었다. 그런 전화를 받게 되면 얼마쯤은 신경이 쓰이게 마련이다. 조심한다는 것이 오히려 화를 불러오는 경우가 있는 것이다.

"실은 끝까지 얘기 안하려고 했어요."

"그런데?"

"한가지 짚고 넘어가고 싶은 게 있어서요."

기훈이 막연하게나마 우려했던 질문이 곧바로 명해의 입에서 튀어나왔다.

"그날 기훈씨 꿈에 왜 제가 나타났던 거죠?"

기훈에게도 그것은 여전히 수수께끼로 남아 있는 일이었다.

"일부러 그런 식으로 말을 만들어낸 건 아닐 테고."

"내가 왜 그런 짓을 하겠어."

명해가 무릎 사이에 고개를 떨구고 쿡쿡거리며 웃었다.

"그렇죠? 그렇다면 저한테 사기를 친 게 되겠죠?"

명해가 핸드백을 열고 담배를 꺼내 입에 물었다. 기훈은 손에 들고 있던 라이터를 가져가 불을 붙여주었다. 담배연기가 물빛과 뒤섞여 눈앞에서 명주실처럼 흔들리더니 삽시간에 바람에 흩어져 날아갔다.

"학교 다닐 때 저 좋아한 적 있어요?"

망설이는 기색 없이 명해가 태연하게 물어왔다. 호수에서 반사되는 빛을 바라보며 기훈은 에둘러서 말했다.

"너한테는 사귀는 남자애가 있었잖아."

명해가 피식 웃어넘겼다.

"계속 그런 식으로 얘기하고 싶어요?"

"별로 자신이 없었어. 군복바지나 입고 다니는 복학생한테 명해도 관심을 가졌을 리 없을 테고."

"맞아, 늘 군복바지만 입고 다녔어요. 하지만 그게 어때서?"

"그런 복장으로 학교를 돌아다니면 왜 겉늙은 보수우익처럼 보이잖아."

"공부는 열심히 했잖아요."

"복학생이 도서관 말고 갈 데가 어딨겠어."

줄곧 피식거리며 명해가 아까와 비슷한 질문을 던졌다.

"졸업한 후에도 가끔 제 생각 했어요?"

"그건 나도 잘 모르겠어. 학교 다닐 때 너를 좋아했던 건 사실이지만."

이런 밑도끝도없는 얘기를 주고받는 사이 기훈은 야릇한 상상에 빠져 있었다. 어디선가 작은 새 한마리가 날아와 담장 위에 앉아 있다. 기훈은 마루에서 일어나 발소리를 죽이며 새에게 다가간다. 새는 누가 다가오는지 모른 채 하늘을 살피고 있다. 조심스럽게 뒤로 다가간 기훈이 두 손으로 새를 감싸잡는다. 순간, 새는 놀라서 퍼드덕거린다. 이윽고 몸을 웅크린 채 가만있는다. 새는 놀라울 정도로 작고 부드러웠다. 그리고 따뜻했다.

명해는 평범한 스타일이지만 분명 괜찮은 타입의 여자였다. 그렇다는 것을 기훈은 어느정도 나이를 먹고 나서야 확실히 알게 되었다. 생각이 여기에까지 미치자 기훈은 저절로 얼굴이 뜨거워졌다. 자리를 치우고 일어나 두 사람은 차를 타고 공원 밖으로 빠져나왔다. 오후 세시 무렵, 갑자기 할일이 없어진 터에 기훈은 영화나 보는 게 어떠냐고 명해에게 넌지시 말했다. 아마 남아 있는 표가 없을 거라며 명해는 백화점에나 들러보자고 했다. 마침 바겐쎄일 기간이어서 백화점도 복잡하기 이를 데 없었다. 명해는 여름용 원피스와 쌘들을 사고 백화점으로 데리고 온 게 미안했는지 기훈에게 검은 닥스 지갑을 선물했다. 기훈은 원피스에 어울릴 만한 갈색 벨트를 명해에게 사주었다. 한사코 거절하다가 명해는 종업원이 포장해준 벨트를 쇼핑백 속에 집어넣었다.

백화점에서 나온 시각은 오후 다섯시 삼십분. 저녁을 먹기엔 이른 시각이었다. 커피숍에 앉아 서로 이것저것 궁리하다 명해가 엉뚱한 제안을 해왔다. 집구경을 가자는 것이었다. 호수공원이 내려다보이는 아까 그 아파트단지로.

"아파트는 봐서 뭐 하게? 이사를 올 것도 아니면서."

기훈은 시큰둥하게 대꾸했다. 그렇잖아도 백화점 안에 갇혀 있는 동안 완전히 지쳤던 것이다.

"재밌잖아요. 여자들은 집구경 하는 거 좋아해요. 남자들이 축구나 야구경기 보러 다니는 거 좋아하듯이."

"그러자면 공인중개사 사무실을 통해야 할 텐데."

"그건 그 사람들이 늘 하는 일이고, 집을 본다고 해서 다 계약을 하는 것도 아니잖아요?"

사십대 중반의 공인중개사는 두 사람을 신혼부부거나 결혼을 앞둔 커플로 단정하고 온갖 정보를 들려주었다. 역세권인데다 공원과 한강 조망권이 확보돼 있어 다른 지역에 비해 아파트 가격이 상대적으로 높다는 얘기에서부터 일이층과 로얄층과의 가격차, 아이가 생기면 당장 고민할 수밖에 없는 학군 문제, 종합병원과 백화점과 대형 할인마트까지의 거리, 그리고 장래 투자가치에 대해서까지 숨쉴 틈을 주지 않고 늘어놓았다. 두 사람은 소파에 앉아 공인중개사가 건네준 박카스병을 잡고 이십분 가까이 이런 얘기를 들어야만 했다. 지루함을 견디다 못해 기훈은 도중에 밖으로 나가 슈퍼마켓 앞 자판기에서 커피를 뽑아먹으며 담배를 거푸 두 대나 피우고 돌아왔다.

그날 두 사람은 공인중개사와 함께 세 군데의 아파트를 둘러보았다. 사층 모서리에 있는 아파트는 공원 앞 도로에서 들려오는 찻소리가 짐작보다 훨씬 시끄러웠다. 칠층 아파트도 사정은 별로 다르지 않았다. 한달쯤 살면 익숙해질 거라고 공인중개사는 거듭 얘기했다. 그야, 그렇겠지. 바야흐로 서쪽으로 해가 기울며 노을빛이 베란다에 어른거리고 있었다. 명해는 베란다에서 팔짱을 낀 채 분홍빛으로 타오르는 한강을 외로운 짐승처럼 무연히 내다보고 있었다. 공원 주차장에서 나와 서울 방향으로 빠져나가려는 차들이 뒤엉켜 병목현상이 빚어지고 있었다. 안방에서 개가 짖어대는 소리가 들리자 명해는 꿈에서 깨어난 얼굴로 거실로 들어와 집주인에게 인사를 하고 현관에 벗어놓은 구두를 챙겨신었다. 십이층 아파트는 빈집이었다. 계약이 끝나 곧 이사올 사람이 있다는데도 명해는 끝내 그 집까지 보자고 했다. 그럼, 봐야겠지. 기훈은 따분한 표정을 감춘 채 두 여자의 뒤를 따라 엘리베이터를 타고 다시 십이층으로 올라갔다.

　　마침내 날이 어두워지면서 호수가 거대한 공동처럼 흐릿한 빛으로 반사되고 있었다. 무슨 일일까. 호수 주위를 따라 사람들이 가로등 사이를 비집고 어딘가로 줄지어 이동하고 있었다. 두 사람은 베란다 난간에 서서 그 수수께끼 같은 장면을 내려다보았다. 잠시 후 기훈은 그들이 '노래하는 분수대'가 있는 공원 북쪽으로 이동한다는 것을 알게 되었다. 이어 시계를 확인할 틈도 없이 분수대에 무지갯빛의 불이 켜지며 하얀 물줄기가 드높이 치솟아올랐다. 그와 함께 일제히 함성이 울려퍼지고 공원 곳곳에 설치된 스피커에서 마이클 잭슨의 「Will You Be There」라는 노래가 흘러나오기 시작했다. 밭은기침을 하고 나서 기훈은 명해의 손을 더듬어 잡았다. 십이층 아파트에서 내려다본 오월의 저녁은 기훈의 눈에도 아름다웠다.

두 사람은 공인중개사가 건네준 명함을 받고 아파트단지를 돌아나왔다. 드디어 저녁을 먹을 시간이었다. 기훈은 명해를 데리고 근처에 있는 '아웃백'으로 갔다. 종일 먹은 거라곤 명해가 싸온 김밥뿐이었으므로 기훈은 몹시 배가 고픈 상태였다. 패밀리 레스또랑답게 일요일 저녁의 아웃백은 그야말로 북새통이었다. 카운터에서 순번대기표를 받고 한참을 기다린 뒤에야 두 사람은 비로소 안으로 들어갈 수 있었다. 스테이크가 나오는 시간은 길었고 그동안 두 사람은 생맥주로 목을 축였다.

"기훈씨는 어느 쪽에 살아요?"

"호수공원 정반대편. 역세권이 아니라서 그쪽이 아무래도 집값이 싸."

명해가 알 듯 모를 듯한 표정을 짓고 이렇게 말했다.

"호수공원 앞으로 집 사서 이사오지그래요?"

"내 형편으론 어림도 없어."

"은행에서 융자받으면 되잖아요."

"그런 생각은 안해봤는데."

"벌어서 살 생각 하면 영영 못 사요. 그동안 아파트 값은 두 배, 세 배로 뛸 테니까요. 머잖아 결혼도 해야 할 텐데, 적당한 배우자가 아직 나타나지 않은 모양이죠?"

"요즘 세상에 누가 학원강사를 배우자감으로 봐주겠어. 신분이 보장된 말단 공무원이라면 또 모를까."

"기훈씨, 자학하고 있구나? 고시 실패했다고."

기훈은 생맥주잔을 두 손으로 움켜잡고 명해를 바라보았다.

"그러지 마요. 그 정도면 열심히 사는 거예요."

아웃백에서 나와 두 사람은 엘리베이터를 타고 지하주차장으로 내려갔다. 명해가 기훈을 집까지 바래다주었다. 차가 두 대면 움직이기 불편하지 싶어 기훈은 오전에 택시를 타고 공원으로 온 터였다.

"김밥 맛있었어."

차에서 내리기 전 기훈이 명해를 돌아보며 말했다.

"알아요."

정색을 하고 명해가 되받았다.

"아침 일찍 일어나 빨래해 널고 밥지어서 직접 만든 거예요. 시장은 어제 저녁에 미리 봐뒀고요."

"올라가서 차 한잔 마시고 가든지."

조금 생각하는 눈치더니 명해가 고개를 가로저었다.

"피곤해서 오늘은 그만 가봐야겠어요. 출근준비도 해야 하고."

명해가 간 뒤 기훈은 아파트단지 앞에 있는 까페에 들러 맥주를 세 병 마신 뒤 집으로 올라갔다. 그리고 욕실에서 길게 샤워를 하고 나와 명해에게 전화를 걸었다. 그녀도 방금 샤워를 마친 뒤 다리미질을 하는 중이었다.

"전화해서 놀랐어?"

"아뇨, 왜요?"

그로부터 거의 일분 동안 불가사의한 침묵이 이어졌다. 사이사이 전화가 끊겼나 싶을 정도로 숨막히는 침묵이 그렇게 계속됐다. 그 돌 같은 침묵을 깨뜨린 건 명해였다. 이런 경우 항상 여자 쪽에서 먼저 용기를 내는 것이다. 침착하고 단정한 음성이었다.

"할 얘기 있으면 하세요."

"다음주에 다시 만날 수 있을까 해서 전화했어."

명해는 즉각적으로 대답하지 않았다.

"내가 또 괜한 얘기를 한 건가?"

"언제, 그런 생각을 하게 됐어요?"

"내가 너를 다치게 한 걸 알고 난 뒤부터."

"그야, 다치라고 한 게 아니었잖아요."

"나는 그렇게 생각할 수 없다는 거 알잖아."

다시금 숨막히는 순간이 흘러가고 나서 명해가 가늘게 떨리는 음성으로 말했다.

"생각해볼게요. 알다시피 우린 나이가 있잖아요."

"아무 생각 없이 전화한 거 아니야. 금요일쯤 다시 전화할게. 그동안 보고 싶을 거야. 그럼 잘 자."

4

남녀가 웬만큼 나이를 먹게 되면 관계에 속도가 생기게 마련이다. 사소한 절차는 서로 비껴가는 일종의 지혜를 터득한다고나 할까. 아니면 좀더 담백해진다고 볼 수도 있으리라. 불과 사흘 만에 두 사람은 다시 통화가 이뤄졌고 다음날 서울에서 만나 저녁을 먹었고 그후에는 아침저녁으로 매일 전화를 주고받았다.

유월 말로 접어드는 금요일 밤에 기훈은 학원에서 강의를 마치고 집으로 돌아오다 명해가 사는 마포로 차를 몰고 갔다. 명해는 염리동의 원룸형 아파트에 살고 있었다. 놀랐을 법도 한데, 명해는 팔짱을

긴 채 기훈을 바라보며 무슨 일이냐고 침착하게 물었다. 마치 야간에 출장나온 동사무소 직원을 대하듯 했다. 말하자면 우체부 정도의 대접도 해주지 않았다. 기훈을 문간에 세워둔 채 명해는 소파에 가 앉아 테이블에 놓여 있던 잡지를 집어들었다. 기훈은 거실로 신발을 벗고 올라가며 담배부터 피워물었다.

"안에서 담배 피우지 마요."

명해가 잡지에 시선을 고정시킨 채 나직이 말했다.

"아까 통화할 때만 해도 이럴 거라고 하지 않았잖아요."

"만나서 할 얘기가 있어서 왔어."

"자려고 온 게 아니고요?"

계속 방어적인 자세를 취하고 있었으나 명해의 표정은 약간 누그러져 있었다. 곧장 명해 앞으로 다가가 기훈이 말했다.

"우리 함께 살아보는 게 어때?"

딴에는 용기를 내서 한 말인데 명해는 조금의 흔들림도 없었다.

"그러니까 동거를 하잔 말인가요?"

"지금 명해한테 청혼하고 있는 거야."

그러자 명해가 난감한 표정으로 기훈을 측은하게 바라보았다.

"그런 사람이 수염도 안 깎고 티셔츠 바람에 빈손으로 와요? 슈퍼마켓에 들러 과일바구니 하나 안 사들고 와요? 바로 대답을 원한다면 네, 정중히 사양하죠."

열흘 뒤에 기훈은 홍제동에 있는 그랜드힐튼호텔로 명해를 불러내 반지를 주며 다시 청혼을 했다. 짐작을 하고 나온 듯 명해는 담담한 얼굴이었다. 손에 쥐고 있던 칵테일잔을 빙글빙글 돌리며 명해가 말했다.

"남자들은 이런 식으로 결혼에 돌입하는 모양이죠? 청혼을 해줘서 고맙긴 한데, 그다지 감동은 없네요."

"난, 영화배우가 아니잖아."

"그래도 좀더 근사하게 청혼을 받았더라면 좋을 뻔했어요."

그날 저녁 명해는 내내 울적한 기색이었고 술을 좀 많이 마셨다. 하지만 끝까지 취하지는 않았다.

"나를 사랑해서 청혼한 건가요, 아니면 배우자감으로 적당하다고 생각해서 청혼한 건가요? 진부한 질문이란 건 알아요."

명해는 아주 진지하게 묻고 있었다.

"굳이 대답을 하라면 양쪽 다가 되겠지."

"……마음에 드는 대답은 아니지만 솔직한 것 같으니 받아들이죠. 하지만 꼭 약속을 받아둬야 할 게 있어요. 어떤 경우라도 저를 멀리하지 말아요."

약속하겠다고 기훈은 말했다. 담뱃불을 끄고 마티니잔을 집어들며 명해가 고개를 돌려 기훈을 마주보았다.

"여기서 자고 출근할까요?"

"괜찮겠어? 아까부터 기분이 안 좋아 보여서 하는 말이야."

"머리가 좀 복잡한 게 사실이에요. 사실대로 얘기하자면 절대적으로 피곤한 상태예요. 청혼을 받은 여자라면 누구나 그렇지 않겠어요? 그게 근본적으로 남자와 다른 점이죠. 여자에게는 결혼도 일종의 도박에 속하는 일이니까요."

열시가 지나 두 사람은 리셉션에서 열쇠를 받아 방으로 올라갔다. 기훈이 샤워를 하고 나온 사이 명해는 침대에 들어가 깊이 잠들어 있었다. 기훈은 냉장고에서 맥주를 꺼내 마시고 자정께 겨우 잠이 들었다. 그리고 새벽 여섯시에 눈을 떴다.

　명해는 허리를 구부린 채 벽 쪽으로 돌아누워 있었다. 기훈은 바깥 세계와는 완전히 단절된 공간에 명해와 단둘이 누워 있는 듯한 기분에 사로잡혀 있었다. 창문 커튼을 들춰보니 암청색 하늘 모서리에 하얀 보름달이 크게 걸려 있었다. 발소리를 죽여 화장실에 다녀온 다음 기훈은 도로 침대로 들어가 명해의 등을 부드럽게 끌어안았다. 그때 명해가 속삭여왔다. 양치하고 왔어요? 치약냄새가 나요. 나 때문에 깼어? 아뇨, 아까부터 깨 있었어요. 두려워하지 마…… 헐벗은 나뭇가지 사이로 잠깐잠깐 스쳐지나가는 빛을 바라보는 게 우리들 인생이에요. 안에서 밖을 바라보니 그렇지. 이제는 새처럼 나무 위에 앉아 세상을 바라봐. 한결 아름답지 않겠어? ……따뜻한 강물처럼 늘 나를 감싸줄 거죠? 더이상 맨발로 세상을 돌아다니게 하지 않을 거죠? 그래, 어항 속의 금붕어들처럼 늘 함께 있을 거야…… 피라미들이 물속에서 무리지어 춤추는 꿈을 꿨어요. 우리 결혼은 더도 말고 가난한 청춘의 연장이면 좋겠어요. 이런 말을 하는 동안 명해는 물고기처럼 몸을 꿈틀거리고 있었다.

　무더운 여름이 지나고 나서 구월 첫쨋주 토요일에 두 사람은 마포 청기와예식장에서 결혼식을 올렸다. 그동안 두 사람은 틈만 나면 남대문시장에서부터 가구점, 백화점, 귀금속점이 모여 있는 종로5가를 부지런히 돌아다녔다. 또한 명해의 홀아버지가 살고 있는 청주와 기훈의 부모가 살고 있는 군산에도 다녀왔다. 시 교육청에 근무하는 명해의 아버지는 사십대 초반에 상처를 한 뒤 지금껏 외동딸을 키우며 혼자 살아온 사람이었다.

　결혼을 앞두고 두 사람은 신접살림을 차릴 이십오평형 아파트를 마런했다. 전에 둘러본 적이 있는 호수공원 앞의 아파트였다. 얼마간 무리를 해서 결정한 일이었다. 명해의 의견에 따라 부모의 신세는 지지 않기로 했다. 각자 저축해둔 돈을 합하고 명해가 근무하는 은행에서 집담보로 거액의 융자금을 받았다. 구층 모서리여서 전망도 괜찮은 편이었고 입주를 하기 전에 인테리어회사에 맡겨 리모델링을 하니 거의 새집이나 다름없었다.

몰디브로 신혼여행을 다녀온 다음 기훈은 학원강사 일 말고도 개인 과외 교습을 시작했다. 강남에서 과천으로 심지어는 인천에 있는 기숙학원까지 차를 몰고 품을 팔러 다녔다. 융자금을 갚으려면 앞으로 적어도 십년은 이런 식으로 살아야 할 터였다. 어렵사리 일요일이나 공휴일 아침이 찾아오면 두 사람은 그동안 미뤄뒀던 사랑을 나누고 오후에 외출해 영화를 보거나 근처로 드라이브를 하고 저녁엔 할인매장에 들러 시장을 본 다음 외식을 하고 집으로 돌아오곤 했다. 십일월에 아이가 생길 때까지 그렇듯 피곤하지만 평온한 날들이 강물처럼 흘러갔다.

5

"요즘 멀미가 심하고 비온 뒤처럼 사물이 또렷해 보여요. 운전이 불안할 정도예요."

아침 식탁에서 명해가 내뱉은 말을 듣고 기훈은 본능적으로 께름칙한 느낌에 사로잡혔다. 두 사람은 문득 수저질을 멈추고 얼굴을 마주보았다. 그동안 철저하게 피임을 해왔으므로 그때까지만 해도 두 사람은 임신은 아닐 거라고 믿었다. 아이 문제라면 은행융자금을 어느 정도 갚은 뒤에 생각하기로 결혼 전에 합의했던 것이다. 맞벌이 부부에게 아이가 생기면 곧바로 전시체제로 돌입해야 한다는 것쯤은 누구나 알고 있는 사실이었다. 게다가 아이를 봐줄 만한 사람도 없는 처지였다. 명해의 눈치를 살피다 기훈은 먼저 수저를 내려놓고 서둘러 출근했다.

입덧이라기보다는, 멀미현상이 계속되자 명해는 점심시간을 이용해 가까운 내과를 찾아갔다. 그날도 출근길에 운전이 다소 불안했던 것이다. 내과의로부터 명해는 당장 산부인과에 가보라는 얘기를 들었다. 예감이 불길했다. 아래층 산부인과로 내려가 간단한 검사를 받은 뒤 명해는 임신사실을 통고받았다. 병원에서 걸어나와 명해는 찻집에 앉아 우유를 주문해 마셨고 여러번 망설인 끝에 기훈에게 전화를 걸었다.

기훈은 학원에서 강의중이었다. 강의중에 왜 휴대폰을 받았는지 모르겠으나, 그때 통화가 된 것이 어쩌면 문제였다. 왠지 그래야만 하는 것처럼 명해는 짐짓 달뜬 목소리로 기훈에게 임신소식을 알렸다.

"그게 무슨 소리야?"

순간 명해는 종아리에 매를 맞은 듯 어깨를 움츠렸다. 명해는 숨을 멈추고 눈을 감았다. 이어 기훈이 문을 열고 밖으로 나가는 소리가 들려왔다.

"우리 그동안 피임했잖아."

"할말이 그것뿐이에요?"

"내 얘기는 지금 아이가 생기면 곤란하지 않겠냐는 거야."

"그러니까 제가 피임에 실패했다는 그런 얘긴가요?"

"저녁에 집에서 얘기해."

"오늘 늦게 들어온다면서요. 강의중인 건 미처 몰랐어요."

명해는 휴대폰 폴더를 닫고 종업원을 불러 다시 커피를 주문했다. 커피를 다 마시기도 전에 기훈에게서 전화가 걸려왔다.

"미안해. 경황이 없어서 제대로 통화를 할 수 없었어."

"사과하지 않아도 돼요."

"혹시 낳고 싶은 거야?"

"나중에 갖기로 했잖아요."

"나도 좀 이르다는 느낌은 들어."

"내 나이를 생각하면 꼭 그렇지도 않아요."

명해는 산부인과 의사에게 들은 말을 그대로 기훈에게 전했다. 서른살 이후부터는 가임률이 급격히 떨어진다는 얘기였다.

"우리한테 지금 애가 꼭 필요한 걸까?"

"모르겠어요. 집에서 얘기해요. 자지 않고 기다릴게요."

저녁에 기훈은 과천으로 과외교습을 갔다가 자정이 넘어 집으로 돌아왔다. 편의점에서 캔맥주를 몇 개 사들고 평소 습관대로 열쇠로 문을 열고 들어갔다. 명해는 텔레비전을 켜놓은 채 소파에서 구부정하게 잠들어 있었다. 기훈이 들어오는 소리를 듣고 나서야 명해는 무거운 몸을 일으켰다. 소파에 앉아 삼십분 정도 말없이 텔레비전을 지켜보다 기훈이 먼저 입을 열었다.

"어떻게 할까?"

명해는 조용히 입을 다물고 있었다.

"물론 낳고 싶으면 낳아야겠지."

"……"

"하지만 잘 생각해서 결정해. 난 명해 의견에 따를 테니까."

임신사실을 알고 나서 불과 열흘 만에 명해는 회사에 조퇴 신청을 하고 전에 갔던 산부인과에서 중절수술을 받았다. 그런 사실도 기훈은 며칠 뒤에나 알았다. 일요일 저녁에 백화점 푸드코트에서 설렁탕을 먹으며 명해가 남의 일처럼 알려주었던 것이다. 집으로 돌아온 두 사람은 침대에 돌아누운 채 새벽녘에야 가까스로 잠이 들었다.

그날 이후로 집안 공기가 조금씩 달라지기 시작했다. 어항 속의 금붕어가 죽고 베란다의 화분이 말라가고 씽크대엔 늘 그릇이 쌓여 있고 거실 바닥엔 먼지가 사라지는 날이 없었다. 죽은 금붕어를 음식물 쓰레기통에 버리며 명해는 커다란 인형처럼 웃고 있는 자신을 발견하고 소스라치게 놀랐다. 기훈은 화분이 말라죽는 이유를 도무지 이해할 수 없었다. 학부모들로부터 선물받은 값비싼 분재와 난 들이었다. 틈틈이 통풍을 시켜주고 며칠 간격으로 물만 뿌려주면 되지 않는가 말이다. 눈에 보이지 않는 줄다리기를 계속하며 두 사람은 안간힘을 쓰며 버텼다.

연말에 두 사람은 청주에 가기로 돼 있었다. 크리스마스와 장인의 음력생일이 겹쳐 있었던 것이다. 술자리 약속이 있었으나 기훈은 어쩔 수 없는 일이라고 생각하며 전날 자동차까지 점검해놓았다. 그런데 막상 출발하는 날이 다가오자 명해는 몸이 아프다며 다음에 가자고 했다. 다음달 중순엔 군산 어머니의 환갑연이 예정돼 있었다. 그날은 토요일이었는데 명해는 출근을 해야 한다며 아침 일찍 집을 나갔다. 기훈은 결국 혼자 군산에 다녀왔다. 집사람이 요즘 많이 바빠요. 몸도 썩 좋지 않고요. 그러자 어머니가 말했다. 늙은이도 이렇게 버티는데 젊은것들이 몸이 아프면 얼마나 아프다고. 부부 사이에 문제라도 있는 거냐? 사실대로 말해보아라. 그렇지 않아요. 그런데 왜 시어미 환갑에 얼굴도 내밀지 않는 거냐. 오늘 출근했다고 아까 말씀드렸잖아요. 그리고 이제 아이가 생길 때도 되지 않았니? 며느리 개가 나이가 있어서 때를 놓치면 애 갖기도 힘들어. 어쨌든 아들 하나는 낳아야 할 게 아니냐. 왜 에미 말이 틀렸냐? 그만 하세요. 암만해도 부부 사이에 무슨 문제가 있지 싶다. 못 내려온 건 그렇다 치고 여태 전화 한통이 없지 않느냐. 에미가 직접 전화해서 확인해보랴? 왜 자꾸 이러세요. 못난 놈 같으니라고. 고시에 패스했더라면 부모 팔자도 좀 폈을 게 아니냐. 생고생을 해서 가르쳐놨더니 고작 학원강사야? 더이상 참을 수가 없어 기훈은 환갑연이 열리고 있는 뷔페식당에서 자리를 박차고 일어났다. 저 그만 가볼게요. 그래 속히 가보아라, 괘씸한 것들 같으니라고.

귀로에 눈이 내려 서해안고속도로는 계속 막혔다. 군산에서 서울까지 가다서다를 반복하며 무려 여덟 시간이 걸려 집에 도착할 무렵엔 폭설로 변해 있었다. 주차장에 차를 세우고 집으로 올라가려다 기훈은 엘리베이터 옆에 세워져 있는 명해의 우산을 발견했다. 눈 녹은 물이 바닥으로 흘러내리고 있었다. 우산을 집어들고 엘리베이터에 타려다 기훈은 모서리에 다시 세워놓았다. 초인종을 눌러도 문이 열리지 않아 기훈은 열쇠로 문을 따고 들어갔고 웬일인지 명해의 모습은 보이지 않았다. 휴대폰으로 전화를 걸어보니 명해는 친구라는 여자를 만나 술을 마시고 있었다. 언제 들어올 거야? 아직 모르겠는데요. 지금 막 만났거든요. 내일 출근 안할 거야? 해야죠. 우산은 왜 엘리베이터 옆에 세워놓은 거지? 아까 슈퍼에 갔다올 때 놓고 올라간 모양이네요. 눈이 여간 많이 내려야 말이죠. 그런데 왜 우산을 놓고 나간 거지? 차 갖고 왔어요. 차를 몰고 술을 마시러 나갔다는 얘기야? 대리운전 하면 되죠 뭐. 근데 우산은 어떻게 했어요? 설마 거기에 그대로 놔둔 건 아니겠죠? 왜 아니겠어, 당신이 직접 들고 올라와. 명해가 쿡쿡거리며 웃었다. 그럴 줄 알았어요. 시어머니 환갑에 이래도 되는 거야? 연말에 청주도 안 내려갔잖아요. 그땐 당신이 아프다고 해서 못 간 거잖아. 제가 아팠나요? 단순한 사람. 어리석게도 기훈은 명해와 계속 말씨름을 하고 있었다. 당신 아이 때문에 이러는 거야? 아마, 그럴지도 모르죠. 실은 낳고 싶었거든요. 그렇다면 진작 얘기를 했어야지. 그럴 만한 기회는 주셨나요? 애는 다시 가지면 되잖아. 저 이제 애 키울 자신 없어요. 벌써 취했군. 기훈씨도 늘 취한 채 대리운전으로 집에 들어오잖아요. 거기다 차 세워두고 당장 택시 타고 집으로 와! 와서 얘기해. 염려해주는 건 고맙지만 지금은 싫은걸요. 이 시간에 도대체 누구하고 술을 마시는 거지? 기훈씨도 왜 알걸요? 같은 과 동창이니까. 김영은. 얼마 전에 우리집 근처로 이사왔는데, 며칠 전에 백화점에서 만났지 뭐예요. 노동법 전문 변호사의 사모님이 돼 있더군요.

설혹 사과를 하더라도 두고두고 잊어버려지지 않는 일이라는 게 있다. 그걸 모를 리 없건만 두 사람의 관계는 날로 악화됐다. 급기야 결혼한 지 육개월도 되기 전에 방을 따로 쓰기 시작했다. 어쩌다 화해를 할 양으로 기훈이 술기운을 빌려 안방문을 두드려보았으나 명해는 문을 걸어잠근 채 밖으로 나오지 않았다. 아침에 일어나면 딴사람들처럼 각자 샤워를 하고 옷을 갈아입고 밥을 굶은 채 출근했다. 강의에 들어가기 전에 기훈은 학원 옆에 있는 죽집에 들러 쓰린 속을 달랬다. 술을 마시고 들어오는 날이 더욱 잦아졌고 심지어는 외박까지 단행했다. 외박이래야 학원에서 총각 강사들을 위해 잡아놓은 모텔에서 함께 자고 곧장 출근하는 것이었으나 명해의 생각은 그처럼 단순하지 않았다. 잠자리에 들기 전 전화를 걸어보면 대개 단란주점이라고 짐작되는 공간에서 들려오는 소음 때문에 통화조차 제대로 되지 않았다. 물론 학원 근처에 있는 술집이었고 술동무는 대개 처지가 비슷하거나 아직 총각신세를 면하지 못한 후배 강사들이었다.

이런 식으로는 더이상 안되겠다 싶어 기훈은 생활태도를 바꾸기로 했다. 우선 학원강의 외에 개인과외 교습을 그만두고 귀가시간을 앞당겼다. 명해보다 일찍 들어오는 날은 집안을 청소하고 밥을 짓고 죽어가는 화분에 물을 주었다. 빈 어항에도 다시 금붕어를 사다 넣었다. 그리고 학원 봄방학을 이용해 명해에게 월차와 생리휴가를 조절하게 만들어 괌으로 이박삼일 동안 여행을 다녀오기도 했다. 또한 아이를 갖기 위해 은근히 노력했다. 하지만 여름이 다가올 때까지도 아이는 생기지 않았다.

어느날 기훈이 피임 여부를 묻는 질문에 명해가 눈을 동그랗게 뜨고 이렇게 반문했다.

"아직 몰랐어요? 질 안에 피임용 루프를 넣었으니 당연히 아이가 생기지 않죠."

"더 늦기 전에 아이를 가졌으면 해."

"고려해보죠. 아, 괌 여행은 재밌었어요."

"이제 와서 뭘 새삼스럽게."

"그땐 재밌는 줄 몰랐거든요. 혼자 왔으면 더 좋았겠구나, 그 생각만 했더랬죠."

기훈은 한숨을 몰아쉬며 말했다.

"그만 마음 풀어. 앞으로 함께 살 날이 새털처럼 남아 있는데, 이러면 점점 힘들잖아."

"그렇죠? 하지만 저도 열심히 노력하는 중이랍니다."

"나도 계속 노력할게."

"어떻게?"

"다른 사람들이 사는 걸 참고하는 것도 하나의 방법이 되겠지."

"어디 가서?"

말이 자꾸 어긋나다보면 누군지도 모를 타인의 언어로 서로 얘기를 주고받게 마련이다.

"가까운 지하철역이나 공원에라도 나가봐야겠지."

맥빠진 표정을 짓고 쓰디쓰게 웃더니 명해가 되물었다.

"무엇을 보려고?"

"사람들이 어떻게 균형을 유지하고 사는지 관찰하려고."

"그렇다면 저도 말릴 수가 없네요."

6

며칠 뒤 학원강의가 없는 날을 이용해 기훈은 공과금을 납부하기 위해 집 근처의 은행에 들렀다. 카드 결제일과 겹쳐 은행은 몹시 혼잡했다. 기훈은 순번대기표를 뽑아들고 출입구에 비집고 서서 손에 들고 있던 신문을 훌훌 넘겨보며 차례가 오기만을 기다렸다. 앞에서 대기하고 있는 사람은 쉰 명쯤 됐다. 호출음이 들릴 때마다 기훈은 고개를 들어 일일이 번호를 확인했는데, 그러한 와중에 창구에 앉아 있는 여직원들을 새삼스러운 시선으로 관찰하기 시작했다. 그네들은 명해와 같은 직종에 종사하는 여자들이었고 물론 유니폼 차림이었고 고객과 쉼없이 돈을 주고받으며 컴퓨터 키보드를 두드리고 있었다. 그토록 단조로운 일을 하루 여덟 시간씩 매일 되풀이해야만 했다. 자칫 계산착오라도 생기는 날엔 야근을 해서라도 입출금 전표를 일일이 대조해가며 당일 대차대조표와 손익계산서를 다시 작정해야만 했다. 그래도 결손이 생기면 창구 담당자가 책임지게 돼 있었다.

기훈의 시선은 어느결에 3번 창구에 앉아 있는 여직원에게 고정되어 있었다. 아까부터 어디서 본 듯한 느낌이 들었던 것이다. 지속적인 시선의 압박을 이겨내지 못하고 마침내 3번 창구의 여직원이 기훈을 바라보았다. 거북스러운 듯 잠시 불쾌한 표정을 짓고 나서 그녀는 기훈의 시선을 외면했다. 그리고 다시 고개를 들어 기훈을 바라보았다. 일순 귓불이 붉어지며 그녀의 입술 근처에 보일락말락한 미소가 번졌다. 기훈은 엄지손가락으로 관자놀이를 꾹꾹 눌러대며 기억을 떠올려보려고 애를 썼다. 두어 번 더 눈길이 마주치는 동안 그녀는 이쪽 사정을 간파했는지 배싯거리며 웃어댔다.

오랜 기다림 끝에 5번 창구에서 공과금을 납부한 뒤 기훈은 은행에서 나와 공원까지 걸어갔다. 공원 곳곳엔 사람들이 적당히 흩어져 있었고 개들도 심심찮게 눈에 띄었다. 기훈은 중앙 광장을 어슬렁거리다 마라톤코스 표지판 앞에서 발을 멈췄다. 공원을 한바퀴 도는 거리는 4.8킬로미터, 소요시간은 물론 표기돼 있지 않았다. 눈여겨보니 많은 사람들이 마라톤코스를 따라 걷거나 뛰고 있었다. 기훈은 끌려가듯 그들 틈에 섞여 뛰기 시작했다. 그러나 채 1킬로미터도 달리기 전에 숨이 차올라 걸어야만 했다. 걷다보니 앞에서 걷거나 혹은 뛰고 있는 사람들의 모습이 멀미가 날 정도로 뚜렷이 눈에 들어왔다.

대다수의 여자들이 양쪽 팔을 앞뒤 직각으로 흔들며 마치 경보를 하듯 걷고 있었다. 왜 저렇게 걷고 있는 것일까? 나중에 알게 된 사실인데 겨드랑이의 살을 빼는 데 효과적인 운동이라고 했다. 그외에도 애완견을 끌고 가는 사람, 손을 잡고 걸어가는 노부부, 조금이라도 뒤질세라 한사코 보조를 맞춰 뛰고 있는 중년의 부부, 정장 차림에 하이힐을 신고 숄더백을 어깨에 멘 채 혼자 흐느적거리며 걷고 있는 쓸쓸한 표정의 여자, 등산 스틱을 양손에 쥐고 마치 썰매를 타듯 인라인 스케이트를 타는 육십대의 건장한 노인, 산책로 옆으로 거대한 잠자리떼처럼 몰려가고 있는 자전거 부대……들이 기훈의 눈에 파노라마처럼 빨려들어왔다. 기훈은 균형이란 말을 쉼없이 되뇌고 있었다. 누구나 균형을 유지하기 위해, 잃어버린 균형을 되찾기 위해 몸부림치는 중이라고 기훈은 생각했다. 그래, 매사 균형을 유지할 줄 알아야 해. 그게 핵심이야.

4.8킬로미터를 완주(?)하는 데 걸린 시간은 정확히 사십분이었다. 기훈은 광장으로 돌아와 100미터를 더 전진한 다음 뒷걸음질을 쳐서 제자리로 뒤돌아왔다. 그로써 5킬로미터를 뛰고 걸은 셈이었다. 그날부터 기훈은 틈만 나면 공원으로 나가 5킬로미터를 뛰거나 걸었다. 점차 걷는 시간보다 뛰는 시간이 늘어났고 소요시간도 이십오분까지 단축되었다.

그러던 어느날 저녁 기훈은 공원에서 낯익은 여자와 마주쳤다. 4.8킬로미터를 완주한 다음 5킬로미터를 채우기 위해 전방으로 100미터를 더 뛰고 광장으로 돌아오던 중이었다. 앞에서 뛰어오던 여자가 급브레이크를 잡으며 안녕하세요?라고 인사말을 던져왔다. 그녀는 하얀 복사뼈가 드러나 보이는 까만 레깅스 차림에 하늘색 머리띠를 이마에 두르고 있었고 왼손에는 포카리스웨트병을 오른손에는 휴대폰을 쥐고 있었다. 기훈은 그녀를 단박에 알아보았다. 보름 전쯤 공과금을 납부하기 위해 은행에 들렀다 눈길이 마주쳤던 3번 창구 여직원이었다. 그날 기훈은 그녀의 왼쪽 가슴에 달려 있던 명찰까지 유심히 보아둔 터였다. 아 김선해씨, 여긴 웬일이죠? 근처에 사시나봐요. 아니, 제 이름은 어떻게 아셨어요? 눈인사만 건네고 지나치려던 그녀가 사람들을 피해 벤치 쪽으로 물러났다. 기훈은 별생각 없이 그녀의 앞으로 다가갔다.

"한달 사이에 세 번이나 만나네요."

"그런가요?"

어째서 세번째인지 몰랐으므로 기훈은 그렇게 반문했다. 그녀가 쿡, 웃고 나서 눈을 감았다 뜨며 말했다.

"일식집 골목 뒤에 있는 비어가든에 가끔 가시죠? 전에 거기서 봤잖아요."

기훈이 자주 들르는 집 근처 맥줏집 이름이었다. 굳이 말하자면 단골이라고 할 수 있었다.

"비어가든에서 만난 게 첫번짼가요, 두번짼가요?"

"아시면서 자꾸 그러시네요."

"김선해씨도 거기 자주 가나봐요."

"일주일에 한번쯤? 가볍게 마시기엔 분위기가 괜찮은 편이죠."

"저녁에 거기서 생맥주나 한잔 할까요? 오늘 열대야라는데."

"보기보다 꽤 직설적이시네요."

"저녁 먹고 나서 여덟시쯤 보죠."

"술값은 내주시는 거죠?"

그녀는 매점 앞을 통과해 장미원 쪽으로 통통거리며 뛰어갔다. 기훈이 싸우나에 들러 간단히 샤워를 하고 일곱시 삼십분쯤 집으로 돌아오니 명해가 먼저 와 있었다. 퇴근 후에 회식자리가 있을 거라고 했는데 취소가 된 걸까? 명해는 베란다에 의자를 내놓고 앉아 웬일인지 기도하는 자세를 취하고 있었다. 날이 저물며 호수에 노을빛이 반사되고 있었다. 한강 쪽은 이미 어두워져 있었다. 기훈은 발소리를 죽여 명해에게 다가갔다. 더이상 의심할 바 없이 명해는 기도를 하는 중이었다. 교회나 절에 발을 들여놓은 적이 없는 명해가 무슨 일로 기도를 하고 있는 것일까.

"왜 이러고 있어?"

기훈이 물었으나 명해는 자세를 풀지 않았다.

"저녁은 먹은 거야?"

이윽고 명해가 천천히 고개를 들어 호수 쪽으로 시선을 돌렸다.

"전에 기훈씨가 말했나요? 노을병이라는 게 있다고요. 저도 결국 그렇게 돼가는 모양이에요. 대낮에 도둑이 들어왔다 나간 것처럼 요즘 몸과 마음이 황량해요."

"저녁마다 여기 앉아 있으니까 그렇지. 베란다문 닫고 그만 안으로 들어와. 그리고 나 잠깐 나갔다 와야겠어."

"식탁에 밥 차려놨으니까 먹고 나가요."

손목시계를 보니 여덟시가 가까워져 있었다.

명해가 옷매무시를 바로하며 기훈을 쳐다보았다.

"누군지 몰라도 다음에 만나면 안되겠어요?"

"지금 취소하긴 늦었어. 할 얘기가 있는 거야?"

"오랜만에 저녁이나 함께 먹으려고 했죠. 됐어요, 나갔다 와요."

기훈은 옷을 갈아입고 나가 아파트단지 앞에서 지나가는 택시를 붙잡아타고 비어가든으로 갔다. 늘 걸어서 다니는 술집인데 이미 여덟 시가 넘어 있었던 것이다. 십분쯤 늦게 기훈은 술집에 도착했고 3번 창구 여직원은 그로부터 이십분 뒤에나 가벼운 스커트에 블라우스 차림으로 나타났다. 늦어서 미안하다는 말도 하지 않았다. 기훈은 문득 명해의 얼굴을 떠올리고 있었다. 그사이 3번 창구 여자가 맥주잔을 부딪쳐왔다. 사람 불러놓고 지금 뭐 해요? 그녀와 거듭 술잔을 부딪치는 가운데 기훈은 유니폼과 사복의 차이에 대해 생각하고 있었다. 아까 공원에서도 느낀 바이지만 단지 옷을 바꿔입었다고 해서 사람이 이토록 달라 보이는 이유는 뭘까. 기훈은 명해가 회사 유니폼을 입은 모습을 지금껏 한번도 본 적이 없었다.

술자리가 길어지면서 기훈은 그녀가 짧은 결혼생활 경력이 있으며 시내 중심가의 오피스텔에 혼자 세들어 살고 있다는 사실을 알게 되었다. 나이는 밝히지 않았으나 대략 삼십대 초반쯤으로 보였다. 두 사람 다 꽤나 취해서 자정이 훨씬 지난 시각에 지하 술집에서 나왔다. 공교롭게도 그녀는 차를 가지고 온 상태였다. 대리운전을 불러드릴까요. 아뇨, 커피 마시고 담배 한대 피우면 깰 거예요. 미안하지만 편의점에서 캔커피 좀 사다줄래요? 기훈은 근처 편의점에서 캔커피 두 개를 사와 조수석 문을 열고 차에 올라탔다. 등받이에 기대 눈을 감고 있던 그녀가 상체를 일으키며 차창을 내리고 담배를 피워물었다. 그리고 기훈이 내민 캔커피를 받아 뚜껑을 따고 세 번에 나눠 마셨다. 잠시 후 담뱃불을 끄고 나서 그녀는 손잡이 옆의 버튼을 눌러 차창을 올린 다음 에어컨을 가동시켰다. 그것이 일종의 예고임을 기훈은 눈치챘다. 뒤미처 두 사람은 어깨를 끌어안고 길게 입맞춤을 했다. 곧 동작이 발전해 두 사람은 일사불란하게 속옷을 벗고 입는 단계까지 무사히 마쳤다. 일련의 과정이 계획된 듯 자연스러웠으므로 기훈은 마치 최면에 걸렸다 깨어난 기분이었다.

치마를 툭툭 털고 나서 그녀는 다시 차창을 내리고 담배를 피워물었다. 그리고 말하기를, 이제 내리세요. 설마 집까지 모셔다드리길 바라는 건 아니겠죠? 기훈은 내쫓기듯 차에서 내려 집이라고 생각되는 방향으로 비틀거리며 걸어갔다. 두어 번 택시가 와서 옆에 멈춰섰으나 기훈은 돌아보지 않았다.

기훈이 집으로 돌아온 시각은 새벽 두시였고 명해는 안방에 들어가 자고 있었다. 그날 저녁 명해는 아무 예고 없이 집에 들어오지 않았다. 다음날 두 사람은 저녁 식탁에 마주앉아 이런 얘기를 주고받았다.

"우리 헤어져요."

기훈은 가슴에 화살을 맞은 사람처럼 얼굴을 잔뜩 일그러뜨리고 명해의 얼굴을 마주보았다.

"그게 무슨 말이야?"

"왜 그런지 알잖아요."

기훈은 반사적으로 이틀 전의 일을 떠올렸다. 그런 일이라면 일단 부인하는 게 순서라고 기훈은 주위 선배들로부터 배웠다. 설혹 상대가 증거를 확보하고 있더라도 한사코 부인을 해야만 그나마 구제받을 가능성이 있다는 게 그들의 공통된 주장이었다. 하찮은 진실을 빌미로 혐의를 인정하게 되면 상대방도 더이상 어찌해볼 도리가 없다는 그들만의 논리. 그건 그렇다 치고 명해가 어떻게 그날 밤 일을 알게 된 걸까. 목격자가 있었던 걸까. 무슨 이유에서인지 여자들은 그런 일에 관해서라면 저네들끼리 말을 아끼지 않는다. 만약 그렇다 하더라도 기훈은 그만한 일로 이혼까지는 하고 싶지 않았다. 기훈의 태도가 왠지 예사롭지 않자 명해는 은근히 유도심문까지 했다.

"실은 저 만나는 사람 있어요. 어젯밤에도 그 사람과 함께 있었고요."

기훈은 명해의 말을 곧이듣지 않았다. 그럴 사람이 아니라고 믿었다.

"그날 밤 나 미행했어?"

인생 선배라는 사람들의 충고를 망각한 채 기훈은 제풀에 무릎을 꿇었다. 그러자 명해의 두 눈이 크게 벌어졌다. 그러나 놀라울 정도의 순발력으로 명해는 곧 침착한 표정을 되찾았다.

"설마했는데."

아직 빠져나올 기회가 있었을 텐데도 기훈은 완전히 자제력을 상실하고 있었다.

"미안하게 됐어."

"설마했어요."

"내가 실수했어."

명해는 식탁 의자에서 일어나 찬장 서랍에서 담배를 꺼내 불을 붙였다. 수전증에 걸린 사람처럼 손끝이 마구 떨리고 있었다.

"좀더 버틸 줄 알았는데, 의외로 순순히 자백하는군요."

명해가 찻잔에 담뱃재를 털며 기훈의 눈을 뚫어지게 들여다보았다.

"딱한 남자. 바람피울 주제도 못 되면서. 미행은 무슨. 그날 저녁에 기훈씨 나가고 나서 포도주 두 잔 먹고 곧바로 잠들었어요."

"……"

"며칠전 아버지가 당뇨가 심해져 입원하는 바람에 어제 청주에 내려갔다가 오늘 점심때 회사로 출근했어요. 이번엔 금방 퇴원하기 힘들지 싶어요."

7

보름 동안 기나긴 설전을 벌인 뒤 두 사람은 별거를 하기로 합의했다. 단계적으로 우선 아파트를 전세로 내놓았다. 집을 내놓기가 무섭게 낯선 사람들이 찾아와 초인종을 눌러댔다. 사흘째 되던 날 기훈과 명해는 공인중개사 사무실에서 전세권 설정 계약서를 작성했다. 아파트가 공동명의로 돼 있었으므로 함께 참석해야만 했다.

세입자는 오십대 후반의 목사 부부였고 아들이 하나 있는데 현재 독일에 유학을 가 있다고 했다. 목사는 서글서글하고 중후한 인상을 풍기는 사람이었다. 부인은 통통한 몸매에 옷을 화사하게 차려입은 말하자면 귀여운 할머니 타입이었다. 세입자로서 이만하면 됐다고 기훈은 생각했다. 벽에 낙서를 할 아이도 없는데다 남의 집이라고 해도 함부로 쓸 사람들 같지는 않았다. 이사는 한달 후에 오기로 돼 있었다. 집 담보로 은행에서 받은 대출 이자는 매달 반씩 갚기로 했고 전세금도 각자 나눠서 보관하기로 했다. 별거기간은 전세기한에 맞춰 이년으로 정했다. 기훈은 일년 정도를 염두에 두고 있었으나 그렇게는 전세를 들어오려는 사람이 없었다. 명해는 전에 살던 원룸형 아파트로 들어가기로 했고 기훈은 공원 앞에 있는 작은 오피스텔을 월세로 계약했다.

문제는 결혼 전에 마련한 가재도구들이었다. 몇몇가지를 제외하면 사실상 필요가 없는 것들이었다. 더블침대나 장롱을 들여놓을 공간도 서로 마땅치 않았다. 결국 결혼살림은 이삿짐쎈터 컨테이너에 보관하기로 했다. 보관비용은 기훈이 맡아 내기로 했다. 대출 이자에 오피스텔 월세에 관리비까지 합하면 매달 적잖은 액수의 현금을 지출하게 되는 셈이었다. 명해도 사정은 크게 다르지 않았다. 두 집 살림을 하면 어쩔 수 없이 그렇게 되는 것이다.

세입자가 이사를 오기 전에 명해는 트럭에 짐을 싣고 염리동으로 돌아갔다. 며칠 뒤에 기훈도 오피스텔로 거처를 옮겼다. 양가에는 일단 별거사실을 알리지 않기로 했다. 어쩌면 이혼으로 이어질지도 모를 별거에 앞서 기훈은 명해에게 말했다.

"그동안 난폭하게 굴어서 미안해."

우두커니 기훈을 바라보고 있던 명해가 이마를 찡그리며 말했다.

"그렇게 말하는 것도 난폭한 거예요."

"……"

"가족의 목적은 균형을 유지하는 데 있지 않아요. 서로 자기 자리를 내주고 그곳에 함께 머무는 거죠. 결혼 전에 아버지가 저한테 해주신 말씀이에요. 솔직히 이젠 자신이 없어요. 앞으로 기훈씨가 별로 그리울 것 같지도 않고요. 그런데다 끊어진 줄은 다시 묶어도 매듭이 남게 마련이죠."

기훈은 모래판에 주저앉은 씨름선수처럼 고개를 숙인 채 입을 다물고 있었다.

"기도할게요. 세상의 모든 신들께, 우리 두 사람을 보살펴달라고."

명해가 눈시울을 붉히며 말했다.

"그동안 저도 많이 잘못했어요. 그렇죠?"

"명해는 잘못한 거 없어."

"우리도 남들처럼 좋았던 때가 있었던 거죠?"

별거에 들어가고 나서 기훈은 일요일 저녁마다 명해에게 전화를 걸어 안부를 물었으나 별다른 얘기는 오가지 않았다. 명해는 오히려 차분하게 변해 있었다. 차밍스쿨과 외국어학원에 등록하고 친구들과도 자주 어울리는 눈치였다. 때로 주말여행을 다녀왔다는 소식을 전해주기도 했다. 그렇게 두달쯤 지났을 때 청주와 군산에서는 별거사실을 눈치챘고 기훈의 어머니는 한동안 전화에다 대고 악다구니를 쓰며 며느리에 대한 험담을 늘어놓았다. 어쨌거나 팔은 안으로 굽게 마련인 모양이었다.

그즈음 기훈은 청주 장인에게 전화를 걸어 조만간 찾아뵙겠다고 말했다. 그만두게. 병원에 누워 있는 사람을 찾아와 무슨 얘기를 하려고 그러나. 이참에 내 한가지만 얘기하지. 조개껍데기처럼 서로 딱 들어맞는 부부란 세상에 없는 법이야. 일찌감치 어미를 여의고 외롭게 큰 아일세. 나 얼마 못 살아. 자네가 내 대신 보살펴줘야 하네. 속히 화해하고 다시 받아들이게나. 그때 찾아오면 순순히 만나겠네.

그해 수능시험이 끝나고 나서 기훈은 강남의 입시학원을 정리하고 집 근처 학원가에 다시 직장을 얻었다. 의도해서 그렇게 된 것은 아니었다. 강남 학원가는 입시열기 못지않게 강사들의 자리다툼도 심한 편이었다. 기훈은 거기서 더이상 버틸 힘이 남아 있지 않았던 것이다. 그렇다고 신도시 사정이 만만한 것도 아니었다. 누구든 관계를 원활히 유지해야만 그런대로 자리를 지킬 수 있었다. 변함없이 권태롭고 피곤한 날들이었다. 저녁마다 상습적으로 술을 마셔댔으나 고작 몸만

축날 뿐이었다. 스쿼시클럽에 등록을 하고도 두달이 채 되기 전에 발길을 끊었다. 딱히 만날 사람도 없으려니와 어쩌다 자리를 함께하더라도 속을 터놓을 분위기가 아니었다. 당연한 얘기지만 모두가 자신을 챙기기에 급급했다. 생각다 못해 십년 동안 타고 다니던 코란도를 처분하고 신형 렉스턴으로 바꿨으나 기분을 전환하는 데는 그것도 크게 도움이 되지 않았다.

신혼살림을 했던 아파트 근처를 지날 때면 기훈은 가끔 단지 내로 들어가 서성이거나 명해와 처음 만나 저녁을 먹었던 아웃백에 들러 생맥주를 마시고 집으로 돌아오기도 했다. 그나마 습관적으로 한 일은 시간이 날 때마다 공원에 나가 4.8킬로미터의 마라톤코스를 반복적으로 뛰는 것이었다. 공원에서 마주치는 사람들의 표정은 늘 한결같았고 만약 다른 게 있다면 그날그날의 날씨뿐이었다. 어느 토요일 오후에 기훈은 분수대 쪽으로 뛰어가다 팔각정으로 건너가는 다리 근처에서 우연찮게 3번 창구의 여직원을 목격했다. 그녀는 썬글라스를 낀 반바지 차림의 건장한 사내와 함께 화강암 다리를 건너 식물원 쪽으로 달려가고 있었다. 잠시 그들의 뒷모습을 지켜보다 기훈은 분수대가 있는 곳으로 마저 뛰어갔다.

언제던가. 비어 있는 남의 아파트 베란다에서 두 사람은 노래하는 분수대를 내려다보고 있었다. 굳이 돌아볼 것도 없이 명해기 치음 기훈을 만나러 찾아온 날이었다. 기훈은 매점 파라솔 의자에 앉아 콜라를 마시며 지난날들을 돌이켜보고 있었다. 얼마 후 분수대에 불이 켜지고 물줄기가 하늘 높이 치솟고 음악이 울려퍼졌다. 그날 남의 집 베란다에 서 있을 때 명해는 무슨 생각에 빠졌던 걸까.

사춘기에 막 접어든 듯한 사내아이가 노래에 맞춰 분수대 앞에서 춤을 추고 있었다. 사람들은 숨을 죽인 채 그 아이의 너울거리는 씰루엣을 바라보았다. 분수대의 불이 꺼질 때까지 그 아이의 춤은 계속되었다. 기훈은 사람들 틈에서 빠져나와 명해에게 전화를 걸었다. 명해는 집에 돌아와 텔레비전 앞에서 저녁을 먹는 중이었다.

"웬일이에요?"

늘 똑같은 메마른 음성으로 그녀는 전화를 받았다.

"다음주에 만나서 저녁 함께할까?"

별거 후 일년이 넘도록 두 사람은 한번도 만나지 않았다. 명해 쪽에서 만남을 원치 않았던 것이다. 사이를 두었다가 명해가 말을 돌려 물었다.

"어제 목사님한테 전화받았어요?"

목사님이란 물론 세입자를 두고 하는 말이었다.

"아니, 왜?"

텔레비전 볼륨을 줄이고 나서 명해가 말을 이었다.

"사모님이 지난달에 건강검진을 받았는데, 위암이래요. 뒤늦게 알게 된 모양이에요."

"그렇게 정정하던 할머니가 웬일이지?"

"그러게 말이에요."

사람 일이란 정말이지 알 수가 없는 모양이었다. 목사의 전화를 받고 명해도 꽤나 놀란 눈치였다.

"외아들이 있는 독일에 가서 치료를 받고 싶대요. 여기서는 진작 포기한 것 같고요."

"그런데?"

"전세보증금을 미리 빼달라는 얘기죠. 그게 전재산이래요. 치료비로 쓰겠다는 거죠."

전세기한은 아직도 십일개월이나 남아 있었다.

"그래서 목사님한테 뭐라고 얘기했어?"

"힘들 것 같다고 했어요. 그러자면 지금 제가 살고 있는 원룸 전세금부터 돌려받아야 하잖아요. 그럼 저는 어디로 가죠?"

"그래도 사모가 암이라는데 우리 쪽에서도 방법을 생각해봐야 하지 않을까?"

"하지만 방법이 없잖아요. 목사님은 한시가 급하다고 성환데, 그렇다고 남한테 돈을 빌려 전세금을 빼줄 수도 없는 노릇이잖아요. 나라고 왜 생각을 안해봤겠어요."

"그야 우리가 별거기간을 줄이면 되잖아."

"이런 식으로 우리 문제를 해결하고 싶지 않아요. 목사님한테는 일단 공인중개사 사무실에 집을 내놓으라고 했어요."

기훈은 자신도 모르는 사이에 버럭 화를 냈다.

"얼마 후면 다시 들어가 살 집인데 또 전세를 놓겠다고? 도대체 뭘 어쩌자는 거야."

"일년 기한으로 내놨으니 흥분하지 마요."

전화를 끊고 난 뒤에도 기훈은 마음이 편치 않았다. 목사 부부에게 마치 잘못이라도 저지르는 심정이었다. 다시 생각해보자고 했지만 명해에게서는 좀처럼 연락이 오지 않았다.

그로부터 한달쯤 지난 칠월 말에 기훈은 목사한테서 걸려온 전화를 받았다. 열흘 전에 갑작스럽게 사모가 세상을 떴다고 했다. 의사가 준비하라고 한 시간보다 두달이나 앞당겨 찾아온 죽음이었다. 기훈과 통화를 하는 동안 목사는 힘없이 울먹이고 있었다. 나 도저히 이 집에서 못 살겠어요. 죽은 마누라 생각나 더이상 못 살겠으니 제발 나가게 해줘요. 마누라 땅에 묻고 나서 한시도 제대로 잠을 못 잤단 말이오. 목사는 당분간 아들이 있는 독일에 가 있고 싶다며 거의 애원하다시피 했다.

기훈은 퇴근시간에 맞춰 명해가 근무하는 은행으로 찾아갔다. 공덕시장 입구 순두붓집에서 저녁을 먹으며 기훈은 지금이라도 목사에게 전세금을 내주자고 명해에게 말했다. 고개를 숙인 채 뚝배기 안에 들어 있는 달걀노른자를 숟가락으로 뒤적거리던 명해가 손을 멈추고 기훈을 마주보았다. 얼굴이 불콰하게 달아올라 있었다. 겁에 질린 표정이었다.

"목사님한테 우리가 너무 매정하게 군 걸까요?"

기훈은 쉽사리 대꾸하지 못했다. 지금으로서는 할 만큼 했다고 자위할 수밖에 없었다. 명해는 죄책감을 느끼고 있는 듯했다. 그러나 따지고보면 그럴 필요도 없는 일이었다. 전세금을 내주고 나면 그런 불편한 감정도 곧 사라질 터였다.

보름쯤 후에 두 사람은 목사와 만나 전세보증금을 돌려주었다. 명해가 살고 있는 원룸이 금방 빠져준 게 그나마 다행이었다. 사모가 돌아가시기 전에 해결해드리지 못해 죄송하다고 기훈은 목사에게 고개를 숙여 말했다. 무표정한 눈으로 말없이 두 사람을 바라보던 목사가 힘겹게 입을 열었다.

"누구나 사정이 있게 마련이고 세상사는 인심이 그런 걸 어쩝니까. 지금도 늦지 않았으니 교회에 나가 하느님께 기도하며 사세요. 아셨소?"

목사와 헤어진 뒤 두 사람은 열쇠꾸러미를 들고 전에 살던 아파트로 올라가보았다. 돌아보니 일년 이개월 만의 일이었다.

8

아파트는 비교적 깨끗하게 청소가 돼 있었다. 결혼 전에 리모델링을 하고 입주했으므로 굳이 손볼 것도 없었다. 화장실 비누받침대와 화장지걸이와 방문 손잡이가 두어 개 흔들거렸으나 간단히 손을 보면 될 터였다. 안방과 건넌방을 대충 살펴보고 기훈은 주방 베란다로 나가보았다. 세탁기를 놓았던 자리에 타일이 몇개 깨져 있었다. 다시 세탁기를 들여놓으면 그것도 그다지 눈에 띄지 않을 듯했다.

베란다에서 주방으로 나오다 기훈은 먼지가 쌓인 거실 한구석에 주저앉아 있는 명해를 발견했다. 두 손으로 다리를 감싼 채 낙담한 표정을 짓고 있었다. 기훈은 명해에게 다가가 어깨에 손을 올려놓으며 물었다.

"왜 그래? 어디 아파?"

명해가 이마를 잔뜩 찡그린 채 기훈을 쳐다보았다.

"웬 못들을 이렇게 박아놓은 거죠?"

무슨 뜻인지 기훈은 이내 알아듣지 못했다.

"방이고 거실이고 할 것 없이 여기저기 못투성이잖아요."

그제야 기훈은 얼굴을 들고 거실 곳곳을 살펴보았다. 용도를 알 수 없는 못들이 사방에 화살촉처럼 박혀 있었다. 액자나 몇개 걸어놓자고 박아둔 못이라면 그러려니 했을 텐데, 결코 그 정도가 아니었다. 이 많은 못들을 어디에 쓰려고 박아놓은 걸까?

"기훈씨가 전에 박아놓은 건가요? 아니죠, 그렇다면 저도 알았겠죠."

명해는 상처입은 짐승처럼 어깨를 떨고 있었다. 짐작가는 사람들이라고 해봐야 역시 목사 부부밖에 없었다. 높이로 봐서는 의자를 놓고 올라가서 박아야 했을 못들도 꽤나 많았다. 집안에 못이 많이 박혀 있으면 좋지 않다는 것을 노인들이 몰랐을 리 없을 텐데, 도대체 왜 이랬을까? 예수 그리스도의 초상을 얼마나 많이 걸어놨기에. 거실뿐만 아니라 안방도 건넌방도 사정은 마찬가지였다.

기훈은 신발장에서 공구함을 꺼내 벽에 박혀 있는 못들을 하나씩 빼내기 시작했다. 의자가 없었으므로 당장 손에 닿는 것부터 뺄 수밖에 없었다. 씨멘트 벽에 박아놓은 못이었으므로 그중 반은 목이 부러져 대가리만 바닥으로 떨어져내렸다. 기훈이 이곳저곳을 돌아다니며 못을 빼내는 동안 명해는 벽에 드러난 못구멍들을 뚫어지게 바라보고 있었다. 박힌 못은 빼내더라도 그렇게 자국이 남게 마련이었다.

한움큼 빼낸 못을 바지주머니에 집어넣고 기훈은 화장실에서 손을 씻고 나왔다. 명해는 베란다에서 밖을 내다보고 있었다. 비가 오려는지 날이 차츰 흐려지고 있었다. 내일 이사를 해야 할 텐데.

아파트에서 나와 명해는 이삿짐정리를 위해 바삐 서울로 돌아갔다. 기훈은 잠깐 철물점에 들렀다 오피스텔에서 청소도구와 의자를 챙겨들고 다시 아파트로 갔다. 그리고 의자에 올라가 남은 못들을 마저 뽑아내고 썰리콘으로 일일이 구멍을 메웠다. 벽지와 같은 색을 골랐는데도 흔적은 그대로 눈에 남았다.

다음날 아침 이삿짐쎈터 컨테이너에 보관했던 짐이 먼저 도착했다. 기훈은 사다리차에 실려 올라오는 짐들을 일일이 살펴보았다. 장롱은 여기저기가 긁혀 있었고 식탁 유리는 귀퉁이가 깨져 있었으며 침대를 조립하는 데 쓰는 나사는 어디로 갔는지 두 개가 모자랐다. 컨테이너의 짐을 다 들여놓고 기훈이 오피스텔에서 쓰던 짐을 올리려는 참에 명해가 보낸 이삿짐 트럭이 왔다. 전체적으로 짐이 많이 늘어나 있었다. 각자 사용하던 일인용 침대와 기타 중복되는 물건은 임시로 지하 창고에 보관했다가 벼룩시장에 광고를 내 처분할 계획이었다.

이삿짐센터 직원들이 모두 돌아간 뒤 두 사람은 중국집에서 자장면을 배달해 먹고 집안정리를 시작했다. 포장이사라는 것도 말뿐으로 책장에서부터 장롱, 찬장, 장식장, 냉장고까지 일일이 다시 정리를 해야만 했다. 저녁참에 대충 갈무리를 하고 나서 두 사람은 가까운 목욕탕에 다녀왔고 할인마트에 들러 시장을 보았고 아웃백에서 저녁을 먹고 집으로 돌아왔다. 그렇듯 기나긴 하루가 지나가고 있었다.

한시간쯤 말없이 텔레비전을 시청하다 명해가 먼저 소파에서 일어나 안방으로 들어갔다. 삼십분쯤 뒤에 기훈은 화장실에서 양치를 하고 나와 안방문을 열어보았다. 늘 그랬듯이 명해는 벽으로 돌아누운 채 잠들어 있었다. 신혼시절 침대가 놓여 있던 바로 그 자리였다.

명해 옆에 들어가 누웠으나 기훈은 좀처럼 잠이 오지 않았다. 주기적으로 창이 밝아졌다 어두워지기를 반복하고 있었다. 공원의 노래하는 분수대에서 명멸하고 있는 불빛일 터였다. 기훈은 창문 쪽으로 귀를 기울였다. 사라 브라이트만이 부르는 헨델의 「울게 하소서」가 멀리서 들려오고 있었다. 기훈은 뒤채는 시늉을 하다 슬그머니 명해의 등을 끌어안았다. 명해는 낮게 코를 골며 깊이 잠들어 있었다. 창에 어른거리는 불빛이 명해의 얼굴을 이따금씩 흐릿하게 비추고 있었다. 무엇일까? 명해의 머리맡 벽에 마치 벌레가 기어가듯 쓰여 있는 글자들이 기훈의 눈에 어렴풋이 들어왔다.

　기훈은 몸을 일으켜 화장대에 놓여 있는 스탠드를 켰다. 명해가 몸을 움찔하더니 잠결에 머리 위로 이불을 끌어당겼다. 기훈은 소리를 죽여 명해의 머리맡으로 다가갔다. 어젯밤에 청소를 하면서도 미처 보지 못한 흔적이었다. 그것은 화장할 때 쓰는 아이브로우 펜슬로 적어놓은 글자들이었다.

　인생이란 헐벗은 나뭇가지들 사이로 틈틈이 지나가는 햇살을 바라보는 것. 따뜻한 강물처럼 나를 안아줘. 더이상 맨발로 추운 벌판을 걷고 싶지 않아. 당신의 입속에서 스며나오는 치약냄새를 나는 사랑했던 거야. 우리 무지갯빛 피라미들처럼 함께 춤을 춰. 그래도 인생은 살 만한 거라고 내게 얘기해줘. 가끔은 자유와 이상과 고독에 대해서도 우리 얘기해. 화병처럼 나는 주인만을 사랑해. 나도 너의 주인이 되고 싶어. 당신이 먼저 잠든 밤마다 나는 이렇게 한줄씩 쓰고 있어요.

마루밀
이야기

1

  벽시계가 아홉시를 가리키자 병희는 가게문을 닫기 위해 의자에서
일어났다. 생선껍질을 뒤집어쓴 것처럼 몸이 으슬으슬 떨리고 아랫배
와 허리로 둔한 통증이 몰려와 있었다. 서랍을 뒤져 진통제를 꺼내먹
은 다음 병희는 저녁때 분식집에서 배달해 먹은 오므라이스 그릇을
신문지로 덮어 문밖에 내놓았다. 아침녘에 비가 내리고 나서 기온이
뚝 떨어져 있었다. 하루 일이 끝났음을 확인하기 위해 병희는 가게 앞
에서 습관적으로 담배를 피워물었다. 잠시 미열처럼 엄습한 현기증에
시달리며 병희는 벽에 등을 기댔다. 길 건너편에 밀집해 있는 유흥업
소의 네온싸인들이 그녀의 동공에서 페인트 자국처럼 번져내렸다. 가
까이에서 휘파람 소리가 들려왔으나 병희는 돌아보지 않은 채 나른한

미소를 지어 보였다. 이어 사내 두엇이 그녀 앞을 모로 지나쳐갔다.

내일은 가게를 쉬는 날이었으나 딱히 염두에 둔 일은 없었다. 가을이 더 깊어지기 전에 설악산 단풍구경이나 하고 올까? 그참에 대관령 양떼목장에 들러보는 것도 괜찮을 텐데. 구월 중순부터 간다간다 하면서도 한달째 미루고 있는 계획이었다.

가게 안으로 들어와 손가방을 챙겨들고 쇼윈도우의 불을 끄려는 터에 웬 여자애가 유리문을 밀고 안으로 들어섰다. 손님이거니 생각했는데 그것은 곧 방어적인 느낌으로 변했다. 여자애는 검은 반팔 티셔츠에 낡은 청바지 차림이었고 푸마 로고가 찍힌 초록색 운동화를 신고 있었다. 촛점 없이 공허하게 풀린 눈, 약간 벌어진 메마른 입술, 헝클어진 머리칼, 허리 아래로 늘어져 있는 두 팔…… 무슨 일이지?라고 병희가 물었으나 여자애는 미처 알아듣지 못한 것 같았다. 여자애가 입고 있는 폴햄 티셔츠를 눈여겨보며 병희는 며칠 전에 그녀가 가게에 왔던 사실을 기억해냈다.

"너, 혹시 술 마셨니?"

그제야 여자애는 눈을 크게 뜨고 가게 안을 두리번거렸다. 동시에 두 손으로 어깨를 싸안으며 춥다고 중얼거렸다.

"옷 사러 온 건 아닌 것 같은데."

"하지만 술을 마신 건 아니에요."

문밖을 주의깊게 살펴본 다음 여자애는 병희를 돌아보며 바닥에 수저를 떨어뜨린 음식점 여종업원처럼 웃어 보였다.

"제가 잠깐 꿈을 꿨나봐요."

병희는 여자애의 어깨 너머로 가게 밖을 훔쳐보며 짐짓 짜증스러운 투로 말했다.

"가게문 닫아야 하니까 그만 나가봐."

"저, 물 좀 먹을게요."

병희의 대답을 듣기도 전에 여자애는 정수기로 다가가 일회용 종이컵으로 온수를 받아마셨다. 어디서 도둑고양이처럼 나타난 것일까.

"너 우리 가게에 온 적 있지?"

이렇게 묻고 나서 병희는 금방 후회했다. 여자애가 실눈을 뜨고 병희를 쳐다보더니, 짓궂은 표정으로 하얗게 이를 드러내고 웃었다.

"맞아요, 옷 사러 두번 왔었죠."

"한번인 걸로 아는데?"

"그런가요? 기억력이 꽤 좋으시네요."

불을 끄고 밖으로 나와 셔터를 내릴 때까지 여자애는 병희 뒤에서 머뭇거리고 있었다. 은근히 신경이 쓰였으나 병희는 여자애를 무시한 채 지하주차장으로 내려가기 위해 상가 중앙 출입구로 들어갔다. 여자애가 뒤에서 따라오며 속삭였다.

"언니, 시간 있으면 저 밥 좀 사주면 안될까요? 지갑을 두고 나왔거든요."

가뜩이나 신경이 예민해져 있던 터라 병희는 뒤를 돌아보며 외쳤다.

"너, 도대체 왜 이러는 거니?"

여자애가 움찔하더니 뒤로 물러났다. 더이상 틈을 주면 안되겠기에 병희는 서둘러 엘리베이터를 타고 주차장으로 내려갔다. 잠시 후 차를 몰고 밖으로 나오며 병희는 가게 앞을 돌아보았다. 기다리고 있었다는 듯, 여자애가 손을 들어 보였다. 병희는 상가건물을 한바퀴 빙 돌아 다시 가게 앞으로 돌아왔다. 그때까지 여자애는 셔터가 내려진 가게 앞에 어둡게 서 있었다.

2

"설악산에 가려고 하는데 같이 갈래?"

굳이 동행이 필요해서 한 말은 아니었다. 오히려 여자애를 떼어내기 위해 던진 말에 가까웠다. 여자애가 눈을 반짝 뜨고 물었다.

"지금요?"

설마했는데, 여자애의 반응이 뜻밖이었다.

"와, 그거 멋진 생각이네요. 그런데 밥부터 먹고 가면 안될까요? 실은 점심때부터 굶었거든요."

"가다가 휴게소에서 사줄게. 싫으면 관두고."

"중간에 휴게소에다 절 버리고 가는 건 아니겠죠?"

"귀찮게 굴면 그럴 수도 있어."

재빨리 조수석에 올라타며 여자애가 인형처럼 얌전히 있을게요, 라고 말했다.

"이름 물어봐도 돼?"

"윤정이에요. 나이는 스물셋이고요."

"직업은?"

"요즘 직장 구하기 힘들잖아요. 이것저것 아르바이트하며 지내고 있어요."

"이것저것이라니?"

"편의점이나 주유소 같은 데 있잖아요."

여자애는 백화점과 할인마트에서 주차안내원으로 일한 적도 있었다. 대학에 다니다 일년 전부터 휴학중이라고 했다. 병희가 사는 연립

주택에서 그다지 멀지 않은 다세대 원룸에 혼자 세들어 살고 있었다. 가족에 대해 묻자 여자애는 못 들은 척 입을 다물었다. 강변로를 타고 한남대교 앞에 이르렀을 때는 이미 열시가 넘어 있었다. 한남대교에서 궁내동 톨게이트까지 부분부분 정체가 되었으나 영동고속도로는 소통이 비교적 원활했다. 그사이 여자애는 믿을 수 없으리만큼 깊게 잠들어 있었다. 식은땀을 흘리며 이따금 잠꼬대까지 했다. 그때마다 병희는 조수석을 돌아보며 뒤늦은 의혹에 사로잡혔다. 이 여자애는 아까 누군가에게 쫓기고 있었던 것은 아닐까?

용인휴게소에서 두 여자는 국밥과 쌘드위치로 속을 채웠다. 고속도로가 한산하다 싶었는데 휴게소에 들어와보니 사람들로 북적거리고 있었다. 차림새로 보아 대개 단풍놀이를 가는 단체관광객들이었다. 밤늦게 출발했으나 주말은 어쩔 수 없는 모양이었다. 딴에는 틈새를 노린다고 하지만 어딜 가나 비슷한 사람들로 붐비게 마련인 것이다. 두 여자는 각자 화장실에 다녀온 다음 편의점에 들러 생수와 과자를 사고 휴게소 건물 앞에서 원두커피를 마셨다.

그때껏 별말이 없던 윤정이 병희에게 물었다. 강원도에 자주 가요? 그게 무슨 뜻이지? 어깨를 으쓱하고 나서 윤정이 되받았다. 아니, 그냥 자주 가냐고요. 봄가을로 일년에 두 번쯤? 숨을 죽이고 있다가 윤정이 다시 물었다. 강원도에 누가 있어요? 누가 있긴, 서울에 살면 사실 갈 데가 별로 없잖아. 남쪽지방은 여자 혼자 여행하기엔 왠지 낯설고, 쉽게 오갈 수 있는 곳을 찾다보면 늘 강원도지 뭐. 남자친구 없어요? 글쎄, 다들 어디로 가셨는지 지금은 부재중이네. 밤늦게까지 종일 가게에만 앉아 있으니 사실 남자 만날 시간도 없어. 그럼, 무슨 재미로 살아요? 글쎄, 돈버는 재미라도 있으면 좋을 텐데 장사가 잘 안

돼. 결혼은 생각 안해봤어요? 요즘 남자들이 얼마나 영악한지 모르고 하는 말이니? 시골출신에다 부모님 다 돌아가셨지, 인물 그저그렇지, 가진 거 없지, 나이 많지, 성격 어둡지, 게다가 아직 눈은 높지, 어떤 남자가 좋다고 달려들겠니. 언닌 어떤 스타일의 남자를 좋아하는데요? 네 나이 땐 브래드 피트였는데 요즘엔 양조위나 해리슨 포드 같은 타입한테 마음이 끌리더라. 해리슨 포드는 너무 늙었잖아요. 조니 뎁이라면 혹시 모를까. 그래도 양조위는 나이가 들어갈수록 멋진 거 같지 않니? 그렇게 엄격하면서도 고독한 표정이 아무 때나 나오는 게 아니야. 추운데 그만 가죠. 트렁크에 등산용 점퍼가 있는데 꺼내줄 테니 그거라도 걸쳐.

차에 올라타 시동을 걸기 전에 병희는 핸드백에서 아스피린과 비타민을 꺼내 삼켰다.

"무슨 약을 그렇게 먹어요?"

"면역력을 기르기 위해 삼십대 이상의 여자들이 일상적으로 먹는 쓰디쓴 사탕. 아직 깨물어 먹어본 적은 없지만."

"혹시 생리통도 있어요?"

"아직 시작은 안했는데 이삼일 전부터 통증이 심해. 그냥 좀 지나가면 안되는지, 매달 어김없이 찾아와 악마처럼 지긋지긋하게 굴지. 게다가 몸이 변하는지 점점 주기가 빨라지고 있어."

"제가 운전할까요? 면허 딴 지는 얼마 안됐지만."

"관둬. 아까 너 잠꼬대하는 거 보니까 상태가 불안하더라. 오늘 무슨 일 있었던 거지?"

"……"

"얘기하고 싶지 않으면 하지 마. 별로 알고 싶지도 않으니까."

"제가 뭐라고 잠꼬대했는데요?"

"듣고 나서 금방 잊어버렸어. 피곤하면 좀더 자두든지."

"담배 피워도 돼요?"

"가방에 있어. 차 안에 냄새 배니까 얼른 피우고 꽁초는 밖에다 버려."

"오늘 어디서 잘 거예요? 저 강원도는 춘천밖에 못 가봤거든요."

"도착해서 뭐, 하고 싶은 거 있니?"

"회하고 소주가 먹고 싶은데, 좀 비싸겠죠?"

"그때까지 문을 열어둔 횟집이나 있을지 모르겠다. 추운데 담배 좀 그만 피우면 안될까?"

윤정은 창밖에 담배를 집어던지고 올림버튼을 눌렀다. 병희는 싸이드미러를 통해 도로에서 튀어 달아나는 담뱃불을 보고 있었다. 다시금 현기증이 엄습해 병희는 두 눈을 부릅떴다. 한동안 옆이 허룩하다 싶어 곁눈질로 훔쳐보니 윤정은 앞에서 달려오는 어둠만 망연히 바라보고 있었다.

잠을 쫓기 위해 병희가 더듬더듬 입을 열었다.

"오년쯤 만나다 헤어진 남자가 있었어. 그 사람과 결혼할 생각이었는데 그게 뜻대로 되지 않더라. 안경점에 갔다 알게 된 안경사였어. 나보다 몇살 위였고 뭐랄까…… 세상과 일정한 거리를 유지한 채 조용히 자기세계를 지키며 사는 그런 사람이었어. 남들 눈에 잘 띄지 않는 그런 부류의 사람 말이야. 하지만 자기가 하는 일에는 나름의 자세와 신념이 있었지. 손님이 자기한테 맞는 물건을 고를 때까지 좋은 의사처럼 지치지 않고 부드럽게 상대해주는 거야. 진열장 안에 있는 안경을 전부 꺼내놓는 한이 있더라도 말이야. 소비자의 심리를 건드려

비싼 걸 강요하는 법도 없었지. 거기에 끌렸던 것 같아. 유일한 취미는 주말마다 캠코더를 가지고 새를 찍으러 다니는 거였어. 몇번 저녁을 먹고 나서 철새를 찍으러 강원도에 함께 갔는데, 진흙밭로 갈대숲을 헤매고 다니는 그 사람의 뒷모습을 지켜보다 결국 마음을 빼앗겼지. 그날 그 사람의 황홀한 내면을 보게 된 거야. 근데 왜 그렇게 집안에서 반대를 하던지."

"왜요?"

"그야 뭐 뻔한 거 아니겠니? 전문대 출신에 볼품없이 생긴데다 나이가 많았거든. 사실 우리는 형편이 비슷해서 안심하고 서로에게 끌렸던 거야. 알고 보면 결혼이라는 게 철저히 함수관계에 의한 거잖아. 어느 한쪽이 기울면 문제가 되게 마련이거든. 맥이 빠졌던 건 저쪽 집안에서도 똑같은 이유로 반대를 하더란 얘기야. 이쪽보다 좀더 나은 점을 억지로 끄집어내서 말이야. 형이 치과의사였고 여동생의 남편이 세무사였거든. 몇년을 밀고 당기다 당사자끼리도 진력이 났지. 어떤 식으로든 서로 밑바닥을 보게 되면 그때부턴 버티기 힘들어."

"상처받았겠어요."

"……한동안은 동거하다시피 했으니까, 아무렇지도 않을 수는 없겠지? 그 사람과 헤어지고 나서 부모님이 돌아가시기 전에는 절대 결혼하지 않겠다고 결심했어. 이상하게 앙심을 품게 되더라. 근데 그 생각을 하기가 무섭게 엄마가 교통사고로 돌아가시더니 올봄엔 아버지가 털썩 암으로 입원해 두달 만에 또 세상을 뜨더라고. 돌아가시기 며칠 전에 아버지가 나한테 이러더라. 죽기 전에 너 결혼하는 거 꼭 봐야 하는데. 아직도 그 사람 만나고 있니? 그 말을 듣는 순간 정말 참을 수 없는 분노가 치밀어오르더라."

"그래서 뭐라고 했어요?"

"저 죽을 때까지 혼자 살 거예요. 그제야 속이 좀 후련해지더라. 낼 모레 돌아가실 양반한테 내가 너무한 거니?"

"저야 잘 모르겠지만, 아마 저라도 그랬을 거예요."

"그래, 그 사람과 헤어지기 전에 속초에 갔다 강릉으로 내려와 오징어회 먹었던 생각 난다. 서울로 돌아가면 헤어질 걸 빤히 알면서도 여관방에 들어가 차디찬 몸으로 쎅스를 하고 불안하게 잠이 들었어. 새벽에 깨어보니 그 사람은 코를 골며 잘도 자고 있더라. 알몸으로 말이야. 그냥 그런 건가봐. 일년 뒤에 그 사람은 보험설계사와 결혼했고 지금 애 낳고 잘살아. 몇달 전부터 가끔 연락이 오는데 전화를 받을 때마다 기분이 묘해."

"만나고 싶어요?"

"만나도 새삼스럽게 보고 싶어서 만나겠니?"

"그럼 만난 거네요."

"……한달 전에 가게로 찾아왔더라. 저녁 먹고 술 마시고 나서 호텔로 가자는데 억지로 돌려보냈어. 하지만 자꾸 만나다보면 이쪽도 마음이 뒤숭숭해지겠지?"

"비참한 생각 안 들어요?"

"……"

"결혼생활이 시들해지니까 찾아온 거잖아요. 이쪽이 만만하게 보이는 거죠."

"네 눈엔 내가 만만해 보이니?"

"그게 아니라 사실이 그렇잖아요. 그런 남자가 어디 한둘인 줄 아세요?"

"......"

"다음 휴게소에서 한번 더 쉬면 안될까요?"

"왜, 또 배고픈 거니?"

차는 여주 근처를 지나고 있었다.

"저 원래 화장실 자주 가요."

"괜히 너까지 데려와서 기분만 더 우울해지는 거 같다. 오늘 꼭 설악산에 가려고 했던 것도 아니거든."

"제가 뭐 잘못했나요? 언니가 먼저 꺼낸 얘기잖아요."

"누가 뭐라던? 이상한 기집애. 난 그래도 대학 졸업할 때까진 착실하게 살았어. 요즘 대학생들은 유흥업소에도 나간다며? 그게 아르바이트니?"

"언니 학교 다닐 때하고 지금하고 같아요? 언니도 알다시피 유흥업소에서 그 나이 또래의 여자애들을 필요로 하잖아요. 간단한 함수관계 아니에요? 게다가 몸매 좋고 예쁘지 않으면 면접도 못 봐요. 명품 구두에 핸드백 정도는 하나씩 다 들고 다녀야 하고요."

"그래, 대학에 들어간 것만 해도 용하다. 난 차 안에 있을 거니까 얼른 화장실에나 다녀와."

조수석에서 내려 윤정이 허리를 구부리고 차 안을 들여다보았다.

"기다릴 거죠?"

"여기다 너 버리고 갈까봐?"

"그러지 말란 법도 없잖아요."

3

　지난봄에 윤정은 스포츠쎈터에서 석달 동안 일한 적이 있었다. 원룸을 함께 쓰던 친구가 영국에 있는 플로리스트 전문양성학교로 유학을 떠나면서 윤정에게 아르바이트 자리를 소개해준 것이 계기가 되었다. 그녀는 윤정의 여고동창으로 실업팀의 탁구선수로 뛰었는데, 이년 전에 허리를 다쳐 스포츠쎈터 탁구클럽의 코치로 일하고 있었다. 월급도 적을뿐더러 전망이 없는 일이라고 그녀는 늘 앵무새처럼 불평을 늘어놓았다. 아무튼 쉬고 있을 때여서 윤정은 그녀의 제의를 고맙게 받아들였다. 더 나은 일자리가 생기면 물론 미련없이 그만둘 생각이었다.

　일은 수월한 편이었으나 근무시간이 길었다. 식사시간으로 주어지는 두 시간 외에, 새벽 여섯시부터 밤 열시까지 헬스클럽 입구 데스크에 앉아 회원카드를 받아 라커룸 열쇠와 바꿔주고 주차증에 스탬프를 찍어주는 지독히 단순한 일이었다. 당연히 보수도 많지 않았다. 다만 틈틈이 책을 읽을 수 있었고 일요일에는 헬스장과 수영장을 무료로 이용할 수 있었다. 스포츠쎈터에서 한달쯤 일했을 때 윤정은 세상의 권태란 권태는 모두 자신이 짊어지고 있는 느낌을 받았다. 회원카드와 라커룸 열쇠와 주차증으로 단조롭게 돌아가는 비좁은 세계에서 그녀는 아무 의사가 없는 존재로 하루에 무려 열네 시간을 데스크에 앉아 있어야만 했다. 점심식사 후에 윤정은 살아 있다는 감각을 유지하기 위해 스포츠쎈터 앞의 버스정류장에 앉아 사람들을 지켜보다 데스크로 올라오곤 했다.

어느날 헬스클럽이 문을 여는 시간에 맞춰 삼십대 중반으로 보이는 양복 차림의 남자가 엘리베이터에서 내려 데스크로 다가왔다. 이마 위로 빗어넘긴 머리칼과 튀어나온 광대뼈, 움푹 팬 두 눈과 고집스러워 보이는 입술이 묘하게 부조화를 이룬 독특한 인상의 남자였다. 그날 등록한 신규회원이었고 운동을 마치고 곧바로 출근하는 직장인 같았다. 남자가 내민 회원카드를 받고 윤정이 라커룸 열쇠를 꺼내주는 사이, 그는 주머니에서 휴대폰을 꺼내 어딘가로 전화를 걸었다. 통화를 하는 동안 남자는 윤정에게 메모지와 볼펜을 빌리며 무심코 웃어 보였다. 두 시간쯤 후에 남자가 샤워장 입구에서 나와 주차증과 회원카드를 받아들며 윤정에게 대뜸 이름을 물어왔다. 마치 지나가는 사람을 붙잡고 길을 물어보는 것처럼 태연한 표정으로. 왜요?라고 대꾸하려다 윤정은 냉큼 입을 다물었다. 남자는 매일 같은 시각에 나타나 정확히 여덟시에 주차장으로 내려가는 엘리베이터를 탔다. 열흘쯤 지났을 때 그가 윤정에게 다시 접근해왔다.

"저녁에 시간 좀 내주면 안될까요?"

주의를 기울여 듣지 않았더라면 혼자 웅얼거리는 소리로 알았으리라. 윤정은 고개를 들고 남자의 얼굴을 바라보았다. 무엇을 찾는지 남자는 바지주머니를 뒤적거리고 있었다. 잘못 들은 것일까?

"식사라도 같이했으면 해서요."

남자의 얼굴엔 이상할 정도로 아무 표정이 없었다. 불쾌한 느낌을 떨쳐버리기 위해 윤정은 비꼬아 말했다.

"밤 열시 이후에 저녁을 먹는 사람도 있나보죠?"

남자는 이마를 찌푸리고 오른손 검지와 중지로 제 머리를 툭툭 쳤다. 그리고 엘리베이터 옆에 있는 음료수 자판기까지 걸어갔다 맨손으로 되돌아왔다. 그리고 데스크에 놓여 있는 메모지와 볼펜을 집어 들고 시간을 들여 꼼꼼하게 약도를 그렸다.

"제가 가끔 가는 와인밥니다. 오늘밤 여기서 만나죠."

"누구 맘대로요?"

남자가 선언문을 낭독하듯 또박또박 말했다.

"아가씨는 여기에 어울리지 않는 사람입니다."

"무슨 뜻이죠?"

"아가씨를 볼 때마다 너무나 지루한 표정을 하고 있기에 하는 말입니다. 옥상에서 말라가는 화분처럼 말이죠. 저도 제 감정을 잘 모르겠지만, 아가씨를 보면 답답한 느낌이 듭니다. 어쩌면 처음 봤을 때부터 뭔가 끌렸겠죠."

약간의 여유를 되찾고 윤정은 침착하게 말했다.

"밤마다 옥상에 올라가 화분에 물 뿌리는 취미가 있나보죠? 출근시간에 늦을 텐데 그만 가보시죠. 와인바 같은 덴 취미 없으니까, 괜히 기다리지 마시고요."

며칠 동안 남자는 헬스클럽에 나오지 않았다. 그렇게 한주가 지나고 나서 남자는 월요일 밤 열시에 갑자기 데스크에 나타났다. 초조하고 불안한 모습이었다. 남자는 곧바로 윤정에게 다가와 절박한 어조로 말했다.

"삼십분 후에 버스정류장 옆에 차를 대놓고 기다리겠습니다. 오늘 저와 술 한잔 하죠."

윤정은 남자의 얼굴을 똑바로 마주보았다. 남자는 바지주머니에서 손수건을 꺼내 이마의 땀을 닦아냈다.

"사람은 누구나 원하는 게 있게 마련입니다."

"그래서요?"

"차라리 거래를 하면 어떨까요?"

뜨겁게 달아오른 얼굴을 감추기 위해 윤정은 가슴 아래로 시선을 떨어뜨렸다.

"감정 따위는 개입시키지 말고 필요한 걸 서로 교환하는 겁니다. 그게 합리적이지 않을까요?"

윤정은 대항하듯 남자에게 물었다.

"제가 원하는 게 뭔지 알기나 하세요?"

남자는 집달리처럼 웃어 보였다. 이때 내뱉은 말이 어떤 결과를 가져올지 윤정은 미처 깨닫지 못하고 있었다. 자신도 모르는 사이에 남자와 거래를 시도하고 있었던 것이다. 근무가 끝난 뒤 윤정은 집으로 가기 위해 버스정류장으로 갔다. 버스를 기다리는 동안 윤정은 두어 번 주위를 두리번거렸다. 오분쯤 지났을까. 편의점 앞에 비상등을 깜빡이며 서 있던 회색 렉서스의 앞문이 열리더니 남자가 밖으로 나왔다. 그리고 거침없이 윤정에게 다가오더니 팔을 잡아끌었다. 주위에 서 있던 사람들의 시선이 윤정에게 쏠렸다. 남자의 손아귀에서 강제적인 힘은 느껴지지 않았으나 순간 체념하고 싶은 욕망이 윤정의 피로한 육체 속에 수면제처럼 번졌다.

남자가 윤정을 데려간 곳은 전에 윤정에게 약도를 그려주었던 와인 바였다. 마늘냄새가 나는 물컹한 치즈에 샤또 마고 포도주를 한병 다 비운 뒤 남자는 양복 안주머니에서 봉투를 꺼내 남들이 보지 못하게 윤정의 앞으로 밀어놓았다.

"오늘 시간 내줘서 고마웠습니다. 다시 만날 수 있겠죠?"

"......"

"윤정씨가 지금 무슨 생각을 하고 있는지 잘 압니다. 마지막으로 선택의 기회를 드리죠."

윤정은 숨을 죽인 채 입을 다물고 있었다.

"길 건너편에 있는 호텔에서 기다리겠습니다."

말을 마치기가 무섭게 남자는 자리에서 일어나 계산을 하고 먼저 밖으로 나갔다. 윤정은 삼십분쯤 지체하다 택시를 불러 집으로 돌아갔다. 사흘 후에 남자에게서 전화가 걸려왔다.

"와인바에서 열한시까지 기다리겠습니다."

"제가 안 나간다면요?"

"혹시, 봉투 얘기를 하는 거라면 돌려주지 않아도 됩니다. 무슨 일이든 항상 필요경비가 발생하게 마련이니까요. 신경쓸 것 없습니다."

기다리겠다는 말을 반복하고 남자는 전화를 끊었다. 퇴근시간이 될 때까지 윤정은 줄곧 자신의 교환가치라는 것을 두고 생각하고 있었다. 믿을 수 없겠지만 그날 남자에게서 받은 돈은 헬스클럽에서 한달 동안 일하고 받는 보수와 정확히 일치하는 금액이었다. 윤정은 전에 할인마트 주차장에서 안내원으로 일하고 난생처음 댓가를 인정받았을 때의 느낌을 떠올렸다. 교환상의 의미로 볼 때 그것과 이것이 어떤 차이가 있는지 생각할수록 점점 그 경계가 모호해졌다. 게다가 이제는 받은 것을 돌려주고 싶어도 돌려줄 수 없게 되었다는 자각이 몰려왔다. 비록 원한 바는 아닐지라도 이제 와서는 강요된 선택이었다고 말할 수 없게 된 것이다.

코스는 전과 다름이 없었다. 마늘냄새가 나는 치즈에 값비싼 포도주를 마셨고 남자가 테이블에 봉투를 올려놓고 자리에서 일어났다. 윤정은 두 손을 이마에 대고 한동안 눈을 감고 있었다. 십분 후에 남자에게서 전화가 걸려왔다. 호텔 룸이었다.

"남은 포도주 마시고 천천히 올라와. 하지만 자정을 넘기면 안되겠지."

윤정은 전화를 끊고 남은 포도주를 마저 비웠다. 그리고 자정에 맞춰 호텔로 갔다. 윤정은 남자와 세 번 더 만났다. 매주 월요일 밤에 만나 와인을 마시고 봉투를 받고 새벽녘에 호텔방에서 빠져나왔다. 그때마다 교환가치가 달라져 봉투 안에 든 액수가 반씩 줄어들었다. 마지막으로 호텔에서 나오던 밤 윤정은 어두운 주차장에 쭈그리고 앉아 담배를 피우며 잠깐 흐느꼈다. 눈물은 나오지 않았으나 마치 영혼을 겁탈당한 것처럼 마음이 황량했다. 다음날 윤정은 스포츠센터를 그만두고 원룸에 틀어박혀 며칠을 보냈다. 그동안 하루에도 몇번씩 거울을 들여다보며 자신의 모습을 있는 그대로 받아들이기 위해 애를 썼다.

병희가 마른 한숨을 길게 내쉬고 나서 입을 열었다.

"거울에 비친 자신의 모습을 있는 그대로 받아들인다?"

윤정이 꺼끌하게 되받았다.

"별수없잖아요."

"그렇지, 살다보면 항상 새로운 국면이 되풀이되지. 어둠속에 높이 솟아 있는 계단을 하나씩 올라가는 것처럼. 뭔가 끝났다 싶으면 또 새로운 국면이 찾아오는 거야. 그래서 어떤 땐 마치 하루하루 다른 세상을 살아가고 있는 느낌이 들어. 어쩌면 그게 희망인지도 모르지만. 외롭게 절망하느니 현재의 자신을 있는 그대로 받아들이고 사는 게 그래, 보다 현명하겠지."

손톱을 물어뜯고 있던 윤정이 저어, 하고 힘겹게 입을 열었다.

"저, 오늘 그 남자 봤어요."

누구?라고 되물으며 병희는 윤정을 돌아보았다. 윤정은 가늘게 진저리를 치며 눈을 감았다 떴다.

"상가 이층에 생맥줏집과 디브이디상영관과 룸까페가 있잖아요. 삼층엔 안마시술소가 있고요."

"나야 올라갈 일도 없지만, 그래, 그런 것 같다."

"저 요즘 생맥줏집에서 일하고 있어요."

"그런데?"

"여덟시쯤 화장실에 가다 그 남자와 마주쳤어요. 숨이 막히더라고요. 그런데 그 남자는 저를 알아보지 못하는 것 같았어요. 취한 것 같기도 했고요."

"그래서?"

"모른 척 얼른 화장실로 들어갔죠. 그리고 시간을 끌다 나왔는데 다행히 남자가 안 보이더라고요."

"그럼, 된 거 아냐?"

"그게 아니에요. 홀 안으로 들어가는데 누군가 뒤에서 제 어깨를 끌어당기는 거예요. 소스라치게 놀랐죠. 그게 누구라는 걸 알았으니까요. 몸이 굳어 뒤를 돌아볼 수도 없었어요. 뒤에 숨어 제가 화장실에서 나오길 기다리고 있었던 거죠."

"……"

"도대체 왜 그래야 하는 거죠?"

병희는 비상등을 켜고 갓길에 차를 세웠다. 윤정의 상태가 극도로 불안했던 것이다. 병희는 윤정의 등을 쓰다듬으며 생수병을 손에 쥐여주었다.

"마셔."

윤정은 차가운 우물에 빠진 고양이처럼 떨고 있었다.

"취한 상태였겠지."

두 손으로 얼굴을 가린 채 윤정은 고개를 가로저었다.

"아뇨, 취한 게 아니라 원래 집요한 사람이에요."

"그래, 그 자식이 뭐라던?"

"귀에다 대고 이러더군요. 아가씨 안녕? 오랜만이야. 근데 왜 나를 피하는 거지? 내가 그동안 얼마나 찾아다녔는지 알아? 결국 이렇게 또 만나잖아."

윤정은 남자의 손을 거칠게 뿌리치고 비상계단을 통해 허둥지둥 건물 밖으로 빠져나왔다. 그때 마침 가게 안으로 들어가는 병희를 발견하고 엉겁결에 따라들어갔던 것이다.

"저주를 받은 기분이었어요."

병희가 윤정의 말을 서둘러 가로챘다.

"잊어버려! 단지 재수가 없었던 거라고 생각해. 어딜 가나 그런 변태들이 설치고 다니는 거 몰랐어?"

시정거리 끝에 '강릉 62km'라고 돼 있는 표지판이 병희의 눈에 들어왔다. 그렇다면 어디까지 온 걸까? 장평을 지났으니 진부 가까이에 와 있는 듯했다. 십분쯤 더 가면 평창휴게소가 나올 터였다. 윤정은 등받이에 몸을 기댄 채 눈을 감고 있었다. 병희는 시속 70킬로미터의 속도로 천천히 차를 몰았다.

평창휴게소에서 커피를 마시며 쉬는 사이 윤정의 상태는 조금 가라앉았다. 그러나 눈가의 거무스레한 빛은 그대로 남아 있었다.

"사람들이 다 어디로 간 걸까요? 아까 들렀던 휴게소엔 사람들이 꽤 많았잖아요."

"다들 어디 가서 자고 있겠지. 벌써 한시가 넘었잖아. 우리도 얼른 가자."

구 대관령휴게소로 빠지는 횡계나들목 구간을 지나며 병희가 말했다.

"대관령에 양떼목장이 있다는 얘기 들어봤니?"

"아뇨, 우리나라에 양떼목장이 있어요?"

"나도 아직 안 가봤어. 몇해 전에 강릉까지 고속도로가 이어져 그쪽으로 갈 일이 없어졌잖아. 내일 서울로 돌아가는 길에 들러보려고 하는데, 괜찮지?"

"저야 상관없어요. 근데 거기 가면 뭐가 있는데요?"

"……"

"아, 양들이 있다고 했죠."

"서울에서 출발할 때는 속초까지 갈 생각이었는데 아무래도 무리이지 싶다. 오늘은 그냥 강릉에서 자자."

"오징어회에 소주 마시고 얼른 푹 자고 싶네요. 아직 문을 열어놓은 횟집이 있을까요?"

"횟집은 다 닫았을 거야. 포장마차라면 혹시 모를까."

"문을 열어놓은 데가 없으면 편의점에서 맥주 사가지고 여관에 들어가 마시죠 뭐."

"오징어회 먹고 싶다면서."

"그냥 해본 소리예요."

강릉까지 가는 동안 윤정은 집안 얘기를 털어놓았다.

"대학에 들어갈 때까지는 그런대로 형편이 괜찮았어요. 아버지가 공항에서 면세점을 했거든요. 그런데 재작년에 세무조사를 받고 탈세

혐의로 수억을 날렸어요. 상도동 아파트를 팔아 추징금을 납부하고 겨우 구속을 면했죠. 하지만 탈세자 리스트에 오르면 사업하는 데 지장 있는 거 아시죠? 은행에서는 대출도 안해주고 친구라고 하는 사람들도 모두 등을 돌리더라고요. 남은 돈을 긁어모아 평촌에 있는 슈퍼마켓을 인수했는데 몇달도 되지 않아 근처에 할인마트가 들어섰으니 장사가 될 리 없죠. 저는 학교가 멀어져 집에서 통학을 할 수가 없고요. 부모님한테 얘기하고 학교 근처 원룸으로 옮겼죠. 더구나 아르바이트를 하지 않으면 도저히 등록금을 댈 수 없었어요. 하지만 아르바이트라는 게 어디 쉬워요? 자리 구하기도 힘들지만 하루종일 일해봐야 한달에 고작 사십만원 정도예요. 그 돈으로는 등록금은 고사하고 매달 월세 내고 공과금 납부하기도 빠듯해요. 어쩔 수 없이 휴학계를 냈는데 부모님은 아직 모르고 계세요. 하지만 어쩌겠어요. 서로 도울 처지가 못 되는걸요."

"그럼 앞으로 어쩔 거야?"

"잘 모르겠어요. 인터넷 알바싸이트를 뒤지다보면 가끔 이런저런 유혹에 시달리긴 해요."

"혹시, 유흥업소를 말하는 거니?"

"뭐, 비슷한 거죠. 좋은 일은 아니라고 생각하지만, 다른 애들도 좋아서 하는 건 아니잖아요?"

"그러다 나중에 결혼은 어떻게 하려고?"

"누가 결혼한대요? 저 그럴 자신 없어요. 복학하긴 이제 틀린 것 같고 돈벌어서 언니처럼 조그만 가게나 차릴까봐요. 남자야 언제든 만날 수 있는 거잖아요."

병희가 자조적으로 웃으며 말했다.

"……나도 매달 가게세에다 집 월세에다 먹고살기 힘들어. 매출이 적으니까 본사에서는 걸핏하면 간판 떼간다고 협박하면서 물건도 잘 주지 않아. 철이 바뀔 때마다 본전이라도 건지려고 바겐쎄일 딱지 붙여야지, 다들 브랜드만 찾으니 동대문에서 물건 떼다 파는 가게는 아예 발을 들여놓지도 않아."

"언닌 그럼 앞으로 어떡하려고요?"

"그래서 어쩔 수 없이 결혼들을 하나봐. 여자 혼자 살기가 좀 힘드니? 돈 없고 직장 없으면 혼자 못 버텨. 가족간에도 돈 때문에 얼마나 아옹다옹하는지 아니? 얼마 전에 아버지 장례 치르고 나자 오빠라는 사람이 득달같이 시골집을 뜯어내고 거기다 은행에서 융자받아 건물부터 올리더라. 다른 형제들이 감쪽같이 모르게 자기 앞으로 명의를 돌려놓고 말이야. 병원에 누워 있는 아버지를 설득해 미리 손을 써놓은 거지. 앞으로 그 부근이 개발되면서 건물값이 몇배로 뛸 거라나? 그때 가서 형제들에게 나눠준다고 하는데 말짱 거짓말이지. 지금 남자 형제들끼리 번갈아 법원에 드나들며 원수처럼 싸우고 있어. 옆에서 지켜보는 나까지 아주 신물이 나."

4

경포해수욕장에 도착한 것은 새벽 두시가 넘어서였다. 해변에 있는 횟집과 가게 들은 모두 문을 닫은 뒤였고 철지난 해수욕장은 차라리 괴기스러워 보였다. 바람마저 왜 그리 드센지 파도가 사납게 몰아치고 있었다. 모래사장으로 내려갈 엄두를 내지 못한 채 두 여자는 현대

호텔 네온싸인이 보이는 해수욕장 남쪽으로 차를 몰았다.

"전에 왔을 땐 호텔 아래에 포장마차가 몇개 있었거든."

하지만 이런 날씨에 도무지 그럴 성싶지가 않았다. 짐작대로 그곳은 공터로 남아 있었고 보이는 건 맞은편의 여관과 모텔뿐이었다. 그나마 네온싸인에 불이 들어와 있는 모텔도 두어 곳에 불과했다. 편의점을 찾으려면 다시 해수욕장 입구로 돌아가야 했다.

"언니, 추운데 그냥 들어가죠. 모텔에서도 맥주 정도는 팔잖아요."

왔던 길을 돌아본 뒤 병희가 말했다.

"여기서 조금만 내려가면 안목해수욕장이 나오거든. 거긴 늦게까지 문을 열어둔 술집이 있을지도 모르겠다. 동네 어부들이 밤새워 술타령하는 곳이긴 하지만. 가볼래?"

"술 마시고 여기까지 또 운전해 오려고요?"

"거기도 여관 있어."

마뜩잖은 눈빛으로 윤정이 되받았다.

"언니 맘대로 하세요."

해수욕장을 벗어나자 초당 순두부마을과 솔밭길로 갈라지는 삼거리가 나왔다. 병희는 상향등을 켜고 터널처럼 어둑한 솔밭길로 들어섰다.

"좀 으스스하네요."

"가보면 더 으스스할걸."

"괜히 겁주지 마요."

솔밭길이 끝나는 곳에서 좌회전을 하고 곧바로 우회전을 하자 울퉁불퉁한 해안길이 나타났다. 맞은편에서 차가 오면 후진을 할 수밖에 없는 비좁은 길이었다. 포말이 날려와 차창에 비처럼 흩뿌렸다. 와이

퍼를 작동시키며 병희는 이제 다 왔어,라고 윤정을 안심시켰다.

"해수욕장 가는 거 맞아요?"

"아니, 해수욕장은 좀전에 지나왔어."

"그게 무슨 말이에요?"

"잠깐 들를 데가 있어서 그래."

허름한 횟집 앞에서 병희는 차를 돌려세웠다. 차에서 내리기 전 병희는 담배부터 피워물었다. 엉거주춤 병희를 따라 밖으로 나오며 윤정은 등산점퍼를 머리로 올려썼다. 횟집은 여름에 문을 닫은 것 같았다. 윤정이 병희에게 바투 다가왔다.

"이제 여기도 완전히 변했구나. 민물과 바닷물이 겹치는 곳이라 갈대가 무성했거든. 이때쯤이면 철새들이 몰려와 있을 텐데."

전조등 불빛이 가닿은 곳에 모래를 퍼올리는 굴착기가 한쪽으로 비스듬히 기운 채 서 있었다. 테트라포드를 높게 쌓아올린 방파제로 파도가 하얗게 덮치고 있었다. 윤정이 몸을 사리고 쿨럭쿨럭 기침을 해 댔다. 그때던가. 뒷전에서 둔중한 군홧발 소리가 불규칙하게 다가왔다. 돌아보니 어깨에 총을 멘 두 명의 군인이었다. 가볍게 거수경례를 한 뒤 고참병으로 보이는 군인이 말을 던져왔다.

"여긴 야간에 민간인 출입금지구역입니다. 그만 나가주셔야겠는데요."

그나마 위협적인 말투가 아니어서 두 여자는 가슴을 쓸어내렸다. 쫓기듯 차에 올라타 두 여자는 민간인 통제구역을 벗어났다.

"놀랐니?"

윤정은 대꾸 없이 군인들이 나타났던 곳을 돌아보았다. 해수욕장 앞에 차를 대고 두 여자는 불이 켜져 있는 실내포장마차로 들어갔다.

안엔 손님이 없었다. 곧 문을 닫을 거라며 주인 할머니가 귀찮은 내색을 했다. 병희가 손가방을 탁자에 내려놓고 의자에 앉으며 말했다.

"소주 한병만 마시고 갈게요."

남은 안주도 오징어순대뿐이었다. 소주와 병따개를 가져오며 할머니가 두 여자의 얼굴을 번갈아 쳐다보았다.

"이왕 들어왔으니 남은 순대나 치우고 가."

추위를 몰아낼 양으로 두 여자는 급히 소주 한병을 나눠마셨다. 할머니가 연탄불에 홍합 국물을 데워다주었다.

"할머니, 고마워요."

"이 시간에 방 잡기도 힘들 텐데, 민박을 할 거면 나한테 얘기해. 싸게 해줄 테니까."

"민박집이 여기서 멀어요?"

"멀면 얼마나 멀겠어."

민박집은 물론 할머니 집이었다.

"그럼 천천히 마셔도 되겠네요?"

"말만한 처녀들이 새벽에 왜 이러고 다녀."

"그러게 말이에요."

윤정이 킥킥거리며 할머니에게 빈 잔을 권했다.

"난 됐으니까 얼른 마시기나 해."

할머니는 난로 옆에 앉아 금세 끄덕끄덕 졸기 시작했다. 물끄러미 그 모습을 지켜보다 병희가 돌연 눈시울을 붉혔다. 병희를 빠히 쳐다보다 윤정이 물었다.

"언니, 왜 그래?"

두루마리 화장지로 코를 풀고 나서 병희가 소주잔을 집어들었다.

"엄마 생각이 나서 그래."

윤정은 고개를 돌려 할머니를 쳐다보았다. 병희는 몇달 전에 안성 고향집에 다녀온 얘기를 윤정에게 들려주었다. 태어나서 여고를 졸업하고 서울로 올라올 때까지 살았던 작은 기와집이었다.

"어느날 아침에 눈을 떴는데, 갑자기 돌아가신 부모님 생각이 나더라. 평일이었는데 가게문도 열지 않고 아침나절에 안성으로 갔어. 갔더니, 글쎄, 눈앞에서 집이 헐리고 있더라. 물어볼 것도 없이 큰오빠가 시킨 일이었어. 아버지 돌아가신 지 얼마나 됐다고. 하도 기가 막혀 마당가에 서서 집이 다 헐릴 때까지 지켜봤어. 그 자리를 뜰 수가 없더라고. 내가 도착했을 땐 담이 헐린 뒤였고 지붕을 걷어내고 맨나중에 마룻장을 뜯어내더구나. 인부들이 커다란 자귀를 들고 못을 하나씩 빼내는데 그 소리가 왜 그렇게 섬뜩하던지. 마치 내 아랫도리를 들춰내는 것 같더라. 그런데 마루 밑에서 뭐가 나왔는지 아니?"

"……"

"칠기 반짇고리였어. 그게 먼지에 덮인 채 튀어나온 거야. 그걸 내 손으로 여는데 인부들이 죽 둘러서서 구경을 하더라. 안에 무슨 보물이라도 들어 있는 줄 알았겠지. 하지만 그건 그냥 반짇고리였어. 누렇게 변한 명주실이 감겨 있는 실패와 녹슨 가위, 크고작은 바늘이 꽂혀 있는 비단 바늘첩."

"정말 그거밖에 없었어요?"

"옥비녀와 분첩, 손거울과 색바랜 머리댕기가 함께 들어 있더구나. 그리고 검은 머리칼 한타래."

"……"

"반짇고리는 엄마가 쓰던 거였어. 어릴 때 본 적이 있거든. 옥비녀와 분첩도."

"근데 그게 왜 마루 밑에서 나온 거죠?"

"그건 나도 잘 모르겠어. 분명한 건 엄마가 직접 마루 밑에 반짇고리를 숨겨뒀다는 거야. 교통사고로 갑자기 돌아가셨으니까 그전에 그랬겠지. 그게 엄마한테 그렇게 소중했을까? 아니면 그때쯤 어떤 절박감에 사로잡혀 있었던 걸까? 어쩌면 미리 죽음을 예감하고 있었는지도 모르지. 엄마의 처녀 때 머리칼을 보면서 왠지 그런 느낌이 들더라. 일테면 마루 밑에 자신을 감춰놓고 사셨던 셈이지. 엄마의 인생에 남겨진 게 고작 그것뿐이었던 거야. 먼지가 두껍게 쌓인 바닥을 다시 샅샅이 훑어보았더니 옛날에 쓰던 오원짜리, 십원짜리 동전 몇개와 검은 실핀이 나오더라. 그것까지 반짇고리 속에 넣어 서울로 가지고 올라왔어."

"그걸 뭐 하려고요?"

"아직 생각해보지 않았어. 하지만 버릴 수는 없는 거 아니니?"

윤정이 할머니가 눈치채지 못하게 소주 한병을 더 가져와 뚜껑을 땄다.

"감기 기운도 있는 것 같은데 그만 들어가 쉬자."

"순대가 남았잖아요."

"식어서 난 더이상 못 먹겠다. 체할지 모르니까 너도 조심해서 먹어."

할머니를 깨워 민박집으로 갔을 땐 새벽 네시가 넘어 있었다. 욕실도 없는 작고 누추한 방이었다. 그래도 방 앞에 쪽마루가 있어 답답한 느낌을 덜 수 있었다. 파도소리가 점점 귀에서 커지고 있었다. 마당에 있는 수도에서 양치만 하고 들어와 윤정은 이불 속에 들어가 이내 잠이 들었다. 병희는 바다에 먼동이 터올 때까지 잠을 이루지 못한 채 두 번이나 쪽마루에 나가 담배를 피우고 수도에서 다시 양치를 하고 들어왔다.

5

　아침바다는 거울처럼 잠잠히 가라앉아 있었다. 차고 맑은 바람이 경포해수욕장 쪽에서 불어왔다. 할머니가 차려준 아침밥을 먹으며 병희가 윤정에게 넌지시 말했다.

　"밥먹고 얼른 속초에 갔다 내려올까? 곧 생리가 올 텐데 온천에서 목욕 좀 할까 싶어서."

　"목욕하러 속초까지 가요?"

　"설악동에서 케이블카 타고 권금성에 올라가보면 지금 단풍이 절정일 거야. 척산온천에서 금방이거든."

　"케이블카는 수학여행온 애들이나 타는 거잖아요."

　"그래도 단풍 보러 온 건데, 이대로 돌아가면 서운하지 않겠니?"

　야박하게도 윤정은 좀처럼 틈을 보이지 않았다. 밥상 위에 껄끄러운 침묵이 감돌았다. 눈치를 보다 윤정이 먼저 입을 열었다.

　"어제 대관령 양떼목장에 간다고 안 그랬어요? 지금 열신데 속초 가서 목욕하고 케이블카 타고 또 밥먹고 내려오면 너무 늦잖아요. 저 여섯시까지는 알바하는 데 가봐야 하거든요. 지갑도 찾아야 하고요."

　시간을 계산해보니 윤정의 말에도 일리가 있었다. 강릉 속초가 서로 가깝다곤 해도 역시 다녀오려면 반나절은 걸리는데다 요즘은 오후

294

여섯시면 해가 지는 것이다. 저녁참에 서울에 도착하려면 밥을 먹고 나가 곧바로 양떼목장으로 가야만 했다. 그제야 병희는 왜 자신이 그토록 양떼목장에 가려고 하는지를 자문해보고 있었다.

민박집에서 나와 두 여자는 경포해수욕장 앞에 있는 찻집에서 커피를 마시며 창밖에 펼쳐진 바다를 내다보았다. 몇명의 젊은이들이 손에 솜사탕을 들고 모래사장에서 사진을 찍으며 환하게 웃고 있었다.

고속도로 진입로에서 두 여자는 성산으로 길을 틀어 대관령길로 올라갔다. 드문드문 대관령에서 내려오는 차량들이 보였으나 구불구불 이어진 길은 괴괴한 적막감이 감돌았다. 이윽고 대관령휴게소에 도착해 병희는 강릉 시내가 내려다보이는 주차장 끝 모서리에 차를 세웠다.

아무도 없을 줄 알았는데, 문 닫힌 휴게소 앞에 조그만 구멍가게가 있었다. 알고 보니 양떼목장에 오는 관광객을 상대로 커피나 컵라면을 파는 가게였다. 오른쪽으로 50미터쯤 떨어진 곳에 양떼목장으로 올라가는 나무표지판이 보였다. 구멍가게 안에서 오십대의 남자가 나와 양떼목장 구경왔소?라며 이물없이 말을 건네왔다. 대낮부터 술을 마셨는지 불콰한 얼굴이었다.

"지름길을 알려줄 테니 커피나 한잔씩 마시고 가구려. 저기 휴게소 뒤편에 나무계단 보이지? 그쪽으로 올라가면 한결 빨라."

그것도 삯이려니 싶어 병희는 가게 안으로 들어가 캔에 들어 있는 오렌지주스를 두 개 들고 나왔다. 구멍가게 주인이 알려준 지름길로 올라가다 병희는 주유소 쪽을 돌아보았다. 간판과 주유통은 온데간데 없고 앙상하게 뼈대만 남은 콘크리트 외벽에 풍화된 페인트 껍질이 비늘처럼 일어나 있었다. 봄여름가을겨울, 철따라 붐비던 대관령휴게소가 이제는 한갓 흉물로 변해 있었다. 휴게소 건물도 사정은 마찬가지였다. 출입문에는 거대한 각목이 X자로 단단히 못 박혀 있었고 지붕도 곧 날아갈 듯 바람에 들썩거리고 있었다.

휴게소 뒤편으로 얼마쯤 걸어올라가자 양떼목장 입구가 나타났다. 입장료 대신 양들에게 주는 건초더미를 사야만 목장 안으로 들어갈 수 있었다. 목장 전체를 다 돌아보려면 약 오십분이 걸린다고 했다. 그러기에는 바람이 너무 차가웠다. 병희가 하고 싶은 말을 윤정이 대신 꺼냈다.

"우리 양만 보고 내려가면 안될까요?"

두 여자가 나누는 얘기를 듣고 있던 건초판매원이 왼쪽 언덕바지를 가리키며 양떼가 모여 있는 곳을 알려주었다. 시월 중순임에도 양떼목장의 언덕은 비현실적일 만큼 푸르렀다. 현실에 없는 세계가 짙푸른 하늘 아래 펼쳐져 있는 것 같았다. 언덕 위의 초원에 다다라 실제로 양떼를 목격한 뒤에는 그 비현실적인 느낌이 더욱 선연하게 다가왔다. 이백 마리쯤 되는 양들이 여름날인 듯 초원에서 한가롭게 풀을 뜯고 있었다.

"양처럼 탐욕스러운 짐승이 없다네요. 심지어는 풀뿌리까지 다 뽑아먹는대요."

윤정이 무심코 내뱉은 말에 병희는 울컥 헛구역질이 나왔다. 윤정이 휴대폰에 내장된 카메라로 양떼를 찍는 동안 병희는 조금 전에 숨을 헐떡이며 올라온 길을 내려다보았다. 언덕에서 주유소와 휴게소 건물은 보이지 않았다. 그러나 오래전에 사람들에게 잊혀진 폐허 위에서 탐욕스럽게 풀을 뜯는 양떼를 보고 있자니 웬일인지 자꾸 헛구역질이 나왔다. 병희는 그만 내려가자고 윤정에게 손짓을 했다. 윤정이 앞으로 다가오며 휴대폰 카메라를 계속 눌러댔다. 병희가 이리저리 얼굴을 피하며 손사래를 쳐도 윤정은 멈추지 않았다. 급기야 병희는 거친 소리로 내뱉었다.

"찍지 말라잖아!"

다가오다 말고, 윤정은 퀭한 눈으로 병희를 쳐다보았다.

"지우면 되잖아요. 왜 소리는 지르고 그래요."

병희는 몸을 돌려 먼저 언덕을 내려갔다. 아까는 몰랐는데 휴게소 뒤편에 양고깃집 간판이 보였다. 병희는 나무계단에 주저앉아 뱃속에 있는 것을 꾸역꾸역 토해냈다. 가슴이 뻐근하게 조여왔으나 다가와 등을 두드려주는 사람은 없었다. 손수건을 꺼내 입을 닦고 병희는 손에 들고 있던 차가운 오렌지주스로 입을 가셔냈다. 그때 휴게소 뒷벽에 나 있는 어두운 창문이 병희의 눈에 들어왔다.

병희는 계단을 내려가 깨진 유리창을 통해 안을 들여다보았다. 어둠이 눈에 익자, 텅 빈 마룻바닥만 남은 휴게소 내부가 동공 가득히 빨려들어왔다. 매대로 쓰던 선반에는 하얗게 먼지가 쌓였고 군데군데 마룻장이 뜯겨나가 있었다. 까닭없이 눈물이 나오려는 것을 억지로 참으며 병희는 주차장으로 내려갔다. 그리고 아득히 강릉바다가 내려다보이는 곳에 이르렀을 때, 병희의 귓전에 이런 소리가 들려왔다.

"이제 우리 여기서 헤어지자."

"……"

"미안해, 너와 행복하게 살 자신이 없어졌어."

"……"

"좋은 남자 만나 부디 잘살아야 돼, 알았지? 지금 여기서 나하고 약속해."

그 순간 왜 나는 고개를 끄덕이고 말았을까?

병희는 담배를 피워물고 단풍이 거세게 몰려가고 있는 산자락으로
시선을 끌어당겼다. 그사이 생리가 시작되고 있었다. 다급한 마음에
뒤를 돌아보았으나 윤정은 아직도 주차장으로 내려오지 않고 있었다.
병희는 담배를 발로 비벼끄고 앙상한 주유소 건물을 바라보며 휴게소
뒤편으로 돌아갔다.

윤정은 아까 병희가 서 있던 곳에 누군가의 그림자인 양 서 있었다.
그녀는 두 손으로 귀를 막은 채, 깨진 유리창을 통해 어둡고 텅 빈 휴
게소 내부를 들여다보고 있었다. 그렇게 오래오래.

강물처럼 흐르다

정홍수

1

윤대녕의 이번 소설집에는 "나는 정연과 처음 만났던 날을 헤아려보았다. 정확히 육년 육개월 전이었다" "내가 문희를 만난 것은 1986년의 일이었다"처럼 시간의 경과를 알려주는 표현이 도처에 보인다. 대개는 한 사람의 일생에 해당하는 긴 시간의 흐름이 서사의 중심에 있고, 상대적으로 짧은 시간의 경과 속에 소설의 서사가 집중되어 있는 작품이라 하더라도 그 배경 이야기 어딘가에는 긴 시간의 갈피를 넘기는 지점이 숨어 있다. 그리고 그 긴 시간의 경과는 다시 몇년 전, 몇달 전으로 촘촘히 나뉘어 흐르면서 현재의 한순간으로 모여든다.

그리고 다시 흘러간다.

세월의 나이테를 천천히 펼쳐 보이는 이러한 서사적 조망 속에서 짧은 시간의 단면에서는 잘 보이지 않던 인간 운명의 유장함과 곡진함이 드러나는 것은 자연스럽다. 동시에 그것은 일희일비하는 감정의 변전을 넘어 인간사의 진실을 좀더 긴 호흡으로 살피게 만든다. 그럴 때 간절한 순간들은 시간의 너울 속으로 접혀들어가면서 오히려 더 사무치고, 모종의 속깊은 체념이나 순응에 이르기도 한다. 그 속깊은 체념이나 순응의 한 풍경은 가령 「편백나무숲 쪽으로」에서 "생의 회한과 허무를 이겨내기 위한" 고단한 노동 끝에 병들고 지친 몸으로 35년 만에 옛집으로 돌아온 화자의 아버지가 마침내 그 속으로 들고 싶어하는 시간, '대정(大靜/大定, 큰 고요함)'의 자리 같은 것인지도 모른다. 그런데 꼭 이런 종교적 경지까지는 아니라 하더라도 윤대녕의 이번 소설집은 시간의 경과를 각별히 깊숙하게 챙기면서, 태어나 만나고 사랑하고 헤어지고 병들고 죽음에 이르는 인간 세사에 대한 모종의 껴안음, 혹은 긍정의 시선으로 충만하다. 여러 작품에 죽음을 앞둔 인물이 등장하지만 그들을 감싸고 있는 소설의 빛과 정조는 슬픔은 슬픔이되 어둡지 않고 환하다. 어긋난 사랑이나 시린 헤어짐의 경우도 가급적 담대히 치유의 시간을 열어둔다. 그리고 그런 것들이 한편에서는 눈 내리는 저녁나절 북한산 하늘 위로 등불처럼 떠 흘러가는 방패연 같은 윤대녕 특유의 수려한 이미지로, 다른 한편에서는 "정연과 나는 남의 빈집 앞에서 하늘을 보고 서성이다. 고개를 뒤로 비튼 채 차를 세워놓은 곳으로 어기적어기적 걸어갔다"(「연(鳶)」) 같은 어눌한 듯 수수한 문장으로 소설을 밀고 끌고 있다.

문제는 이런 속깊은 긍정의 자리가 작고 수다스러운 인간사의 미망을 얼마나 세심하게 소설적으로 끌어안고 있는가 하는 점일 것이다. 그러니 아무래도 이야기를 이어가려면 작품 속으로 들어갈 수밖에 없겠다.

2

생면부지의 여성과 남성 화자가 문득 만나게 되는 장면을 윤대녕 소설처럼 감쪽같이 작품 속에 안착시키는 경우도 그리 많지 않을 것이다. 가령 붐비는 버스 터미널에서 툭 하고 어깨가 부딪쳤던 것인데, 「천지간」(1995)의 '나'는 문상을 가던 발길을 돌려 노란 바바리 차림의 여자를 좇아 완도 바닷가까지 가게 된다. 그 여자의 무표정한 얼굴에서 죽음의 그림자를 본 게 이유였다. 이번 소설집의 표제작 「제비를 기르다」는 어떤가. 강원도 화천의 군대에서 전역하던 날 '나'는 서울로 나오는 버스에서 웬 여대생과 말문을 튼다. 말을 먼저 건넨 쪽은 여자였다. 남자친구 면회를 왔다가 허탕을 치고 돌아가는 길이었기 때문. 이 여자 '문희'와의 인연은 그뒤로 이십년 넘게 이어지게 된다. 얼핏 과하다 싶은 우연도 윤대녕 소설의 아우라에 묻히면 그럴법한 세상의 섭리가 되는 이 마법을 어떻게 설명해야 할까. 윤대녕 소설은 사람과 사람이 만나는 장면에서 잠시 시(詩)가 되는 것인가. 「낙타주머니」에서 화자인 '나'가 비단길 여행 동지인 동갑내기 화가 이진호와 일년 반 만에 조우하는 대목을 보자. "어디서 나타났는지 그가 홀연한 모습으로 거기에 서 있었다. […] 눈이 마주치자 그는 두어 걸음 앞으로 다가오는 시늉을 하다 발을 멈췄다. 나머지는 내가 걸어서 갔다. 아침에 헤어졌다 만난 사람처럼 그는 아무 감정의 내색 없이 나를 보고 말했다." 그러니까 저쪽에서 조금 걸어오다 말면, 나머지는 이쪽에서 걸어가면 되는 것이다. 살아간다는 것은 그런 것이라고 윤대녕 소설은 우리에게 말한다.

「못구멍」의 자못 흥미로운 만남 이야기에서 시작하려다 길을 돌았다. 「못구멍」은 서른 어름의 남녀가 만나 결혼하고 티격태격하며 살아가는 이야기다. 자못 흥미롭다고 했거니와 어떻게 만났을까. 이번에는 '꿈'이다. 학원강사를 하며 살고 있는 기훈의 꿈에 어느날 대학 후배 명해가 교통사고를 당한 모습으로 나타난다. 한때 마음에 두었던 후배이긴 해도 졸업 후 6년간 만난 적이 없다. 평소 머릿속에 떠올리던 사람인가 하면 그것도 아니다. 좋지 않은 꿈이니 연락을 하지 않을 수 없고, 이후부터 윤대녕 소설 득의의 영역이 물흐르듯 펼쳐진다. 프로이트에게 물어보면 당장 답이 나올지도 모른다. 그러나 적어도 윤대녕 소설의 경우라면 프로이트에게 달려갈 필요가 없다. 꼭꼭 눌러놓은 무의식의 돌출이 아니라도 그런 느닷없는 일이 일어날 수 있는 게 윤대녕 소설이 보는 인간사며 세상이기 때문이다. 그리고 윤대녕 소설의 그것은 논리의 차원이 아니라 차라리 시적 직관에 속한다는 점 때문에 우리의 숨통이 트이는 것 아니겠는가.

그런데 아마도 초기 윤대녕 소설이라면 이들의 만남에 드리웠을 수도 있는 비의적 분위기를 두 사람 사이에서는 찾아볼 수 없다. 하긴 일상과 초월 세계 사이의 미학적 긴장이 불교 혹은 전통적 사유의 여백 속에서 유려하게 탐구된 세번째 소설집 『많은 별들이 한곳으로 흘러갔다』(1999)의 세계 이래, 윤대녕 소설은 자신의 초월 지향을 산문적 현실의 갈피갈피에 좀더 세련되게 녹이고 숨기는(물론 이 과정에서 간혹 이완이 있었던 것도 사실이다) 쪽으로 길을 열어왔던 것 아 닌가. 그러니까 「못구멍」은 결혼을 전후한 두 남녀의 지극히 범속한 마음의 결과 행로를 담담하게 따라갈 뿐이다. 물론 그것은 그것대로 만만찮은 재미를 선사한다. 가령 청혼을 하러 기훈이 불쑥 명해의 원룸을 찾았을 때 "마치 야간에 출장나온 동사무소 직원을 대하듯 했다. 말하자면 우체부 정도의 대접도 해주지 않았다"는 묘사도 그러하지만 선문답 주고받듯 서로의 심중을 일부러 비끼는 대화의 묘미는 각별하다. 그러나 호텔에서의 형식을 갖춘 청혼 후, 함께 잠자리에 든 날 새벽 두 사람이 주고받는 대화는 조금 간지럽기도 하다. "양치하고 왔어요? 치약냄새가 나요. 나 때문에 깼어? 아뇨, 아까부터 깨 있었어요. 두려워하지 마…… 헐벗은 나뭇가지 사이로 잠깐잠깐 스쳐지나가는 빛을 바라보는 게 우리들 인생이에요." 그러나 우리는 모르고 있다. 이 말이 어떻게 다시 돌아오게 될지를. 계획에 없던 명해의 임신을 계기로 두 사람 사이에 찾아온 미세한 균열은 피곤한 말씨름 와중에 서로에게 상처를 남기고 결국 결혼한 지 일년도 되지 않아 별거로 이어진다. 안타깝지만 흔한 일이기도 하다. 살던 집을 오십대 후반의 목사 부부에게 세를 주고 별거에 들어간다. 우여곡절 끝에 일년 이개월 뒤 신혼집으로 복귀하게 된 두 사람. 깨끗하게 청소된 빈 아파트에서 두 사람을 맞이한 건 거실 곳곳에 '화살촉처럼' 박혀 있는 못들이었다. 거실뿐 아니라 안방도 건넌방도 사정은 마찬가지였다. 목사 부부는 예수 그리스도의 초상을 얼마나 많이 걸어놨던 것일까. 그것을 본 명해는 "상처입은 짐승처럼 어깨를 떨고 있었다." 왜 그러지 않겠는가. 그 못들은 그간 두 사람의 가슴에 박힌 상처들을 바로 떠올리게 만들었을 테니까. 못은 빼내도 못구멍은 남았다. 썰리콘으로 메워도 흔적은 그대로였다. 그러니까 「못구멍」이 겨냥하고 있는 소설적 과녁은 뚜렷하다. 사람들 가슴에 생긴 못구멍을 메우고 지울 수 있는 길은 없는가. 아니, 사람들은 어떻게 못구멍과 함께 살아가는가.

이사를 마친 첫날, 명해가 먼저 잠자리에 들고 삼십분쯤 뒤에 기훈은 '양치'를 하고 안방으로 들어간다. 늘 그랬듯이 명해는 벽 쪽으로 돌아누운 채 잠들어 있다. 건너편 공원에서 명멸하는 불빛을 받아 명해의 머리맡 벽에 벌레가 기어가듯 쓰여 있는 글자가 어렴풋이 눈에 들어온다. 전날 청소를 하면서도 미처 보지 못한 것이다. 화장할 때 쓰는 아이브로우 펜슬로 적어놓은 글자들.

인생이란 헐벗은 나뭇가지들 사이로 틈틈이 지나가는 햇살을 바라보는 것. 따뜻한 강물처럼 나를 안아줘. 더이상 맨발로 추운 벌판을 걷고 싶지 않아. 당신의 입속에서 스며나오는 치약냄새를 나는 사랑했던 거야. 우리 무지갯빛 피라미들처럼 함께 춤을 춰. 그래도 인생은 살 만한 거라고 내게 얘기해줘. 가끔은 자유와 이상과 고독에 대해서도 우리 얘기해. 화병처럼 나는 주인만을 사랑해. 나도 너의 주인이 되고 싶어. 당신이 먼저 잠든 밤마다 나는 이렇게 한줄씩 쓰고 있어요. (「못구멍」 266면)

이것은 쎈티멘털리즘일 수 없다. '치약냄새'라는 단단한 사랑의 근거가 한가운데 놓여 있기 때문이다. 그리고 '무지갯빛 피라미'가 두 사람의 사랑이 시작되던 기원의 풍경으로 동시에 선연하지 않은가. 이월 하순의 전화 사건이 있고 두달 반쯤 지난 오월 중순, 명해가 도시락을 싸들고 신도시의 호수공원으로 찾아온 날 호숫가에서 섬광처럼 나타났다 사라지던 게 있었다. 기훈은 잘못 본 게 아닌가 했지만 명해도 같은 것, 피라미 옆구리의 그 무지갯빛을 보고 있었다. 그 순간을 소설은 이렇게 적고 있다. "그녀가 네,라고 짧게 대꾸했다. 햇살에 투과된 명해의 귓불이 봉숭앗빛으로 밝게 물들어 있었다." 그렇게, 뒤늦게 도착한 편지에는 사랑의 시원으로 거슬러오르며 꿈꾸는 사랑의 신생에 대한 갈망이 있다. 이때 '치약냄새'와 '무지갯빛 피라미'는 다른 무엇의 은유가 아니라 그 자체로 절대적인 무게를 지닌다. 더없는 구체성이다. 사실 다시 한집에 살게 되었지만 두 사람 사이의 못구멍은 그대로다. 뒤늦은 편지의 도착과 발견이 못구멍을 메울 수 있으리란 보장은 어디에도 없다. 그렇긴 해도 화장실의 치약과 호수의 피라미는 구체성의 힘으로 이들을 조금은 도울 수 있을 것이다. 그러면서 두 사람은 못구멍과 함께 살아가지 않겠는가. 그러다보면 어느날 "인생은 살 만한 거라고" 얘기해줄 수 있을까. 초월적 지평을 특별히 부각하지 않고도 남루한 일상을 기워나가고 들어올리는 윤대녕 소설의 성숙한 시선이 여기에 뚜렷하다.

북한산 만경대와 산성매표소 주변의 지리지를 가운데 두고 세 남녀의 어긋난 행로를 육년여의 시간 속에 담아 들려주는 「연」의 이야기에 오래 눈길이 머무는 것도 비슷한 맥락에서다. 「연」은 화자인 '나'가 북한산 하산길에 정연이라는 여자를 만나 오후 한나절을 함께 보내고 근처 진관사 아래 마을에서 저녁을 맞는 이야기다. 그사이 정연을 처음 만난 육년 육개월 전의 봄날 술집 풍경부터 정연의 사촌언니인 미선, 그리고 화자의 친구이기도 한 운동권 출신 남자 해운의 사연이 끼어든다. 북한산 만경대 바위, 조롱(鳥籠) 속의 새, 그리고 북한산 하늘 위로 떠가는 연 등 소설을 섬세하게 떠받치고 있는 윤대녕 특유의 이미지가 없는 것은 아니지만 이야기는 전체적으로 아주 담담하고 평이하게 진행된다. 그러던 것이 종내 살아간다는 것의 슬프고 쓸쓸한 뒷모습으로 모여들면서 소설은 세상살이의 피할 수 없는 미망을 끌어안는다. 그 광경이 환하다. 그러니까 이제 윤대녕 소설에서 존재의 주소는 힘겹고 누추한 대로 지금, 이곳이라고 해도 될 것인가. 쉽게 단정지을 이야기는 아니겠지만, 최근의 윤대녕 소설이 그 속깊은 순응에서 평명한 시선을 얻고 그로부터 더 많은 인생의 결을 찾아내고 있는 것은 사실인 것 같다. 잠시 「연」의 이야기로 들어가보자.

해운이 조롱 속의 새를 건네주었던 인물은 정연이었다. 그러나 해운은 미선이 혼자 키우고 있던 아이와 함께 사라지고 정연은 두 사람을 찾아 헤맨다. '나'는 정연의 요청으로 북한산 아래 계곡에서 만나 사연을 전해듣는다. 육년 오개월 전의 이야기다. 그들의 소식을 모르기는 마찬가지던 화자는 그로부터 두달 뒤 북한산에서 내려오다 우연히 해운과 마주치고 근처 진관사 아래 해운과 미선이 살고 있는 집으로 가서 점심을 먹는다. 석달 전에 들어왔다고 했다. 산 아래 시골마을의 다 기울어가는 슬레이트집의 문간방, 방문을 열면 곧장 길바닥인 단칸 누옥. 이 집은 그러나 최근 윤대녕 소설이 우리 사는 세상에서 찾아낸 가장 아름다운 존재의 주소는 아닌가. 그것은 윤대녕의 명편 「빛의 걸음걸이」(1998)와는 또다른 맥락에서 살아간다는 것의 어떠함에 바로 닿아 있는 집의 풍경이라 할 만하다. 길에서 신발을 벗어들고 방으로 들어가 안마당과 면해 있는 부엌으로 내놔야 하는 집. 세평 남짓한 방에는 조립식 옷장, 앉은뱅이책상, 텔레비전이 가재도구의 전부였다. 나머지 세간은 부엌에 쌓아두거나 땅에 파묻어둔 모양이었다. 세간을 땅에 파묻다니? 물론 화자의 짐작이다. 그러나 그런

삶도 있는 것이다. 학생운동을 하고, 감옥에 가고, 한줌 자존심으로 버티다 어느날 돌아보니 세상은 저만치 가 있고, 그렇게 길을 잃은 사람들. 마음속의 말 한마디 못한 채 누군가를 떠나보내고, 세월이 흘러 또다른 누군가에게 마음이 기울어 새가 담긴 조롱을 건네고, "그러다 초라해진 옛사람과 다시 만나 그보다 더 초라해진 자신의 모습을 발견"하는 그런 사람들. 해운과 미선은 그렇게 길을 잃은 사람들이 아닌가. 누구를 탓할 것인가. 그게 "삶의 굴레"라면. 그러니 이 단칸방 누옥은 굳이 가난이 아니다. 다만 살아가는 것일 뿐. 세간 따위는 잠시 땅에 파묻고, 부엌 문간에는 무심하게 다시 조롱을 걸어놓고 말이다.

그 단칸방에서 아이와 함께 넷이 꾸부정하게 모여앉아 먹는 점심 밥상의 풍경이 신성한 세부로 가득 차 있는 것은 그 때문이리라.

갑자기 입이 하나 늘어 밥상은 더욱 비좁았다. 김치에 아욱국, 멸치볶음에 오이무침이 전부였으나 밥맛은 유난히 좋았다. 그저 시장기 때문이려니 했는데 그게 아니었다. 처음 먹어보는 쌀이었다. 보기에도 기름질뿐더러 밥알이 쫄깃하고 씹을수록 고소한 뒷맛이 남았다. 묵은김치도 깊은 맛이 배어 있었다. 남의 집 밥을 축내는 것이 미안했으나 나는 미선에게 밥을 더 달라고 빈 공기를 내밀었다. (「연」 28~29면)

육년의 시간이 흘렀고 오늘 정연을 북한산 하산길에 만났다. 정연이 먼저 소식 없는 미선 이야기를 꺼냈지만, 화자도 할말이 없기는 마찬가지. 아들을 낳았고 월곡동 재래시장에 밥집을 차렸다는 이야기만 최근에 겨우 전해들은 터였다. 제삼자가 전할 이야기는 아니었다. 정연의 차를 타고 구파발역 쪽으로 나오다 기자촌과 구파발로 갈라지는 지점에 이르니 공사중 팻말에 기자촌 쪽으로 가서 유턴해 나가라고 되어 있다. 유턴 지점을 찾아 무심코 가다보니 그 길은 육년 전 해운의 낡은 프라이드를 타고 단칸 누옥으로 점심을 먹으러 갔던 진관사 방향이 아닌가. 이런 일이 어찌 우연일 수 있으랴. 적어도 이 소설에서 북한산 만경대의 그 커다란 바위와 북한산성 매표소 주변의 지리지는 그들 길 잃고 엇갈리는 운명이 기대고 안길 수 있는 유일한 무엇이 아닌가. 정연, 미선, 해운, 세 사람만 그런 것이 아니라, 매주 금요일이면 만경대 바위를 보러 북한산을 오르는 화자 '나' 또한 마찬가지다. 오죽하면 야밤에 만경대에 오르다 왼쪽 다리가 부러지고 허리를 다쳤겠는가. 한갓 구경꾼인 척 물러서 있지만 윤대녕 소설의 상처입고 고독한 내면의 시선이 거기 숨어 있지 않은가. 그리고 이 간접화하여 거리를 두고 물러서 있는 시선으로 말미암아 최근 윤대녕 소설에서 타자의 공간이 좀더 여유롭게 확보되고 있는 것은 아닌가.

그렇게 해서 들르게 된 진관사와 절 아래 마을. 해운과 미선이 살던 길가의 문간방에는 녹슨 자물쇠가 채워져 있다. "아는 사람이 살던 집인가요?" "그렇긴 한데, 벌써 오래전에 이사를 간 모양입니다." "빈집을 들여다보면 왠지 무서운 생각이 들어요." 정연이 목이 막힌 소리로 중얼거렸다고 소설은 쓰고 있다. 갑자기 왜 목이 막혔을까. 알 수 없지만, 그럴 거라는, 그럴 수밖에 없으리라는 생각이 든다. 그런 것이 침묵하고 있는 세계의 몫이라는 건가. 돌아나오는 길, 눈 내리는 저녁 하늘 위로 노인이 혼자 연을 날리고 있다. 북한산성 쪽 하늘에 등불처럼 떠 흘러가는 연. 저렇게 떠가면 만경대까지도 갈 수 있을까. 아름답고 슬픈 이미지다. 초월 없는 초월의 현현(顯現). 그렇다 해도 이제 어쩔 것인가. 해는 지고 각자 집으로 돌아가야 한다. "정연과 나는 남의 빈집 앞에서 하늘을 보고 서성이다, 고개를 뒤로 비튼 채 차를 세워놓은 곳으로 어기적어기적 걸어갔다." 북한산을 등지고 세상 속으로 돌아가는 그 귀로의 모습이 참으로 쓸쓸하고 실답다. 윤대녕 소설의 한 진경이다.

   3

   그리고 죽음이 있다. 「낙타 주머니」의 화가 이진호는 서른넷의 젊은 나이에 훌쩍 나비처럼 날아 북한산 대남문 아래 뿌려졌다. 예순다섯 「탱자」의 고모는 마치 자신의 못나고 고달팠던 한평생의 인장인 양 탱자를 들고 바다를 건너와 죽음 저편으로 갔다. 삼십오년 만에 죽음 직전의 병든 몸을 끌고 돌아온 「편백나무숲 쪽으로」의 아버지는 고향집 삼백만평 편백나무숲 속으로 '큰 고요함'을 찾아 사라졌다. 강남 간 제비를 기다리며 한세상을 산 「제비를 기르다」의 어머니는 고향 강화로 돌아가 변소 주위에 꽃을 심어놓고 죽음을 맞아들이고 있다. 평생 자신과 가족 모두에게 남이던 「고래등」의 아버지는 마침내 '고래 외등'을 달 번듯한 집을 지었지만 "금고 속 같은 무겁고 어두운 고독" 속에 갇힌 채 죽음을 기다리고 있다.
   그런데 「낙타 주머니」처럼 너무 일찍 온 친구의 죽음을 떠나보내지 못하고 마음과 몸을 함께 앓는 이야기가 없는 것은 아니지만, 결국은 그것까지 포함해서 전체적으로 이번 소설집에 나오는 죽음은 앞서도 말했듯이 오히려 삶 쪽으로 열려 있으며 어떤 긍정의 순간을 품고 있다. 요컨대 죽음이 보이는 시간에 이르러 윤대녕 소설의 인물들은 고단하고 회한에 찬 삶을 '정화(淨化)'할 수 있는 순간과 만난다. 「탱자」의 서두에서 화자는 통영에서 제주로 오는 배 안에서 마주친 늙은 중의 말을 전한다. "사람은 가끔 정화(淨化)되지 않으면 나이를 먹을 수 없으리라"는 것, 그리고 "죽음에 들기 전에도 아마 다시 이러리라"는 것. 주목할 만한 것은 죽음을 건너편에 둔 그 정화의 순간이 어떤 격렬한 정신적 모험이나 낭만적 환상의 도상에서 찾아지지 않고 살아간다는 것의 예사로운 지평과 순하게 이어지고 있다는 점이다.

예컨대 「탱자」에서 정화의 순간이 어떻게 왔고, 또 어떻게 지나갔는지 우리는 특정하기 쉽지 않다. 제주로 내려오기 전 거의 40년 만에 다시 들른 한산 읍내 초등학교의 그 탱자나무 울타리에서 자신의 운명 같은 탱자를 한보따리 따는 순간 고모는 정화의 문턱에 들어섰던 것일까. 아니면 제주도 애월 방파제의 밤바다에서 백설희의 노래 「물새 우는 강 언덕」을 바람 속에 흩날려보낼 때였을까. 수목원에 연꽃을 보러 갔다 애월로 돌아오던 저물녘, 길가 야트막한 산자락의 배추밭에서 목놓아 통곡할 때였을까. 아마 "오랜 세월 울혈졌던 마음을 힘겹게 풀어내고" 있던 배추밭의 통곡이 일반적인 의미에서 정화의 순간에 가장 가까울지 모르겠다. 배추밭은 열여섯살 중학생이던 고모와 다리를 절던 담임선생의 기구한 인연이 시작된 곳 아닌가. 그러나 울음이나 정화에 무슨 위계가 있을 것인가. 한산의 초등학교 울타리에서 탱자를 따면서 생의 마지막 여행을 시작한 순간도 그러하겠지만, 바닷가 방파제에서 속울음과 함께 풀려나가던 노래 속에 이미 정화는 깃들었으리라. 그러니까 「탱자」를 읽고 나면 한산의 탱자를 들고 바다를 건너 제주도로 온 고모의 여행 전체가 정화의 순간이란 생각을 지우기 어렵다. 탱자를 가지고 바다를 건너온 고모는 조카인 화자에게 부탁해 노지 귤 몇개를 가방에 넣고 다시 바다를 건너 죽음으로 갔지만, 탱자는 그렇게 해서 귤이 되는 것은 아닐 것이다. 탱자는 탱자인 채 익어가고 귤은 또 귤대로 시간 속에 익어가는 것. 우리가 이 소설에서 만나는 가장 감동적인 문장은 소설의 마지막, 고모의 죽음을 전하는 대목이다. "그날 아침 배를 타고 목포로 떠난 고모에게서는 두고두고 연락이 없었다. 정녕 섭섭했던 것일까? // 그러다 탱자와 귤이 노랗게 익어가는 시월 말에, 나는 서울에 있는 아버지와 안부 통화를 하다 남의 집 얘기 듣듯 고모의 부음을 들었다." 오월에 폐암 선고를 받고 칠월에 보름간 제주도 여행을 하고 삼개월이 지난 뒤였다. 이 대목이 감동적인 것은 고모가 폐암 선고를 받은 사실을 소설 화자가 몰랐던 것과 무관하다 해도 좋다. 고모가 한산에서 따온 새파란 탱자도, 화자가 수목원 옆 귤밭에서 주인 몰래 따다 고모에게 건넨 새파란 여름 노지 귤도 정작 시월이 되어야 노랗게 익어 제맛과 아름다움을 빛내는 것. 이 단순한 자연의 이치가 고모의 죽음과 함께 놓이는 자리에서, 소설은 환한 깨달음으로 열린다. 그러니까 고모의 일생은 이미 그 고단한 운명 속에서 속깊은 맛과 아름다움에 도달해 있지 않았을까. 진정한 정화의 순간은 그 긴 시간과 함께 그렇게 서서히 익어왔을 것이다. 소설의 중간중간 고모가 화자인 조카를 앞에 두고 한평생 가슴에 묻어두고 있던 이야기를 풀어내는 대목이 신파인 듯, 신파를 넘어 절제된 기품에 이르러 있는 것도 그 때문이리라.

　윤대녕 소설 고유의 여러 수로(水路)가 한곳으로 모여들며 풍성한 강물의 흐름을 이루고 있는 「제비를 기르다」에 대해서도 비슷한 이야기를 할 수 있을 것이다. 강남 갔던 제비가 돌아온다는 삼월 삼짇날

태어나 칠십 평생을 제비가 날아간 영원의 나라에 대한 그리움으로
살아온 어머니의 삶이란 도대체 무엇인가. 제비가 떠나고 나면 영혼
을 도둑맞은 사람처럼 가족도 외면하고 고독 속에 갇히는 여인, 매년
첫눈과 함께 불가사의한 출분을 감행하여 열흘이고 보름이고 길을 떠
도는 여인. 이제 그녀는 그 한없는 고독의 시간 끝에 다시, 혼자 고향
강화로 돌아가 가능포 들판의 제비를 기다리며 일찌감치 죽음을 준비
하고 있다. 도대체 한갓 철새의 생태에 불과한 제비의 오고감이 무엇
이기에 한 여인의 일생을 이렇게 지배하게 된 걸까. 물론 '영원의 나
라'처럼 충일한 생의 비의를 한번 보아버린 인간들이 무의미한 일상
을 거부하고 자신만의 세계에서 어떤 기다림 속에 살아간다는 이야기
는 윤대녕 소설의 오랜 구도이기도 하다. 그러나 「제비를 기르다」가
특별하다 싶은 것은 「탱자」가 그러한 것처럼, 그러한 구도가 생에 대
한 추상적인 부정이나 환멸이 아니라 고단하고 힘겨운 삶을 좀더 넓
은 지평에서 끌어안는 긍정의 자리로 열리고 있기 때문이다.
　소설은 그것을 화자인 '나'와 종작없는 사랑의 실랑이 속에 20년의
인연을 이어가는 '문희'라는 여인의 삶을 통해 보여준다. 강화도 들판
의 제비떼에 영혼을 빼앗긴 채 두 남자 사이에서 방황하는 문희는 어
머니의 분신이라 할 만한 인물로, 두 번의 결혼 실패가 말해주듯 다소
혹독하다 싶은 방황의 댓가를 치른다. 그런데 어머니의 고독이 운명
적이고 그만큼 신비화된 측면이 있다면, 문희의 그것은 사실 세상의
장삼이사가 겪는 흔한 곤경이라고 해도 되지 않을까. 제비와 함께, 혹
은 제비와 무관하게 진행되는 문희의 시련은 그래서 더 실감이 있다.
그렇게 어머니의 고독은 문희의 이야기를 통해 보편적 삶의 지평 속
으로 옮겨오는데, 그 넘나듦의 소설적 균형이 농익은 윤대녕의 문체

속에서 그윽하다. 그러다 어느 순간 문희의 삶은 어떤 고비를 넘어 정화에 이른다. 사정은 이렇다. 강원도 작은 마을에 시골 술집의 작부처럼 주저앉아 밤이면 바윗돌이 물속을 굴러가는 소리를 이명처럼 들으며 마음의 바닥에서 헤매고 있던 문희는 다시 서울로 돌아와 자신을 치료해주던 정신과 의사와 재혼을 하지만 불과 일년 만에 헤어지고 만다. 그리고 삼년 뒤에 다시 세번째 결혼을 하고 한동안 소식이 없다가 칠년 만에 화자인 '나'에게 전화를 한다. 복구공사가 끝난 청계천에서 제비떼를 보았노라며.

그해 강화도 저녁들판에서 보았던 것만큼이나 많은 제비들이 청계천 하늘에 몰려와 있었다고 했다. 문희의 목소리는 어느덧 흐름의 끝에 다다른 강물처럼 잠잠해져 있었다. 그 강물 속의 돌들도 더 이상 울부짖는 기척이 없었다. (「제비를 기르다」 88면)

흐름의 끝에 다다른 강물처럼 잠잠해져 있는 목소리. 돌이켜, 십년 만에 만난 저 「상춘곡」(1996)의 란영은 어떠했던가. 처녓적 명주실 같은 목소리는 짚신처럼 변해 있지 않았던가. 그 짚신 같은 목소리가 실상은 타고 남은 것들을 조각조각 잇대고 기워 재건한 선운사 만세루의 전설에 버금가는 아름다움임을 누가 알았으랴. 선운사 동구 막걸릿집 여자의 쉬어터진 육자배기 가락이어야만 전할 수 있는 삶의 진실이 있는 법. 이제 우리는 「제비를 기르다」에서 다시 한번 그 진실에 이른다. 이번에는 돌들의 울부짖음을 잠재운 낮은 목소리다. 하늘에는 제비들이 몰려와 있었다고 했다. 한동안 서울에는 돌아오지 않던 제비들이었다. 아마도 삶은 원래 이런 특별하지 않은 기적들을 갈피

갈피에 숨기고 있을 터. 다만 우리가 보지 못할 뿐. 그러니까 문희는 언제 그 잠잠해진 고요에 이르렀을까. 소설은 거기에 대해 말이 없다. 다만 소설을 읽고 있으면 고향 강화도로 돌아가 죽음을 준비하고 있는 어머니, 그리고 화자의 울음을 받아주는 강화도 시장통 작부집 늙은 문희의 일생이 그 잠잠해진 목소리에 자연스레 얹히고 스민다. 거기에는 말없이 흘러가는 강물 같은 세월의 이미지가 있다. 그러면서 소설은 문득 강화도 가능포 들판의 제비떼에 대한 그리움으로 차오른다. 슬프다면 영문도 모르게 그것이 슬프다. 소설의 마지막, 늙은 문희의 품에 안겨 터뜨리는 화자의 울음은 그렇게 우리의 것이기도 하다. 윤대녕 소설은 기어코 여기까지 왔다.

돌아보면, 「銀魚」(1992)에서 하은이라는 여성이 "음력 삼월 삼일에 강남에서 왔다가 구월 구일에 돌아간다죠?" 하며 툭 내뱉은 때로부터 십년 너머의 세월이 강물처럼 흘러왔다.

鄭弘樹 | 문학평론가

작가의 말

그리고 삼년 만에 다시 소설집을 낸다. 각별히 고독을 챙기며 살았던 지난해에 여러 편의 중단편을 쓸 수 있었다. 자정에 작업실에서 퇴근할 때면 막사발에 냉수를 받아놓고 아침에 출근하면 그것을 마셨다. 하루하루 그 일을 되풀이하면서 내가 과연 삶의 한가운데로 가고 있나를 산짐승처럼 틈틈이 살폈다. 길을 잃으면 안되겠기에 보다 숨을 낮추고 되도록 말을 꺼렸다. 그렇게 생의 한가운데를 어두운 숲처럼 더듬더듬 관통하면서 나는 '그 모든 어찌할 수 없음'에 대한 억누를 수 없는 그리움을 자주 체험했다. 삶의 정체는 결국 그리움이었을까?

살면서 누구나 겪는 일이겠으나, 몇해 동안 여러 죽음의 소식을 접해야만 했다. 그중 한 죽음은 내게 너무도 뼈아픈 것이어서 그것을 덜컥 나의 것으로 받아들여 긴 세월 함께 몸부림쳤다. 그간의 사정을 여기 수록된 「낙타 주머니」에 쓰고 난 뒤, 불현듯 스스로 해방되었을 때, 나는 문학이 왜 내게 문학이어야만 하는 이유를 새삼 절실하게 깨달았다. 그 어찌할 수 없는 그리움들을 밖으로 떨쳐내기 위해서라도 나는 또한 쓰지 않으면 안되었던 것이다.

2005년 제주도에서 돌아올 때 수중엔 고작 「고래등」과 「탱자」 두 편뿐이었다. 그리고 앞서도 밝혔듯 뒤늦게 「낙타 주머니」를 쓰면서 가까스로 글을 되찾았다. 이후 조금씩 담담해진 걸까? 작년여름 더위를 피해 찾아간 원주 토지문화관에서 「제비를 기르다」를 쓸 때는 차라리 행복한 느낌에 사로잡혀 있었다. 그새 작년의 일이 되어버렸지만 고독이 오히려 내게 온힘이 되어주었다. 다시 소설집을 내게 되었다는 사실이 소중한 위안으로 다가온다.

'문학의 종언'을 둘러싼 논란이 문단에서 가열한 이때, 또 한권의 책을 보태는 일이 어떤 의미가 있는지 모르겠다. 독자들은 막상 사정을 잘 모르겠지만 말이다. 그러나 삶이 계속되는 한 그리움은 계속되고 또한 누군가 조용히 숨어 글을 바라고 쓰는 일도 계속될 것이다. 선택은 어차피 독자들의 몫이다.

이 책을 내는 데 도움을 준 분들께 감사드린다. 오랫동안 변함없이 가까이에 있어준 이들에게도 다시 고마운 마음을 전한다. 큰나무 같은 그들이 있기에 나는 살아가고 있다.

2007년 1월
윤대녕

| 수록작품 발표 지면 |

「연鳶」…『현대문학』 2006년 1월호

「제비를 기르다」…『문예중앙』 2006년 가을호

「탱자」…『문학과사회』 2004년 겨울호

「편백나무숲 쪽으로」…『문학동네』 2006년 봄호

「고래등」…『작가세계』 2004년 봄호

「낙타 주머니」…『창작과비평』 2005년 가을호

「못구멍」…『문학사상』 2006년 7월호

「마루 밑 이야기」…『세계의문학』 2006년 겨울호

제비를 기르다

초판 1쇄 발행/2007년 1월 25일
초판 9쇄 발행/2018년 1월 30일

지은이/윤대녕
펴낸이/강일우
책임편집/황혜숙
펴낸곳/(주)창비
등록/1986년 8월 5일 제85호
주소/10881 경기도 파주시 회동길 184
전화/031-955-3333
팩시밀리/영업 031-955-3399 · 편집 031-955-3400
홈페이지/www.changbi.com
전자우편/lit@changbi.com

ⓒ 윤대녕 2007
ISBN 978-89-364-3697-1   03810